CAROLINA REAPER

MORGANE MONTORIOL

CAROLINA REAPER

roman

ALBIN MICHEL

1

CHURCH

Tous les jeudis soir à dix-neuf heures, Prêtre Elliot de la cathédrale Saint-Jean-Baptiste presse les fidèles d'évacuer l'édifice. Hop, hop, hop ! Tous les jeudis soir à dix-neuf heures dix, Church investit les lieux.

J'exige de pouvoir me recueillir sans une tapée de pécheurs à proximité. Je veux le Bon Dieu tout à moi. Je ne voudrais pas faire de jaloux, mais je sais que je suis l'un de ses protégés préférés. Je l'ai un peu dans la poche, le bonhomme ! Une petite demi-heure chez lui suffit généralement à rincer ma conscience. J'en ressors frais comme un angelot potelé. Amen !

Keith me tient la main en grimaçant, ses longs ongles vernis enfoncés dans ma paume. Le soleil abrutissant fait scintiller des diamants dans ses iris caramel et rajoute des reflets dorés à son chignon noisette. Je serre sa main pour que ses lèvres se tendent illico. Les fidèles n'ont pas à savoir qu'entre nous, rien ne va plus. Surtout que leurs yeux pieux ne regardent que nous. Ils sont tous ravis de croiser la route de Church Slaughter, maire superstar de Savannah. Ils en deviennent groupies hystériques.

J'offre quelques sourires, quelques hochements de tête. Je serre quelques mains, prête ma tronche pour deux ou trois selfies, ricane poliment aux compliments. Puis nous entrons.

Les portes de la cathédrale se referment et Prêtre Elliot

s'éclipse pour nous laisser seuls. Je lâche instantanément la main de Keith et m'avance vers l'autel.

Venir ici me serre toujours un peu le cœur. Je suis catholique mais pas tous les jours. Faut pas déconner ! Pourtant, sentir la fraîcheur des murs sacrés sur ma peau raffermit ma foi. À chaque fois. Cette cathédrale est d'une telle beauté… Ses teintes pêche, bleu canard et crème, lui donnent un côté kitsch années soixante. Et sur les côtés, les voûtes bleues étoilées de croix blanches rappellent des chapeaux de fou du roi. Je passe une à une les colonnes vert anis ornées de bracelets et moulures dorés. Mes souliers résonnent sur le carrelage. Si fort qu'on les entendrait depuis la lune. « Bam. Bam. Bam. » Cette descente jusqu'à l'autel est toujours aussi solennelle. Il y a quelque chose d'intimidant, à traverser un lieu de culte seul. Comme une promesse que l'on fait. Comme si le ciel entier regardait.

C'est ici, que mon paternel a choisi de me faire baptiser il y a cinquante et un ans. J'avais trois ans. Si c'est à cet âge-là que les souvenirs commencent à se stocker dans la cervelle, je suis persuadé que c'est ce jour-là que ma mémoire à moi s'est mise en marche. Peut-être parce que le soir même, je le perdais. Mon père. Peut-être parce que je me suis dit que l'eau qui avait coulé sur mon front ce matin-là avait dû être celle d'une vieille bouteille d'eau sale dans laquelle trop de pécheurs avaient bu. Que c'était pour ça, que la bénédiction avait échoué. Et que là-haut, ils auraient gros à se faire pardonner…

Un hurlement m'arrache à mes pensées. Il est si strident qu'il en briserait les vitraux. C'est celui de Keith. Dans sa robe droite en satin argent, elle vacille. Sa silhouette filiforme se casse en deux, elle tombe à genoux devant l'autel. « Keith ? » je demande en accélérant le pas. Ses petits cris se mêlent à des gloussements, puis des respirations courtes et appuyées. Le son est amplifié par la pierre et son écho se cogne aux quatre coins de la cathédrale. « Keith ? » je m'exclame en arrivant à son niveau. Je tente de la relever mais son corps mou plaque tout son poids au sol. « Qu'est-ce qu'il se passe ? » Elle relève la tête et me regarde en grimaçant, l'horreur rigidifiant ses traits. Ses bras tremblent, ses mains tremblent. Et son index se tend. Il pointe une grosse chose ovale couleur rouge et chair posée sur les pétales d'amaryllis de l'autel. Mais cette chose, je ne la comprends pas. Mes yeux mettent un temps fou à analyser l'image, bien trop violente pour être vue d'un seul coup. Mon cerveau tourne au ralenti.

Puis, lentement, deux larges yeux clairs aux pupilles immobiles se précisent sur cette chose.

Ils me fixent.

Mon souffle quitte mon corps.

C'est la tête décapitée d'un jeune garçon. Visage exsangue traversé d'entailles dont le sang sec s'est noirci. Ses veines apparentes sont comme des branches fines bleu profond.

Une grenade se déclenche dans mon estomac. Mes yeux se mouillent à tel point que je ne vois plus rien. Tout est flou.

Prêtre Elliot, alerté par les hurlements, arrive en courant en même temps que les portes de la cathédrale s'ouvrent derrière nous. Je le devine, car je ne me retourne pas, ni n'entends distinctement. Je devine ces gens accourir. J'imagine qu'ils appellent les secours. Leurs pieds tapant le marbre font vibrer le sol. La cathédrale se remplit d'un millier de voix. Mes oreilles se débouchent et ça y est, j'entends tout. Une musique chaotique de cris continus…

Quelqu'un me tire par les épaules mais je ne peux détourner ma tête de cette tête. J'essaie pourtant de reculer. De fermer mes yeux ou au moins de les cligner. Mais mon corps décide pour moi. Et il ne veut pas.

Cette tête… Cette tête…

C'est celle de Coy.

Mon fils.

AVANT

2

COYOTE

Slaughter est un nom de famille royal, à Savannah.

Un nom familier à l'oreille. Habitué à glisser sur les langues. Un nom prononcé avec un certain cool, parce que l'employer prouve qu'on est dans le coup. À la page. Qu'on sait qui commande. L'introduire dans une phrase c'est s'introduire dans la conversation.

Et ce nom émaillé d'or : c'est le mien.

Erwin, le nom de famille de Keith et de sa fille Idaho n'évoque rien. Pourtant il sera bientôt lié à un nom que la ville entière connaît. Parce qu'elles emménagent à la maison dans quelques jours. Aussi facile que ça !

Faut dire que même si je ne le montre pas, je suis grave excité. Le peu de fois où j'ai croisé Idaho, elle était carrément sexy dans ses minishorts en jean, crinière or collée à ses épaules rondes en sueur. Trop bien pour daigner me jeter un regard, le genre intello coincée qui préfère bosser ses cours le vendredi soir. Mais bon sang, quelle bombe…

Je me demande ce que ça ferait, de goûter à la symbiose familiale. Quel arôme ça aurait. Que Keith joue pour moi le rôle officiel de belle-mère, Idaho celui de demi-frangine. Qu'on s'offre des cartes clignotantes pour Noël. Qu'on se serre fort pour les grandes occasions. Qu'on soit un clan. Pas juste un groupe d'individus dispersés sur les trois étages d'une même maison. Une unité. Un mur par-dessus lequel personne ne pourrait passer. Une force de chair, d'os, et de sang, même si le sang n'est pas le même. Qu'ensemble on veuille dire quelque chose. Qu'on s'aime, quoi ! Mais y penser trop longtemps me provoque des renvois gastriques. Je m'efforce de ne pas faire dans le bon sentiment.

Papa m'a tout appris. Dans ce bas monde on n'aime pas, on possède. *Amour* c'est un mot qu'il abhorre. Il le trouve laid, désagréable à l'oreille. Sa musique à deux notes, le son de ces deux syllabes accolées. Le visuel de ces cinq lettres se tenant la main. Le sucre qu'il sécrète. Il est tartiné d'un miel dont l'odeur donne d'emblée le diabète. Ces niaiseries, c'est pas pour lui. Et il m'a formé à m'en défaire. À supprimer ce sentiment faiblard juste bon à vendre du dessin animé, du film hollywoodien, et du soap opéra. « N'aime jamais rien dans ce monde, fiston. C'est la plus grande faiblesse des hommes, que d'aimer. Si tu n'aimes pas, tu as déjà gagné. »

Il m'a fallu quelques années pour comprendre : papa ne m'aimerait pas non plus. Pas plus que la domestique haïtienne dont il écorche le nom. Pas plus que son tailleur, son coiffeur, son barbier. Pas plus que qui que ce soit.

Mais s'il ne m'aimait pas, c'était par amour. Pour me contraindre à faire pareil et prévenir ma peine. Celle que j'aurais, s'il disparaissait comme maman. Car il y était aussi, dans cette voiture le jour de l'accident. Il l'a vu de ses yeux, l'amour de sa vie carboniser dans cette Lexus.

Alors oui, c'est pour ça. Pour me blinder. Me bâtir. Et quel amour insurpassable, que de dissimuler son affection pour que jamais l'autre ne souffre… Il doit sacrément m'aimer pour me refuser son amour. Le savoir m'aide à m'en détacher.

En ce qui concerne les autres, je m'applique à ne pas être

agréable pour éviter qu'on m'apprécie. Je suis pétrifié à l'idée de développer des sentiments trop importants ou que quelqu'un en développe pour moi. Alors si je suis un petit con imbuvable, personne ne se risquera à m'aimer. Personne pour s'approcher de trop près. Au fond, je suis un beurre mou sans le moindre grain de sel. Une pâte onctueuse qui s'étalerait sur n'importe quel cœur. Assoiffé d'affection et de câlins à tel point que je serre encore Larry, mon lapin en peluche bleu et blanc, toutes les nuits avant de le planquer sous mon matelas au réveil. Mais je prétends être le dernier des connards. Snob, méprisant, railleur. Je flippe trop qu'on devine à quel point je ramollirais si on s'attachait à moi.

De toute façon, qui pourrait bien s'attacher à moi ?

Il est presque vingt et une heures trente. Je vérifie dans le miroir en pied de ma chambre que tout est en place. Mes Nike Air personnalisées sont bien lacées. Ma Patek Philippe est à mon poignet. Chemise noire Versace parfaitement repassée.

Je retrousse mes manches et m'éponge le front. Les trente-cinq degrés de ce juin typiquement géorgien me font suer à profusion. Ma coiffure risque d'en souffrir… J'ai pourtant fait un effort pour qu'elle en jette, ce soir. J'ai coupé mes cheveux châtain clair en début d'après-midi afin qu'ils soient exactement comme ceux de papa. Fournis sur le dessus et rasés sur les côtés. Je sonne sûrement comme un idiot en manque d'identité, mais le style de mon père est impeccable. Il n'y a pas de honte à admirer l'élégance de son géniteur. Surtout si son géniteur c'est Church Slaughter !

J'aurais aimé lui ressembler plus que ça… De sa gueule de gangster irlandais, je n'ai rien eu. C'est maman, qui est seule responsable de mon allure de pop star juvénile. De mon profil dessiné comme celui d'une fille. Mon nez, retroussé juste ce qu'il faut, est celui que les actrices commandent à leur chirurgien. Mes yeux clairs, des yeux tout doux de lynx des neiges. Mes lèvres, un cœur de Saint-Valentin. Va jouer les gros durs avec ça ! Même quand je durcis ma face, je fais craquer les mamies. C'est mon air prépubère. Bientôt dix-huit ans mais si je ne dépassais pas le mètre quatre-vingts, je serais une cible parfaite de pédophile. Pourtant je ne regrette pas tant que ça d'avoir cette tête-là. Au moins, où que j'aille, je l'ai toujours avec moi. Maman... Maman... Pas besoin de médaillon à photo. Un coup d'œil dans le miroir suffit à te raviver. Huit ans maintenant, qu'on t'a enfermée dans une boîte et descendue sous nos pieds. Chaque jour j'y pense, même si papa me l'interdit. « Plus tu y penses, plus tu pourris ! » il dit. J'ai passé un an et demi dans un centre pour adolescents dépressifs, après sa mort. Je m'arrachais les ongles des mains et des pieds, et les cheveux jusqu'à faire saigner mon cuir chevelu. Mon psychiatre disait que c'était un trouble spécifiquement féminin. Il le répétait régulièrement, l'air de rien, le menton baissé et ses lunettes filiformes pinçant le bout de son nez. Comme si j'allais lui répondre : « Ah bon ? Ah pardon, bon bah j'arrête alors... » C'est tout ce dont je me souviens de mes séances... Sa façon condescendante de me parler. De me regarder. De jouer au parfait cliché du psychiatre désabusé. Les molécules aux supers-pouvoirs nébuleux de mes thymorégulateurs ont effacé le reste. Je me rappelle surtout avoir dormi. Beaucoup.

Je m'arrache toujours les cheveux.

« Coy ! » lâche une voix lointaine venant du jardin. Ça doit être Dwayne et Emmett, venus me chercher pour m'éviter de conduire, ce soir. Je compte bien rentrer au bercail plus torché qu'un clodo de New York City. Et pas possible de me faire arrêter pour conduite en état d'ivresse. Une erreur de ce genre, et la campagne de réélection de papa en prend un coup dans les dents. Beaucoup aimeraient bien voir ça…

Avec mes potes, je suis moins salaud qu'avec les autres. Je ne supporterais pas d'être rejeté à tel point que personne ne veuille traîner avec moi… Et puis de toute manière, entre mecs on ne se chante pas la sérénade. On est tous un peu rustres et secs, c'est ça d'être un mec !

Ce soir, Dwayne a organisé une mégafête qui comme d'hab, jure de faire du bruit. Ses parents sont à La Nouvelle-Orléans jusqu'à la semaine prochaine, et tous les gamins logés du bon côté de Savannah sont au courant de la soirée.

J'attrape mes clefs, sors de ma chambre et dévale l'escalier jusqu'au rez-de-chaussée. Puis je me précipite dans le jardin avant. Les boules lumineuses blanches dispersées sur la pelouse illuminent les deux chênes plantés de chaque côté de la maison. Ces arbres d'une espèce qu'on ne trouve que chez nous dans le Sud profond sont les plus extraordinaires qui soient. Lorsque j'étais gosse, j'étais convaincu qu'ils étaient des mains géantes de sorciers. Leurs branches écartelées, décorées de mousse espagnole s'allongent loin. Elles sont épaisses et tordues, égayées de feuilles d'un vert surnaturel qui forment des petits buissons sur leurs bois. Ils ont l'air de dominer le monde, grandioses par leur taille et leur allure. Des gardiens mystiques, qui protègent notre maison. Ils étaient déjà là, lorsque l'arrière-grand-père de mon père a fait construire le premier mur. Maman les avait baptisés Prochore et Nicanor. Elle disait qu'ils ne pouvaient venir que du ciel. Que c'était Dieu, qui les avait envoyés.

Je vois Emmett et Dwayne au loin, devant le portail en fer forgé. Ils attendent, adossés à la Range Rover grise de Dwayne. Je prends mon temps pour les rejoindre, laissant le concert des criquets nocturnes m'assourdir. Je veux profiter de mon dernier été de pure frivolité. L'année prochaine, je serai déjà en train de poser mes cartons dans une université. J'ignore laquelle ou si l'une d'elles voudra bien de moi. Mais pour l'instant je suis encore à ma place, à la meilleure place de la ville. Pour l'instant, j'ai encore le privilège princier d'être le fils Slaughter. Pour l'instant, j'ai encore la tête hors de l'eau.

Pour l'instant je suis invincible.

3

KEITH

Le camion de déménagement devrait être là d'ici vingt minutes. Je me serais passée de ramener toutes ces vieilleries avec nous dans notre nouveau chez-nous, mais je ne voulais pas que Church croie que quitter mon toit est beaucoup trop facile pour moi. La vérité c'est que j'aurais pu tout balancer dans une benne. Les objets, les photos, les meubles. Tout.

Absolument tout. Poubelle. Bye-bye !

Cette maison de l'est de la ville ne me manquera pas. Pourtant ça fait dix-sept ans que c'est ma maison. Elle garde dans sa moquette, l'empreinte des premiers pas d'Idaho. L'odeur de ses couches. Les taches de lait maternel, de petits pots, de vomi de rototos. Ses murs beiges pas bien hauts sentent encore le rhum qui m'a aidée à m'allonger, le soir où son père m'a déflorée. Sur ce même canapé deux places rouge en tissu rêche. Je parie qu'un spray de Luminol pourrait encore faire apparaître mon sang, mélangé à la potion magique de monsieur.

Elle n'est pas heureuse, cette bicoque. On toucherait presque son toit en se mettant sur la pointe des pieds. Elle empeste le carton vieilli et la poussière même quand tout est bien nettoyé. C'est la vieillesse des meubles en bois et le manque de fenêtres. Astiquer ici ne sert à rien. Trop de mauvais souvenirs incrustés dans le plâtre. Cette maison, elle sentira mauvais jusqu'à ce que d'autres y mettent de meilleurs souvenirs. Moi je n'ai pas le talent de les collectionner. Pourtant j'ai celui de ne pas arrêter d'essayer.

De toute façon, j'aurai bientôt un nouveau décor. À trente-huit ans, je mets enfin un pied dans le beau. Et tout ce qu'il y a eu avant, je voudrais le chiffonner fort, en faire une boule, et le noyer dans une chasse d'eau.

Church Slaughter a décidé que ma fille et moi aurions mieux. Que nous méritions mieux. Et le mieux qu'il nous a promis, c'est lui.

Nous nous sommes rencontrés il y a six mois à un évènement pour le don du sang. Il était venu parader, j'étais venue me faire piquer. Un concert de country avait été organisé pour ceux qui avaient donné, et je ne me suis pas privée d'aller y faire voir mon minois fraîchement retapé. De trente-huit ans, j'étais récemment passée à vingt-huit. Voire vingt-deux, si on me regardait en plissant les yeux. Je n'ai jamais eu les poches pleines, mais une injection de rétinol bien placée vaut trois fois plus qu'un caddie rempli. Il faut savoir poser ses pions dans la bonne direction. Investir dans le sans risque. Et le visuel, c'est essentiel ! L'argent revient de toute façon d'une manière ou d'une autre. La preuve.

J'étais pimpante, dans ma robe fourreau fendue jaune orangé. Taille marquée, fesses bombées, front botoxé, lèvres rembourrées, pommettes saillantes. Le pactole, pour un homme qui a encore une bonne vue. Je n'étais pourtant rien venue chercher d'autre, que quelques regards licencieux et une nuit d'ivresse à l'œil. Mes yeux ambre avaient prévu de se fermer avant minuit.

Le terrain de la luxueuse propriété qui accueillait le concert était pris d'assaut par les bons samaritains. Pire qu'une Saint-Patrick à Madison Square. Et après une série de margaritas, lorsqu'il a fallu aller vider tout ça, je me suis vue me faire diriger vers l'une des huit toilettes mobiles installées à l'extérieur. J'imaginais l'état de la cuvette… J'ai refusé net. Mon charme activé, j'ai secoué mes cheveux mi-longs pour traverser le barrage de sécurité. Et je me suis faufilée à l'intérieur de la demeure coloniale. J'ai rapidement trouvé une salle de bains. Et puis, juste avant de sortir, j'ai entendu des voix s'élever devant la porte. Une discussion qui ressemblait à une dispute. Un type avait arrêté un autre type dans le couloir et lui reprochait je ne sais quoi. À toutes ses invectives, le type acculé répétait fermement : « Pas ici », « Pas ici », « Pas ici ». J'ai ouvert la porte de quelques centimètres et aperçu Church, ainsi qu'un gars âgé en costume, sacrément remonté. Et une audace dingue m'a traversée. J'ai glissé ma tête dans l'entrebâillement et lâché en direction de Church : « Ça fait dix minutes que j'attends ici… T'as changé d'avis, mon chéri ? »

Le vieux en costume m'a regardée, a regardé Church, puis s'est éclipsé. J'ai refermé la porte, humiliée par mon culot goût tequila. Lorsque je me suis finalement décidée à sortir, Church était là.

Un mètre quatre-vingts, bâti comme un catcheur professionnel. Torse fort qui s'exhibe dans une chemise serrée ne demandant qu'à être arrachée. Pas de cravate. Un jeans foncé. Belle montre au poignet. Et un faciès de méchant dans un film d'action. Le méchant qu'on fantasme d'énerver. Oh oui. Pour être bien punie…

J'ai regardé ses cheveux acier rasés sur les côtés. Ses yeux vairons sérieux. Le gauche d'un vert épongé de doré, le droit d'un brun presque noir. Si noir qu'il faut minutieusement l'examiner pour trouver la pupille dissimulée. Son nez un rien épaté. Sa mâchoire bouffée par une barbe courte argentée. Ses cernes en diagonale descendant jusque sur ses joues osseuses.

« Merci… » il m'a sorti en élargissant ses lèvres. J'ai ricané, lui aussi.

Le lendemain soir, nous dînions ensemble, baisions ensemble, re-riions ensemble.

Et puis après, c'était bouclé.

Chaque jour, Church faisait quelque chose d'affreusement cliché. Mots doux à l'oreille, poèmes par e-mail, ours en peluche et chocolats sur le lit. Il jouait le jeu de la romance, mais sans l'attitude qui va avec. Ses bouquets de fleurs n'avaient jamais de carte. Ses compliments, il les donnait sans un regard. Ses attentions étaient automatiques, comme programmées à être effectuées. Mais ça m'allait. C'était plus qu'on m'avait offert avant lui. Et s'il n'y mettait pas le cœur, il s'en excusait d'une manière ou d'une autre. Cette façon d'être froid n'était pas un mépris. C'était une pudeur. Je l'ai compris.

Je suis celle qui encrasse sa conscience, lorsque le souvenir de son épouse brûlée vive lors d'un accident de voiture surgit. Parce que je suis là, moi. Avec lui. Remplacer un mort est une malédiction pour celui qui endosse le rôle de remplaçant. Les morts jouissent d'un nettoyage immédiat. Dès le dernier souffle donné, le disque dur des mauvais souvenirs s'autodétruit. On ne veut se rappeler de nos morts qu'en bien. Le chagrin est ainsi plus fluide, plus sain. La pire des épouses en devient martyre sacrée. Et le remplaçant est en constante compétition avec un adversaire qui l'a déjà vaincu. Mais pour Church, j'avais accepté ma défaite. Pour l'instant. En espérant que le temps m'offrirait une place proche du premier rang. Après tout, ça ne fait bien que six mois qu'on se frotte l'un à l'autre. Tout s'est joué en accéléré.

Six mois c'est vitesse Formule 1, pour emménager avec quelqu'un. Surtout quelqu'un comme Church, qui refuse qu'on le connaisse. Qu'on le connaisse vraiment, pas qu'on le connaisse tout court. Parce qu'on le connaît tous, ici, à Savannah. On connaît sa voix basse et lourde, un poil inquiétante, qui ferait pleurer un nourrisson. Son accent du Sud, plus exagéré que prononcé. Son charisme ahurissant qui intimide immédiatement. On le connaît de face, de biais, de profil. Il montre son visage à toutes les occasions. Il n'est pas juste maire de la ville. Il est Le Maire. Le Grand Maire. Le Super Méga Maire de cette ville ! Chef, maître, roi. Un dieu en jeans et brogues. À deux doigts de faire clouer sa photo encadrée à la porte de la mairie. Il a fait de son poste un tout nouvel emploi et s'est offert la carrière qu'il voulait sans se soucier des limites du métier. Un maire traditionnel en fait déjà beaucoup, lui il ferait tout. Rien ne se déciderait sans son accord. Rien ne le surpasserait. Chaînes télé, radio, et journaux locaux, ont fait de Church une célébrité cinq étoiles. Élu depuis plus de trois ans, on oublie qu'il y en a eu d'autres avant lui.

Les autres, c'était qui ?

Il charme les grands-mères en paraphrasant la Bible, séduit les gamins avec de grands évènements gratuits. Pas des foires à la volaille ni des élections de Miss Citrouille ! Des concerts en plein air de leurs idoles, dignes des plus grandes métropoles. La ville n'a pas le budget mais Church les finance lui-même en faisant fuiter l'information. Il est ferme sans être dur. Et s'il est dur, il l'est sans être sévère. S'il pouvait, il remplacerait Atlanta par Savannah. Il deviendrait égérie de Géorgie. Ce qu'il fait, surtout, c'est préparer la suite avec adresse. Un deuxième mandat pour sceller sa popularité, et puis le grand jeu. Gouverneur, c'est ce qu'il vise. Dans cinq ans si tout est parfait.

Forcément, le temps qu'il m'offre c'est des miettes. Les minutes qu'il lui reste en fin de journée. Une matinée café après une nuit de dossiers chargés. Parfois un week-end, dérangé par un million de coups de fil énervés. Mais il trouve le moyen de faire de ces miettes une belle baguette. Il est doué pour créer un environnement. Il ferait pousser un jardin sur un terrain contaminé.

« Une fois que tu seras là, j'appuierai sur pause » il m'a assuré. Il était pressé que je vienne m'installer, pas refroidi à l'idée de laisser entrer une adolescente de seize ans dans son foyer. « C'est la seule solution pour qu'on fonctionne » il insistait. J'ai fait l'indécise mais je me suis sentie crever. Crever de joie.

Ma gosse et le sien se sont furtivement croisés à trois ou quatre reprises. Ils ont échangé quelques politesses pour faire plaisir à papa maman, sans vraiment se regarder dans les yeux. Chacun évitait de se montrer trop agréable, trop avenant. Ça aurait été un aveu de faiblesse. Les gosses ont leur langage… Mais aucun dîner ni déjeuner n'a été arrangé pour initier un apprivoisement. Nous nous sommes dit qu'il valait mieux ne pas forcer. Imposer quelque chose à un ado c'est déclencher l'apocalypse. Les reproches viendront bien assez tôt. Même si je pense qu'Idaho, sans en afficher aucun signe, est aussi extatique que moi de déménager.

Je crois qu'elle se demande comment sa mère a réussi un si joli coup. Je me le demande aussi. Des trentenaires bien roulées y en a plus d'un paquet, dans le coin. Et moi je ne suis pas vendue avec accessoires. Je n'ai pas l'option drôle. Je ne suis pas cultivée. Et mon intelligence est si maigre qu'on lui voit les os. Je ne me flagelle pas, c'est de la clairvoyance. J'ai au moins ça. Je suis bonne à baiser mais basta. Je n'ai qu'un corps. Et encore… Il nécessite des mises à jour régulières et une kyrielle de subterfuges. Côté professionnel, la page de mon CV est plus immaculée qu'une piste de ski. Pas une expérience respectable pour noircir le papier. Mon ambition s'est égarée quelque part il y a déjà un bout de temps. Je ne suis jamais partie à sa recherche…

Je reçois les aides sociales, une pension minable du père d'Idaho, et vends des cochonneries sur eBay. Voilà. C'est tout. C'est moi. Je sais ce que je vaux et les enchères ne monteraient pas haut. C'est ça qu'il veut ? Lui, le Big Boss tout-puissant ?

J'ai peur qu'il se rende compte que la marchandise est défectueuse. Je m'emploie à le lui cacher aussi bien que je peux. Au fond, pour lui je ne suis encore qu'une étrangère. Une jolie coquille qu'il n'a pas encore cassée en deux. Mais il est autant une énigme pour moi que je le suis pour lui. Car je ne le connais qu'aussi bien que les autres. C'est-à-dire tout aussi mal. Au fond, Church n'est qu'une image. Qu'un bling !

Un personnage dont je ne sais rien.

4

Je fixe la tête de cobra en bronze moulée dans le fer forgé au sommet du portail. Sa langue bifide semble siffler et on distingue le relief de ses écailles oxydées. Plus réaliste qu'un vrai…

Les hauts barreaux de la grille se finissent tous par des pics assez aiguisés pour embrocher ou même tuer, ceux qui se risqueraient à les enjamber.

J'abaisse la vitre de ma Honda et appuie sur le bouton de l'interphone. Les portes de l'impressionnant barrage s'ouvrent aussitôt dans un grincement tapageur.

À cent-cinquante mètres de verdure, passé le jardin constellé de luminaires blancs, une gigantesque propriété victorienne bâtie sur trois étages. La demeure bordeaux aux fenêtres carrées et rondes et porche à colonnes s'étend sur pas moins de vingt-cinq mètres. Les briques noires de son toit à trois pointes sont si mates qu'elles paraissent recouvertes de suie. Et la tour gauche est traversée par une longue croix chrétienne en mosaïque noire et blanche aux extrémités dorées. Une certaine ambiance gothique parfume l'air, aggravée par la présence imposante de ces deux chênes aux branches folles sortis d'un livre pour enfants. Le genre de livre d'épouvante dont les histoires provoquent des cauchemars.

Je me gare sur le côté dans l'allée pavée, longée par une queue leu leu de tulipes noires. Idaho se tourne vers moi, ses yeux verts volés à son père grands ouverts. « Nous y voilà… » elle lâche dans un soupir avant de se remettre à mâcher sa mèche de cheveux. Je sais qu'elle n'a pas dormi de la nuit, angoissée par cette journée qui jure de tout changer. J'ai moi aussi passé six heures à gigoter dans mon lit. À me lever. À aller boire. À revenir. À m'exciter, exaltée, plus l'heure du réveil approchait.

Je retire les clefs du contact et vide mes poumons, mains accrochées au volant. Je peux encore me tirer vite fait. Je ne suis pas à la hauteur, pour tout ça. L'impression d'être un gagnant de la super cagnotte du loto qui tremble d'aller récupérer son gain. Toucher le jackpot c'est monter sur le podium du casse-gueule. Une fois que le rêve est là, vrai, concret devant soi, on ne peut que tout ficher en l'air. Il vaut parfois mieux ne pas atteindre son but.

« Ça va, maman ? » demande Idaho, me rappelant en un éclair pourquoi je suis ici. Et pourquoi je ne partirai pas. Ses lèvres d'un rose de rouge à lèvres sont entrouvertes. Son nez, pointe ronde comme une boucle de P, retroussé par ses sourcils haussés. Elle attend une réponse. Mes yeux s'attardent sur ses joues lisses aux courbes de fesses de femme. Des joues de bambin dont on sent l'infinie douceur à l'œil nu. Dont on sent l'odeur. Une odeur virginale à un milliard de dollars. Je voudrais les pincer, les percer, les croquer, ces joues couleur beurre rosé. « Tout va bien, bébé… » je réponds en ouvrant ma portière.

Church nous attend devant sa demeure, dos droit, tête haute, comme un gardien de prison attend un bus de condamnés. Il ne sourit pas. Il ne nous regarde même pas. Il fixe l'horizon, statufié. Et puis, une fois nos pieds assez près pour que le bruit de leurs semelles sur le gravier arrive à ses oreilles, il daigne tourner la tête. Ses traits se détendent, un sourire vient brider ses yeux bicolores.

– Je suis heureux que vous soyez là, il lâche d'un ton calme en époussetant sa chemise marine cintrée. Bienvenue, Idaho.

Je lui frotte le bras, approchant ma tête de la sienne.

– Le camion de déménagement est passé ?

– Et reparti.

– C'est-à-dire ?

– Keith, on en avait déjà parlé. Tout ce dont tu as besoin est ici. Tu le sais, non ?

J'espérais qu'il réagirait comme ça. Toutes ces vieilleries peuvent être envoyées à la déchetterie. Je ne les pleurerai pas.

– Où sont mes affaires ?

– Dans un entrepôt au nord de la ville. Ils gardent tout au chaud jusqu'à ce que tu décides quoi en faire.

– Bon… C'est chez toi après tout, je me lamente en simulant une moue.

– Chez nous, maintenant.

Il m'embrasse le front et pousse la porte de la maison.

L'entrée tapissée d'un tissu soyeux aux motifs cuivrés est suréclairée. Toutes les lampes ont été allumées pour nous accueillir, façon visite royale. Le lustre baroque en bronze et perles de cristal, la lourde lampe en argent sculpté forme panthère, mais aussi les deux somptueuses statues de femmes nues tenant entre leurs mains levées une sphère de lumière en verre. Chacune parfaitement identique, symétriquement disposée à gauche et à droite de l'escalier.

« Un petit tour des lieux, Idaho ? » propose Church, nous guidant vers le spacieux salon aux murs bruns, tapis fleuri sur parquet flottant.

Le plafond en bois est encadré de moulures florales, elles-mêmes encadrées de moulures ovales, encadrées d'un ruban de velours vert profond. Une violente odeur de cigare a pris possession de la pièce. Elle est assez forte pour faire puer les vêtements instantanément. « Excusez les cendriers pleins. La bonne a oublié de les vider, ce matin. »

Le regard d'Idaho rebondit d'un meuble à l'autre. Je la sens s'émerveiller devant les toiles de maîtres aux cadres Empire, le bois glossé du buffet marbré, la harpe émaillée noire et dorée. On pourrait faire construire une piscine dans ce salon et avoir encore la place de disposer des transats tout autour. La pièce est impeccablement briquée. Il n'y a pas une miette par terre. Pas une poussière dans l'air.

Nous visitons le reste du rez-de-chaussée, sa cuisine de chef tout équipée, ses couloirs à lustres victoriens et tapisseries motifs oiseaux exotiques et arbres fruitiers. Ses deux salles de bains dorées et argentées, murs en mosaïque façon Versace, faux plafonds en vitraux religieux, vases de glaïeuls sang et tulipes noires fraîchement coupées. Une odeur différente dans chaque pièce. Des bougies sombres, brûlant comme si elles attendaient quelqu'un. Encore des tulipes noires un peu partout en égéries des lieux. Atmosphère ombreuse, malgré la surabondance de lumière.

Puis nous passons au premier étage. Pièces à gogo, spa, billard, suite présidentielle. Mon étage et celui de Church.

Puis au deuxième. Plus de pièces. Étage de la nouvelle chambre d'Idaho.

L'opulence éreintante en fait des tonnes. Attention à l'indigestion.

Avant de monter au troisième, Church nous fait revenir devant une porte qu'il avait ignorée en passant devant. Une porte noire clashant avec les portes crème de l'étage.

« Ça, c'est mon petit caprice à moi… » il lâche avant de tirer la poignée.

La porte s'ouvre sur une pièce d'épouvante. Murs noirs et lumière aveuglante. Sur de hautes étagères en métal grimpant jusqu'au plafond, une pléthore ahurissante de vivariums enfermant des serpents de toutes sortes. Je vois des écailles brunes, vertes, jaunes, blanches. Des bleues, aussi. Et des yeux rouges et noirs. Cinquante mètres carrés d'angoisse. D'effluves pestilentiels. On entend leurs langues siffler. En vrai, cette fois. Pas comme le cobra du portail de l'entrée.

Ces corps phalliques en mouvement se collent aux parois de leurs prisons, menaçant de faire sauter les couvercles. Je les imagine glisser dans mon dos, leurs queues au sang glacé sur ma peau.

Je ne suis restée coucher dans cette maison qu'une seule fois. Church avait préféré que nos soirées à l'horizontale se passent à l'hôtel ou dans des appartements loués pour l'occasion. Je n'avais jamais vu cette pièce.

« Avec la porte fermée, on ne sent absolument rien dans le couloir. C'est grâce au caoutchouc que j'ai fait poser sur le haut et le bas de la porte. Ça absorbe l'odeur… » Mes sourcils se froncent, ceux d'Idaho aussi. « C'est une collection exceptionnelle ! Il y a ici, des espèces du monde entier. Certaines en voie d'extinction. Un petit trésor exotique… » Il se tourne vers nous : « Ça ne vous intimide pas, quand même ? » « Rassurez-vous, dans leurs terrariums ils ne peuvent mordre personne ! »

Je sursaute. Le chat venu se frotter à mes pieds m'a fait me mordre la langue. C'est un Maine coon à gueule de lion, crinière grise et queue en plumeau. Je crois qu'il s'appelle Astaroth.

Boum. Boum. Boum. Un bruit lourd comme quelqu'un qui descend des escaliers en y mettant tout son poids vient rompre ce court silence gênant. C'est le fils de Church. Il arrive vers nous torse nu, serviette blanche autour de la taille, cheveux mouillés dégoulinant sur ses épaules décharnées. Son pas est puissant et décidé comme s'il venait nous descendre à la mitraillette. Il arrive à notre niveau devant la porte de la chambre aux serpents et sans nous adresser aucun regard, ni à Idaho ni à moi, s'arrête net pour se passer la main dans les cheveux comme dans une pub pour un parfum masculin. Oh yeah. Trop cool.

– Coy, c'est gentil d'être venu souhaiter la bienvenue à Keith et Idaho.

– Ouai… bienvenue, il bredouille en haussant les sourcils, secouant son index dans son oreille pour faire sortir l'eau. Je peux savoir à qui appartient cette caisse pourrie dans l'allée ? Je croyais que la bonne avait une Toyota…

– Coy, tiens-toi bien s'il te plaît.

– Ah bah oui… Ça doit être la vôtre ! J'suis bête.

– On dirait bien, lui envoie Idaho, amorçant un sourire narquois.

Il la toise de bas en haut. Son mètre soixante-cinq tout entier. Et tout doucement. En prenant bien son temps. Il fixe ses pieds aux ongles vernis jaunes lacés dans des sandales en paille, remonte sur son ventre plat et ses hanches en poire sorties de son débardeur fleuri à bretelles fines, et continue jusqu'à sa poitrine menu maxi comprimée dans un soutien-gorge sage en coton. Puis il se passe la langue sur les lèvres dans un petit ricanement, croyant sans doute nous faire de l'effet. On sent bien qu'il tente à grand-peine d'intimider mais avec cette bouille de boyscout, il faudra repasser.

– Alors, c'est toi qui vas occuper le deuxième étage ? Un étage tout entier… C'est un sacré saut en avant, hein ?

Church et moi ne disons rien. Nous sommes comme les maîtres d'un chaton à peine adopté, pénétrant dans l'appartement d'un chat plus âgé. C'est territorial. Il faut qu'ils se reniflent, se griffent, se mordent un peu. Avant qu'il y ait léchage de pelage et ronronnements.

– Ne t'inquiète pas. Je prendrai grand soin de ta jolie maison.

Le sourire à trente-deux dents d'Idaho ainsi que son intonation insolente le remettent habilement à sa place. Vlan ! Prends ça, Terreur…

– Tu veux rester avec nous pour le reste de la visite ? lui demande Church en baissant le menton, mâchoire serrée, comme pour convaincre son rejeton d'accepter.

– C'est vraiment très tentant… Mais j'avais prévu d'aller boire un verre d'eau en bas. Ça risque de me prendre un certain temps.

Son père soupire en posant sa grande main solide sur l'épaule d'Idaho. Il lui donne quelques tapes réconfortantes, avant de lui chuchoter quelque chose à l'oreille. Elle hoche la tête et sourit, yeux levés vers Church. « Absolument… » elle lui répond d'une voix claire.

– Bon… je vais vous laisser.

– C'est ça, Coyote. Laisse-nous pour l'instant. C'est mieux.

– On aura l'occasion de se parler un peu plus tard, je dis presque timidement, en esquissant un sourire forcé.

– Possible.

Il se retourne et se dirige vers l'escalier à rampe sculptée Art nouveau. Et puis il s'arrête et se retourne.

– Ah, au fait, elle n'existait pas cette pièce il y a trois semaines. Papa n'aime ni les animaux, ni les hommes. Les serpents ce n'est certainement pas son truc ! Il l'a fait aménager juste pour vous… Histoire d'instaurer un certain climat. Il adore ça, faire peur aux petites gens… C'est une astuce psychologique pour s'approprier le pouvoir.

Il ricane en soulevant ses sourcils, on ne peut plus satisfait.

Puis il se remet à marcher, ôte sa serviette pour la jeter derrière son épaule, et descend calmement l'escalier. Cul nu. Complètement nu.

Il se passe quelques secondes sans que quiconque ne l'ouvre. Et Church explose de rire. Un rire qu'on ne peut pas prendre pour un faux rire. Un fou rire. Sincère et de bon cœur. Il s'en tiendrait presque les côtes.

– Ne l'écoutez pas, c'est un petit con ! il bafouille entre deux éclats de voix. Il essaie de vous faire peur…

– Il fait plutôt rire, rétorque Idaho.

– Je suis ravi de voir que tu as du caractère, jeune fille. Mon fils a besoin d'être maté. Une fille avec de la poigne ne sera pas de trop dans cette maison. N'hésite pas à faire entendre ta voix.

– Noté.

Il regarde sa grosse montre en platine, cadran incrusté de diamants, et époussète sa chemise au niveau du ventre. Comme s'il venait de faire tomber les miettes d'un sandwich dessus. C'est son toc. Celui qu'il fait lorsqu'il est stressé ou embêté.

– Bon… Bienvenue chez toi, Idaho ! Keith, rassure ta fille. Je vous laisse vous installer. Je dois filer à la mairie.

– Ne t'en fais pas pour nous, je lui susurre, regard mielleux.

– Tout va fonctionner, vous verrez.

Il tend le bras pour fermer la porte de la pièce aux serpents et le temps d'une seconde, je discerne un infinitésimal rictus de dégoût sur sa face, lorsque ses yeux se posent sur l'un des vivariums.

5

CHURCH

D'où me vient ma fortune ? C'est la question incandescente que se posent mes principaux opposants. Ouch, qu'elle est chaude la coquine ! Mieux vaut ne pas y toucher, elle en cramerait les doigts. Ceux des vilains curieux…

Je viens d'une famille où le fric coule de génération en génération. Pourtant, à part la demeure victorienne à huit millions sept léguée par mon père, de l'argent de mes ancêtres je n'ai rien utilisé. J'ai refusé de l'avoir trop facile. De devenir l'héritier cliché qui se contente des accomplissements d'autrui. Ma fortune n'est pas héritée, elle est méritée. Mais je ne dis pas qu'elle a été moralement amassée. Mais moralement, qu'est-ce que ça veut dire ?

« Salut, Boss ! » m'envoie un de mes employés immigrés en ouvrant l'éléphantesque porte en métal de l'entrepôt. Paumé entre cinquante autres entrepôts au milieu de nulle part, cet entrepôt malgré sa taille en devient parfaitement invisible. Tada !

J'entre en relevant les manches de ma chemise en jean et en la rentrant dans mon pantalon beige à ceinture brune. Puis je tape trois fois dans mes mains, et les lumières du plafond jaillissent. Tube après tube, chaque ampoule s'allume dans un son de feu qui crépite. Pourtant il faut avoir l'oreille fine, pour distinguer ce son à travers le boucan infernal. Dix-neuf mille mètres carrés de rugissements, hennissements, vagissements, grognements, feulements, sifflements, barrissements, glapissements, piaillements... Dix-neuf mille mètres carrés de bruit. À rendre fou. À rendre sourd.

Ceci n'est pas votre vulgaire trafic d'animaux exotiques avec cages en métal pauvre qui rouille. Ceci est le cinq étoiles du trafic d'animaux. Le Four Seasons du zoo illégal ! Enclos solides faits sur-mesure ; parcs avec herbe, terre, et galets ; coins d'eau reconstitués. Ici, on traite la marchandise comme de vraies stars de ciné. On chauffe les plus fragiles, on rafraîchit s'il faut. Système d'aération ultra-élaboré, nourriture haut de gamme certifiée extra-fraîche, visite vétérinaire journalière. Mon sale business est étincelant ! Irréprochablement mis en place. Qui peut faire mieux ?

Tout le trafic d'animaux exotiques du pays est là. Le trafic qui se respecte. Pas le microtrafic bas de gamme de petites crapules voulant se faire quelques billets. Un trafic respecté et respectable, qui traite directement avec ses clients. Aucun intermédiaire. Il y en a déjà assez qui ramènent toute cette faune jusqu'ici. Douaniers, conducteurs de poids lourds, propriétaires et employés de zoos, chasseurs, gardiens de réserves africaines, indiennes, thaïlandaises...

Toute une planète de malhonnêtes. Un millier de gorges à gaver !

Nos clients savent qu'ils n'achètent pas une bête malade, contagieuse et infestée de parasites, qui leur claquera entre les mains après deux mois. Ils savent que le prix est justifié parce que la qualité est garantie.

Ici, on n'exporte pas. On se contente de travailler à l'intérieur du territoire, c'est bien assez lucratif comme ça. Singe Tamarin de Goeldi à un million pièce, hyène tachetée à deux millions huit, couple de panthères noires et leurs petits au prix d'un Rembrandt. Kangourous, jaguars, pandas, requins, toucans, lynx, koalas, tigres, chimpanzés, éléphants… Éventail de pièces albinos : lions blancs, zèbres blancs, alligators blancs.

S'ils existent, ils sont là.

La plupart de mes employés portent des protections auditives en cire sous leurs casques antibruit. Et chacun a obligation formelle de mettre son masque médical à peine le premier pied posé dans l'entrepôt. Un « Atchoum ! » ça n'est pas négligeable.

Je travaille avec une équipe de trente-huit personnes. Une majorité d'immigrés. Illégaux. Tous, me confient passeports, cartes d'identité, et photos des enfants. Tous, me donnent adresse des parents, sœurs, frères, restés dans le pays d'origine. Tout est vérifié et confirmé.

Church Slaughter ne fornique pas avec le hasard.

Jamais.

En contrepartie de leur dévotion absolue, j'engraisse toute la famille. Ici, on paie le travailleur sous-diplômé mieux qu'un cadre d'entreprise. Tu ne sais pas lire ? Pas grave. Tant que tu sues et que tu dors peu, avec moi tu iras loin. Je ne rechigne pas à rajouter des zéros au salaire prévu. Si c'est mérité, c'est accordé.

Je suis leur American Dream !

Où je trouve le temps de gérer cette machine ? Être maire est l'élément principal de mon organisation. Sans ça, les privilèges dont j'ai besoin pour faire entrer et garder ma marchandise s'évaporent. Et puis je ne me montre dans cet endroit que rarement. S'il y a un malaise, je le sais tout de suite. L'entrepôt est truffé de micros et de caméras. En un clic, je suis ici.

« Raúl ! » j'appelle en claquant des doigts pour qu'on m'apporte un masque médical. Quelqu'un s'exécute et je débute ma visite. J'ai un deal à neuf millions le mois prochain, d'ici là les bêtes ont intérêt à rester fraîches. Le type qui a passé commande est un milliardaire yougoslave de quarante et un ans qui vient de se faire construire un manoir dans le sud de la Floride. Sa femme a toujours aimé les jaguars noirs, elle en aura cinq.

Il est six heures zéro trois du matin. Tous mes employés sont à leurs postes, réveillés par les lumières allumées. Elles restent éteintes de trois à six heures pour permettre à certaines espèces de se reposer sans compromettre leur cycle naturel.

Je traverse l'espace en saluant chaque travailleur que je croise. Je les appelle par leur prénom, leur fais sentir qu'ils font bien partie de la maison. « Bonjour, Monsieur Church » ils répondent en baissant la tête, barbarisant mon prénom de leurs accents étrangers. La plupart viennent du Honduras et de Bolivie. Mais j'ai aussi quelques Haïtiens et un Ougandais.

Je m'arrête devant l'enclos des hyènes et demande à voir leurs dents. Je vérifie les yeux, les oreilles. Et puis je passe à l'enclos suivant. Certaines bestioles me lancent un regard pleurnicheur, chagrin inconsolable dans l'œil, oreilles écrasées sur le crâne. Elles seraient humaines, on les entendrait sangloter. Et d'ailleurs elles sanglotent. Elles chialent à leur façon, c'est peut-être plus flagrant que si les larmes coulaient. Elles pleurent de n'exister que pour satisfaire l'espèce supérieure. Je sens l'impuissance contaminer leur chair. Épaissir leur sang. Leur viande serait bonne à jeter. Elle nous empoisonnerait de son malheur.

Cette détresse est solide mais n'est pas assez pour me faire pitié.

Désolé.

Le business, c'est le business.

Je continue ma visite et inspecte chaque bête, jusqu'au dernier petit quokka. L'intense odeur d'urine et d'excréments s'infiltre à travers mon masque chirurgical mais ne me remue pas. Je m'accroupis même pour contrôler la couleur de certaines merdes.

Et puis j'entends des hurlements d'agonie. C'est un ours polaire au fond de l'entrepôt. On me dit qu'il est malade depuis lundi. Que sa température a triplé pendant la nuit. « Qu'est-ce qui a été fait ? » je demande. « Tout » on me répond.

Le vétérinaire m'assure que le virus est engagé dans son organisme et qu'il ne freinera pas. L'ours est arrivé la semaine dernière en provenance d'un zoo de l'Iowa. Le propriétaire a fait passer la transaction pour un transfert, ficelant le micmac comme un chef. Personne n'est allé vérifier de trop près et le bonhomme a touché un sacré paquet. Assez pour retaper son zoo. Mais ce con n'avait pas précisé qu'il me refilait de la marchandise contaminée.

Cinq de mes employés boliviens protégés par des masques de hockey et gants triple épaisseur en cuir, sanglent la bête à une table d'opération. Il va falloir passer tout ça au mixeur. Pour faire disparaître un animal de cette taille sans qu'il n'en reste absolument rien, pas le choix. Pas d'incinérateur, ici. Pas de feu possible dans une région aussi chaude que Savannah en cette saison. Sauf si on veut attirer l'attention.

Un milkshake d'ours. C'est la plus sage solution.

L'équipe encerclant la bête malade maintenant entièrement restreinte de ses mouvements, attend la marche à suivre. En me retournant pour réfléchir, mes yeux tombent sur une longue hache de boucher plantée dans une pièce de bœuf sur une table en aluminium. Je vais la sortir de la chair rose filandreuse et contemple sa lame. Puis je m'approche de l'ours. Son pelage neige est doux comme un manteau en vison. Chaque poil est une caresse de plume. Je laisse ma main appuyée sur sa jolie tête, et la passe sur les côtés de son museau. Sa truffe est chaude. Et sèche. Il ne râle plus. Cinq cents kilos de puissance mais plus la force de s'en servir. Ses yeux noirs m'offrent leur servitude tout entière. Il sait ce qui arrive. Il le sait aussi bien que s'il parlait notre langue. C'est dans l'air.

L'odeur de poisson salée émanant de sa bave blanche et épaisse remplit mes narines. Un océan dans mon nez. Je respire par la bouche et murmure un verset de la Bible. Et puis je lève mon bras jusqu'à le plier au-dessus de ma tête. Et le redescends – vitesse maximale – moins d'une seconde de mouvement. La hache fissure le cou de la bête. Tchak ! Le son métallique résonne dans l'entrepôt comme une casserole tombée sur un carrelage. Tout le monde autour a cessé de marcher. De parler.

Les trois employés qui n'ont pas reculé sont arrosés de rouge. Leurs visages mats traversés par des lignes parfaitement droites. Rayures de sang.

L'animal bouge encore. Je l'observe quitter ce corps massif qui l'a trahi. La beauté de sa fourrure blanc suprême impeccable est gâchée par ce coulis framboise. Elle ne vaut plus rien.

J'attends sans avaler ma salive. J'attends d'entendre son dernier souffle. Qu'il s'échappe d'entre ses lèvres noires. Mes oreilles ont bloqué tous les autres bruits. Les coups de sabots, les coups de griffes, les vocalisations. Elles n'entendent plus rien. Elles n'attendent qu'une chose. Ce son terminal.

Et il vient.

Ça y est, l'animal est parti.

Je remplis mes poumons jusqu'à plus de place et hoche la tête. Puis je m'époussète le ventre et tourne les talons.

« Débarrassez-vous-en ! » j'ordonne en m'éloignant, un goût de sang sur la langue.

6

IDAHO

La télévision dans la chambre de Coyote est restée branchée. Elle hurle et m'empêche de me concentrer. Je ferme mon livre de maths et monte à l'étage. L'écran est allumé sur un programme de télé réalité. La télé réalité c'est un peu l'art contemporain des handicapés intellectuels. Ça se regarde sans rien comprendre. C'est la « Merde d'Artiste » de Piero Manzoni. Il paraît que les jeunes de mon âge adorent. Coy, en tout cas, il adore. Je dois être transâges comme d'autres sont transgenres, parce que je ne m'identifie pas à ma génération. Non, ce n'est pas la mienne. C'est une erreur. Je la rejette comme d'autres rejettent leur corps. Argh… Rien que d'être dedans est invivable, insupportable. Ça me gratte en permanence.

La daube qui passe en ce moment sur l'écran est une insulte à la race humaine. Une bande de jeunes femmes maquillées pour être louées à l'heure se frite avec un groupe de types tatoués aux biceps bronzés, huilés, dont on sent le parfum bon marché à travers le poste. Rien de distinct ne ressort de leur brouhaha, mis à part les « Bip ! » rajoutés, servant à censurer leurs grossièretés. Il y en a un toutes les nanosecondes.

Ces demeurés à l'intellect mort-né, à moitié nus, affalés dans le canapé à faire des fautes de langue… c'est l'avenir de notre jeunesse ! Il ne peut pas y avoir que des esprits vifs, des

Vermeer, des Isaac Newton, des Aristote ! Si ce monde n'était peuplé que de génies absolus, que nous n'étions tous que des prodiges inouïs, personne ne surpasserait personne… Le niveau humain serait une ligne droite horizontale, égal pour tous. Les génies en deviendraient sans intérêt. Puisqu'ils seraient la norme… Alors bénissons ces retardés et remercions-les d'exister. Grâce à l'ombre de leur bêtise, on distingue plus clairement la lumière de nos esprits brillants. C'est pitoyable comme excuse, mais c'est ce dont je me convaincs lorsque la vue de l'un de ces « jeunes de ma génération » m'est trop insupportable. Il faut bien trouver quelque chose…

Coyote a beau avoir l'argent et le statut social, il ne passe pas loin de ces crétins-là. Il les frôle. Il se pense supérieur à moi mais moi je sais bien qu'il n'en est rien. Il est un autre fils de. Fils de rien du tout, convaincu que parce que papa est quelqu'un, il ne peut pas être personne. Il plonge la main dans le compte familial et se contente de ça. Il n'est pas différent des fils d'acteurs hollywoodiens bénis dès la conception. Parce que papa a joui dans un trou, filles et fistons deviendront des sensations. Il n'en faut pas plus, pour réussir de nos jours. Eux aussi seront des stars, ils ont eu le flair d'atterrir dans le bon endroit au moment de l'éjaculation. C'est déjà un talent, non ?

Moi je viens peut-être de nulle part, mais j'irai plus loin qu'eux. À l'école, je travaille dur. Pas dur comme un lycéen travaille dur, dur comme un travailleur travaille dur. Je ne collectionne pas les amis, les sorties, les romances adolescentes. Je collectionne les A–, les A, les A+. Avec le physique que j'ai, je pourrais être pom-pom girl, star du lycée, jalousée par toutes les petites grosses acnéiques rêvant d'être moi, courtisée par tous les athlètes populaires que rêvent de se faire toutes les petites grosses acnéiques rêvant d'être moi. Je pourrais me taper le prof de maths ultrasexy, voté « homme le plus baisable de l'année» par toutes les filles de ma classe. Si je le voulais, je serais reine du bal de promo. Sans avoir fait campagne. Si je voulais être quelque chose d'autre, je le serais. Mais ce que je veux, moi, c'est réussir après le lycée. Aller dans une bonne université. Stanford. Ou Princeton, si Stanford me met un vent. Mais Stanford ne me mettra aucun vent. Parce que moi, c'est elle que je veux. Et pour la séduire je mets le paquet !

Afin d'éviter de me laisser distraire, je ne me mélange qu'avec ceux qui me ressemblent. Je ne prends pas part aux scénarios sociaux classiques auxquels prennent part presque tous les autres. Je passe à côté de tous les trucs cool que je regretterai de ne pas avoir faits. Je le sais déjà, que je m'en voudrai. Mais je suis trop occupée à m'instruire pour me soucier d'être une jeune fille de mon âge. Parce qu'être un jeune de son âge, c'est sacrifier son temps. Et quand je dis ça, je l'imagine littéralement, mon temps : poignardé par des inutilités. Parce qu'il en faut du temps, pour faire la fête, se droguer, papillonner… Des milliers d'heures vécues pour rien. De mon côté, je préfère réviser.

Pas comme Coy !

Je repose la télécommande sur son bureau et jette un œil à sa chambre. C'est la première fois que j'y entre depuis qu'on a emménagé ici. L'idée de venir farfouiller pendant qu'il n'est pas là ne m'a jamais titillée. Elle n'est pas plus grande que la mienne, mais sa fenêtre laisse passer bien plus de lumière.

Le mur parme du fond est placardé de photos prises au piège dans de petits cadres dorés. Principalement des clichés de son père et lui. D'une femme que je devine être sa mère et lui. De son père et sa mère ensemble, sans lui.

J'en décroche une pour l'examiner sous un rayon de soleil devant la fenêtre. J'ai envie de comprendre. Qu'on m'explique comment le regard inoffensif dans les yeux de ce garçon est devenu si noir. Si vil.

Coy tient la main de sa maman, tous deux vêtus de la même chemise beige à boutons en nacre. Celle de maman Slaughter, plus cintrée, renseigne sur sa silhouette excessivement fine. Et ses yeux maquillés se plissent dans un sourire surpris, comme si le type qui avait pris la photo n'avait prévenu personne avant d'appuyer sur le déclencheur. Coyote a sept ans, peut-être six. Une bouille banale de bambin. Pourtant, quelque chose y ajoute de la valeur. Son sourire. Gargantuesque. Il dévore son visage comme un monstre de lumière. La quintessence divine du sourire de l'enfant. Bruyant, pur, infini. Le bonheur immaculé qui jaillit hors de nous sans vraie raison, incessamment comme des virgules de joie, et qu'on ne retrouvera plus jamais sous cette même forme plus tard. Moi aussi il fut un temps je riais comme ça. Sans pudeur aucune, sans effort. Gratuitement. Pour rien.

Plus aujourd'hui.

Et j'imagine que lui non plus. Pas une fois depuis que je suis ici, j'ai surpris un tel sourire sur Coy. Les seuls mouvements de lèvres qu'il m'ait offerts sont ses sourires mesquins. Assortis à son dédain.

Je raccroche le cadre au mur et regarde autour. Je cherche une raison de ne pas le détester. Un truc qui m'émouvrait. Autre chose que de vieilles photos d'un temps où je ne le connaissais pas.

Je vois deux billets de concert posés sur sa table de chevet. Un groupe de rap, je crois. Je ne suis pas calée en musique de ma génération mais j'ai déjà entendu ce nom. Au-dessus de son lit king size à parure bleu marine, une affiche de film. Un type pointe un pistolet sur un autre type, qui lui-même pointe son pistolet sur ce type. L'affiche est sombre et les deux hommes balafrés ont l'air de s'être entre-tués avant la photo. Il y a des chaussettes sales au pied d'une malle ancienne. Et pas grand-chose d'autre. Pas de bidules. Aucun indice. Je soulève le tapis tricolore pour voir s'il ne cacherait pas un « qui l'aurait cru ? » dessous. Mais rien. À part l'impression d'être la baby-sitter suspecte d'un Lifetime movie.

Et puis j'ouvre un tiroir.

Celui du bureau noir paré de feuilles d'or. Un seul tiroir longiligne, allant d'un bout à l'autre du meuble.

À l'intérieur : rien que des flacons de médicaments.

Une impressionnante pharmacie parfaitement organisée. Chacun des gobelets orange disposés en lignes est calé dans un carré de carton. Sorte de rangement pour bijoux détourné de sa fonction. Je compte. Quinze flacons par rangée. Huit rangées. Cent vingt gobelets de drogue légalement prescrite remplissent ce tiroir.

Ils sont plus ou moins pleins, et les dates de prescription s'allongent sur plusieurs années. Effexor, Seroplex, Abilify, Celexa, Zyprexa, Prozac, Risperdal, Seroquel, Depakote, Klonopin, Ativan, Largactil, Zeldox : antidépresseurs, anxiolytiques, antipsychotiques… Je connais. La plupart des gosses de mon lycée consomment. Ils s'échangent les gobelets à la récré et débattent sur les effets et dosages comme ils débattraient de leurs séries préférées. Mais ce tiroir, c'est autre chose. C'est un autel à la gloire d'une douleur muette. Tous ces cachets collectionnés telles des cartes de baseball… C'est comme si Coy voulait garder une preuve de sa souffrance. Comme s'il voulait dire : « Regarde, j'ai souffert tout ça ! »

7

COYOTE

Être dépressif ce n'est pas regretter de ne pas avoir le meilleur de ce monde. C'est de ne même pas en avoir envie. Ne pas en vouloir un gramme. Une plaie intérieure qu'aucun billet de loterie gagnant ne pourrait soigner. La blessure reste fraîche au quotidien et s'infecte plus profondément plus va le temps. Blessure qu'aucun mauvais coup n'a pu causer. Elle était déjà là, assoupie dans une chambre éteinte du crâne. Les évènements traumatisants ne font que la réveiller.

Moi je suis le petit gars qui a tout. Celui que ceux qui n'ont rien mépriseraient deux fois plus en apprenant qu'il s'en fout. D'avoir tout.

Je colle ma joue contre la vitre de la Range Rover de Dwayne qui m'amène à sa fête. Encore une. Mais cette fois, il s'agit de mon anniversaire.

Il y a à peine vingt minutes, j'étais bien. Excité d'aller m'amuser. Convaincu que mon existence privilégiée ne ferait que s'améliorer. Et s'améliorer. Comme si j'avais besoin de plus ! Je me croyais souverain de la planète, rempli à ras bord d'une joie si extravagante qu'elle faisait s'agiter tous mes membres, m'interdisant de rester en place. Une joie intense injustifiée, arrivée d'un coup pour me secouer tout entier.

Ma bipolarité.

Je n'ai pas pris mes thymorégulateurs depuis trois jours. J'ai l'impression qu'ils me mentent sur ce que je suis. Quand je les avale, j'avale des liens de cuir qui ligotent mes pensées.

« On va bien se défoncer la gueule, ce soir ! » m'envoie Emmett en montant le son de la radio. « Dix-huit ans mon frère, ça se fête ! » Je m'allonge sur la banquette sans rien répondre. J'observe mes deux potes hocher la tête sur le son d'un vieux Dr Dre. Eux les bourgeois de Savannah, ils hochent la tête sur du gansta rap. J'avoue, je le fais aussi. Mais voir ça de loin me ferait presque rire. Surtout qu'il paraît que lorsque la mère de Dwayne était jeune avocate travaillant pour la Maison Blanche époque Bush père, elle avait aidé à rédiger un texte de loi visant à faire censurer les paroles de rap les plus violentes…

Emmett, lui, est le fils d'un procureur influent et d'une ancienne présentatrice télé. Il a un côté bien peigné, grand et musclé sans excès. Petit polo Ralph Lauren, souliers bien lacés. Jeune mais déjà ringard malgré ses efforts. Il fait pourtant tout ce qu'il y a à faire. Il écoute les bons sons, baise les bonnes meufs, est aux bonnes fêtes. Il ponctue ses phrases de « salopes », « bâtard », « putain d'enculé ». Il dit des trucs comme : « Y a de la pute ici, ce soir. » Mais cet accent friqué de jeune homme de bonne famille n'impose pas un respect immédiat. Il faudrait postuler un stage dans une banlieue chaude…

Ses cheveux bruns ondulés enduits de gel disparaissent sous une épaisse fumée blanche. Celle du joint bien tassé qu'il vient d'allumer. J'ouvre mon carreau et sors la tête à l'extérieur pour avaler l'air lourd.

Nous roulons autour du quartier historique de la ville. Maisons colorées sorties de contes féériques époque géorgienne, verdure luxuriante embrassant tous les bâtiments. Un romantisme exagéré. Des rues plus belles que les femmes qui y habitent. Fleurs et palmiers à tous les porches, marches tapissées de buissons éclatants. Encore ces chênes typiques du Sud, et ces mousses espagnoles à leurs branches pendant de tout leur long comme des guirlandes de coton. L'architecture flirte avec le Second Empire français. On se croit au temps de la Renaissance, ou parfois en pleine Grèce antique devant ces portiques blancs et crème. Les époques mélangées se marient et l'histoire est à chaque milli-mini-recoin.

Certaines rues ressemblent à ce que j'imagine de l'Italie. Tout le monde à pied, des sols pavés, verre de rosé sur les terrasses. Et cette façon qu'ont les gens de chez nous de ne pas se presser, de faire traîner leurs pieds, de regarder passer les calèches à touristes. Parfum de langueur dans l'air…

Ce quartier, c'est une femme. Il n'y a absolument rien en lui de masculin. C'était le préféré de ma mère. Elle m'y amenait tous les jours après l'école pour une balade à Forsyth Park, avec cours d'histoire en cadeau. Une fois qu'on avait fait quelques tours, elle enlevait ses chaussures, s'allongeait sur un banc, et me laissait aller jouer avec les autres gamins. Et j'étais un gamin parmi d'autres gamins. Et elle était une maman parmi d'autres mamans. Et en ces instants-là, nous n'étions que ça. Comme deux têtes dans une foule. Une joie universelle impersonnelle. Simple mais parfaite.

« On a une surprise pour toi ! » lâche Dwayne en m'inspectant dans le rétroviseur. Ses sourcils aussi blonds que ses cils et ses cheveux se lèvent. Il les remue comme on fait lorsqu'on veut créer un effet de suspense. « Tu ne sais pas ce qui t'attend… »

Ce gars-là est ce que j'ai de plus solide dans mon stock d'amis. On se connaît depuis que sa mère l'a expulsé de son ventre et la mienne du sien. On a sucé leurs seins côte à côte, bavé dans les mêmes bavoirs, bu dans les mêmes biberons. Son père est l'adjoint de mon père et ma mère était la marraine de sa sœur Afton. Il y a quelques années, on avait décidé d'un nom de famille commun pour faire croire à tous qu'on était de vrais frères. Fallait pas nous regarder de trop près ! Dwayne et sa mâchoire carrée nous trahissaient d'emblée. Ce visage aux traits nordiques, son air constamment énervé, ces yeux foncés de fumeur défoncé, et ce cou de taureau qui ferait péter une ceinture… Il est la star de l'équipe de lutte, je suis remplaçant sur les bancs du terrain de football. Il fume, moi pas. Ça nous a éloignés un temps. Et Emmett m'a piqué ma place d'ami numéro un. Il est lui aussi dans l'équipe de lutte et se défonce autant que Dwayne. À notre âge, ces détails suffisent à creuser le fossé. Les choses se sont plus tard arrangées et j'ai dû apprendre à composer en trio…

« Voilà ! » s'exclame Dwayne avec un accent français en se garant devant chez lui. La propriété d'East Hall Street – murs et volets blanc crème, balcons et étages à colonnes – hurle dans toute la rue. Du rap Auto-Tune aux paroles bousillées par le grésillement des basses.

À l'intérieur de la maison tamisée par des T-shirts noirs balancés sur les abat-jour, tous les rideaux ont été tirés. Dwayne a poussé les canapés en cuir blanc et les a recouverts de bâches en plastique, déjà mouillées de quelques flaques ambrées. On compte une soixantaine de fêtards adolescents, qui seront bientôt trop intoxiqués pour pouvoir articuler. Mais pour l'heure, ils sont encore conscients de la raison de leur présence ici. Tous se retournent vers moi, hochements de tête et tapes dans le dos. Des « Joyeux anniversaire ! » me tombant dessus en rafales, lancés automatiquement de cette même intonation joviale insupportable. La même – exactement – à chaque fois.

La vérité c'est que les anniversaires, je les aime autant que les fêtes de Noël. Aucunement. Cette exaspérante manie qu'ont les gens de se féliciter d'exister ! Comme s'ils y étaient pour quelque chose… Comme si leur présence terrestre était un accomplissement. Quelle société maladivement mégalo ! Papa a bien baisé maman il y a dix-huit ans, et maintenant tout le monde me doit un cadeau et un énorme gâteau !

Mais il faut bien faire semblant…

Alors je souris et je remercie. Je ne leur hurle pas que je ne veux pas être ici. Parce que s'ils me voient tous et que moi je les vois tous aussi, ça ne change rien au fait qu'en vrai je ne suis pas là. Je suis dans une boîte noire. Une boîte noire laquelle est dans une boîte noire, laquelle est dans une boîte noire, laquelle est dans une boîte noire, laquelle est dans une boîte noire. Et cette boîte noire dans un trou noir. Je serais arrivé quelques heures plus tôt, j'aurais sans doute aussitôt plongé dans l'ambiance. J'étais quelqu'un d'autre il y a une heure et demie. Mais avec moi, tout est question de timing.

« Ta surprise t'attend dans une des chambres du premier étage… » me susurre Dwayne à l'oreille. Je laisse quelques filles frotter leurs fesses à mon entrejambe, tape dans la main de quelques copains, attrape un verre de gelée alcoolisée sur la table en verre brisé et prends les escaliers. Des relents de sueur d'aisselles et sébum de cheveux mouillés accaparent l'espace. Ça sent la peau sale et fatiguée à peine la fête commencée.

Avant d'aller ouvrir une porte de chambre au hasard, je passe aux toilettes reprendre mon souffle. La lune sphérique dans le ciel charbon a fardé ses joues de vermillon. Elle a l'air aussi gênée que moi d'être là. Je la regarde par la fenêtre ouverte, assis sur le rebord de la baignoire en cuivre. La lumière de la suspension en verre soufflé me réveille et j'ai peur de ce à quoi je pourrais penser. Il faut toujours que je compartimente pour gérer les dossiers dangereux. Je suis coupable de tant de choses, qu'une minute d'inattention peut me faire entrer en transe. Il suffit de revivre certaines scènes… J'ai déjà fini sanglé à un brancard aux urgences à quatre heures du matin, hurlant comme un touché par balle. Mes troubles psychotiques attendent en tenue de camouflage à un carrefour sombre de ma cervelle, armes dans le dos, guettant le meilleur moment pour attaquer. Ils sont surentraînés, ces bâtards ! Chaque parcelle de ma journée est dédiée à ne pas les laisser avancer. Je suis un soldat de l'ombre qui a plus à perdre que tout un pays : ma tête.

Le soir de cette crise qui m'a mené à l'hôpital, papa a dit que «*cette chose*» que j'avais faite, «*cette chose*» qui s'était passée, à présent c'était le passé. Qu'il fallait mitrailler ces pensées.

Stop. Fini. Basta.

Bang ! Bang ! Bang !

En sortant des toilettes, je me rends rapidement compte que le nombre d'invités a doublé. Des filles en microshorts et seins à l'étalage – servez-vous c'est pour vous – se dandinent sur une musique assourdissante dont je ne distingue plus aucune parole. Les cheveux s'allongent, les corps se liquéfient, les visages se pixellisent. Je ferme les yeux très fort, secoue ma tête, rouvre les yeux. Tout revient à la normale. Ouf.

Je bouscule plusieurs types qui me parlent et à qui je réponds sans savoir ce que je réponds, puis vais ouvrir la porte de la chambre de Dwayne dans le couloir bondé de corps qui s'agitent. Pas de surprise pour moi dedans. Je tente la chambre d'amis. Vide. Les couples n'ont pas encore commencé à se chauffer dans les placards… Et puis je pose mes doigts sur la poignée de porte métallique de la chambre d'Afton, tout au bout de l'étage. Une main se pose instantanément sur la mienne. «Ma sœur n'est pas là. Elle est en Alabama, chez notre grand-mère.» Je sursaute.

Dwayne me regarde de ses yeux noirs, colériques mais tombants. Comme s'ils hésitaient entre faire peur et faire pitié. Mais je le connais assez pour savoir qu'ils essaient d'intimider.

– Je t'ai dit que c'était au deuxième étage, il s'énerve.

– Tu as dit premier.

– Non, enlève ta main de cette poignée. J'ai dit deuxième.

Sa mâchoire est si serrée qu'il en casserait ses molaires.

– J'ai dû mal comprendre…

– Viens frérot, je vais t'amener à ta surprise !

Le deuxième étage aussi blanc que la salle à manger du rez-de-chaussée est entièrement vide. Pas un fêtard égaré. Des peintures d'arrosoirs aux cadres d'artistes en argent gravé habillent les larges murs du salon. Il y en a aussi un vrai, encore en argent, au coin de la pièce sous une lampe blanche à pied de girafe. Et quelques autres plus petits, disposés sur la cheminée en pierre entre deux sculptures brutalistes.

Lorsque j'étais gamin et que Dwayne et moi passions la nuit à jouer aux jeux vidéo sur la télé de ce salon, je me demandais toujours pourquoi ses parents étaient si obsédés par les arrosoirs. Maman s'en moquait souvent. Elle disait que la mère de Dwayne était nulle en décoration et qu'elle avait raté cet étage parce que contrairement aux deux autres, elle s'en était occupée toute seule. Mais elle le disait avec une certaine affection, des rires bienveillants dans sa voix chaude. Comme elle aurait parlé d'une sœur ou d'un frère. Et c'était un peu sa sœur, Lee Dale. Au moins autant que Dwayne et moi étions frères.

Ces arrosoirs, à chaque fois que je les vois, je pense à ça. À sa voix, à son ton. Et à chaque fois que je vois un arrosoir, je pense à ce salon.

« Ton cadeau est là-dedans… » m'envoie Dwayne en pointant la chambre de ses parents du doigt. La porte blanche est cognée par la lumière or des réverbères de la terrasse d'en face, façon thriller. Comme si une lampe torche était dirigée dessus.

« T'es prêt ? » il me chuchote en poussant tout doucement la porte, qui s'ouvre dans un grincement de film d'horreur.

J'aimerais lui dire non. Ou alors si, prêt à aller me coucher et à ne jamais me réveiller. Mais je sais que ça le contrarierait.

À ma sortie du centre psychiatrique, Dwayne m'a ramassé. Il me forçait à venir chez lui chaque week-end en m'appâtant avec ses tout nouveaux jeux vidéo. Il faisait le pitre en cours pour freiner mes pleurs et que personne d'autre dans la classe n'en aperçoive une goutte. Il faisait taire quiconque évoquait ma mère ou l'accident, comme un garde du corps forcené.

On passait des heures allongés sur son lit. À parler. À faire des overdoses de friandises. À ne rien se dire. À mater le plafond. À dormir. Sa mère nous apportait des gaufres à la cannelle dix fois trop sucrées quand on jouait longtemps sur la télévision du salon. On faisait semblant de se régaler devant elle, miam c'est grave bon Madame Ellsworth, pour aller ensuite tout recracher aux toilettes. Et ça les bloquait en faisant tout déborder. Et on était obligés de l'appeler. Et on lui disait que c'était le vomi du chien, qu'on avait ramassé puis jeté. Et chaque fois qu'elle nous apportait ces gaufres immangeables, on recommençait. Leur beagle prenait parfois une petite raclée, mais ça nous faisait quand même bien marrer. Jusqu'à la crampe. Jusqu'à taper du pied. Jusqu'à pleurer.

Et pendant un instant grâce à ça, j'oubliais.

Dwayne n'effleurait jamais le sujet de ma mère, parce qu'il savait que je ne pouvais pas en parler. Donc nous n'en parlions pas. Mais il me soutenait sans les mots. Juste d'un regard ou d'une tape dans le dos. C'était un peu ma petite amie à couilles… Celle que j'aurais voulu avoir si j'en avais eu une. Un pote de compète à qui il ne manquait qu'une paire de nichons pour que je tombe amoureux.

Alors pour tout ça, je ne le planterai pas pour ma dépression.

«Je suis prêt» je lui réponds.

Il hausse ses sourcils transparents et fait tourner l'interrupteur variable. Les lampes encastrées de la chambre blanche au parquet verni montent graduellement. Puis arrêtent. Les lieux resteront tamisés.

Sur le lit king size à baldaquin, une petite brune de mon âge. Jambes diaphanes filiformes contrastant avec les draps noirs, petons chaussés dans des escarpins zippés aux bouts pointus, crinière à anglaises artificielles. Son dos arqué est appuyé contre la tête de lit à barreaux en fer forgé. Yeux cacao redessinés au crayon khôl, bouche en cœur laquée de rouge carmin. Et rien qu'une nuisette en tulle noire sous sa chemise à carreaux entièrement déboutonnée. Sans soutif, sans culotte. Je distingue d'ici la taille de ses larges tétons foncés.

– Elle est toute neuve, me murmure Dwayne.

– Quoi ?

– Elle n'a jamais servi.

– Hum… Quoi ?

– C'est garanti.

– Mais qu'est-ce que c'est que ça, au juste ?

– C'est rien que pour toi, frérot !

– T'es sérieux ?

– Joyeux anniversaire !

Je mets quelques secondes à réaliser.

– Oh… mais tu sais… je suis assez cassé…

– Ne me fais pas honte, elle n'attend que ça ! il m'envoie avec une tape sur l'omoplate avant de filer.

La brune me sourit en avançant son bras vers moi, comme dans une routine de vieille pute qui bosse à la demi-heure.

J'ai déjà essayé d'aller jusqu'au bout avec une fille, mais ça ne s'est jamais vraiment trop bien passé. Je préfère de loin me branler. Fantasmer, faire tout bien monter sans que personne ne voie comment je m'y prends. Aucun œil gênant pour tout gâcher. Mais lorsqu'il est question de réalité, mon bidule se dégonfle. Pfiouh. Rien ne rentre. La fille a beau faire, mon mécanisme reste hors service. Et j'ai l'air d'un impuissant dont la bite serait bonne à couper. Clac !

Pour Dwayne, c'est automatique. Il a une cote de bâtard et sa belle gueule a vu passer plus de culs qu'un acteur à succès. Normal, pour la star invaincue de l'équipe de lutte ! Certaines filles le sucent carrément dans les toilettes après ses victoires et se vantent ensuite d'avoir tout avalé. Du jamais vu !

Je soupire et m'approche du lit.

– Salut, je dis d'un ton morne en m'asseyant tout au bout.

– Bon anniversaire !

Elle s'avance à quatre pattes sur le matelas et vient s'asseoir à mes côtés. Je regarde devant moi comme un petit puceau confus. Pourtant je ne suis pas mal à l'aise. Juste embêté.

Les basses de la sono du rez-de-chaussée font vibrer mes pieds sur le plancher. Les pieds du lit aussi, vibrent, dans un son de vibromasseur survolté.

– Comment tu t'appelles ?

– Larissa. Je suis dans ton lycée.

– Ah oui ? Je ne t'avais jamais remarquée…

Elle grimace en baissant les yeux.

– Enfin je veux dire, je ne remarque pas grand monde… Heu, je veux dire…

– T'inquiète, elle me coupe en posant sa main sur ma cuisse.

Je soupire une énième fois puis reste à fixer la peinture d'Efren et Lee Dale, au-dessus de la commode écrue en fibre de verre. Juste à côté d'une trace de cadre où était accroché un portrait d'Afton.

– Tu es stressé ?

Au lieu de lui répondre, je me demande pourquoi je n'ai plus vu Afton depuis un moment. Et pourquoi la photo d'elle en maillot de bain sur un éléphant en Thaïlande a aussi disparu de la table de chevet de Lee Dale. Elle y était posée depuis des années. Je le sais, Dwayne et moi dormions parfois dans cette chambre lorsque ses vieux étaient absents. C'est la plus grande de la maison et leur matelas moelleux est une tuerie.

– T'es avec moi, Coyote ?

– Désolé, je divague…

– Pardon ?

– Rien. Hum… Je peux te demander pourquoi tu fais ça ?

– Qu'est-ce que tu veux dire ?

– Bah, on ne se connaît même pas…

– Bah si, moi je te connais !

– Ah oui ?

– Bah, tout le monde te connaît !

– Oh, je vois.

– Dwayne m'a dit que t'étais plutôt timide, avec les filles. Et pour ma première fois c'est exactement ce dont j'ai envie. Quelqu'un de doux… Et puis t'es Coyote Slaughter, c'est pas rien ! Je pensais que ça pouvait être spécial…

– C'est lui qui t'a convaincue ?

– Pourquoi t'es si coincé ? C'est ton anniversaire, détends-toi…

Je hausse les sourcils.

– T'es vraiment vierge ?

– Bah oui, pourquoi ?

– Tu ne préférerais pas qu'on parle, plutôt ? Je suis assez fatigué.

– O.K., on peut parler. Mais tu pourrais t'allonger à côté de moi, alors ?

Elle retourne lascivement se placer exactement là où elle était et attend que je la rejoigne. Si cette fête avait été organisée hier soir, j'aurais sans doute tenté un truc. Quitte à risquer l'humiliation. Mais mon état d'esprit empêche une quelconque fougue d'entrer en scène. Ce Coy-là est dans un coma. Il attend que mes cachets le réveillent. Même si c'est pour se retrouver ligoté psychiquement… J'en prendrai sans doute une dose en rentrant à la maison.

– Merci, je me sens un peu conne, du coup… bredouille Larissa en même temps que je m'étends à ses côtés.

– Faut pas.

Je m'endormirais bien ici, si les rires angoissants du rez-de-chaussée ne faisaient pas monter mon anxiété. Je vois des formes se dessiner au plafond. Des ronds remplis de gris qui se meuvent.

Je ferme les yeux.

Larissa pose sa tête sur mon épaule et sa main sur mon entrejambe. Je suis trop flasque pour objecter. Et puis elle me grimpe dessus et commence à frotter son cul sur ma queue. Je pose mes deux bras sur ses avant-bras pour la virer de là. Mais elle se débat.

– Non, lâche-moi ! Lâche-moi sale pervers !

Je rouvre aussitôt mes yeux.

– Quoi ?

Son visage détendu a viré de bord. Elle a la haine sur la peau. Ses yeux agrandis m'insultent et ses mains me griffent.

– Lâche-moi, je ne veux pas ! elle hurle en continuant de se frotter à moi.

« Lâche-la tout de suite ! » balance une grosse voix d'homme.

Je me retourne et trouve un type balèze à tête rasée, d'une vingtaine d'années, planté devant la porte ouverte.

– Qu'est-ce que tu fais à ma copine ? il m'invective en

s'approchant, tandis que Larissa fait mine d'être secouée en boutonnant sa chemise.

Je me relève, sourcils froncés à l'excès.

– Rien du tout ! C'est une blague ou quoi ?

Le géant roux en T-shirt gris, jeans baskets, a une dégaine de dealer des quartiers chauds. Il s'avance, tête avant corps comme un taureau menacé dans une arène.

– Larissa, fous le camp dans la bagnole ! il lui crache en pointant la porte du doigt.

Elle ramasse son jeans par terre, me frôle et disparaît. Le gars fait encore quelques pas, narines dilatées et yeux plissés. Il est en séance intensive d'intimidation. Mais je me fiche bien qu'il me casse la figure. Vas-y Molosse, mords !

– Tu voulais violer ma copine ? il jette en essayant de sonner ghetto sans y parvenir complètement.

– Tu veux de l'argent, c'est ça ? C'était le plan ?

Avant qu'il puisse me répondre, j'entends résonner des pas dans le couloir, malgré les boum boum de la musique.

« Coy ? »

C'est Dwayne. Il débarque dans la chambre en trombe, son torse à abdos exhibé par son T-shirt déchiré en deux. Il respire avec énervement en gonflant ses pectoraux sculptés.

– Qu'est-ce qui s'est passé ? La fille vient de me sauter à la gorge et de déchirer mon T-shirt devant tout le monde !

– Je ne comprends rien, je dis calmement en secouant la tête.

Le roux m'attrape par mon col de chemise et me balance à deux mètres, sur le paquet. Mon dos cogne le mur et ma colonne vertébrale craque. Il s'agenouille devant moi et presse mes joues dans sa main comme un citron.

– Tu trouves ça drôle ?

– Non, je…

– Tu as joué avec le mauvais cheval ! il m'envoie avec échantillon de postillons.

J'entends un tiroir se fermer et un chien de flingue s'armer. Clic ! Dwayne a un Colt dans la main droite, visé sur le crâne du roux. Sa face est repeinte par la colère, rouge et piquante.

– Casse-toi gentiment d'ici avant que je fasse voir à tout le monde la couleur de ta cervelle, il lui chuchote avec un aplomb de star de film d'action.

8

KEITH

Dans cette immense baignoire dorée apparaissant en cinq exemplaires dans le miroir à glaces multiples, il y a un intrus.

Moi.

La seule chose dans cette salle de bains fastueuse qui n'est pas rangée à sa place. Parce que sa place c'est tout en bas des escaliers, passée la porte d'entrée, environ à dix kilomètres d'ici dans le quartier où je vivais depuis des années.

Je le sais.

Mais je suis ici.

Dans la salle de bains dans laquelle je me suis douchée durant treize ans – avant que maman se noie dans ses bouteilles et que je sois placée – le miroir faisait la taille d'un couvercle de boîte à chaussures. Il était toujours sale, décoré de traces de doigts et d'éclaboussures de dentifrice. Je me regardais dedans avec insistance pour y voir clair. Il aurait été plus simple de passer un coup de chiffon dessus mais à l'époque, ça ne m'a jamais traversé l'esprit. Je crois que les choses les plus simples, les solutions les plus évidentes, ne me traversent jamais l'esprit. À moi.

Après qu'on m'a fait rebondir de famille d'accueil en famille d'accueil jusqu'à mes dix-huit ans, je me suis dit que mon but, dans la vie, serait d'être avec quelqu'un. Exister seule me paraissait infaisable. J'étais dépendante de l'autre, de sa main, son regard approbateur, encourageant, son n'importe quoi qui me concernait moi. J'avalais les démonstrations d'affection comme une carnivore affamée dévorerait une vache vivante. Pourtant autour de moi il n'y avait pas grand-chose à picorer. Mais en solo j'étais immobilisée, pareil que s'il manquait une pièce clef à mon mécanisme. J'ai plus tard saisi que seul un homme pourrait être cette pièce-là. Tout le reste était devenu secondaire, superflu. Je ne vivais que dans l'attente d'être enfin choisie. Par celui qui ferait de moi l'un des deux composants du nid de sûreté nommé couple.

Un homme. N'importe lequel.

Celui qui passerait par là...

Ma mère n'avait jamais su trouver de remplaçant à celui que je n'avais jamais connu. Pas même un candidat pour passer les épreuves préliminaires. Elle était solitaire dans son malheur et son alcoolisme. Pourquoi elle n'était pas comme les autres mamans ? Je pensais que c'était à cause de moi. Qu'elle détestait sa vie parce que j'étais dedans. Qu'elle m'avait eue trop tôt. Je n'en savais rien, au fond. Tout ce dont j'étais persuadée c'est que moi le bonheur, je voulais essayer.

Et mon bonheur serait mâle.

Au bras de quelqu'un, je ne serais plus un machin qu'on se refourgue de foyer en foyer. Un truc pas assez important pour qu'on pose la bouteille. Je rêvais de ça comme d'autres gamines rêvaient de podiums. Je voulais qu'on m'aime.

Dès que j'ai su porter des talons, je me suis perchée sur du dix centimètres et suis allée arpenter les restaurants à l'heure du dîner. Je m'asseyais seule au bar et faisais semblant de boire. Mes talons étaient intentionnellement épais et bruyants pour que la salle entière se retourne lorsque je descendais aux toilettes. Ce que je faisais toutes les demi-heures afin d'attirer l'attention de ces messieurs, jusqu'à ce que l'un d'eux daigne venir m'aborder. Ce qui n'arrivait presque jamais.

J'allais parcourir les centres commerciaux et m'asseyais sur les fauteuils disposés dans les allées pour les clients fatigués. Je restais immobile sur mon siège des heures durant, à chercher du regard tous les types potables qui me passaient devant. Parfois j'y restais jusqu'à la fermeture et devais me contenter du regard désolé du vigile en charge de demander aux derniers clients de quitter les lieux. Le pathétisme, ça a toujours été inné chez moi. Je le sais, que je suis triste et ridicule. Mais quoi que je tente, j'en reviens toujours à ce point. Parce que personne de décent n'a jamais bien voulu m'aimer de son plein gré. Je devais improviser.

Forcer les choses à arriver.

Alors dès qu'on s'approchait, je m'accrochais. Minables, tocards, fauchés…

Lorsqu'Idaho a commencé à gonfler dans mon ventre, j'ai compris que je ne serais pas meilleure mère que la mienne l'avait été. Parce que je me suis parfois dit que j'aurais pu l'abandonner sans complexe pour faire revenir mon ex. Pour le refaire m'aimer comme avant qu'elle se forme et me déforme. Durant seulement quelques secondes, je l'ai pensé. Mais je l'ai pensé. Moi non plus je n'étais pas prête pour un môme, c'est sûr, j'étais moi-même une môme et le suis encore aujourd'hui comme je le serai demain et le jour d'après parce que penser qu'on arrête un jour de l'être est une dinguerie qu'on se raconte. Forcément, des gosses qui élèvent des gosses qui élèvent des gosses qui élèvent des gosses, ça foire à la chaîne. Trop d'égos tentant de se réparer en bouchant leur abysse existentiel avec une compresse humaine qui promet de les aimer sans faille mais qui évidemment n'en fera rien. De toute façon, le passé ne se répare pas. Il se range quelque part et fait semblant d'être silencieux.

Non… On ne cesse jamais d'être un enfant. Il n'y a que la composition de la peau qui mute et s'épaissit. Que les os qui s'allongent puis s'affaiblissent. Mais l'Adulte est une utopie. Un concept. Un individu de légende qui n'existe nulle part. Nous ne sommes tous jamais que des enfants vieillissants. Des mioches ridés avec cannes et dentiers. Moi peut-être encore plus que les autres, parce que les gamins blessés ne font vraiment que régresser. Peut-être pour plus vite retourner d'où ils viennent et pouvoir tout recommencer. Je ne comprends pas grand-chose à la vie, ni à ce monde, ni même aux gens, idiote finie que je suis, mais c'est bien la seule chose dont je sois sûre.

Le père d'Idaho, pas plus évolué que moi, s'est tiré dès qu'il a pu. Depuis, je n'ai pas arrêté d'essayer de retrouver un autre mâle sur qui m'agripper.

La solitude me pétrifie.

Mais enfin, je deviens pas à pas une mère. Une vraie, qui ça va sans dire donnerait sa vie pour son petit. Je regrette de ne pas l'avoir été plus tôt. Mais plus tôt je ne pouvais pas. Ces choses-là s'apprennent parfois trop lentement.

9

Le grand restaurant de fruits de mer aux allures de bar d'hôtel est archiplein. Ses lustres à coupelles époque mille neuf cents se reflètent dans le sol en marbre gris, et ses banquettes confortables en velours violet s'accordent avec le verre prune des tables rondes. Ma robe moulante miel est assortie aux murs et on croirait que je l'ai fait exprès. Parfaitement ridicule.

Ici, aucune basket à un aucun pied. Aucun touriste. Pas une casquette de pêche. Que le nectar du nectar. Si on ne s'appelle pas Slaughter, avoir une table sans réserver il ne faut pas y compter.

Church et moi sommes assis à la table centrale, au centre de tous les regards curieux qui prennent des clic clac visuels. Mais pas un plouc pour venir quémander une véritable photo. Efren Ellsworth, l'adjoint de Church, et sa femme Lee Dale, nous accompagnent. Efren est un type d'une soixantaine d'années dont la gueule de playboy passerait impeccablement sur grand écran. Il a cet air apaisé, yeux tout sourire qui vous lanceraient un clin d'œil sans y penser. Ses tempes argent sont délibérément épargnées par la teinture foncée rajeunissant le reste de la chevelure. J'aime sa manière de rire pudiquement en inclinant la tête vers son épaule, comme un écolier qui ne veut pas se faire attraper par le prof en train de pouffer. C'est un grand type qui a un visage de grand type. On devine sa taille sans le voir debout. Quand bien même ses épaules et ses bras seraient cachés, on ne l'imaginerait pas en dessous du mètre quatre-vingt-dix. Il y a des têtes comme ça. Des têtes qui ne se visseraient pas à des petits corps gras.

Efren est le fantasme de la ménagère moyenne. Bonnes manières. Chemise blanche aussi blanche que ses dents blanches. Une élégance de noble anglais. On pourrait presque penser qu'Efren est trop esthétiquement parfait pour prétendre à une politique propre. Qu'il est la pilule de cyanure enrobée de fraise acidulée. Là pour s'assurer que Church puisse régner à son gré, signer ou pas ce qui lui plaît, et que son adjoint appétissant se chargera de sourire derrière lui. Comme un bouclier hypnotiseur. Parce qu'Efren est cent fois plus qu'un acteur remplaçant. C'est un bras droit d'exception, pas aigri de ne pas avoir la première place de la mairie. Je sais que Church ne prend pas toujours les bonnes mesures et que celui qui nettoie derrière : c'est Efren.

Sa femme vient compléter le tableau du couple immaculé. À cinquante et un ans, elle donnerait encore la trique à quelques collégiens. Un visage racé, de ceux des bonnes familles aisées dont les membres ne se reproduisent qu'avec ceux qui leur ressemblent. Un nez trop fin mais qui ne gêne pas l'œil. Une bouche naturellement charnue. Des yeux bleus en amande de séductrice russe. Elle a du sang bulgare, mais sa famille est savannahienne depuis une bonne centaine d'années.

Les prochaines élections sont dans quelques mois, et Church discute stratégie avec Efren pour écarter son principal opposant. Il est entendu qu'Efren ne se présentera pas contre Church mais fera néanmoins partie de la campagne. C'est lui qui s'occupera du plus ennuyeux. Des détails côté coulisse. Faut croire qu'ils ont des intérêts communs dont je ne sais rien. Je ne comprends pas leur micmac et ne suis pas assez familière à leurs yeux pour qu'ils me l'expliquent. Je ne suis encore qu'une poule bien roulée qui fait joli aux dîners.

Il est vingt-deux heures quinze et mon assiette de crevettes grises est pleine. Je n'ai pas faim.

J'ai mal au poignet. Et à la main. Tenir ma fourchette sans y mettre les cinq doigts et incliner mon bras comme un gamin de trois ans m'est très difficile. La douleur s'est logée entre chaque articulation. Impossible d'écarter les doigts, même un peu. Ou alors en grimaçant. Je sens le regard interrogatif de Lee Dale, qui fronce ses sourcils blonds en fixant ma main. Je secoue la tête en lui envoyant un sourire qui dit : « Ce n'est rien », puis vide mon verre de merlot jusqu'à la dernière petite goutte, tête en arrière. Même les gouttelettes qui se collent aux parois du verre, même celles-ci, j'attends qu'elles se décollent et tombent sur ma langue. Church s'en rend compte et me file un coup de coude discret. Puis un coup de genou sous la table. Je repose mon verre et exhibe ma dentition, façon sourire de reine de beauté. « Tout va bien, les amis ! »

Et puis je remarque une araignée, qui se balade sur notre nappe blanche tachée par quelques gouttes de sauce cocktail. Ses longues pattes luisantes comme des morceaux de réglisse se plient en avançant. C'est une veuve noire. Espèce venimeuse qui déclenche de sérieuses fièvres et pire, lorsqu'elle décide de planter son venin dans un muscle humain. Je la regarde sans vraiment la regarder, un peu stone, un peu ivre, un peu sonnée. Je suis sa trajectoire et essaie de la guider vers la grosse main de Church, posée à plat sur la table. Je lui envoie des signaux mentaux. « Allez… C'est par là… » Je la guide à la force de mon énergie mais cette sotte ne reçoit pas mes ondes. Elle se promène sur le rebord d'une assiette de homard et redescend pour aller se cacher sous le bol de soupe d'Efren. Pourtant j'essaie. Je serre mes neurones si fort que du jus en coulerait. Je voudrais que cette veuve noire sorte de sous ce bol, et se dirige en ligne droite jusqu'en face. Jusqu'à cette main à peau rugueuse et ongles manucurés. Qu'elle se faufile dans le creux ouvert entre son pouce et son index, aille se fourrer à l'intérieur, et le pique dans la paume. Qu'elle plante ensuite son venin dans un doigt, puis dans un autre doigt, et dans tous les doigts pourquoi pas. Que les veines se nécrosent. Que le sang gicle. Que la nappe blanche s'imprègne de son sang foncé. Qu'il en coule tellement, qu'il y en aurait des flaques sous nos pieds. Qu'il faille amputer Church en urgence. Que sa main droite se retrouve parmi des amygdales et de vieux morceaux de peau dans la poubelle à déchets humains d'un hôpital. Et que le moignon qui lui reste ne se referme jamais. Que la chair refuse de se renouveler. Qu'il subsiste une douleur inhumaine et ahurissante qu'aucune piqure de morphine ne saurait faire taire. Une douleur lui rappelant chaque seconde de chaque minute de chaque heure de chaque journée, ce qu'il s'est passé.

« Oh mon Dieu ! C'est une veuve noire ! » s'écrie Lee Dale en apercevant l'insecte. Efren a un réflexe de recul et fait grincer les pieds de sa chaise. Quelques clients se retournent sur notre table, et la petite fille à couettes blondes assise à celle d'à côté se met à pleurer. En une pincée de secondes, c'est le restaurant entier qui regarde. Church allonge brutalement son bras sur la table. De tout son long. Paf. Faisant vibrer verres et couverts. L'araignée attirée se dirige droit vers lui. Elle grimpe sur son majeur et Church replie le bras. Il la laisse courir jusque dans l'intérieur de sa main et l'amène à son visage. « Qu'elle est mignonne… Vous ne trouvez pas ? » La petite fille d'à côté a cessé de pleurer et Church recule sa chaise pour la lui montrer. « Regarde… Elle n'est pas si méchante, tu vois ? » Ses parents se mettent à rire, tendant le cou pour observer. On devine dans leurs yeux brillants qu'ils sont flattés d'avoir été approchés par le maire de la ville. Qu'ils raconteront l'anecdote de l'araignée à toute la famille en rentrant, et posteront même un mot sur Facebook.

« Serveur ! » appelle Church. « Apportez-moi une petite boîte en carton, on va la relâcher dehors… »

Je fais semblant de sourire, puis me lève pour aller vider ma vessie.

Les toilettes aux murs jaunes ont été attaquées par un déodorant senteur vanille. On se sent grossir rien qu'en respirant. J'inspire par la bouche et m'approche du lavabo pour me mouiller la nuque. Le large miroir illuminé de spots ne sert que le meilleur aux visages qui s'offrent à lui. Il lisse les peaux et éclaire les teints. S'il n'était pas si artificieux, il me dirait que mes yeux sont bouffis d'avoir trop pleuré. Et que ma peau a pris quinze ans durant la nuit.

Je n'ai pas fermé l'œil une seconde.

Au milieu des quelques clientes qui vont et viennent, je tapote mes joues pour réveiller ma circulation sanguine. Et puis une main se pose sur mon épaule. « Tu vas bien ? »

Lee Dale, complimentée par son ensemble jupe droite et chemisier crème ajustés, m'observe dans le miroir. Ses escarpins beiges vernis aux talons aiguilles l'aident à me dépasser de deux têtes. Elle attend que les deux bonnes femmes qui se lavent les mains sortent, puis va bloquer la porte en s'y adossant. Son chignon décoiffé s'écrase contre le bois jaune.

– Oui, j'ai juste eu un peu de mal à m'endormir, hier.

– Qu'est-ce qui t'a tenue éveillée ?

Sa voix douce fait penser à celle des publicités pour la lessive ou les couches pour bébés. Une voix pure et cristalline sans être trop aiguë, intonation rassurante de gentille maman.

– Oh… Un tas de choses. Rien en particulier. Dès que la

tête se pose sur l'oreiller, on pense à tout ce à quoi on n'aurait jamais pensé pendant la journée !

– Je connais…

Je souris poliment et tourne la poignée dorée du robinet. Avec peine. J'entends craquer l'os de mon annulaire et retire tout de suite ma main.

– Qu'est-ce que tu as à la main ?

– Je ne sais pas. Je pensais être trop jeune pour l'arthrose, mais il faut croire que non.

Elle me regarde d'une façon étrange et je ne mets pas le doigt sur son intention. J'ai toujours depuis que je la connais, un sentiment de malaise en m'adressant à cette femme. Nous le savons toutes les deux, Lee Dale vaut bien mieux que moi. Elle est plus intelligente, plus respectable, plus cultivée. Une ancienne avocate de la Maison-Blanche qui cause à une chômeuse professionnelle. Il y a un continent entre nous… Entre nos familles. Nos éducations. Nos expériences. Elle est allée à Yale, je n'ai pas mis un orteil à l'université. Je n'ai même pas fini le lycée. Et ce n'est pas comme si je pouvais le camoufler avec des discussions savantes ou des idées philosophiques brillantes. Ça s'entend à peine ma langue tape mon palais. J'ouvre les lèvres et on l'entend. On le voit. On le sait. J'ai l'impression qu'elle se fait affront lorsqu'elle gâche ses mots pour moi. Elle ne me le fait pas sentir mais moi je le sens. Aussi bien que je sens cette vanille dans ces toilettes jaunes. C'est peut-être dans ma tête. Mais si nous étions toutes les deux face à un peloton d'exécution et que le président devait en gracier une, pour le bien du pays il choisirait Lee Dale. Et moi je me ferais mitrailler.

– Comment ça se passe avec les enfants, à la maison ? elle demande, en relevant la mèche ondulée qui vient de tomber sur ses yeux.

– Ce sont des adolescents… Donc pas aussi bien qu'on aimerait. Mais il n'y a pas vraiment de conflit. Plutôt une certaine indifférence.

– Church te laisse gérer ça toute seule, je suppose… Il n'est pas beaucoup là en ce moment, si ?

– Il y a pas mal de boulot à la mairie…

– Efren est très pris aussi.

– Dwayne et Afton, ça va ?

– Bien. Dwayne est toujours fourré avec Coy. Il y a eu un petit couac entre eux il y a quelque temps, mais je crois qu'ils sont redevenus très copains.

– Oui, Dwayne a déjeuné à la maison, hier. Mais il avait l'air un peu perturbé… Je ne sais pas, j'ai senti un petit quelque chose…

– Tu es sûre que tu ne regardais pas dans un miroir ?

– Pardon ?

– C'est toi qui es un peu perturbée, Keith. Je le vois bien, ne me mens pas. Alors, qu'est-ce qu'il y a ?

Elle me lance ça comme si nous étions de vieilles copines de classe. Qu'on s'était déjà vues à poil, qu'on avait vomi nos vodkas ensemble en fin de soirée, qu'on avait hurlé les mêmes chansons aux concerts de nos groupes préférés. Alors que non, nous ne nous connaissons pas. Pas plus que ça. Nous n'avons fait que nous croiser, que poliment nous aborder. J'ignore d'où vient cet intérêt soudain.

– Je vais bien, Lee Dale. Qu'est-ce que tu voudrais que je te dise, exactement ?

– Excuse-moi. Je suis trop intrusive.

– Non, c'est juste que…

– Déjeunons ensemble dans la semaine, d'accord ?

– Hum… Oui, pourquoi pas.

Quelqu'un essaie d'entrer dans les toilettes sans y parvenir. Lee Dale se décolle de la porte, et sort sans se retourner.

Une fois de retour à table, j'ai du mal à récupérer mon sourire de service. Celui que j'utilise pour les dîners importants.

– Qu'est-ce que tu as, ma chérie ? me murmure Church à l'oreille, en posant sa main sur la mienne.

La peau de ma main commence aussitôt à me brûler. C'est le poids de sa main. La chaleur. Le contact. Un rien aggrave l'état de ma douleur sur cette fichue main malade.

– Rien, tout va bien, je lui réponds d'une voix doucereuse.

– Parfait, alors.

Il glisse ses doigts entre mes doigts et se met à serrer. Il me comprime la main aussi fort qu'il le ferait pour pulvériser une noix.

– C'est parfait alors, il répète.

10

IDAHO

L'avenue de chênes du site historique de Wormsloe est fantasmagorique. Surnaturelle. Onirique !

Une interminable allée de dessin animé, bordée de chênes aux branches penchées qui se donnent la main. Chaque arbre, de chaque côté, semble vouloir étreindre celui d'en face en étirant ses bras aux poils verts dans sa direction. Des branches majestueuses comme des bois de cerfs, et des feuilles en fouillis formant un toit de verdure au-dessus des têtes. Comme s'il n'y avait plus rien au-delà de ces arbres dingues.

Plus de ciel. Plus de Dieu. Rien qu'eux.

Ils font penser à des serviteurs géants en costumes de velours émeraude qui se prosternent à l'arrivée de leur roi. Lorsqu'on est sous ces branches, c'est ainsi que l'on se sent. Comme un roi. Une reine. Le maître tout-puissant de ces lieux miraculeux.

Quelques oiseaux à longs becs et plumes nacrées zigzaguent ailes tendues entre chaque rangée. Leurs chants joyeux et répétitifs recouvrent ceux d'autres petits oiseaux, qui préfèrent voler plus haut. Quelques faons timides se montrent parfois de mai à juin, mais on ne les aperçoit que le temps d'un clin d'œil. Si on est chanceux.

Cet endroit est une offrande, trop beau pour son propre bien. Trop populaire, incessamment dérangé par les touristes venus mitrailler sa magie de clics clacs, et les couples immortalisant fiançailles et mariages dans leurs habits de fête sans pour autant pouvoir voler la vedette au décor.

Blythe et moi aimons penser que ce lieu est le nôtre. Qu'il nous appartient légalement. Et que tous ces inconnus à appareils photos sont des intrus qui mériteraient de se faire tirer dessus. Comme des étrangers entrés par effraction dans une maison.

Cet endroit on n'y vient pas pour l'admirer, on sait déjà en long et en large ce qu'il vaut. On y a traîné des journées entières. On s'y est même laissé enfermer une nuit. Cet endroit, on y entre comme on rentre dans sa chambre après s'être disputé avec ses parents. Comme on s'engouffre dans un antre qui nous est infiniment familier et où rien de mauvais ne pourrait arriver. On s'y sent protégé.

Ça fait bientôt huit mois qu'on est ensemble, avec Blythe. C'est elle, qui a eu l'idée de venir relire nos cours ici au tout début. Elle disait que l'endroit était idéal pour se concentrer lorsqu'il était vide. Qu'il y avait des vibrations magiques qui influençaient les neurones. Et qu'une heure ici suffisait à mémoriser n'importe quelle leçon. J'ai ri. Mais c'était vrai. Mes révisions à Wormsloe ne m'ont apporté que des A +.

À notre premier rendez-vous, nous étions nous aussi ce couple cliché qui se photographie sous le tapis de feuilles des Quercus virginiana. Ils ont dû nous jeter un sort cet après-midi-là, pour que ça dure encore.

Blythe n'est pas une beauté foudroyante mais lorsque le regard s'accroche, il ne retombe pas. Des cheveux roux volume explosif, bouclés mais pas frisés. Une bouche qui sent la framboise en permanence, lèvres foncées jamais gercées. Une tache de naissance écarlate sur la joue droite. Des yeux marron qui se marrent même quand sa bouche ne dit rien. Elle est sexy parce qu'imparfaite, bourrée de détails inesthétiques qui renforcent son esthétisme. Des hic qui lui donnent un certain genre. Comme ses sourcils mal dessinés dont la queue claire a l'air d'avoir été tracée au crayon à papier puis gommée. Ou les ridules précoces en parenthèses aux coins de ses yeux manquant de cils. Et puis ce nez qui de profil exhibe une bosse. Pas forcément belle, mais assez intéressante pour m'intéresser. Et puis elle est brillante. Pas autant que moi, ça va sans dire. Mais là encore, suffisamment pour que je puisse la respecter. Elle connaît ses physiciens par cœur et rédigerait yeux fermés, des formules de Niels Bohr ou James Clerk Maxwell. Elle n'écoute pas la radio, ne regarde pas la télé, et internet ne lui sert qu'à étudier. Au lycée, elle est de ces filles à travers lesquelles on passe sans le savoir. Ces filles sans couleurs qui se fondent dans les couloirs. Mais moi je l'avais remarquée, même muette et invisible. Je sentais le bruit et la couleur à l'intérieur. Tout ce boucan qui en crevait de s'échapper…

Le problème entre nous, c'est le malaise quand on baise. Ou l'absence de baise. On n'a que seize ans, mais tout le monde baise déjà à seize ans…

On s'en fout, nous, de tout le monde. Ou d'être en accord avec les autres. Mais quand même. Je sais que Blythe pense que c'est à cause d'elle. Parce que je grimace quand elle m'enlève ma culotte. Et je serre les dents quand elle introduit ses doigts froids. C'est vrai que ça me dégoûte, tout ça. Pas le sexe en général, mais celui des filles. Leurs vagins visqueux aux trous sans fins, comme des labyrinthes chauds de chair où on ignore ce qu'on va trouver. Toutes ces odeurs, la drôle de texture à l'intérieur, les parois fines élastiques. C'est comme une dangereuse grotte d'humidité qui menace d'avaler les intrus. J'ai peur que ma langue reste coincée ou que mes doigts se fassent aspirer. Je sais, c'est bête. Mais je n'aime pas ça.

Je les tripote parce que je me dis que c'est toujours mieux qu'un pénis à sucer. Je voudrais vraiment arriver à les aimer. Je me sens comme un carnivore tourmenté de ne pas réussir à manger vegan. Parce que *jamais* je ne ferai entrer une queue en moi. Je ne mets même pas de tampons. Ils n'ont été créés que pour apprendre aux gamines à se faire pénétrer. À bien les habituer. Je préfère saigner dans ma culotte, plutôt que d'accueillir l'ennemi cylindrique. Si ça vient d'un homme, que c'est pensé par un homme, que ça ressemble à un homme, ça m'est automatiquement toxique.

Alors je me force à jouer avec les filles. Peut-être qu'à force d'essayer…

Et puis avec Blythe, on est assez en accord sur le reste pour que mon blocage ne nous nuise pas tant que ça. En dehors de notre obsession pour l'excellence, on aime toutes les deux rouler sur nos skateboards. Vite. Le plus vite possible.

– Prête ? elle m'envoie, en s'assurant que la cordelette est bien nouée à la pièce de métal tenant les roues.

– Tu peux parier ! je lui réponds en ramenant mes pieds sur la planche, mon dos bien à plat dessus, mes mains agrippant les rebords en bois laqué.

– Alors, c'est parti !

Blythe se met à courir, déroulant la cordelette de cinq mètres accrochée au skate. Il est dix-sept heures vingt-six. Il n'y a que nous dans l'allée, il faut en profiter. L'avenue de chênes est si large qu'une fois à l'horizontale, on ne voit plus les troncs ni la forêt qui s'annonce sur les côtés. Il ne reste que le toit de feuilles folles et les branches araignées. Mon casque sur les oreilles, mon portable coincé dans mon short, j'appuie sur play. Les premières notes d'« Opium » de Marcy Playground s'infiltrent dans mes oreilles. Le contraste entre la lenteur excessive du titre et la vitesse à laquelle je roule me file la chair de poule. Mon dos rebondit et tape la planche. Ça penche de gauche à droite. Ça accélère. Le soleil fiévreux s'étale sur mon ventre nu et va cuire le coton de ma brassière. Je sue déjà du front au nombril et entre les cuisses. Plus vite ! Encore !

Je ferme les yeux et m'imagine ouvrir mon enveloppe d'admission pour Stanford. Je me l'imagine en trois dimensions, ressentant chaque vibration. Je sens l'épaisseur du papier, l'encre noire sur le bout de mes doigts. Je vois le séquoia du logo de l'université, les huit lettres rouges de son nom, l'exacte typographie. Je lis les compliments, le « Bienvenue », le « Bravo ». Blythe continue à courir et je dévale les paliers de l'excitation. Je sens l'odeur chimique de la feuille blanche. Celle de l'encre bleue baveuse un rien sucrée sur la signature du doyen. Je commence à mouiller au moment où le morceau monte en puissance. Les guitares électriques me guident et je décolle mes doigts de la planche. J'ouvre les yeux sur le ciel de verdure, écarte les bras de chaque côté de mon corps, parfaitement droits. La chanson molle s'emballe et je vole, je viens, je jouis ! Et puis la planche se retourne d'un coup. Les roues vrillent et je me ramasse méchamment sur le sol. Bam ! À plat ventre.

Le fil de mon casque s'est coincé dans les roues et plus aucune musique ne hurle dans mes oreilles. « Idaho ! » s'exclame Blythe qui revient en courant, ses grosses cuisses pâles et veineuses tremblotant à chaque pas. Je reprends mon souffle, éraflée mais ravie.

« Oh, merde ! Tu t'es fait mal ? » Mes genoux et mes mollets saignent. Je devrais avoir mal mais suis trop excitée par ce rêve éveillé. J'attrape Blythe par le col de sa chemisette à motifs géométriques et la plaque par terre. Elle se laisse faire docilement, écarte les jambes en soufflant. Ses yeux rigolent et font se lever ses sourcils estompés. « Tes genoux saignent… » elle me murmure, sa langue dans ma bouche. « On s'en fout » je réponds en dézippant son short camouflage. Je fais ensuite descendre sa culotte blanche le long de ses jambes courtes mal épilées. Sans savoir s'il n'y a encore que nous, dans cette allée.

Je pense à cette lettre d'acceptation et plonge mon visage dans sa caverne lubrifiée. Mes mains sous ses fesses lourdes et basses, je pousse son sexe fort contre ma bouche. J'avale ce qu'elle m'offre et lèche avec la langue tout entière. Ses cuisses dodues en sueur humidifient mes joues en se fermant derrière ma nuque. Verrouillées. Ma gueule en otage. Je ne respire plus qu'à travers son intérieur. Un air brûlant et moite.

Ses genoux cognent mon crâne de leurs tremblements et le bruit résonne dans ma tête. J'embrasse cette chatte comme si elle était mon ticket d'entrée à Stanford. Je la choie de toute ma joie. Celle que j'aurai dans quelques mois…

Et pour la première fois grâce à moi, Blythe jouit.

APRÈS

11
KEITH

« La découverte de la tête décapitée de Coyote Slaughter dans la cathédrale Saint-Jean-Baptiste il y a presque trois heures a plongé la ville dans l'émoi. Les fidèles qui se trouvaient devant l'édifice et les passants arrêtés par le chahut ont très rapidement relayé l'information sur les réseaux sociaux, et la nouvelle a fait le tour du web en un rien de temps.

Il était aux alentours de dix-neuf heures, lorsque Church Slaughter et Keith Erwin, sa compagne, ont pénétré dans le lieu sacré. Le maire de la ville s'est alors écroulé, estomaqué par l'abominable mise en scène. Il a dû être transporté d'urgence à l'hôpital, après avoir présenté les signes classiques d'une crise cardiaque imminente. Au même moment, les pompiers sont appelés sur une autre scène dramatique. L'alerte est venue d'un voisin, habitant à presque un kilomètre de chez les Slaughter. Il faisait des réparations sur son toit, lorsqu'il a aperçu un large nuage de fumée opaque se propager dans l'atmosphère. Le brouillard venait de l'incendie, déclenché dans la demeure du maire de la ville. Impossible à cette heure, de dire s'il est question d'un incendie criminel ou accidentel. Ou s'il a quoi que ce soit à voir, avec la découverte de la tête décapitée du jeune Coyote. Nous nous trouvons actuellement devant le très haut portail de la propriété des Slaughter, et comme vous pouvez le voir sur ces images, le feu n'est toujours pas maîtrisé. Les flammes sont anormalement hautes et déchaînées, malgré les puissants jets d'eau des pompiers. Un spécialiste des incendies nous a confié il y a quelques minutes, que ce genre de feu indomptable est généralement provoqué par des accélérants. Mais il est bien sûr trop tôt pour se prononcer…

Toute la façade ouest de la demeure est noire, détruite. Vous pouvez apercevoir les cendres d'une partie du toit, à droite de l'image. Et sur ces autres images, enregistrées il y a un peu plus d'une heure et demie, ce que vous voyez derrière, ce sont les deux chênes Quercus virginiana plantés devant la propriété, qui ont été transformés en torches géantes. Absolument impressionnants ! Regardez-les, enflammés du tronc jusqu'aux points culminants de leurs branches, brûlant de chaque côté du château comme les cornes mutantes d'un démon ! Et c'est véritablement l'œuvre du mal, qui s'abat sur la famille Slaughter depuis bientôt deux heures… »

L'écran plat accroché au mur de la salle d'attente de l'hôpital ne me parle plus. Je vois l'image bouger mais le son bourdonne. Un essaim d'abeilles sous acide frottant leurs ailes contre les parois de mon crâne. Ce n'est pas la télévision, c'est moi. C'est moi qui bourdonne.

La petite salle étriquée et mal aérée empeste la maladie. Pareil que si douleur et bactéries étaient incrustées dans la matière même des murs bleu pastel. Ironiquement, une odeur d'eau de Javel qui pique le nez se mêle à cette indéfinissable senteur de saleté. Comme s'il était impossible de récurer la mort et la douleur. Impossible de l'effacer.

Pour la trente-neuvième fois j'appelle Idaho. Toujours le répondeur. Mon cœur rétrécit à la minute. Il n'en restera bientôt plus une miette.

Derrière moi, une cinquantaine de têtes. Des corps sur vibreur incapables de tenir en place. Flics, connaissances, collègues, journalistes, admirateurs. Tous transpirants, tachant leurs vêtements d'auréoles, rendant l'air moite. Tous ici pour Church. Un cirque odorant de curieux inquiets qui s'octroie le droit de saturer l'espace de cette pièce miniature, tout au fond de l'étage. Les familles des autres malades ont été gentiment renvoyées dans les salles d'attente voisines. Allez pleurer ailleurs, petites gens !

« Madame Slaughter ? » m'envoie soudain une voix dans le chahut, en même temps qu'une main se pose sur mon bras. C'est l'infirmière qui nous a accueillis tout à l'heure, lorsque Church a fait semblant d'être secoué. Lorsqu'il a jugé bon de voler à son fils le dernier moment de gloire qu'il aurait.

« Madame Slaughter ? » Je regarde le visage bronzé aux yeux bridés de la jeune infirmière comme s'il était une porte magique à travers laquelle je pouvais sauter pour m'échapper.

– C'est Erwin…

– Pardon ?

– C'est madame Erwin, pas Slaughter.

Le bleu en civil adossé au mur juste à côté de moi, qui avait jusque-là les yeux rivés sur la télé, me jette un regard suspect. Celui du flic qui vient de trouver son coupable.

– L'état de votre conjoint s'est stabilisé. Vous pouvez le voir, maintenant. Venez avec moi.

Je secoue la tête et frotte mes mains sur ma robe en satin pour essuyer leur sueur. Elles restent mouillées.

Le bruit obscène de mes talons aiguilles dans ces couloirs à malheurs fait se tourner toutes les têtes sur mon passage. Ou peut-être est-ce moi, qui les fais se tourner. Moi, la compagne du maire maudit dont la ville entière est en train de parler.

« C'est cette chambre… » me susurre l'infirmière en poussant la porte avec un air affecté. Je remplis mes poumons et entre, tremblotant comme un chien sous la pluie. J'avance dos courbé, pas rassurée sur ce que je vais trouver.

La chambre du même bleu pastel que la salle d'attente n'est éclairée que grâce à la lampe tube au-dessus du lit. Les volets métalliques sont fermés et si on l'ignore, impossible de deviner si c'est la nuit ou la journée.

Church est allongé droit comme un cadavre dans un lit surélevé aux draps blancs, tête calée sur deux gros oreillers. Il ouvre les yeux à l'entente de ma respiration et ce sont des roudoudous qui ont remplacé ses pupilles. Deux orifices de sucre. Un regard d'adorable ourson insoupçonnable. Ce type massif à barbe acier joue au bambin malade qui attend l'histoire du soir de sa maman. « Ma chérie… » il murmure en tendant son bras vers moi, façon mort imminente.

Je m'approche au ralenti et examine son expression. Je contemple attentivement. Ses yeux vairons : un qui ment, un qui dit la vérité. Le bien, le mal. Yin, yang. Black and white. Ainsi sont les yeux de Church. Pareil que ses humeurs. Un prêtre et un fossoyeur sataniste. C'est ce qu'il est. Jamais au milieu. Parce que le milieu, il ne connaît pas. Il ne sait pas comment il faut faire, pour tout bien mélanger afin de tempérer ses émotions. Diluer sa colère, pour lui c'est comme diluer un bon cognac. Du gâchis.

Alors je ne vois rien qui m'éclaire, dans ce regard d'enfer et de paradis. Juste le jeu qu'il joue. Ce rôle de souffreteux à plaindre, victime numéro un devant son fils décapité qui ne méritait pas de se faire remarquer autant que papa. Même pas aujourd'hui.

Son calme démesuré et ses yeux secs m'alarment.

– Ils t'ont mis sous calmant ?

– Pas du tout. Je me suis calmé tout seul. C'était une fausse alerte.

Je fronce les sourcils. Sa réaction est incompréhensible.

– Où est Idaho ? je lui envoie comme une supplication.

– Quoi ?

– Ils t'ont dit pour la maison ?

– Dit quoi ?

– Elle est en feu !

– Qu'est-ce que tu racontes ?

J'attrape la télécommande posée sur la table de chevet et allume l'écran fixé au mur. Soudain, Church retire son masque d'enfant de chœur. Ses yeux bicolores deviennent tous les deux noirs.

– Bordel de Dieu… il chuchote en voyant son château cramer à l'écran.

« Toc, toc, toc » La porte grince et une tête se faufile dans l'entrebâillement. C'est le flic en civil de tout à l'heure. Un grand blond aux yeux bruns, mal rasé, mal coiffé, d'une trentaine d'années ; air supérieur de lieutenant gradé alors qu'il ne doit en être qu'à sa première année.

– Church, la cavalerie attend dehors, il lâche d'une voix basse. On peut se parler en privé rapidement, avant qu'ils entrent ?

Le type me balance son regard suffisant, comme un ordre muet pour me chasser de là. Et soudain, je me rappelle ce visage. Ses cheveux étaient brossés et laqués, sa barbe de deux jours pas encore née, et il portait une chemise blanche à la place de ce T-shirt crade. Mais c'est lui… Chaque poil sur ma peau se dresse à la manière d'un porc-épic énervé.

– Sortez, je lui flanque d'un calme furieux. Church a besoin de se reposer. Il n'est pas encore prêt pour vos questions.

– Je voudrais juste…

– Sortez ou j'appelle l'infirmière.

Le type regarde Church, qui ne le retient pas, et s'exécute, dépité, en fermant derrière lui.

– Church… Qu'est-ce que tu as fait ? je demande narines dilatées, mon portable brûlant à l'oreille.

Ça sonne, ça sonne, ça sonne. Répondeur. Voix d'Idaho. Voix du répondeur m'indiquant que sa messagerie est pleine.

« Au moment où nous vous parlons, nous ignorons encore si des personnes se trouvaient à l'intérieur de la maison lorsque le feu s'est déclenché. Un de nos collègues journalistes arrivé peu de temps avant nous, nous a dit avoir vu passer plusieurs brancards. Mais nous ne pouvons rien confirmer à ce stade-là. »

– Brancard ? je m'exclame, bouche bée devant la télé.

Church ne dit rien. Ne répond rien. Et ses yeux sont revenus à leur douce indifférence initiale. Je sais qu'il sait ce qui s'est passé. Qu'il a toutes les réponses. Et j'hésite à enfoncer mes doigts au fond de sa gorge pour les lui faire vomir.

– Qu'est-ce que tu as fait ? je hurle à en fissurer mes poumons.

AVANT

12

KEITH

Le vaste salon des Ellsworth est presque trop impeccable pour être utilisé. D'interminables murs crème qui se courbent sur un immense plafond neige. Du mobilier neuf et brillant aux couleurs neutres, plexiglas et fibre de verre. Et en face de l'entrée, un monstrueux miroir sans cadre forme losange, qui multiplie l'espace par deux.

Mais en pénétrant dans la pièce, ce qu'on remarque avant le reste, c'est la peinture d'un mètre cinquante accrochée au-dessus de la cheminée classique en pierre. Les quatre membres de la famille y apparaissent en stars. Couleurs vives et lumineuses, style sobre mais réaliste. Efren et Lee Dale s'enlacent devant une fontaine, Afton et Dwayne assis à leurs pieds en train de jouer. D'habitude, ce genre de tableau de famille est pitoyablement réalisé. Celui-ci ne fait pas honte au salon. Les expressions des gamins sont convaincantes, les traits de visages honnêtement reproduits.

– Merci d'être venue, me lance Lee Dale en s'asseyant en face de moi.

Elle pose ses mains sur le large cercle de verre fumé soutenu par une roche de quartz cristallin qui sert de table, au centre de la pièce. Les rayons de soleil qui traversent les doubles fenêtres courbées de la véranda viennent découper le salon en quatre comme une tarte aux pommes. On distingue leurs paillettes statiques dans l'air chaud.

– Bien sûr…

– Nous n'avons pas vraiment eu l'occasion d'apprendre à nous connaître. J'ai pensé qu'il était peut-être temps…

– Absolument, je dis en hochant la tête, soucieuse de faire bonne impression.

Je m'aperçois dans le miroir losange, et me demande soudain si ma robe bleu électrique moulante et décolletée n'est pas inappropriée. Même en Valentino, je fais Walmart.

Lee Dale est sobre, dans une robe droite à encolure carrée, du même beige que son vernis à ongles et que les coussins des chaises. Elle tient son dos long et droit, tête haute, toujours distinguée sans avoir l'air d'essayer.

– Ça va faire combien de temps, maintenant, que Church et toi êtes ensemble ? Cinq mois, six mois ?

– Huit, ce mois-ci.

– Ah oui, déjà ?

– Les six premiers mois, nous nous sommes très peu vus. Depuis que j'ai emménagé, c'est autre chose. Alors je devrais répondre deux. Deux mois. On ne connaît jamais personne avant d'avoir vécu avec, je dis dans un rire gêné en soufflant sur mon thé.

Lee Dale sourit poliment, caressant sa main laiteuse et délicate, fine comme celle d'une joueuse de harpe. Chaque doigt a l'air fragile, cassable à la moindre poignée de main trop assurée. L'annulaire et le majeur gauches sont cerclés de plusieurs bagues or serties de diamants, rubis, citrines. Rien à la main droite.

– Six mois sans vraiment se connaître, c'est peu de temps pour emménager avec un homme. Non ? Je veux dire, c'est peu commun d'aller aussi vite.

– Church a su me convaincre…

– Évidemment, qu'il a su. Church convaincrait une Amish de se raser la tête !

Son ton doux de gentille maman a vrillé dans le grave avec cette phrase. Elle n'est pas sortie comme une plaisanterie. Plutôt comme un reproche. Un « Vlan ! ».

Je fronce les sourcils.

– Vous vous connaissez depuis longtemps, avec Church ?

– Nous étions ensemble au lycée.

– Ensemble ?

– Non, pas comme ça. Nous étions simplement tous les deux, dans le même lycée. Tous les trois. Lui, moi, Efren.

Elle remarque que je masse ma main en serrant les dents et incline sa tête, sourcils en l'air.

– Tu as toujours mal à cette main ?

– Non, ça va beaucoup mieux, je mens en cessant de la tripoter.

– Keith, je voudrais que l'on soit honnêtes toutes les deux…

– Naturellement.

Elle élargit ses lèvres dans un sourire rigide. Ses yeux d'un bleu gris myrtille ont beau s'étirer, ils restent glacés. C'est comme si elle m'en voulait pour quelque chose.

Et puis Afton déboule dans le salon et ses yeux s'attendrissent illico.

« Mon petit pois sucré ! » elle s'exclame, toutes dents à découvert, ouvrant les bras vers sa fille. Afton doit avoir entre dix et onze ans, mais a déjà des jambes à podium. Ses longs cheveux or vingt-quatre carats éclatent de lumière. Chaque mèche d'un blond différent, comme un arc-en-ciel de doré. Elle a les traits slaves de sa mère, belle au-dessus de l'entendement. Une symétrie faciale presque intolérable pour une autre femme. À la vue de ses yeux aigue-marine d'une forme parfaite qu'on croirait sculptée à la main, on n'ose même plus se remémorer ce à quoi l'on ressemble.

Dans dix ans, elle sera exactement ce qu'elle veut. Trop sublime pour les soucis. Cette gosse réussira. C'est certifié.

– Afton, tu dis bonjour ? l'encourage Lee Dale en arrangeant sa robe T-shirt rose pastel à sequins.

Afton tourne la tête vers moi et soudain mon dos se glace. Je reste bouche ouverte sans que rien ne se débrouille pour en sortir. Pas même une onomatopée.

La gamine me regarde sans me regarder, regard récuré de toute humanité. Elle mâchouille sa langue comme une petite vieille et se gratte le bide en se dandinant.

– Tu dis bonjour, Afton ? insiste sa mère.

– Bon-jour Ma-dame, répond la gosse en sectionnant ses mots.

Cette merveille de beauté n'a pas été entièrement épargnée par les dieux… Il est clair qu'elle souffre d'une forme de retard mental. Je me tourne vers elle et courbe le dos, main tendue.

– Bonjour ma jolie ! Je m'appelle Keith, enchantée…

Afton continue de regarder à travers moi comme à travers une vitre. Et puis elle attrape la main de sa mère, la pousse violemment contre la table en verre, et s'enfuit en courant. Lee Dale libère un soupir de douleur en se levant. Elle se traîne jusqu'à la cheminée et plonge la main dans un vase en céramique blanc pour en sortir une longue cigarette fine, ainsi qu'un briquet.

– Ça fait seulement un peu plus d'un an qu'elle est comme ça, elle dit avant d'allumer sa cigarette.

Elle s'avance vers le miroir, et va cracher la fumée devant son reflet. Je n'ose pas la relancer, ni respirer trop fort. Je la regarde se regarder, elle non plus, sans rien voir devant elle. Et puis elle commence à se recoiffer, avec la main droite qui tient la cigarette. Elle brosse ses cheveux attachés en chignon, se décoiffant plus qu'autre chose. De la cendre tombe sur le haut de sa tête mais elle continue de brosser ses mèches d'or. Pas tant pour se brosser que pour se calmer. C'est un tic nerveux. Sa main tremble, autant que sa lèvre supérieure et son sourcil gauche.

Une mouche de cendre s'écrase sur son front et s'éparpille en poudre sur son visage. Lee Dale ne se souffle pas dessus. Ne réagit pas. Du tout. Et pendant une seconde, je me demande si elle sait que je suis encore là. Dans ce salon. Alors je me lève et vais me tenir juste derrière elle. Si près que je hume le parfum masculin sur sa nuque droite et ténue, au duvet blond dressé en l'air.

Je pose ma main sur son épaule et la fais sursauter.

– Lee Dale…

– Tout allait très bien avant ça, elle susurre.

– Avant quoi ?

– Tout allait parfaitement bien.

Elle reste de dos et me parle en ne quittant pas le miroir des yeux.

– Quel âge a-t-elle ?

– Elle aura douze ans cet été.

– Tu dis qu'elle n'est comme ça que depuis un an ?

Elle expire en posant sa main à plat sur le miroir, le bout incandescent de la cigarette contre la glace. J'ignore si elle a envie de poursuivre cette discussion délicate ou si je ferais mieux de la boucler.

– Elle n'est pas autiste…

– Pardon ?

– Tout est normal chez elle. Parfaitement normal. C'est un choc psychologique. PTSD.

– Que lui est-il arrivé ?

Lee Dale se retourne et aspire un souffle, comme lorsqu'on réalise qu'on vient de faire une bêtise. Elle feint d'aller bien, yeux élargis et sourire artificiel.

– Oh, je suis navrée ! Je ne t'ai même pas demandé si la fumée te gênait !

Je mets un moment à répondre.

– Non, non, elle ne me gêne pas. Ne t'en fais pas.

– Tu en veux une ?

– Peut-être plus tard. Tu ne veux pas revenir t'asseoir ?

– C'est incroyable, comme les traumatismes psychiques peuvent transformer le corps. L'esprit on s'en doute, mais le corps…

Je hoche la tête.

– C'est arrivé à l'école ?

– Et la psychiatrie est démunie, face à des cas comme le sien. Une profession inutile de grands manitous du n'importe quoi ! Voilà, ce que sont ces médecins. Des bons à rien. S'ils n'ont pas la réponse, c'est que le remède n'existe pas. Tu parles ! C'est juste que les laboratoires n'ont pas encore inventé le placebo qui conviendrait… La nouvelle pilule pleine de rien, qui fait dormir.

– Et la thérapie ? Vous avez essayé la thérapie ?

– Il n'y a aucune thérapie pour ce genre d'avalanche psychologique ! Ça détruit tout en dégringolant. Tout ! Son putain de futur ! Mon parfait bébé…

Elle avale un ricanement qui sonne comme un râle et secoue la tête, défaisant complètement son chignon. Ses longues mèches emmêlées tombent sur ses épaules anguleuses, et Lee Dale revient à elle. Elle se rend tout d'un coup compte qu'elle s'est laissée aller devant quelqu'un qu'elle ne connaissait pas. Ou pas tant que ça. Pour une femme qui contrôle jusqu'à ses moindres expirations en public, c'est un affront. Je sens que sa pudeur en est secouée.

– Excuse-moi, elle dit énergiquement en haussant les sourcils. Hum… Je vais refaire du thé. Il doit être froid, maintenant. Ou peut-être préférerais-tu un thé glacé ?

– Je n'ai besoin de rien de plus. Tout va bien, Lee Dale.

Elle s'approche de moi, et tire fort sur sa cigarette qui s'est éteinte. Puis ses yeux se garent dans les miens. J'ai le menton levé vers son mètre quatre-vingt-cinq comme une écolière devant sa maîtresse. J'attends d'entendre ce qu'elle va dire.

– Ne fais pas cette tête, Keith. Je vais bien. Je ne vais pas m'effondrer devant toi comme une pauvre petite chose, elle lâche doucement de sa voix apaisante, posant à son tour sa main sur mon épaule.

– Je n'ai pas dit ça…

– Bon, qu'est-ce qui se passe exactement dans cette maison, avec Church ?

– Quoi ?

– Tu ne te sens pas à ta place, ici. N'est-ce pas ?

– Qu'est-ce que tu veux dire ?

Elle ne répond pas et va jeter sa cigarette dans le vase en céramique, sans l'écraser. Le mégot continue de fumer, dessinant une ligne blanche dansante, puis deux, s'allongeant vers le plafond.

– Qu'est-ce que tu veux dire, par « tu ne te sens pas à ta place » ?

– Ne le prends pas personnellement, Keith. Ce que je veux dire, c'est que tu n'es pas tout à fait habituée à tout cela. Ce monde, je veux dire. Ces belles demeures, ces privilèges, ces avantages… Ça t'est inconfortable, d'évoluer dans ces toutes nouvelles sphères. N'est-ce pas ?

Ses paroles me prennent de court. Je ne sais ni quoi penser, ni quoi répondre.

– Tu crois que ça ne se voit pas ? Mais c'est exactement pour ça, qu'il t'a choisie. Tu le sais, au moins ?

– Que qui, m'a choisie ?

– Frances était mon amie, bien avant qu'elle épouse Church. Elle se confiait à moi. Cet accident de voiture, c'est la meilleure chose qui lui soit arrivée. Je sais déjà ce que tu ne me dis pas. Qu'est-ce que tu crois ?

Je plisse les yeux.

– Avec moi, il n'était pas si vilain que ça. J'ignore pourquoi il m'a épargné ses humeurs.

Je recule d'un pas et avale ma salive. J'essaie de donner du sens à ses mots.

– Avec toi ?

« Keith ? » envoie une voix d'homme. Je me retourne et trouve Efren devant l'entrée vitrée du salon, chemise bleue boutonnée jusqu'au col, manches retroussées jusqu'aux avant-bras, richelieus cirés aux pieds. Il a l'air fâché de me voir là. Ou embêté. Puis il regarde sa femme et de fâché il passe à soucieux.

– Tout va bien ? il demande en rapprochant ses longs sourcils noirs et fournis.

Lee Dale passe la main sur son visage en soufflant. Et puis elle se frotte les mains, secoue la tête, et prend une mine enjouée.

– Parfaitement bien, chéri.

– Oui ?

– Promis.

Efren ne semble pas rassuré. Il dépose sa serviette en cuir noir sur le plancher et s'avance vers sa femme. Elle secoue à nouveau la tête en riant, pour le convaincre qu'il n'y a aucun problème.

– Tu as l'air fatiguée… il dit en lui caressant la joue avec le dos de sa main.

– Tout va parfaitement bien.

Lee Dale attrape la main de son mari avec délicatesse, et ils échangent un regard dolent de film hollywoodien. Comme s'ils étaient seuls, ici. Comme si l'un d'eux était sur le point de rendre l'âme.

Et puis elle lâche la main d'Efren et sort sur le couloir. « Je vais faire un peu de thé glacé ! »

Efren se tourne vers moi pour m'envoyer ses yeux sérieux en pleine face. Des yeux sévères que je ne lui connaissais pas. J'hésite quelques secondes, puis :

– Je crois que je vais y aller, Lee Dale ! je lance assez fort pour qu'elle m'entende de là où elle est.

– Tu es sûre ?

Efren hoche la tête.

– Sûre ! J'ai rendez-vous avec Church dans une demi-heure !

Je baisse les yeux, vais chercher mon sac à main resté sur la chaise, et fiche le camp.

13

C'était quelques semaines après mon emménagement.

Church me tenait par le bras pour m'éviter de dégringoler les escaliers. Ils étaient si étriqués que je m'en tordais les chevilles, et la totale obscurité n'aidait pas à savoir où placer son pied. « Continue d'avancer… » il m'a chuchoté de sa voix infiniment grave.

Et puis mon talon s'est enfin posé par terre.

Il a poussé une porte, la lumière a jailli dans le sous-sol.

Une piscine phénoménale en forme d'étoile avalait l'espace en plein milieu de la pièce d'une centaine de mètres carrés. Sa mosaïque noir et blanc représentant une bête mythologique à cornes, canines inférieures apparentes. Les ampoules rouges fixées au fond transformaient l'eau agitée en un bassin de grenadine. Et au plafond, un tapis de plantes tombantes à fleurs violettes et noires était illuminé par un lustre gothique à têtes de dragons.

J'étais époustouflée.

Mes yeux ont fait le tour des murs noirs sur lesquels s'étirait une queue d'alligator nacrée. Trois teintes de verts différents. Malachite, jade, émeraude. Le relief trompe-l'œil donnait envie de poser sa main dessus pour vérifier que ce n'était pas une vraie.

Church se tenait toujours serré contre moi, main aplatie sur mon ventre. « Respire… » il m'a murmuré en la décollant. Je me suis exécutée et un bouillon de printemps s'est alors infiltré dans mes narines. J'ai senti du chèvrefeuille, des roses, et de l'acacia, réchauffés par des fragrances de crème brûlée. Un univers de senteurs… C'était les innombrables bougies noires disposées tout autour de la pièce rectangulaire.

« La bonne les a allumées une par une tout à l'heure. Rien que pour toi… »

Je me sentais étourdie par ce décor et la chaleur assommante des lieux. J'ai bredouillé quelque chose en regardant autour de moi. Je trouvais de nouveaux détails à chaque coup d'œil. Des dorures dans les yeux du lynx en jaspe affalé à droite de la piscine. Les doubles poignées en rhodium de la porte, incrustées de pierres précieuses. Et cette musique orientale qui semblait venir de nulle part.

À cet instant, j'ai pensé que j'accédais enfin au nirvana. Catapultée dans un conte de fées.

Homme. Luxe. Sécurité.

J'étais enfin la princesse du cliché. Celui auquel rêvent toutes les gamines de la planète jusqu'à leurs quatorze ans. Ces quelques secondes, c'était le point culminant de mon existence.

« Cette pièce n'est accessible à personne d'autre. Coyote ne sait même pas qu'elle est rénovée depuis six mois. »

Nos voix sonnaient plus grave à cause de l'humidité, et peut-être aussi parce que nous étions si bas sous terre. Devant nous, une table en vitraux d'église avait été dressée pour deux. Sur le verre, des anges aux visages effrayés, leurs petites jambes potelées enroulées de serpents. Et malgré le faste excentrique des lieux, je sentais une ambiance vénéneuse me monter à la tête. Church m'a retournée et a avancé sa face mastoc de la mienne. J'ai examiné sa barbe métallique à peine plus longue que son menton, mais assez dense pour dissimuler la moitié de son visage. Je me suis dit qu'il lui suffirait de la raser pour que plus personne ne le reconnaisse. Même si ses yeux dingues seraient difficiles à louper. Ils me regardaient, et j'avais l'impression que c'était deux hommes différents qui m'observaient. Un type aux doux yeux verts. Un homme aux terribles yeux noirs. Regard bipolaire auquel on ne peut se fier.

« Ce tissu sur ta peau, quel gâchis ! » il a dit en attrapant l'étoffe soyeuse de ma robe rouge entre ses doigts.

Il a fait tomber une bretelle sur mon épaule, puis a descendu sa main sur mes seins. Mon ventre. Entre mes cuisses. J'ai freiné son poignet mais il n'a pas écouté. Il a continué d'appuyer ses doigts par-dessus ma robe. Le tissu entrait à l'intérieur de moi, je le sentais frotter les parois de mon vagin. « Non » j'ai objecté timidement d'un ton plaintif. Il a fait mine de ne rien entendre et a accéléré son mouvement.

Je lui ai dit que j'étais indisposée. Il a reculé d'un pas, des éclats de rire dans ses yeux. « Tu fais des chichis pour un tampon et un peu de sang ? »

Quelque chose en lui n'était plus lui. Un truc sur sa peau. Dans sa posture. Invisible mais indéniable. C'était la première fois depuis que nous nous connaissions que j'entendais cette note railleuse et rauque dans sa voix. L'impression qu'elle muait, se transformant en celle d'un autre.

Pour me rattraper, je lui ai fait mes yeux de pute en me mettant à genoux. Il m'a laissée masser sa queue quelques secondes puis m'a agrippée par la nuque.

– Relève-toi, on ne va pas laisser un tampon gâcher la soirée !

– Je prends des analgésiques lorsque j'ai mes règles. Mes douleurs sont extraordinairement prononcées et un rien les réveille.

Il a pouffé en s'époussetant le ventre, puis m'a scannée des pieds à la tête comme si nous venions à peine de nous rencontrer.

Cette attitude mêlée à ce sous-sol étouffant, à ces têtes de monstres, à ces lumières violacées, me rendait saoule. De Walt Disney je basculais dans du roman noir. Ses sourcils argentés sont descendus sur son front, lui donnant un air de bourreau mal réveillé.

– Je me rattraperai demain, promis.

– Retourne-toi.

– Quoi ?

Il m'a attrapée par la nuque et j'ai senti sa queue sur mes fesses.

– S'il te plaît, pas par là…

Ses mains m'ont lâchée. Il m'a regardée un moment dans un silence inquiétant. J'imaginais qu'il devait se dire que je ne lui servais à rien. Même pas capable de se faire baiser. Ni par-devant, ni par-derrière. À quoi bon la garder ? J'imaginais qu'il se demandait comment faire pour me jeter. Pour se débarrasser de cette bonne femme au vagin encombré et de sa gamine encombrante. En pleine nuit ? L'aurait-il fait en pleine nuit ?

– Tu es si bandante, il m'a finalement susurré.

J'ai souri dans un souffle de soulagement et me suis avancée pour l'embrasser. Ma main s'est approchée de sa joue. Et subitement, il m'a attrapé l'annulaire et l'a tordu vers l'extérieur. Ma main entière s'est tordue, et mon poignet, et mon bras. À tel point que mon corps entier s'est cassé et que mes jambes se sont pliées. Je me suis retrouvée chiffonnée de la main jusqu'au cou comme une paille qu'on aurait serrée puis relâchée. Genoux à terre, j'ai imploré cet homme de délivrer le doigt qu'il tenait toujours prisonnier dans son poing.

Il a baissé la tête vers moi, gardant le reste de son corps

parfaitement droit. Je hurlais en grimaçant mais son regard était opaque. Figé. Absurde de contradiction devant mes yeux mouillés. Comme si la vue lui avait échappé.

Il était hermétique.

Robotique.

Muet.

– Lâche ! Je t'en prie !

La force folle de son poignet me faisait haleter.

Il a tordu davantage.

Puis sa main a lâché.

J'ai aussitôt ramené mon bras vers moi mais impossible de fermer ma main. Mes cinq doigts refusaient tout mouvement.

Je me suis alors laissée tomber, crâne contre le marbre, courbée en position fœtale. J'entendais mon souffle rapide par-dessus la musique orientale. Le son s'est amplifié jusqu'à ce que je n'entende que lui. Et puis j'ai oublié que c'était moi, qui respirais. Ce halètement est devenu bruit de fond.

On m'a tournée sur le dos. Un baiser lourd s'est écrasé sur mes lèvres.

– Je suis désolé… a dit la voix caverneuse en même temps qu'une main faisait remonter ma robe jusqu'au-dessus de ma poitrine.

J'ai gardé mes yeux au plafond, sur ce féerique tapis de fleurs pendantes aux pétales nervurés. J'ai observé les reflets dorés sur le noir et le violet, créés par le lustre à têtes de dragons. Et je n'ai pas pensé à ces doigts tièdes qui allaient chercher la ficelle de mon tampon. Juste à ces fleurs en grappes qui tombaient comme des guirlandes.

– Je suis désolé. Tu es si belle… Je suis désolé, disait la voix.

14
IDAHO

L'immense cuisine noire et orange des Slaughter est un rêve de cuisinier amateur. La dizaine de lampes métalliques forme bol tombant du plafond éclaire l'importante collection de couteaux suspendue au mur, au-dessus de quelques esquisses signées et encadrées de Norman Rockwell.

Un sacré potentiel et personne d'autre que les domestiques pour y cuisiner. La seule à profiter pleinement de l'arsenal d'ustensiles en cuivre flamboyant, c'est Anaica. Une des trois femmes à tout faire de la maison. Celle qui a le plus d'heures et dont le visage m'est le plus familier. Petite Haïtienne sexagénaire ventrue et mal proportionnée, cheveux courts torsadés et oreilles triplement percées. Elle marche en boitant, plus ou moins gravement selon le temps. Je l'entends depuis mon lit le matin lorsqu'elle fait la poussière au deuxième. Elle se raconte des histoires en chansons dans un mélange curieux d'anglais et de créole. Incompréhensible, mais plus efficace que le réveil redondant de mon iPhone.

Anaica est en robe colorée sept jours sur sept, jamais sans son tablier. Elle traîne une odeur discordante de mélange d'échantillons de parfums, dont son sac à main est toujours plein. Pas de maquillage, mis à part les trois petits points d'eyeliner aux coins de ses yeux sans cernes, reflets cannelle.

– Tenez, goûtez-moi ça ! elle s'exclame avec son accent si particulier, posant deux assiettes pleines sur la longue table rectangulaire en marbre.

Gratin de courges avec un jambalaya cajun, assez relevé pour que les épices fassent de l'effet à mon nez. Toutes ces couleurs au-dessus du marbre orange à veines jaunes et rouges, c'est comme un tableau expressionniste abstrait. Je me mouille les lèvres et plante ma fourchette dans mon plat.

– Ça sent merveilleusement bon, Anaica ! se réjouit Blythe en se frottant les mains.

Anaica secoue la tête, ravie, et retourne à ses fourneaux en chanson.

Il est quatorze heures quinze. Blythe et moi avons passé la matinée et le début d'après-midi de notre samedi dans ma chambre à lire relire, et relire et lire, nos applications pour Stanford et Duke. Lundi, tous ces papiers seront partis. Des feuilles noircies d'espoir, de mots spécifiquement choisis, de virgules stratégiquement placées, de phrases re-rédigées à l'excès. Toute une supplication sur papier, glissée dans une enveloppe qui transportera notre futur rêvé. Tant d'enjeux dans une si fine enveloppe… Si on y mettait le stress, il faudrait un camion pour la transporter.

Maman et Church sont allés se faire photographier à l'inauguration d'une bibliothèque, et la cuisine n'est qu'à nous trois. Nous quatre, si l'on compte Astaroth, le Maine coon endormi sur une des chaises hautes en cuir noir, en bout de table. Il se cache de la lumière, sa patte sur les yeux, sa queue touffue par-dessus.

– Je me demande ce qu'on pourrait faire de plus, bredouille Blythe, la bouche pleine.

– On a travaillé comme des tarées pour justement ne pas avoir à se poser cette question. Tout est censé être parfait. Il n'y a rien à ajouter.

– Tu en es sûre ?

– Il y a intérêt…

– Je pourrais jeter un sort à vos enveloppes, lance Anaica en même temps qu'elle remplit le lave-vaisselle.

J'explose de rire en envoyant des morceaux de courge dans la figure de Blythe.

– Hé !

Un objet volant brise soudain l'un des cadres enfermant les esquisses de Rockwell. C'est une basket venant du couloir. Blythe et moi nous levons instantanément.

« Enculé ! » rugit une voix d'homme.

Un grand roux rasé d'une vingtaine d'années, croix celtique tatouée sous son oreille percée, est dressé comme un missile prêt à exploser devant Coyote. Les ampoules bougies du lustre Empire illuminent son regard carnassier. Coyote est dos au mur, acculé, à un doigt de se faire dévorer.

– Qu'est-ce qui se passe ? lâche timidement Blythe en s'avançant dans le couloir.

Le type en T-shirt vert ignore notre présence et continue d'invectiver Coy, qui semble terrifié.

– Tu crois que toi et ton pote Dwayne pouvez faire ce que vous voulez parce que vous êtes des fils à papa bien nés ? Tu crois que ça vous donne carte blanche ?

– Tu fais erreur… marmonne Coy en tentant de se dégager.

– Ah oui ?

– Je te le jure.

– C'était pas toi à la fête de Dwayne, chevauchant ma copine ? S'il n'avait pas sorti son flingue, tu serais mort à l'heure qu'il est !

– Hum… Excuse-moi ! j'envoie. Je ne sais pas qui tu es ou ce qu'il s'est passé à cette fête, mais tu ferais mieux de sortir d'ici avant que j'appelle la police.

Le type d'un mètre quatre-vingt-quinze aux yeux ronds vert olive et joues rembourrées de ragondin me fixe. Il a l'air surpris qu'un petit gabarit comme moi ose la ramener devant lui.

– C'est ton frère ? il demande.

– Quoi ?

– C'est ton frère, ce connard ?

– Non. Mais j'habite ici. Et je t'ai demandé de partir.

Je sors mon téléphone de la poche de mon short et compose le 911.

– N'appelle pas ! me hurle Coy en secouant la tête.

Je fronce les sourcils.

– Je t'en prie, n'appelle pas.

Le gargantuesque rasé éclate de rire en enfonçant son poing dans le mur, à quelques centimètres du crâne de Coy.

– Évidemment que tu ne veux pas qu'elle appelle, il lui susurre. Papa serait sacrément furieux si ça s'ébruitait, hein ? Je vais te dire, présente tes excuses par écrit à Larissa et on oubliera tout ça. Si tu refuses, la ville entière saura ce que tu es. Tu piges, Slaughter ?

Il retire son poing et pousse Coy contre la console en marbre bleue, avant de filer. Une statuette de femme nue en bronze vacille de droite à gauche, puis tombe sur une petite boîte en cristal et la casse.

Coy se laisse dégringoler sur le plancher, dos contre le mur, jambes allongées par terre. Un filet de salive pend de sa lèvre inférieure et ses pupilles disparaissent derrière une vitre de larmes.

– Mon père va m'assassiner, il bafouille dans sa bave et dans sa morve.

15
KEITH

Il reste moins de deux mois avant le scrutin, et Church me traîne partout comme un accessoire clignotant de campagne électorale. Je suis sa compagne pimpante au joli cul, qui prouve aux petites gens qu'il s'est enfin remis de la « oh si tragique mort de sa femme ». Ça faisait larmoyer les ménagères à l'époque, mais maintenant ce n'est plus d'actualité. Et moi je suis le pion qui prouve que ce père veuf est assez solide pour reconstruire. Parce qu'il est l'homme de toutes les situations. *Alors, votez Slaughter !*

Il est quatorze heures passées, nous n'avons toujours pas déjeuné. Après la pénible visite d'un centre de détention pour mineurs et quelques câlins aux gamins cancéreux d'une unité pédiatrique, place aux fortunés et puissants. Nous entrons dans la cour d'une imposante demeure style Regency, toit bleu nuit et façade blanc gris, longues fenêtres rectangulaires à triples croisillons noirs. La porte aux volets croissants s'ouvre et je replonge dans le bruit. J'ai traversé tant de foules cet après-midi, qu'à chaque moment de silence entre deux apparitions publiques, j'ai l'impression de perdre l'ouïe.

L'intérieur est rustique chic, avec ses murs pêche et son carrelage rouille en hexagones façon maison italienne. Beaucoup de plantes en pot, et deux têtes de cerfs empaillées se regardant nez à nez, accrochées au-dessus d'un vaisselier aux longues poignées d'ivoire.

Mais la réception se passe surtout dehors, dans le jardin pavé, encadré de plantes rampantes et d'un chemin de galets blancs. Une cinquantaine, peut-être une soixantaine de têtes présentes. Certains sont adossés au muret d'arbustes, derrière la table ronde nappée, jonchée d'une collection de plats du Sud. Écrevisses bouillies avec épis de maïs, doliques à œil noir cajuns, jambon laqué au sucre brun et cola, hush puppies, Mississippi mud cake… Ou toute la cuisine de maman sur une même table.

Le jardin est parasité par une dizaine de parasols à têtes carrées en toile blanche. Loin d'être suffisant pour se préserver du soleil pervers qui s'acharne durant les juillets géorgiens… Trente-six degrés de fureur journalière. Impossible de gagner contre lui. Il y a juste à suer et attendre l'automne.

« Boisson, Madame ? » me demande un minet blond en chemisette à moitié déboutonnée, plateau de rafraîchissements au bout du bras. J'acquiesce et il me tend un long verre rempli de glaçons, d'une rondelle de citron, de quelques tranches de fraises et d'un thé glacé foncé fait maison.

Nous sommes chez Joseph Blankenship, chef de la police de Savannah depuis huit ans et demi. Il y organise sa fête pré 4 juillet où flics gradés, juges et procureurs, viennent se désinfecter le gosier au cognac en se parlant des affaires dont ils n'ont surtout pas le droit de se parler.

« C'est moi qui ai payé cette baraque. Probablement aussi chacune des bouteilles posées sur cette table. Sûrement la table aussi… » me murmure Church tout sourire, en faisant signe à Blankenship.

Oui, je sais. Je le sais parce que Church passe des heures à me faire apprendre mes leçons. Il rabâche pour que je mâche bien. Que j'avale et digère ses intimidations. J'ignore ce qu'il trafique et où. Impossible à prouver. Il se garde de me donner les détails incriminants mais communique clairement sur le reste. L'ampleur de son influence. Les magouilles « encore plus maquillées qu'une pute de coin de rue ». Le circuit à mille bras de tous ses sous-fifres haut placés… Et il le fait d'une voix douce. De sa voix d'ogre certes, mais gentiment. Presque en chantonnant. Il me le susurre en m'embrassant. Pour être certain que je sache qu'il est un vilain monsieur. Très dangereux.

Hier je lui ai dit que c'était fini. Que je voulais mon ticket de sortie. Il a ri, puis est retourné travailler.

La vérité c'est qu'il aurait pu continuer à m'intimider, je serais restée. Je me fiche bien de quelques claques, j'ai reçu bien pire. Mais il ne s'agit plus de ça…

Pendant qu'il continue de me murmurer ses commentaires, je masse ma main. Elle me brûle. Comme si un four était allumé entre la chair et l'os. Comme un feu qui crame tout, veines et vaisseaux. Mes nerfs sont excités d'exister et me le font savoir en dévorant ma chair. J'ai mal à en hurler…

Mais je souris.

Le médecin que je suis allée voir en douce a fait des radios. Puis un électromyogramme. Il m'a dit que le traumatisme avait provoqué un syndrome du canal carpien aggravé. Bien sûr, le traumatisme dont j'ai parlé c'est ma main coincée dans une portière de voiture. Il n'y a sans doute pas cru mais a fait semblant. Il m'a aussi dit que ce syndrome ne réagissait pas aux antidouleurs. Qu'une piqure de morphine n'y ferait rien. Qu'un camion de Fentanyl n'y ferait rien. Et que dans mon cas, rien n'y ferait rien.

Pourtant ce supplice est infime, face à celui de savoir que ce mal ne vient pas du temps, de l'effort, ni d'un accident. Le véritable mal est de savoir que ce mal je ne le dois qu'à un homme. Celui à qui je souris en vidant mon verre de thé glacé.

Le regarder chaque matin c'est le sel sur la plaie ouverte. Aucun billet vert ne me ferait rester. Je l'ai prévenu ce matin…

Demain, je m'en vais.

Je secoue la tête et jette un œil plus arrêté aux invités. Je regarde ces bonnes femmes. Très habillées, très maquillées, très parfumées, accrochées aux bras de leurs gentils maris chéris. Comme une carte postale des années quarante. Et j'ai soudain l'impression d'être prise à la gorge. Parce que je sais que de là où elles sont, elles me voient de la même façon. Comme une petite coquette proprette qui ouvre grand la bouche lorsqu'on le lui demande. Comme un caniche toiletté bien dressé à qui l'on donne une croquette quand il a bien fait. Et elles auraient tort de me voir autrement que comme ça.

C'est bien ça qui m'étrangle.

– Church ! s'exclame Blankenship en arrivant bras ouverts.

Le maigrelet d'une soixantaine d'années, un mètre soixante-dix si on lui rajoute du rab, a ramené tous les cheveux qui lui restaient à l'avant de son crâne ridé. Le cliché absolu du déni masculin. Signe ultime que le type peut à tout moment tomber dans la psychose de croire à ses propres bobards. Il doit penser que tant qu'il se convainc lui-même, les autres n'y verront que du feu. Magie de l'autopersuasion.

Il a de gros grains de beauté qui portent mal leur nom en plein milieu de la face. Épais et en relief. Des verrues. Et son long nez rugueux teinte incarnat a dû voir passer plus d'une demi-douzaine de caves à vin. Ses yeux bruns un poil malsains font le tour de ma silhouette. Il hoche la tête, satisfait.

– Keith, c'est bien ça ? On s'est déjà vus, je crois ? il dit de sa vilaine voix, inclinant la tête.

– Au dîner de Thanksgiving organisé par votre femme, l'année dernière.

– Oui, voilà ! C'est exactement ça. Vous êtes toujours aussi ravissante, joli cœur !

– Oh… merci.

– Êtes-vous surexcitée par l'imminence de l'élection ?

Je me tourne vers Church, torse bombé dans son costume trois-pièces gris en tweed à carreaux malgré le cagnard. Il a son regard de petit garçon coquin et un sourire en coin.

– Absolument. C'est très excitant, je bredouille.

– Je pense que les autres n'ont aucune chance. Fitzpatrick remonte dans les sondages, mais c'est du bluff de dernière ligne droite.

Je regarde sa chemise beige mouillée du col jusqu'au ventre par une épaisse ligne de transpiration. Et puis je secoue à nouveau la tête, faisant semblant d'être d'accord.

– Church est d'une grande aide pour la ville. Il apporte beaucoup à la communauté. Ce serait une folie de ne pas le réélire !

Le poncif de ses répliques éculées me fait hausser les sourcils.

– Oh oui. Une folie…

– C'est une chance, qu'il vous ait à ses côtés pour se battre. Je pense que la ville est ravie qu'il se soit remis en selle. Il était temps. N'est-ce pas, Church ? C'est une image forte !

– Bien sûr…

– Ça va vraiment influencer les votes, vous savez ? Dans ce genre de sport de l'image, il ne faut pas dévaluer le pouvoir des apparences. On vote d'abord pour un personnage. Celui qu'on choisit pour soi, avant de choisir pour la ville. Celui auquel on voudrait ressembler. Celui qu'on voudrait comme ami. L'image est tout aussi élémentaire que les idées politiques. Et parfois son importance surpasse le reste. Un bon projet de loi validé n'est plus assez. Il faut s'afficher en guerrier.

– Oui, bien sûr…

– Je pense que les Savannahiens vous ont validée à son bras.

– Oh… Formidable.

L'automatisme de mes microréponses et mon air outrageusement joyeux interpellent la verrue. Il sent bien que je me fiche de lui. Il regarde Church un instant, puis ses yeux reviennent vers moi.

– Au fait, comment va votre fille ?

– Ma fille va bien, merci de demander.

– Hum… Idaho, c'est ça ?

– C'est ça.

– Une charmante jeune fille…

Il fait une grimace avec son nez comme pour se le gratter, et pose sa main sur le bras de Church.

– Tu sais que le beau-frère de Dotty fait partie du conseil d'administration de Stanford ?

– Le beau-frère de ta femme ?

– Absolument.

– Ah oui ?

– Oui…

D'un coup, je me sens vaciller. Ils n'ont pas besoin de continuer à parler. J'ai déjà compris. Et j'en ai le tournis.

– Dis-moi Joss, qu'est-ce qui fait qu'un élève est accepté et pas un autre ? À compétences égales ?

– Oh, pas grand-chose…

– Non ?

– Vraiment pas grand-chose…

Church passe sa main sur ma nuque et la descend jusqu'à ma taille. Et puis il m'embrasse tendrement le cou. Lèvres molles et mouillées dans un bruit d'orgasme étouffé.

– Excusez-moi, je dis en me dégageant.

Je me fraie un passage entre les corps humides aux parfums de déodorants impuissants face à l'odeur de sueur. La musique de rires ajoute à mon étourdissement. Tous ces éclats de voix grotesques…

Ces voix de gens qui ne savent pas.

Talons aiguilles instables sur le sol pavé, j'avance jusqu'au bar installé au fond du jardin. Les bretelles spaghettis de ma robe à volants tombent l'une après l'autre. La robe pourrait chuter à mes pieds, je ne rougirais pas. On me planterait une lame dans le creux des reins et on la tournerait, je ne gémirais pas.

Mais ma fille…

Qu'une voix médisante puisse même frôler son nom.

Non.

Il va sans dire qu'un refus de Stanford la tuerait. Et si c'est à cause de moi, alors nous en mourrons toutes les deux. Je ne suis plus la mère que j'étais. La mère que je fus à cette époque où je laissais entrer l'un après l'autre, des types pas nets qui regardaient ma fille d'un œil puant. Je sais à quel point j'ai déjà échoué en ne la faisant pas passer en premier. Jamais je ne recommencerai.

« Un whiskey ! » je jette en direction du jeune serveur prognathe au nœud papillon noir. Je sens quelques regards s'éterniser sur moi. Ceux de ceux qui boivent accoudés au bar, tournant la tête pour observer la compagne du Grand Boss. Le barman pose un verre sur le comptoir et commence à verser.

– Jusqu'au bout, je lui ordonne.

– Vous êtes sûre ?

– Jusqu'au bout.

Je me retourne vers le jardin, mon verre rempli à ras bord. Et je commence à le vider, les yeux sur ce cirque politique. Church éclate de rire en s'époussetant le ventre au centre d'un cercle de cinq types en chemises blanches. Il est le lion dans sa toute-puissance primitive, dressé sur ses pattes arrière, haut, très haut devant sa ville docile qui le déifie. Régnant sur ses sujets, ses tout petits sujets. Je crois qu'il serait incapable d'exister autrement. Sans ce pouvoir vital plus élémentaire pour lui qu'une bouffée d'air.

« La politique attire en masse les pervers en tous genres car le pouvoir qu'elle délivre est plus euphorique qu'une branlette espagnole. Aucun acte sexuel ne peut se mesurer à ses effets aphrodisiaques. Il n'y a rien au-dessus du pouvoir. » m'a-t-il un jour soufflé dans l'oreille, lui, le président international des pervers en tous genres. Church n'a que faire, de Savannah… Il n'est au service de personne d'autre que de lui-même.

Je vois le regard des femmes autour – de la trentaine à la soixantaine – converger vers cet homme. Des regards lascifs. Solides comme des lasers pointés sur une cible. Parce qu'il n'y a que lui, ici. Elles le savent, c'est le chef d'orchestre. Et elles rêvent toutes de sucer sa baguette…

Ce baraqué à barbe, toujours dos droit et tête haute, voix basse de chanteur d'opéra. Ce mâle splendide d'un charme inhumain, d'une audace de tueur en série. Il sait aimanter tout ce qu'il y a à proximité et séduit par pathologie. Il est forcé de le faire tout autant que de cligner des yeux.

Et ça marche.

Personne n'aperçoit ses cornes qui s'élèvent. Qui fissurent son front court. Rouges et nervurées. Longues et arquées !

Mais moi je les vois. Je sais qu'elles sont là.

Et bientôt, tout le monde le saura.

Je sors mon portable de ma pochette monogrammée et cherche *son nom* dans mon répertoire. J'appelle. Ça sonne. Une fois. Deux fois. Trois fois. On décroche.

– Keith ?

– J'ai changé d'avis. Le plan tient toujours.

16

IDAHO

Mon père avant de disparaître avec sa rousse, aimait me rappeler tout ce qu'il avait fait pour moi. Tout, c'est-à-dire rien. Mais il pensait qu'il faisait, alors il me rappelait. Comme un coucou, à intervalles réguliers, il me le rappelait. « Tu vois comme je te nourris, hein ? » « Tu vois comme je te douche ? » « Je suis épuisé mais je te douche, tu vois ? » Comme s'il attendait que je lui renvoie sa facture avec remboursement intégral. Un merci baveux, genoux à terre, mains jointes en prière. Ce qu'il avait fait pour moi… Oui, quoi au juste ? Soustraire des pièces à sa tirelire pour couvrir la note des petits pots ? Me torcher les fesses en grimaçant, une fois qu'il passait par là ?

Mais qu'est-ce qu'il attendait ?

Que je lui saute au cou ? Pour avoir daigné me doucher dans une bassine, une fois et pas deux ? Parce qu'il n'a rien fait de plus que ça !

Rien pour moi. *Rien* qui méritait quoi que ce soit.

Il a joué à papa et bébé cinq minutes, puis s'est tiré en courant. À mes sept ans.

Le traître.

Je n'ai jamais reçu de carte postale.

Après le papa éclair, j'ai eu le papa pot de colle. À mes neuf ans, le deuxième fauché dont ma mère s'était amourachée a emménagé. Un plouc pitoyable, pareil que mon géniteur. Mais mis à part le manque de classe et de moyens, celui-là n'aurait pas pu être plus différent de l'ancien. Lui, il y restait des heures, dans ma chambre. Et à l'heure du bain il y mettait le cœur. Pourtant à dix ans on n'a plus besoin d'aide pour se rincer. « Si ! » me disait-il. « Ça nous permettra de nous rapprocher. De créer un lien. »

Il ne m'a jamais violée, si on considère que le viol est une stricte pénétration. Mais il m'a violée, si on considère que les intentions sont déjà assez. Et que le regard souille autant qu'un geste déplacé. Je savais qu'il se masturbait derrière la porte de ma chambre lorsque je me changeais. Je l'entendais s'astiquer furieusement dans l'empressement. Vite, il fallait qu'il gicle avant qu'on le surprenne. J'entendais sa respiration saccadée qu'il essayait d'avaler. Cette respiration pleine de salive mousseuse et de glaires. J'en entendais chaque décibel à travers le bois de la porte. Et ce son abominable de friction, de peau sur la peau, d'une main fermée sur un sexe durci par la candeur. Ce son frigorifiait mes os.

Cet homme pense sûrement qu'il m'a épargné le pire en ne me touchant pas. Mais ses mains ont marqué ma peau sans qu'il ait eu à les poser sur moi. Je les ai senties pareil que s'il avait fait tout ce qu'il s'est retenu de faire. C'est con, il aurait dû y aller franco !

Hoyt, le troisième loser qui a emménagé, était bien moins hésitant. C'était un mix goûteux des deux. L'indifférence exceptionnelle de mon paternel incorporée à la sauce perverse de Flinn. Et pour relever l'arôme, il y a ajouté sa propre touche : le tabassage intensif.

Lui, il n'a pas fait que penser. Il a fait. Ses mains sont entrées pour de vrai, dans ma culotte. Et j'ai goûté à sa semence avant de goûter mon premier verre de vin.

Je devrais maudire ces hommes si fort, que le Diable m'entendrait.

Pourtant non.

Haïr quelqu'un c'est lui offrir le privilège d'exister en soi. C'est lui préparer un siège et en chauffer le cuir pour bien l'accueillir. C'est avoir la certitude de toujours le trouver là où on l'a rangé. À sa place. Dans son crâne et dans son cœur. Dans un nid douillet parfumé au fiel. Haïr quelqu'un c'est lui assigner une place dans l'endroit le plus prestigieux de son soi.

Et moi, je ne fais pas ça.

J'ai rangé ma haine au frais. Elle repose depuis bien longtemps dans le congélateur de mon cœur. Je ne la sors pas. N'en décongèle pas un morceau. Je la laisse continuer de se durcir dans la glace.

Et puis si je devais blâmer quelqu'un, ce serait *elle*.

Ma mère.

Avant tous les autres…

Elle n'a jamais rien su de ce qu'ils m'avaient fait car je n'ai jamais rien dit. Mais elle aurait dû savoir sans que j'aie besoin de dire.

On raconte que les femmes abusées sont reconnues par les hommes abusifs. Qu'après avoir reçu leur dépucelage de baignes et abus en tous genres, elles en gardent une trace. Comme une belle trace fluorescente qu'elles laisseraient traîner derrière elles. Et que seuls les sados barjos pourraient détecter à l'œil nu. Une trace qui dit : « Avec celle-là mon gars, tu peux y aller ! » C'est l'odeur de la faiblesse qu'elles sécrètent…

Elle ne comprend pas pourquoi ça lui arrive, maman. Parce qu'elle est si gentille, maman. Si jolie, maman. Un budget dingue en cosmétique mais rien pour le psychologique. Pas une visite chez le thérapeute. Ben non. Ça ne se voit pas, le bien-être. Alors qu'un lifting, si.

Elle ne comprend pas le b.a.-ba de la vie. Elle a beau se faire injecter de la jeunesse, à l'intérieur tout est flétri. Vieux, abîmé, rance, émietté. Aucun type sain et stable ne voudrait y goûter, à ce qu'elle est. Ou alors juste ça : y goûter. Et puis détaler.

Lorsque nous avons emménagé chez Church, j'imaginais que nous déménagerions aussitôt. Church, c'était le sixième homme que maman m'imposait. J'imaginais qu'il y en aurait un septième, puis un huitième. Comme une suite logique. Et ce sera peut-être le cas. Mais pour l'instant, elle s'accroche.

Quand elle l'a rencontré, j'ai cru que mon billet de loterie avait enfin été tiré. Pourtant mes numéros n'étaient pas les bons. Mais de loin, on aurait juré qu'ils étaient gagnants.

Church n'était pas un débile mal fringué farci de dettes. Il n'avait pas de casier, n'était pas recherché, n'avait pas l'œil lubrique ni la braguette tremblante.

Church est apparu dans nos vies comme un Jésus ! Il y avait presque une auréole au-dessus de sa tête et une lumière dorée électrique l'entourant. Ce type était notre miracle. Et nous serions ses miraculées.

Ce qu'il avait l'air cool ! Il passait sacrément bien à l'image avec ses costards à carreaux faits sur mesure, sa coupe rock'n' roll rasée sur les côtés, ses bracelets épais en argent. À cinquante-quatre ans, il en faisait dix de moins. Il s'exprimait comme une rock star, ton nonchalant mais assuré, confiance en soi époustouflante. Les gourous de secte pourraient prendre des notes. Et puis ce type était maire de la ville ! Non mais sans blague… Et puis sa maison grimpait sur trois étages, était remplie de trucs hyper cool, de vinyles de mes groupes préférés, de guitares dédicacées, de baignoires à remous ! Et à chaque expiration de Church, je voyais quelques particules de fric s'envoler dans l'air. Je n'avais pas l'habitude… Les anciens taulards au portefeuille troué, c'était tout ce que j'avais connu.

J'avoue, j'en crevais d'envie, d'être sa fille. Je me le suis même imaginé en papa gâteau, papa câlin. Et pendant les premières semaines, il était presque ça. Mais la lumière qu'il allumait dans ses yeux lorsqu'il me souhaitait une bonne journée était artificielle. Le miel qu'il infusait dans sa voix pour me dire bonne nuit, artificiel. Les conseils qu'il m'offrait concernant mon avenir, des phrases toutes faites. Mais je voulais croire.

Bien sûr que je n'étais pas dupe. J'avais l'expérience des hommes qu'a un vieux gardien de prison des taulards. Cette expérience imposée qui me donne la sensation d'avoir déjà soixante-huit ans. D'avoir une vie entière derrière moi. Une vie aussi cabossée que celle d'une vieille alcoolique divorcée. Cette sensation que ma peau juvénile est un mensonge sous lequel une peau fripée se cache. Je l'entends à ma manière de parler, comme une grosse routière tatouée. Avec des mots que je ne devrais pas employer. Avec une constante intonation énervée.

Pourtant j'avais encore envie de chasser le noir de ma tête pour tout rendre rose… Alors j'ai gobé ce mensonge que Church me servait. J'ai fait semblant de ne pas en sentir l'odeur douteuse. Je me suis bouché le nez et j'ai tout avalé.

C'était bien.

Le deuxième mois, mon petit nuage s'est écrasé au sol. Avec une gifle. La première qu'il a donnée à ma mère. Je les ai surpris de loin, dans le jardin…

Il avait peut-être dérapé en voulant lui tapoter la joue. Il avait peut-être voulu lui attraper l'épaule. Au fond, ça n'était rien. Maman est allée chercher ses œillères dans un tiroir et ne les a plus quittées. « Regarde où nous vivons, regarde tout ce que nous avons ! » C'est sans doute ce qu'elle a pensé. « Je ne vais pas quitter tout ça pour une minuscule gifle que j'ai à peine sentie ! »

Je ne la plains pas. Elle ne mérite pas qu'on la plaigne. On ne peut que plaindre ceux dont le malheur est une sentence. Ma mère, elle, n'est qu'en sursis. Elle n'est pas coincée derrière les barreaux d'un bourreau. Non. La porte est grande ouverte.

Elle reste parce qu'entre l'inconfort et la violence, pour elle il n'y a aucun match. Bah oui. Tout ce blé ça vaut bien quelques bleus ! Keith se laissera faire comme elle s'est toujours laissé faire. Elle est un paillasson boueux sur lequel tout le monde s'est déjà essuyé les pieds. Un paillasson qui pue. Qui pue autant que tous ces hommes. Qui la fait puer elle autant que tous ces hommes qui puent.

Merci maman, de m'avoir montré l'exemple à ne pas suivre. Cette éducation vaut tous les exemples à suivre. Et tu vois, grâce à ça, jamais je ne serai toi.

Jamais un homme ne me dominera.

Jamais il ne gagnera.

Pas contre moi.

17

KEITH

On entend souvent les gens poser cette question éculée : « Pourquoi les femmes battues ne partent pas ? » Comme si la femme battue était un modèle robot. Une race de chien. Une sorte de fruit. Pourquoi les pommes noircissent une fois coupées en deux ? Pourquoi les femmes battues ne partent pas ? Comme s'il y avait une réponse universelle. Une explication évidente qu'on trouverait en tapant cette question sur Google.

Il n'y a pas de réponse à cette question parce que La femme battue n'existe pas. Il y a Des femmes. Qui se font battre.

À chacune sa réponse.

Moi j'ai besoin d'une faille, pour pouvoir m'en aller sans tout faire exploser à proximité. Sans remettre en jeu l'avenir de ma fille. Et Church vient peut-être de me la donner…

Il est trois heures deux du matin. Je suis alerte derrière le volant de ma Honda, prête à me mettre dans de beaux draps. Je l'ai entendu se lever du lit il y a une demi-heure, quelques secondes après le bip d'un message WhatsApp. Il a enfilé la chemise blanche et le pantalon jetés au pied du lit quelques heures plus tôt, est sorti de la chambre et s'est rué dehors. Quelque chose de grave, j'espère. Un truc que je pourrais utiliser contre lui…

Si je ne peux pas me débarrasser de Church en faisant mes

valises, toute autre manière est bonne à prendre. Ça fait des semaines, que je cherche. Que je note ses va-et-vient sur un petit carnet. Que j'épie ses conversations téléphoniques. Que je fouine. Je suis à l'affût d'un rien. N'importe quoi de compromettant je prends. Quand je pense que je l'avais filmé en train de me filer une raclée et que j'ai tout effacé…

Quelle conne.

Il ne m'a pas vue le suivre. J'ai fait démarrer ma voiture au bon moment et gardé mes phares éteints. Il roule vite. Le filer sans me faire remarquer devient risqué. Voilà qu'il entre sur l'autoroute. Je laisse passer quelques véhicules devant sans le lâcher. Pas grand monde dehors, ce soir… Je regarde l'heure sur la Jaeger-LeCoultre qu'il m'a offerte à notre cinquième rendez-vous. Cette montre qu'il m'interdit de porter en public. « Ta vieille merde au bracelet fin fera plus d'effet auprès des votants. Ça te donne un côté copine du quartier. »

Sa grosse Lexus RX noire tourne à droite et sort de l'autoroute. Elle trace en faisant crisser ses pneus. En à peine cinq minutes, je me retrouve à rouler sur un éléphantesque parking désert au milieu d'absolument nulle part. Et je me demande un instant si tout ça n'est pas scénarisé. S'il n'a pas fait semblant de recevoir ce message WhatsApp. De filer en douce. De m'attirer fort habilement jusqu'à ce parking. Pour pouvoir m'assassiner en silence, chut.

Sans témoins. Bang bang. Bye-bye.

Non, il a encore besoin de moi…

Mon cœur est descendu dans mon estomac et c'est mon corps entier qui bat. Pas un réverbère pour éclairer le périmètre. On y voit que dalle. J'attends que Church se gare un peu plus loin et éteins le moteur. Je m'élance hors de ma voiture dans mes sandales pailletées et ma longue chemise rayée. Mais où va-t-il comme ça ? Il n'y a rien, ici…

Un rugissement me fait soudain sursauter. Je me retourne et secoue la tête, certaine d'avoir halluciné. Et puis je vois Church sortir de sa Lexus pour se diriger vers l'un des nombreux hangars industriels de ce terrain babylonien. Il tape trois coups secs sur la porte d'entrée métallique, et un type lui ouvre aussitôt.

« Qu'est-ce que c'est que ce bordel ? » grogne Church en entrant avant de ressortir dans la foulée, suivi par un homme d'une quarantaine d'années ; difficile d'en dire plus sur lui dans cette obscurité. Ils font quelques pas nerveux et s'arrêtent. Leurs voix résonnent comme s'ils hurlaient dans un mégaphone.

– Tu te rends compte, que tu me fais venir ici à trois heures du matin ? lui envoie Church, échauffé. Un employé qui me réveille en pleine nuit pour me dire qu'un connard menace de foutre le feu au hangar… Ça me fait me sentir comment, tu penses ?

– J'ai été bien gentil de ne pas aller sonner chez toi.

La voix du gars est basse sans être grave. Mais son ton indique qu'il est prêt à imploser.

– Qui crois-tu menacer, Hamn ? Dis-moi ?

– J'ai été plus que patient, jusqu'ici. Un trou de huit cent mille dollars, c'est gérable. Mais qu'on se foute de moi…

– Cet ours polaire devait être achevé. Tu aurais préféré que je te refile une bête malade ?

– Pas de marchandise, ça équivaut à un remboursement intégral. Non ?

– Tu sais bien que c'est impossible. C'est le risque que tu as pris, mon vieux Hamn. Tu crois que je l'ai fait venir gratuitement, ton nounours ?

– Je te jure que si je ne vois pas la couleur de mon fric d'ici la fin du mois, j'irai couper la tête de ton fils pour te la présenter sur un plateau !

Le silence se fait quelques secondes. Le temps de me demander à nouveau si je sortirai de ce parking en vie. Et puis Church recule d'un pas, et éclate de rire en s'époussetant le ventre. La tension électrifie l'air cuit à vingt-neuf degrés. Je me tiens accroupie derrière une camionnette, avalant mes respirations. Je crains qu'ils entendent mes yeux cligner.

Church s'approche du type mince d'environ un mètre soixante-dix, et pose sa main sur son épaule.

– Gentil garçonnet, il lui murmure.

Le gars ôte rageusement la main de Church et se retourne pour faire biper la Porsche Macan derrière lui. Il trace jusqu'à elle sans se retourner, tandis que Church continue de rire en époussetant sa chemise.

Je respire entre mes mains moites, puis m'assure que mon portable dans la poche de ma chemise est en silencieux. Personne ne m'appelle après vingt heures mais sait-on jamais. Church reste à regarder devant lui, immobile, jusqu'à ce que la Porsche soit loin, puis va retaper à la porte du hangar. On lui ouvre aussi vite que la première fois et j'ose enfin respirer à pleins poumons. Pourtant je ne m'enfuis pas. Je ne peux pas. Il faut que je sache ce qu'il y a dans ce hangar…

La porte se rouvre et Church sort rapidement. Il grimpe dans sa voiture, démarre et s'éclipse. Merde. S'il est de retour au lit avant moi, je suis cuite. Mais quelque chose me retient à cette porte métallique. Je me dis que derrière elle se trouve ma liberté. Ma monnaie d'échange. Et puis… elle n'est pas bien fermée. Trop grande et lourde pour se claquer d'un seul coup… Elle me supplie de venir voir ce qui s'y cache. J'attrape le courage qui me tombe miraculeusement du ciel et m'élance à pas de chat vers elle. Quelques secondes avant qu'elle se ferme complètement… J'arrive in extremis pour caler mon œil dans l'entrebâillement.

Avant qu'elle me claque au nez, j'aperçois un minuscule morceau de l'intérieur. Et je me demande si je ne rêve pas. Parce que devant moi, ce que je vois…

C'est une jungle.

18

CHURCH

On peut naître sociopathe, mais la pathologie ne fait pas d'emblée de vous un monstre. Il y a un terrain. Et lorsqu'il est particulièrement bien cultivé, parfois des plantes poussent. Mais parfois, aucune graine ne suffit à faire apparaître une quelconque flore.

Moi j'avais le terrain. Et maman s'est appliquée à arroser ma terre. Une abominable diablesse qui tripotait ma verge infantile chaque soir avant de me doucher à la Javel jusqu'à ce que ma peau brûle.

Ce serait une histoire convaincante…

Le genre de traumatisme classique et cliché ô combien éculé, qu'on imaginerait avoir causé la création d'un être mégalo-sadique tel que Church Slaughter ! L'enfance et la maman c'est toujours le noyau. Pour comprendre le personnage et ses raisons enracinées. La psychiatrie l'a signé dans la roche.

Eh bien non.

Ma mère à moi était une charmante bonne femme au foyer dénuée de tout vice. De celles qu'on voit dans les gentils feuilletons familiaux à la télévision. Pas une seule action répréhensible et une dévotion religieuse pour son adorable fiston.

L'humain n'est pas toujours une équation à disséquer. Il est ce qu'il est parce que la vie en a décidé ainsi. On est ce qu'on naît.

Si j'exècre le sexe faible c'est parce que la faiblesse est une invitation au pouvoir. À l'abus. Mais il y a quelques règles à respecter…

Au début entre nous, Keith n'avait aucune idée de ce qu'était résister. Lors de mes élans violents, elle me laissait contempler son regard épouvanté, son corps tremblant de trouille comme celui d'un clébard de refuge cerné dans sa cage. Qui grogne, fébrile, prêt à se pisser dessus. À chaque gifle donnée, elle baissait le ton et se courbait de servitude. Mais cet avilissement n'était guère bandant pour un maniaque de l'emprise. Je voulais qu'elle sache se débattre. Peut-être même rendre les coups. Car la domination offerte sur un plateau ne peut offrir aucune satisfaction. Les relations de maîtres à esclaves ne valent rien. Dominer c'est aller chercher au fin fond de l'autre, quelque chose qu'il s'acharne à garder. J'étrangle pour sentir le lâcher-prise de ma brebis, pour déguster l'élargissement de sa pupille. Si je frappe ce n'est pas pour laisser des bleus au corps, mais bien à l'âme. Et consentir à mon sadisme annule l'intérêt de l'exercice.

Mais petit à petit, Keith commence à se relever. Après chaque série de coups. Elle insiste pour ne jamais rester au sol. Jamais longtemps. Abîmées ou pas, tant que ses jambes savent se plier, qu'elles se tendent et sont accrochées à des pieds, Keith les fait fonctionner. Elle se défend griffes et dents et me montre enfin qu'il y a autre chose en elle qu'une abyssale soumission. Mon petit karatéka à moi…

Ma femme, elle, a su me résister avec poigne dès le début. Et c'est peut-être un rien grâce à elle, que j'occupe aujourd'hui le bureau de maire. Lorsque les Savannahiens ont appris que ma dulcinée avait brûlé dans une voiture et que j'ai moi-même frôlé le même sort sur le siège passager, ils en ont eu le cœur secoué. Il faut offrir un scénario poignant aux votants. Leur vendre l'image d'un héros de film à gros budget. C'est pour celui-là qu'ils votent ! Pas le gentil Monsieur Tout Le Monde à bonnes idées… Les bonnes idées en politique c'est un détail. Pour gagner il faut savoir séduire.

Et moi, c'est ma spécialité…

Mais réduire Frances à une histoire utile serait malhonnête. Parce qu'au début, on s'est aimés pour rien. Juste parce qu'elle était belle et que j'étais drôle. Parce que j'étais jeune et qu'elle était jeune. On baisait yeux dans les yeux. On se courait après en s'esclaffant. On se bécotait sur le marais d'Okefenokee, corps par-dessus corps dans un bateau à moteur. Et puis on a fabriqué un petit Coyote, on a échangé nos vœux, on a traversé l'Amérique latine. Mais après les premières années de couches à changer, mon érection est retombée. Et mes pulsions de violence sont remontées. Juste comme ça.

Le scorpion pique la grenouille.

Inéluctable…

Avec Keith, c'est différent. Elle est mon jouet mais je ne l'ai jamais aimée. Cette idiote sans diplômes, sans conversation, sans classe. Qui pourrait ? Seulement, les sondages étaient mauvais. Les gens s'étaient lassés du père veuf esseulé. Parce que tout va trop vite et que les larmes ça va un temps… Les gens du Sud sont trop chrétiens pour (ré)élire un Don Juan célibataire. Il leur faut du traditionnel. Un papa, une maman, un bébé. La mascarade familiale. Et Fitzpatrick, candidat ultra-républicain père de six enfants, marié à une gentille blonde aux seins tombants, commençait à leur faire de l'œil. Efren me pressait de trouver une remplaçante à Frances. Si j'étais incapable de représenter la famille, comment aurais-je pu représenter la ville ? Pire, Fitzpatrick commençait à faire fuir des bruits malodorants à mon sujet. Et la vilaine rumeur qu'il faisait courir prenait du bide chaque jour. Celle qui disait que j'étais pédé…

Et dans le Sud profond, ça la fout mal.

Très, très, mal.

Alors il me fallait une femme. Et vite. J'en ai essayé quelques-unes entre deux rendez-vous en ville. Aucune ne correspondait au rôle. Trop guindées, trop snobs. Il me fallait une créature dressable qui ne rechigne pas. Qui sait montrer les crocs lorsque l'instant le demande, et seulement lorsqu'il le demande, mais que je peux tout de même diriger d'un battement de cils. Après tout, je suis le gendre idéal ! Il faut que la dinde à mon bras me suive au pas. Une femme simple qui rappelle aux petites gens que du haut de mon château victorien, je suis aussi l'un d'eux.

Efren se faisait dessus à l'idée que je perde. Lui aussi, serait emmerdé de dire bye-bye aux privilèges. Parce que ce zoo clandestin qui rapporte si gros, il y est associé à quarante-cinq pour cent. Personne ne le devinerait... Encore moins nos employés. Il n'y met pas un pied, dans ce hangar ! Il est trop clean pour venir sniffer des fientes de perroquets à crêtes jaunes... La logistique, il y participe à distance. Encore plus loin que moi. Il n'est vraiment qu'un donateur. Le plus gros, c'est papa Church qui s'y colle.

Lors du concert organisé pour le don du sang, Efren a pointé trois ou quatre gonzesses du doigt dans la foule. Coup du sort, c'est l'une d'entre elles qui m'a abordé devant la porte de ces toilettes. J'ai pensé que c'était un signe. Elle n'était pas à tomber par terre, tout juste baisable. Enfin... c'était facile. Elle a tout de suite mordu.

Mais voilà qu'elle se met à fouiller dans mes affaires... Qu'elle menace de se tirer en pleine campagne ! Hier soir, je l'ai surprise dans mon bureau du troisième étage à feuilleter un de mes dossiers de comptes. De quoi se croit-elle capable, au juste ? Faire dégringoler un empire à la force de sa petite main malade ?

Ça n'arrivera pas.

J'ai eu assez de mal à serrer le garrot sur l'hémorragie qu'aurait pu devenir « l'Affaire Coyote Slaughter ». Si *ce que mon fils a fait* s'était ébruité, jamais je n'aurais pu penser à concourir une seconde fois. J'ignore même si j'aurais pu rester en poste. À l'heure qu'il est, Coy cuverait du pruno dans une cellule sans air de la Coastal State Prison !

Sur le coup, j'ai pensé que je ne le pardonnerais jamais. Aujourd'hui pourtant je ne lui en veux plus. Il n'a pas été béni par une cervelle saine. Je sais que tout cuit à feu vif dans sa tête. Faut croire qu'il est comme son papa. L'hérédité en cadeau comme une maladie incurable. Il s'y fera bien assez tôt…

Quand je dis qu'il est comme son papa, au fond c'est faux. Nous n'avons rien, mais surtout rien de rien en commun. Je parle juste, et seulement, de cette noirceur…

Celle qui lui a fait faire *ça*…

Quand même, je ne le croyais pas capable d'une telle chose. Je me rappelle cette nuit, où j'ai appris de quoi il était fait… Trois heures quinze, un jeudi. Je fumais un cubain dans le salon du rez-de-chaussée en relisant un dossier. Coy est rentré à la maison, sa chemise déchirée, ses yeux rubiconds, un kilomètre de morve échappé de son nez. Et il m'a tout avoué. « Un coup de folie » il a dit. Ça n'était pas lui. C'était ses drogues. Son Effexor, son Seroplex, son Abilify, son Zyprexa. C'étaient elles qui avaient agi. Il me l'a juré à genoux, front au sol, mains fermées dans ses cheveux. Je n'ai jamais aimé les excuses, mais il fallait stopper l'hémorragie. Alors j'ai pris ma bagnole et me suis rendu sur la scène de crime. Il y avait fort à faire…

J'ai tout nettoyé.

Lorsque je suis rentré, Coyote prenait une douche au deuxième. Il avait gerbé dans les escaliers et une odeur d'œufs avariés envahissait l'étage. J'ai attendu qu'il sorte de la salle de bains et l'ai ramené jusqu'à sa chambre. Il avançait comme un vieux à qui on aurait piqué son déambulateur. Je l'ai fait asseoir sur son lit, et l'ai écouté ne rien me dire pendant dix minutes. Il tournait la tête, détachait ses lèvres l'une de l'autre, puis bégayait un machin incompréhensible plein de salive morveuse. Je crois surtout qu'il était profondément atterré de réaliser qu'il allait désormais devoir vivre avec une conscience en surpoids. Jamais il n'aurait cru pouvoir faire *quelque chose comme ça*.

Je lui ai fait jurer, ce soir-là.

Ce qu'il avait fait…

Nous n'en parlerions plus jamais.

19

IDAHO

« Idaho ! » m'envoie une voix en même temps qu'on me claque la joue. J'ouvre un œil et aperçois la tronche carrée de Dwayne au-dessus de la mienne. Il me faut quelques secondes pour réaliser que je suis ivre morte dans ma voiture, qu'il fait nuit, et que j'étais endormie bouche ouverte contre le volant…

– Éloigne-toi ! je lui crache en le poussant de toutes mes forces.

Il tombe en arrière sur le gravier devant le portail de la propriété.

– Calme-toi Idaho, j'essayais juste de t'aider !

Mes esprits me reviennent et je cache mon visage dans mes mains. La honte…

– Qu'est-ce qui t'est arrivé ? il demande un sourcil levé, s'approchant à nouveau.

– Je… hum… Pourquoi tu es là ? Et comment tu as su que j'étais ici ?

– Tu n'es pas invisible ! Je venais chercher Coy et j'ai vu ta voiture garée devant l'entrée. La portière était grande ouverte.

Je baisse les yeux et bredouille un truc dans ma barbe. Mais quelle honte…

– Il est quelle heure ? je demande.

– Presque minuit.

– Ma mère sait que je suis là ?

– Pas que je sache. Tu veux que je l'appelle ?

– Surtout pas.

Je referme la portière et essaie de démarrer la Honda qui ne ronronne pas. J'essaie. J'essaie. Rien. Le cadran me fait savoir que l'essence est à sec. Je retire les clefs et sors. Encore bien saoule, je prends doucement conscience de l'air chaud sur ma peau, de la lumière des lampadaires, de la route déserte et du calme autour. Je prends conscience des yeux désolés de Dwayne devant mon état pathétique. Je me rappelle aussi qu'avant de m'écraser sur ce volant, j'ai whatsappé Blythe pour la supplier de me rejoindre à Wormsloe. J'ignore si elle a répondu. Mon portable est éteint. Plus de batterie.

– Il faut que tu m'aides, j'ordonne en pointant mon index vers Dwayne avant de tituber et tomber à terre.

Il s'accroupit pour me tendre la main. Le ciel noir tourne et ma nausée me fait courber le dos.

– Dis-moi… Mauvaise cuite avec les copines ?

– Je ne bois pas.

– Ça se voit !

– Emmène-moi à Wormsloe.

– Quoi ?

– Je t'en prie. J'ai besoin d'y aller.

– Wormsloe, le site historique ?

– Oui.

Je me relève d'un coup et me dirige vers sa Range Rover. Je saute à l'intérieur, ferme la portière, attache ma ceinture. Et puis j'attends qu'il monte à son tour.

– T'es sacrément autoritaire ! il m'envoie en entrant.

Je baisse mon carreau pour ravaler de l'air frais, même s'il est tout sauf frais.

– Je ne suis pas dans mon état normal.

– Tu crois ? Moi qui te prenais pour une petite fille sage, bien sous tous rapports… En fait, tu es une sacrée ivrogne !

– Je suis allée m'acheter des minibouteilles à l'épicerie de Thomas Square Streetcar qui ne demande pas les cartes d'identité, et je les ai toutes bues. C'est la première fois que je fais un truc pareil. Voilà. Tu démarres, maintenant ?

– Pourquoi cette envie soudaine ?

Je laisse tomber ma tête sur le rebord du carreau.

– S'il te plaît… Emmène-moi.

Il reste quelques secondes à m'observer – je le sens – et finit par démarrer.

J'avais envie de tout déconnecter, ce soir. Mais mon corps a épongé l'intégralité de ce qu'on lui a donné. Et maintenant me voilà dans cette voiture. Celle de ce mec que je ne connais que de « salut-au revoir ». Que je n'ai fait que croiser. Vite fait. Et à qui j'offre mon moment de vulnérabilité comme s'il avait tout fait pour le mériter. Moi d'habitude si maîtrisée, si contrôlée. Me voilà en mille morceaux en cadeau à qui passait par là. Mais mon besoin de Wormsloe et de Blythe est trop violent pour que je fasse des manières.

Dehors, les criquets poussent la chansonnette. Le vent créé par la vitesse n'est pas assez fort pour les faire taire. Leurs castagnettes s'amplifient dans ma tête.

Dwayne se gare devant l'entrée du site et se tourne vers moi.

– Je crois que c'est fermé, à cette heure-ci…

– Pas pour moi. Je connais le gardien.

– Tu es sûre que c'est sans danger ? Je suis responsable de toi, maintenant. Complètement bourrée, à une heure moins le quart du mat', seule ici… S'il t'arrive quelque chose, ce sera de ma faute !

– Il ne m'arrivera rien. Je t'ai dit que je rejoignais ma copine.

– Tu ne sais même pas si elle t'a répondu. Laisse-moi t'accompagner. Dès que je vois Blythe, je vous laisse. O.K. ?

Ses cheveux archi-raides blond platine brillent sous l'or de ses phares allumés. Ils paraissent d'un blanc pur. Comme un mi-long de mamie. Et ses yeux noirs de tombeur me feraient presque du charme. Malgré mon état, j'en suis consciente.

– Si tu insistes, je dis sèchement en ouvrant ma portière.

Quelques pas, un clin d'œil à Harrison le gardien, et nous pénétrons à l'intérieur.

L'allée de chênes magiques s'ouvre à nous.

Pas un bruit hormis nos pas. Pas un cui-cui d'oiseau. Le silence absolu.

Sous la lueur des réverbères, les guirlandes mousseuses des chênes sont jaune or. Et le ciel marine, aubergine. Je m'assois en tailleur en plein milieu de l'allée et prends une large bouffée d'air humide.

– Si tu connais son numéro par cœur, je peux l'appeler, me propose Dwayne.

– Qui connaît les numéros par cœur, de nos jours ?

Il vient se poster à ma gauche, debout et droit, le regard admiratif devant la nature fabuleuse qui l'entoure. Je sais qu'il est impressionné par la double allée d'arbres géants se donnant la main. Même en pleine nuit, la magie de l'endroit scintille à en aveugler.

– Je n'étais jamais venu ici. Pourtant je passe devant l'entrée au moins une fois par mois. Ça fait de moi un faux Savannahien, tu crois ?

– Il n'y a que les touristes, qui se promènent ici.

– Et les jeunes filles beurrées avec un nom d'État du Nord-Ouest…

– Tu ne devais pas aller chercher Coy ?

– Il n'a qu'à prendre sa caisse… J'en ai marre de faire le chauffeur ! Et puis cette fête s'annonçait naze, de toute façon.

– Merci de m'avoir accompagnée.

– Tu ne m'adresses pas un regard, d'habitude. J'ai sauté sur l'occasion !

Je ne peux retenir un rire. La façon dont il m'a sorti ça avec cette grimace débile et ces yeux écarquillés aurait fait marrer n'importe qui. Il me fait voir sa dentition impeccable blanc foudroyant, et baisse les yeux sur ses Adidas noires.

– C'est vrai ! Tu me snobes chaque fois que je passe chez vous…

– Ce n'est pas « chez moi », c'est chez Church. Et je ne te snobe pas, je suis juste toujours très occupée.

Il soupire et plie lentement ses grandes jambes musclées pour s'accroupir un instant, avant de s'asseoir à mes côtés. Je sens son parfum à la mode à pleines narines. Il a dû vider la moitié du flacon sur lui ce matin.

Dans l'obscurité, le ciel de feuillages a l'air d'une paroi de tunnel onirique. Comme si nous étions avalés par une gorge de sorcier. Nous observons le vide devant nous sans rien dire. Je ne me demande pas à quoi Dwayne pense. Je sais déjà qu'il réfléchit sérieusement à tout un tas de choses comme il n'a sans doute jamais réfléchi auparavant. C'est le pouvoir de cet endroit.

Après plusieurs minutes, il sort un joint de la poche de son short de sport vert et blanc. Puis il l'allume et tire dessus jusqu'à plus d'air.

– Je me suis disputée avec Blythe cet après-midi, je murmure en regardant ailleurs. Elle me reprochait de ne pas lui porter assez d'attention. Et puis, ses mots ont dépassé sa pensée… J'étais si hors de moi que je l'ai giflée.

Je m'arrête une seconde, encore assez ivre pour que le sol tangue. Dwayne sait que je n'ai pas fini de parler et attend attentivement la suite. Pareil que si je lui racontais un secret top défense.

– Je m'en suis instantanément voulu. Mais elle n'a pas attendu d'entendre mes excuses. Elle s'est tirée en courant… Après ça, je me suis mise à angoisser un max. Sur la future réponse de Stanford. Sur l'avenir de ma mère dans cette maison. Sur ce que moi je deviendrais. Je crois que j'ai fait une sorte de crise d'angoisse. Alors j'ai voulu tout effacer, faire taire ces pensées…

Il tire sur son joint et hoche doucement la tête.

– Je connais.

Puis il se décharge d'un soupir interminable et laisse tomber son dos à plat sur le béton. Les yeux dans le ciel violet pailleté d'étoiles, bras le long de son corps, il se met à chantonner. Un air d'Elton John, je crois. « I'm Still Standing ».

Je ricane à nouveau.

– Toi, le sportif star de ton lycée, archétype typique de l'hétéro macho, tu chantes du Elton John ?

– Arché-quoi ?

– Rien… Laisse tomber.

– Je suis toujours debout. Malgré les merdes que moi aussi j'essaie d'effacer de ma tête. Je ne savais pas qu'il fallait appartenir à une certaine catégorie pour aimer cette chanson…

– Quels genres de merdes ?

Il tire sur son machin assez fort pour que j'entende distinctement le bruit du papier cramer. Et puis il reprend une bouffée. Et encore une.

– Ma sœur a été violée.

L'air se coince soudain dans mon thorax. J'attends un moment avant de parler.

– Afton, c'est ça ?

– Par deux grands Noirs, à juste quelques mètres de chez nous. Elle avait fait le mur pour aller dormir chez une copine.

– Je suis désolée.

– Ils l'ont attrapée, fourrée dans leur bagnole…

– Putain.

– Elle a été retrouvée le lendemain matin, endormie au coin d'une rue. Sans son pantalon.

Il se met à rire nerveusement, ses joues exagérément tendues. Un rire givré.

– Elle n'a plus jamais été Afton, après ça.

– Les types ont été arrêtés ?

– Dès le lendemain. C'était des dealers de crack. Des déchets humains. Un passant avait aperçu la scène, mais avait eu trop peur d'appeler la police sur le coup. Il a attendu que ces pourris finissent. Qu'ils soient loin… Et puis il est allé se coucher. Ce n'est que le lendemain, qu'il a daigné prévenir quelqu'un.

Il crache un monstrueux nuage gris qui s'agrandit dans l'atmosphère, et écrase son joint sur la semelle de sa basket. Ses longues lèvres adipeuses ont un rictus agité. Comme s'il essayait de les tendre mais qu'elles ne se laissaient pas faire. Sorte de minitremblement. Et en examinant son air prostré, je me rends compte à quel point l'idée que je m'étais faite de Dwayne était erronée.

Je laisse à mon tour mon dos tomber sur la route. Et puis nous nous taisons. Plus longuement, cette fois. L'alcool commence à se dissiper dans mon sang.

– Pourquoi tu crois que Coy me déteste tant ? Depuis que j'ai emménagé, j'ai plus parlé avec toi qu'avec lui, j'ironise. Je me demande d'où vient ce profond mépris... Ça doit être autre chose qu'une histoire de classe sociale...

– Je crois qu'il est juste très frustré de savoir qu'il ne pourra jamais te toucher.

– Pardon ?

– Une fille comme toi... Intelligente et distinguée... C'est au-dessus de ce qu'il peut normalement attraper !

– Excuse-moi ? je m'offusque.

– Je veux juste dire qu'à mon avis, tu l'impressionnes. Il se sent con à côté. Depuis que tu as débarqué chez eux, il ne parle que de toi.

– Tu déconnes ?

– Pas du tout. Tu l'impressionnes, je te dis.

– Je ne te crois pas.

– *I don't lie lie lie on a streetcar named desire.*

– Hein ?

– *I don't lie lie lie, on a streetcar named desire !*

– Je crois que t'as assez fumé pour la semaine...

– Quoi ? Tu ne la connais pas, celle-là ?

– De quoi tu parles ?

– « Lies », d'Elton John !

Je me redresse pour m'esclaffer de tous mes poumons. Impossible d'arrêter mon ventre de se contracter. Dwayne se lève soudain et se met à se dandiner en sortant son iPhone de la poche de son short. Il tapote quelque chose sur l'écran, et le titre des années quatre-vingt-dix « Lies » fait jouer ses premières notes. Dwayne claque des doigts par-dessus la voix d'Elton. Et vient un jeu de pieds on ne peut plus ringard et un déhanché de maison de retraite. Mon fou rire va m'achever. Ma voix résonne dans le parc comme s'il était branché à des enceintes de boîte de nuit. Je crois que je n'ai jamais autant ri de toute ma vie !

– Arrête ! je lui souffle entre deux éclats de voix. Tu vas me tuer !

Son sourire s'élargit de plus belle et sa chorégraphie monte en puissance. Il utilise l'espace pour tourner sur lui-même, courir en arrière, sauter à pieds joints en rythme avec le tempo. Et puis il s'avance vers moi en hurlant « *I'd never lie to you !* ».

La chanson s'achève et j'essuie les larmes qui ont coulé sur mes joues. Doucement, je me calme. Mon ventre me fait toujours aussi mal.

– Ma mère est fan, il dit en se rasseyant à mes côtés. J'ai grandi avec ce bon vieil Elton…

La sueur a glué ses cheveux blonds à son front. Et sa peau brille autant que si on l'avait enduit d'une lotion nacrée. Je le regarde en reprenant mon souffle, lui aussi reprenant le sien. Et je me sens bien. Tous ces kilos de charbon enfoncés dans les sillons de mon cerveau ont fondu et disparu.

– Merci.

– De quoi ?

– De m'avoir fait rire. Ça fait du bien…

– Je me changerais bien en fille sur-le-champ, il lâche dans un murmure.

Ses sourcils transparents se détendent et son regard se charge en miel. Et je ne me rappelle plus la dernière fois où j'ai laissé un garçon me regarder avec tant d'insistance. Je ne me rappelle pas si c'est jamais arrivé. *De cette façon*. Et je m'en veux presque de ne pas détourner le regard. Ni lui cracher au visage pour avoir même osé. Osé me regarder *comme ça*. Un autre jour, j'aurais sans doute voulu laver mes pupilles à la Javel. Mais là, je ne me sens pas sale. Pas salie par *eux*. *Ses* yeux.

– Tu te changerais bien en quoi ? je rétorque en me mordant les joues pour retenir mon sourire.

– En fille…

– Qu'est-ce que ça veut dire ? Tu fais ton coming out transgenre ?

– Non.

– Alors quoi ?

– J'essaie de dire que… pour te plaire… à cet instant précis… je serais prêt à me changer en fille.

– Pfff… Quel tombeur ! Tu sais que ta réputation de sportif-serial-baiseur s'étale jusqu'à mon lycée ?

– Ce qu'on dit sur moi est sûrement vrai. Mais jamais, au grand jamais tu m'entends Idaho ? Jamais je n'avais chanté du Elton John devant qui que ce soit.

Je libère un petit rire en haussant une épaule. Et puis je récupère son joint écrasé sur le sol et le mets en bouche.

– Briquet ? je dis en tendant ma main ouverte vers lui.

– C'est ta soirée débauche ? Ce soir, tu feras tout ce que tu n'as jamais fait avant. C'est ça ?

Il retire le joint d'entre mes lèvres et avance tout doucement son visage. Assez doucement pour que je puisse sentir chacun des grains de ma peau gonfler sous mes poils. Ses lèvres d'homme, de mâle, du sexe ennemi, approchent dangereusement. Comme un missile qui fera tout exploser en moi.

– Je ne fais pas ça… je lui susurre, posant mon index moite sur sa bouche chaude.

Le bout de mon doigt s'enfonce un rien dans le creux de ses lèvres claires et se mouille de sa salive. J'avale la mienne avec douleur. Avec la sensation d'avoir déjà tout perdu. Il n'insiste pas et nous restons là à nous observer, sous ce toit de feuilles foncées.

« Tu es lesbienne, tu te rappelles ? » jette soudain une voix serrée de colère. Je me retourne dans un sursaut et aperçois Blythe. Elle se tient à six mètres, son visage aussi dur qu'un morceau de granit.

APRÈS

20

KEITH

« *Nous avons maintenant la confirmation formelle que deux corps ont été sortis de la maison en feu. Deux corps de jeunes femmes, nous dit-on. Aucune d'elles n'aurait survécu aux flammes.* »

Un hurlement de corps au cœur pulvérisé s'arrache de ma gorge. Je vomis mes décibels si fort qu'ils font grésiller l'enceinte de la radio. Radio sur laquelle je tape furieusement de mon poing, main gauche cramponnée au volant. Pied droit enfoncé sur la pédale. Fonçant sur la route comme on fonce dans une foule. Et soudain je freine en plein feu vert et agrippe mes deux mains au volant pour reprendre mon souffle.

Je ne peux pas y croire.

Non.

Ma fille n'est pas morte.

« *Aucune n'aurait survécu aux flammes.* » Je m'accroche à ce conditionnel comme un type suspendu dans le vide s'accrocherait à une falaise. Tu lâches tu clamses. Puis redémarre, reprends la route jusqu'à la propriété de Church, respire. Aucun flic n'a été fichu de me dire quoi que ce soit. Personne ne sait qui sont ces corps, où ils sont emmenés, ce qui s'est passé. Tous des putains d'incapables. Juste capables d'être incapables ! Et

Church joue les marionnettes muettes. Il ne dit rien. J'en viens à me demander ce qu'il sait vraiment. Si c'est vraiment *lui*.

Ma cervelle fait des bulles.

Je conduis mal, zigzague, tape toutes les voitures qui me collent de trop près. Cacophonie de klaxons devant et derrière moi. Dans mon état de transe, je les ressens comme les boum-boum d'une musique techno. Je ne vois plus des humains dans des véhicules mais des obstacles m'empêchant d'avancer. Je prends à droite en faisant crisser mes pneus.

Vite.

L'impression que je n'arriverai jamais là-bas. Peur d'être stoppée par un arrêt cardiaque. Ou une voiture de flic. Et finalement j'arrive. Je fuse sur la route montante isolée. Plus qu'à deux cents mètres de cette maudite maison maudite. Mon capot fume et brouille ma vision. Je vois tout de même l'avalanche de camions de télévision mal garés, comme tombés du ciel tous en même temps. Des badauds embouteillent les lieux, leurs véhicules tout aussi mal garés, leur excitation obscène exaltée, iPhones tendus en l'air. Clic clac, immortalisé mon malheur !

Mais d'où viennent-ils tous ? Nous sommes au milieu de nulle part !

C'est une atmosphère d'après-guerre, devant le portail à tête de cobra de l'entrée. Et je les aperçois, les flammes. Elles n'ont pas encore été tout à fait maîtrisées. Il en reste encore qui dansent, hautes et fières, sur le toit troué de noir. La fumée opaque arrosée par les dizaines de jets d'eau des pompiers imite une gargouille de cendre qui fait la grimace. Elle s'étire bras et jambes, imposante dans le ciel charbonneux.

Je freine devant le bandeau jaune déroulé par la police à un mètre du portail. Et puis je me jette hors de ma voiture et le fais céder en me ruant dessus. Je sens une main qui manque de peu de m'attraper le bras. Celle d'un flic, sûrement. Mais je cours trop vite pour lui.

« Qui est responsable, ici ? » je hurle en regardant partout, tremblant maladivement. « Madame ! Vous ne pouvez pas être là ! » envoie une grosse voix derrière moi. Je me retourne, face trempée, dents qui claquent, et fixe le bonhomme en uniforme.

– Où sont ces corps ?

Le quarantenaire bon en point fronce les sourcils.

– Pardon, madame ?

– Ceux qui ont été sortis de la maison !

Il n'a pas l'air de savoir qui je suis et hésite à répondre quelque chose.

– Où avez-vous emmené ces corps ? je m'emporte, ma voix se brisant.

Une main chaude se pose sur mon épaule dégoulinante.

– Keith…

Je me retourne et trouve Blankenship planté devant moi. Ses petits yeux mauvais ajoutent à mon angoisse.

– Keith… Il ne fallait pas venir ici…

– Personne ne me dit quoi que ce soit ! Où est ma fille ?

Il passe la main sur son crâne chauve aux mèches ramenées en avant et soupire. Un soupir calme et long en contraste absolu avec mon urgence.

– Parlez ! Où est-elle ?

Il regarde autour de lui avec ce même calme criminel semblant à cet instant être la plus infâme cruauté jamais perpétrée. Et puis il pose sa main sur ma taille.

– Venez, nous allons discuter un peu plus loin.

Je retire sa main et montre les crocs.

– Non ! Où sont ces corps ?

– Elles sont mortes, il me répond aussitôt.

J'ai senti le monde me quitter. La couleur. Le son. Le mouvement. Le vivant, immobilisé.

Mon corps se chiffonner comme un papier de bonbon.

Plus rien ne me gonfle.

Je tombe.

– Non… j'halète. Non…

– Levez-vous, joli cœur. Je vais vous emmener dans un endroit plus calme.

Je hurle à la manière d'un muet, mon cri étranglé luttant pour s'échapper. Pourtant je donne tout ce qu'il me reste pour entendre ce cri exister.

Je sais qu'autour de moi, ça s'agite. Qu'ils me regardent tous. Mais je ne suis plus de leur race. Je suis une bête agonisante, malade jusqu'à la moelle.

Et puis soudain une énergie me soulève. Je me reprends, secoue mes cheveux, saute à la gorge de Blankenship.

– Vous mentez ! Où est Idaho ?

Il ne réagit pas. Alors je gifle et je griffe. Je le secoue par les épaules, mes ongles dans ses bras rachitiques. Je crois que je meugle à pleine poitrine mais j'ignore si c'est bien ma voix. La rage qui me troue la rend aussi grave que celle d'un fumeur de cigares.

– Où est Idaho ? je vocifère de tout mon être.

Son visage reste imperturbable. Pas un mouvement de sourcil. Pas un rictus. Et cette soudaine énergie se renverse pour me vider à nouveau. Me rendre aussi molle qu'un chewing-gum à peine craché, écrasé sous une semelle.

Cette fois, je ne me relèverai pas.

AVANT

21

COYOTE

Idaho est penchée, la tête dans le placard orange de la cuisine. Son cul parfaitement rond dont la courbe insensée donnerait la migraine à un enfant de chœur gigote. Elle se dandine, casque sur les oreilles, sa musique si forte que j'entends les paroles de la chanson. Celles de « Magic Man » du groupe Heart. Elle fredonne « magic woman » au lieu de « magic man », mais j'ai cherché les paroles en ligne et il s'agit bien de cette chanson. Elle la fredonne souvent dans la maison. Ses cuisses teinte baiser appuyé du soleil ruissèlent. Et de son minishort en jean rose enfoncé dans ses fesses s'étirent de longues gouttes de sueur, qui tracent des lignes plus claires sur sa peau à croquer. Je les observe dévaler cette chair hâlée. Chaque atome d'eau se courber dans le rond de ces fesses en minimelons. Je les regarde comme on regarde naître un chevreau. Ému.

Son dos aussi est mouillé. Le bas de son T-shirt blanc est plus foncé et colle aux hanches de sa silhouette en poire. Toute cette sueur me serre le cœur. Oui j'ai la trique, mais ma gaule est glorieuse. Je ne suis pas dur pour un simple cul et de simples cuisses. Je le suis parce que cette eau luisante sort du corps d'*Idaho*. Et qu'à cet instant je donnerais ma vie pour goûter son arôme salé. Depuis le premier jour, elle me fait de l'effet.

Cette prétentieuse. Cette fille de pique-assiette. Cette gouine coincée.

La nuit je m'endors yeux au plafond, imaginant ce corps allongé sur son lit juste en dessous du mien. En visualisant avec appétit le creux divin entre ses cuisses. Ces parenthèses de chair blanche et molle, minuscule espace étriqué comme un couloir qui jure de mener au paradis. Idaho est presque trop pure pour être frôlée. Mais dans mes rêves je ne me retiens pas.

« Qu'est-ce que tu regardes ? » elle me lance en tournant la tête. Les rayons du soleil traversant la fenêtre ovale se cognent à sa trombine. Son minois se dore et je bugue sur ces yeux verts pailletés, ce nez affiné par une lame de lumière, ces lèvres suppliant d'être mordues. « Ne prends pas tes désirs pour une réalité ! » je lui envoie. Elle soupire en haussant une épaule, se baisse pour attraper un paquet de biscuits, et sort de la pièce bras en l'air, majeur levé.

Je suis très excité, ce matin. C'est l'aiguille de ma cyclothymie qui a viré de bord. Hier encore, je passais mes journées au lit. À me demander où suspendre la corde qui me brisera la nuque. Mais ce matin je suis le maître du monde ! J'ai encore sauté la prise de mes médocs et mes changements d'humeur sont presque aussi violents qu'ils l'étaient à l'époque où *j'ai fait ce que j'ai fait...*

Je me sens anormalement confiant, même si j'aurais toutes les raisons de paniquer. Le grand roux qui m'accuse d'avoir tripoté sa copine n'a de cesse de me harceler. Par mail, WhatsApp, Instagram, Telegram, Twitter. Une enveloppe est même arrivée par la poste avec des lettres découpées dans des magazines, façon film des années quatre-vingt. L'autre matin, une montagne de merde fumante m'attendait devant la porte d'entrée avec un petit drapeau rouge planté dedans. « *Avoue tout* » était écrit au feutre dessus, en majuscules.

Papa n'est au courant de rien. Et tant qu'il ne se passe rien de vraiment concret, moi je fais comme s'il ne se passait rien du tout. C'est mon mécanisme psychique habituel. Pas que ça marche du tonnerre, mais je ne connais que ça : la fuite.

Pourtant ce matin je ne veux pas fuir.

Je sors de la cuisine sur le jardin de l'aile est. La bouteille de whisky serrée dans ma main droite me paraît vide, tellement elle est légère. D'ailleurs, tout me semble léger. Mes jambes, mes bras, ma tête. Je flotte au lieu de marcher. Il n'y a plus rien sous mes pieds. Euphorique sensation ! Pas que je sois vraiment heureux, mais je me sens *puissant*. Gâté par la grâce du monde entier. Je pourrais tout faire. Tout réussir. Pulvériser mes ennemis à mains nues et regarder gicler leur sang en riant. J'aurais envie de hurler ma supériorité, perché au sommet du palmier-dattier qui me fait face. Je dévisse le bouchon de la bouteille et fais couler le whisky dans mon gosier. Je regarde ce jardin coloré et immense comme une forêt. Ses arbres fruitiers, agrumes dispersés sur la pelouse vert pétant, érables écarlates et à sucre par dizaines – dont les troncs ont été artificiellement dorés –, chemins de roses jaunes et pêche, gloriette ancienne en fer forgé nuance orange nacré au centre d'une colonie de tulipes noires… Cette gigantesque volière asiatique années vingt au toit orné de gravures et pierres précieuses où perroquets et toucans font bruyamment battre leurs ailes multicolores. Et puis ce puma massif sculpté dans du marbre noir, yeux or, installé devant un bassin à la mosaïque biblique. Toute cette flore parfumée me paraît soudain devenir une jungle folle. J'ai l'impression que les plantes bougent et que le puma en marbre prend vie. Qu'il rugit en faisant voir ses crocs. Et puis j'ai chaud. Très chaud. Les trente-deux degrés ambiants sont devenus quatre-vingts. J'ôte mon T-shirt ainsi que mon jeans et mes baskets. Et je me mets à courir entre arbres et arbustes. Je me rappelle cet après-midi d'automne, il y a deux ans, où Afton, Dwayne, et moi, faisions la course jusqu'au chêne du fond du jardin comme nous le faisions souvent plus jeunes. Je me rappelle la jupe plissée d'Afton, pleine de terre, et ses rires de bébé suraigus. Je me rappelle m'être dit à cet instant précis qu'elle était ma sœur autant que Dwayne mon frère, même si nous la repoussions souvent parce qu'elle était trop jeune pour traîner avec nous. Je l'avais vue grandir, cette petite chose blonde. Et j'avais besoin de savoir que ces deux-là étaient à moi.

Depuis le départ de maman, j'ai développé une soif de posséder ceux que j'aime. Pour que jamais ils ne m'échappent. À nouveau. Mais vouloir garder un amour pour soi c'est tenter d'attraper des anguilles à mains nues. Impossible. On n'appartient jamais à personne. On ne s'appartient pas à soi-même. Papa me l'a toujours rabâché… Pourtant, s'il m'interdisait d'aimer qui que ce soit, j'aimais quand même. En cachette. Et Afton, je l'ai aimée comme si ma mère l'avait expulsée d'entre ses jambes. Grâce à elle et son frère, je ne m'étais jamais senti fils unique. Mais depuis ce qui lui est arrivé, je l'ai à peine croisée. Et ça me griffe le cœur de l'avoir perdue. Elle aussi. Je suis depuis redevenu l'enfant unique que j'avais finalement toujours été. Dwayne a coupé son amitié en deux, la plus grosse partie pour Emmett, et moi je suis orphelin. Et frustré. Parce qu'un meilleur ami qui se partage perd toute sa valeur.

J'ignore depuis quand je cours dans le jardin. Le temps me semble incohérent tout d'un coup. Une énergie irréelle me secoue le bide. L'impression que mon corps est trop étroit pour la contenir tout entière. J'ai encore plus chaud. Alors je retire mon caleçon et me mets à sautiller. Et puis le flashback de *cette nuit-là* me gifle et je balance énergiquement ma tête de droite à gauche pour que ces images insoutenables se dissipent.

Je n'ai pas le droit de me les remémorer.

Jamais.

Papa me l'a fait jurer.

Le dragon à bec duquel coule l'eau cristalline du bassin en pierre me toise. Ses yeux de quartz rouge insistent. Je sais qu'il sait ce que j'ai fait. La violence, l'horreur. Une partie de moi a conscience que c'est un nouvel épisode psychotique qui démarre, mais l'autre se persuade que c'est vrai. Parce qu'ignorer une pensée mystique peut provoquer la malice des ténèbres.

Oh non… Je perds tout contrôle de ma tête à nouveau…

J'ai la trouille.

Ça va secouer !

Je fais le tour du jardin dans un sprint de médaillé olympique pour fuir le dragon. Et je me retrouve de l'autre côté de la maison. Devant Prochore et Nicanor. Les deux chênes mutants aux branches foldingues semblent secouer leurs feuilles. Comme si leurs têtes disaient « Non », « Ne pense pas à tout ça, Coy… ».

Puis j'aperçois Anaica, au loin, en train de descendre de sa voiture garée devant le portail. Mais je me demande si c'est bien elle, ou un sosie envoyé par les services secrets pour infiltrer ma tête. Si elle n'a pas un micro scotché sous sa robe à fleurs ou un calibre quarante-cinq dans le dos. L'allée de tulipes noires s'élève au-dessus du sol pavé et les têtes des fleurs s'ouvrent pour découvrir des minimuseaux d'alligators. Ils veulent me croquer et dévorer mes idées ! Je sens leurs canines broyer ma matière grise. « Arrêtez ! » je leur hurle, avant de détourner le regard vers les boules de lumière blanches dispersées sur la pelouse. Des yeux humains se dessinent dans leur plastique épais. Ils me regardent tous. Battent leurs cils. Froncent les sourcils.

– N'avancez pas ! je m'égosille en direction d'Anaica qui s'approche de moi.

– Coy, tu vas bien ?

– Qui êtes-vous ? je lui envoie, cachant ma queue entre mes mains.

– Tu as pris tes médicaments, ce matin ?

Je ne comprends plus ce qu'elle me raconte. Son anglais devient espagnol, puis chinois, puis russe. Et voilà maintenant qu'elle aboie. Elle me veut du mal, c'est sûr. Je fais quelques pas en arrière et me précipite vers elle pour la neutraliser, bras en avant. Puis quelque chose m'arrête dans mon élan. Quelqu'un. On m'a attrapé par la nuque et la peau des fesses. De larges mains qui me griffent. On me traîne sur le sol, mes mollets frottant le gravier, pieds nus rebondissant sur mes talons. Et une porte claque. Celle de l'entrée.

« Tu es conscient de ce que tu es en train de faire ? » grogne un homme qui me projette contre le guéridon en marbre gris. Je reconnais cette voix. C'est celle de mon père. Mais son visage n'a aucune forme. Je me concentre pour revenir à moi. Je sais que je ne suis pas loin…

– Coy ! me hurle papa, en même temps qu'il me baffe partout.

Je ne ressens aucune douleur. Rien du tout.

– Papa, je ne suis pas là ! Aide-moi !

Un seau d'eau vient de m'être jeté en pleine face. Je crois. Parce que je suis trempé.

– Tu recommences à sauter la prise de tes antipsychotiques ?

– Papa, délivre-moi !

J'ai la trouille que tout devienne noir comme *l'autre fois*.

Et puis les battements de mon cœur décélèrent leur cadence. Je redescends tout doucement.

Merci mon Dieu.

Le visage de papa prend forme et je distingue bientôt un nez. Puis des yeux et des cheveux.

– Tu as décidé de bousiller ma carrière, fiston ? il gronde de sa voix d'outre-tombe.

– Quoi ?

– Tu sais ce que j'ai reçu dans ma boîte mail, ce matin ?

– Non, je bafouille en me concentrant fort pour ne pas repartir.

Il s'avance au-dessus de moi et s'accroupit.

– Un joli message qui promet de compromettre l'élection.

– Quoi ?

– Qui jure de te détruire. Moi avec.

– Je ne comprends pas.

– C'est qui, cette putain de Larissa ?

Mon cœur se cogne à ma poitrine.

– C'est un mensonge… Je n'ai aucune idée de pourquoi ils en ont après moi ! Ils ne m'ont même pas demandé d'argent ! Je te le jure, c'est un mensonge ! Je ne l'ai pas touchée, cette fille !

– Et qui croirait un malade mental comme toi, hein ?

J'aperçois une ombre dans les escaliers. Je ne peux pas dire si c'est Idaho ou bien une hallucination.

– Coy !

– Je te le jure papa, je n'ai rien fait !

– Dis-m'en plus, et vite.

– Elle m'a raconté qu'elle était dans mon lycée mais ce n'était pas vrai… Dwayne m'a assuré l'avoir rencontrée à une soirée deux mois avant de me la présenter. Je savais bien que je ne l'avais jamais croisée…

– Nom de famille !

– Je ne sais pas.

– Et Dwayne, il sait ?

– Non, non plus.

– L'idiot qui m'a écrit ce mail bourré de fautes d'orthographe, c'est qui ?

– Aucune idée, papa… Personne ne sait.

– Bon sang, Coy ! il crache en faisant grincer ses dents.

Le bruit de ses molaires contre ses molaires s'amplifie dans mon crâne. Il me faut dépenser une énergie extraordinaire pour ne pas me boucher les oreilles.

– S'ils ne veulent pas d'argent, que veulent-ils ?

– Que j'avoue avoir voulu la violer, sur papier…

Un grognement de buffle s'échappe de sa gorge. Ses vibrations colériques font vibrer mes os.

– Dans quel bordel tu m'as mis ! il râle en serrant davantage sa mâchoire.

– Je n'ai rien fait, je te le jure !

– Je préfère encore avoir un fils mort, qu'en prison. Tu m'entends ? Si ce gosse fait du bruit, ça risquerait de réveiller des cadavres. Tu comprends ce que je te dis ?

Sa peau se craquèle comme un puzzle. Les morceaux de sa face se séparent… C'est ma psychose qui revient me chercher.

– Je vais arranger ça, je te le jure !

– Je vais te confier un secret… Tends bien l'oreille mon fils, il murmure, ses lèvres dans le creux de mon oreille incandescente. L'autre soir, un de mes clients a menacé de trancher la tête du fils de Church Slaughter. Mon fils ! La tienne, fiston. Et j'aurais pu descendre l'ordure sur le coup tellement ses mots m'ont brûlé les tympans. Mais si c'est la seule solution pour nettoyer ton bordel, c'est avec délice que je le laisserai faire. *Capisce ?*

Il recule et me fixe une dizaine de secondes, la tronche en Picasso. Je ferme les yeux très fort pour que tout redevienne normal. Lorsque je les rouvre, papa n'est plus là. Mais moi je reviens enfin. Et j'entends avec retard tout ce qu'il m'a dit.

Merde.

Soudain je ne sais plus de quelle réalité je dois m'échapper.

22

KEITH

Il y a deux mois et demi, je tenais entre mes mains une pépite inestimable. Vidéo de smartphone. Assez nette pour distinguer l'amusement dans les yeux vairons du maire bienfaiteur de Savannah lorsque si délicatement, presque avec grâce, il a tapoté le dos de sa main sur ma joue avant de serrer ses doigts autour de ma gorge jusqu'à me faire perdre connaissance. Je le tenais. Je n'avais plus qu'à faire glisser mon index sur l'écran de mon téléphone pour envoyer le film à mon contact.

Mon contact…

La personne qui me paie pour le faire tomber.

Oui, en réalité, Church ignore tout de moi…

Évidemment, les preuves récoltées ne devaient pas être vulgairement balancées sur la toile. La personne qui m'a engagée l'a explicitement interdit. Et pour cent vingt mille dollars, il n'était pas question de la contrarier.

Le soir de l'enregistrement, Church est sorti de la pièce pour me laisser reprendre mes esprits seule, chaperonnée par la voix de Duke Ellington dont le quarante-cinq tours tournait dans la bibliothèque du troisième étage. Je suis allée chercher mon portable, coincé entre deux bouquins sur la bibliothèque en bois laqué, et j'ai visionné ce qui venait d'être filmé. Et puis, encore un peu sonnée, je suis retournée m'étendre par terre. Allongée sur le tapis persan bleu et or, j'ai regardé le plafond de cette fastueuse pièce suréclairée. Ce plafond orné d'une fresque de Franz Kline, qui n'est pour moi qu'un vilain gribouillis noir. Un gros n'importe quoi. « C'est Franz lui-même, qui a peint ce plafond en quarante-huit. C'était un très bon ami de mon père... » m'avait renseignée Church, ivre de fierté, le premier jour où je suis entrée dans cette salle aux murs bleu nuit. Je n'avais jamais entendu parler de l'artiste, mais ai fait semblant d'être impressionnée par cette toile d'araignée grossièrement réalisée. Les lampes Art déco sur pied en cristal et les deux lampadaires en bronze à multitêtes carrées illuminaient l'œuvre incompréhensible. Et d'un coup, je me suis vue dedans. Serrée entre ces épaisses bandes noires. Prise au piège tel un cafard prêt à se faire croquer par une veuve noire. J'ai regardé ce plafond comme le drame qui m'attendait si j'envoyais cette vidéo. Qu'est-ce que j'avais cru ? Mais qu'est-ce que je fichais ?

Ces cent vingt mille dollars, je les voulais pour ma fille. Mais si cette vidéo enterrait Church, jamais elle n'aurait mis un orteil à Stanford. Même au fond d'une cellule il s'en serait assuré. Et puis j'ai eu la frousse qu'il me fasse – claquement de doigts – disparaître en fumée. Avec l'aide de sa clique policière. J'ai aussi pensé au train de vie minable que j'allais retrouver. Même avec cette somme qu'on me promettait, rien ne serait à ce niveau.

Soudain je ne savais plus rien.

D'espionne vengeresse je repassais à l'état de larve. Aucune confiance en moi. Pas une couille dans la culotte. J'ai effacé ma vidéo et vidé la corbeille. Ainsi que les six autres enregistrements audios déjà mis de côté. Lorsqu'on m'a demandé où j'en étais, j'ai répondu que Church s'était calmé et qu'il allait falloir patienter.

Au début, je n'avais pas signé pour tout ça. Personne ne m'avait mise en garde sur ce que je risquais. Ni sur le monstre qu'il était. « Vous devrez simplement fouiller dans ses vilains dossiers. » Et tous ces billets verts qu'on m'a agités sous le nez ont aidé à me faire acquiescer. La vérité c'est que si je suis dans la combine, j'ignore tout des motivations de mon employeur.

Alors aujourd'hui mon nouveau plan est simple : trouver une manière de couler Church sans m'impliquer. Que mon visage n'apparaisse nulle part. Qu'il ne se doute pas que le coup fatal vient de moi. Et avec ma récente découverte, j'ai peut-être de quoi le salir. Il faut que j'en apprenne plus sur ce hangar rempli d'animaux sauvages. L'autre nuit, j'ai immédiatement fait part de ma découverte à mon complice. J'attends sa réponse. Elles sont toujours très longues à arriver.

– Tu es prête pour notre brunch chez les Ellsworth ? me demande Church en entrant dans le dressing où je cherche une robe, en culotte et soutien-gorge.

– Presque…

Il passe derrière moi et caresse mon dos nu du bout de son index. Avec cette manière si subtile de faire. Comme si j'étais en porcelaine et qu'il craignait de me casser. L'extrême délicatesse contrastant avec l'ultraviolence. Comme ses yeux, jamais au milieu.

– N'importe lequel de ces tissus sera chanceux d'atterrir sur ta peau, il susurre doucereusement avant de sortir de la pièce.

Je vide mes poumons et continue de faire crisser les cintres sur le portant, passant une à une ces robes de créateurs hors de prix. Leur tissu consume mes doigts. Comme si je me fourvoyais en les touchant.

La longue table en quartz de la salle à manger des Ellsworth est dressée pour une vingtaine de personnes. Nous ne sommes pourtant que huit. Quatre couples. Lee Dale et Efren, Blankenship et sa septuagénaire blonde – pores suffoquant sous un kilo de poudre orangée, eye-liner bleu sur yeux bleus – et puis le jeune chef de campagne de Church accompagné par sa fiancée rousse au minois de poupée.

Le double miroir au cadre blanc fixé au mur du fond est tapé par la lumière pâle du soleil. La fenêtre en arc de cercle donnant sur le jardin est grande ouverte et les rayons aveuglants s'invitent à l'intérieur tous en même temps. On croirait un jeu de laser géant.

– Ces fruits de mer sont exquis ! s'exclame la vieille bonne femme bronzée de Blankenship.

– N'est-ce pas ? Ils viennent tout droit du Maine, lui répond Lee Dale en remontant la bretelle de sa robe cintrée neige et beige.

Je trouve qu'il est un peu tôt pour s'enfiler du homard, mais dans cette salle à manger immaculée au mobilier argenté, le luxe n'attend pas l'heure du dîner.

Je me tiens droite sur ma chaise au dossier rond. Coudes sous la table, genoux serrés, mangeant bouche fermée. Personne ne devinerait qu'il y a encore un an, je payais mes courses en coupons et me goinfrais de cochonneries discount dans un deux pièces payé en partie par le gouvernement. J'ai réussi l'exploit de me raffiner.

– Fitzpatrick nous devance d'un petit point dans les sondages. Pas grand-chose, mais il suffit toujours de pas grand-chose pour perdre grand.

– Avec un chef de campagne comme toi, je suis certain que ce connard ne restera pas longtemps en tête !

Le chef de campagne trentenaire – chemise blanche fermée jusqu'au col, museau de rat effilé – gratte son nez pointu en ricanant.

– Tu sais, Church... commence Blankenship. Il y a bien quarante-cinq pour cent de familles recomposées, dans la région. Un rapide mariage sans trop de chichis pour la dernière ligne droite serait sans doute bénéfique ! il s'esclaffe en faisant partir sa chaise en arrière.

Lee Dale croise mon regard et je sens que la plaisanterie de Joseph ne l'amuse pas. Moi, elle m'interpelle. Jamais je ne l'avouerais à voix haute, mais elle m'interpelle.

– Idaho pourrait venir avec moi sur le marché, demain... Qu'est-ce que tu en dis ? me demande Church en posant sa grosse main sur la mienne.

Le bip de mon portable me sauve in extremis d'une réponse. Je sais qu'il est mal vu de le consulter à table, mais il me reste encore quelques mauvaises manières. Je le sors de mon sac à main en perles et le pose discrètement sur mes genoux, pendant que les autres continuent de discutailler.

Sur l'écran allumé, un message : « Pas le moindre animal dans ce hangar. Vide. Entièrement vide ! » Mes sourcils se froncent. Comment ça, vide ?

– Tout va bien, Keith ? m'interroge Efren, fronçant lui aussi les sourcils.

– Bien sûr. Pourquoi ça n'irait pas ?

Church tourne la tête vers mes genoux à la seconde où la lumière de mon écran s'éteint. Je pose ma serviette en tissu sur la nappe et fais crisser les pieds de ma chaise. « Veuillez m'excuser » je dis d'un ton assuré avant de me lever.

Je vais m'enfermer dans la salle de bains en marbre beige au fond du rez-de-chaussée, et relis le message sur mon portable. Et puis je cherche dans mes brouillons, m'assure d'avoir envoyé les bonnes coordonnées, vérifie la photo du hangar. Non, aucune erreur.

C'est impossible...

Mon portable sonne à nouveau.

– Allo, maman ? Allo ?

– Oui, ma petite citrouille.

– Maman, tu m'entends ?

La voix d'Idaho tremble et son ton est pressé. Comme si elle savait qu'un danger la guettait.

– Que se passe-t-il, chérie ?

– Maman, si tu ne l'es pas, assieds-toi s'il te plaît. Je dois te parler.

Je pose mes fesses sur le rebord de la baignoire rétro en cuivre, mon cœur accélérant sa cadence.

– Que se passe-t-il ?

– Tu es assise ?

– Oui, bon sang ! Tu me fais peur, Idaho !

– Maman… elle murmure, tout près du microphone.

– Parle !

– J'y suis.

– Quoi ?

– Je suis acceptée à Stanford.

Un univers d'angoisse quitte soudain ma poitrine. J'expire un kilo de stress et me mords les lèvres de bonheur. Je voudrais hurler ma joie mais surtout pas.

– Mon Dieu, Idaho. C'est formidable… Tu l'as dit à quelqu'un ?

– Comment ça ?

– N'en parle surtout pas à Coyote, ni à Church. Entendu ?

– Hein ? Mais pourquoi ?

– Pour l'instant, c'est mieux comme ça…

–Tu ne peux pas juste être contente et fière ? elle s'énerve.

– Mais je le suis, mon bébé. Grand Dieu, je n'ai jamais été aussi fière de toute ma vie ! C'est un cadeau immense que tu m'offres, citrouille.

Une grosse larme chaude dégringole ma joue. Une larme de joie fébrile dont je crains qu'on me réveille. Je ne réalise pas que cette gamine qui est la mienne, sortie de mon ventre à moi, embarrassée des gènes d'une idiote et d'un idiot encore plus idiot que moi, soit dotée d'une telle intelligence. Mais d'où vient-elle, cette matière grise ? La sage-femme a sans doute échangé les berceaux…

– Mais maman…

– Oui, mon petit génie.

– Dans l'enveloppe, il manquait la lettre attestant l'obtention de ma bourse d'études…

– Quoi ?

– J'ai appelé le bureau d'admission et apparemment, il n'y a pas d'erreur !

Le court interlude de bonheur qui m'étreignait me lâche soudain.

– On va trouver une solution, mon petit pois.

– Non, tu ne comprends pas ! Normalement j'aurais dû recevoir une lettre me disant exactement de combien l'école me déchargeait. Dans le cas où la totalité de la somme n'aurait pas été prise en charge, j'aurais quand même reçu une bourse partielle ! Ça n'arrive jamais, qu'aucune aide ne soit accordée à un élève !

Elle parle à toute allure sans reprendre sa respiration. J'ai mal que son moment soit ruiné par une histoire de billets.

– Calme-toi, Idaho. Rien ne t'empêchera de poser tes bagages à Stanford. C'est promis.

Elle souffle, lèvres contre le microphone. Je sens presque son chagrin sur ma joue.

– Ne souffle pas, citrouille. Tout ira bien, je te le jure.

– Bon…

– Je t'aime.

Elle raccroche. Le miroir au-dessus du lavabo est assez briqué pour que j'aperçoive d'infimes ridules se former sous mes yeux. Celles qui résistent aux liftings et injections. Que seul le stress arrive à faire apparaître. D'un coup, il y en a dix de plus.

Je soupire en me fixant intensément.

Je sais ce que j'ai à faire.

Un peu d'eau fraîche sur mon visage froissé, une claque sur chaque joue. Et je sors de la salle de bains pour retrouver les autres. Ils lèvent les yeux de leur assiette à mon arrivée. Un court silence se fait.

– Tout va bien, Keith ? m'interroge Lee Dale en posant sa coupe de mimosa sur la table.

– Idaho est tombée en panne à trois kilomètres de la maison. Je vais aller la chercher.

– Oh… Elle n'est pas blessée, au moins ?

– Non, je ne crois pas.

– Je peux prendre tes clefs ? je chuchote à Church.

Lee Dale se lève aussitôt de table.

– Prends ma voiture, Keith ! Je vais chercher mes clefs…

Church secoue la tête.

– Non, ma chérie. Prends la mienne. Je rentrerai avec Efren.

Il plonge la main dans la poche de son jeans et me tend son trousseau. Ses yeux me sourient et il se lève à moitié en tendant la nuque, pour déposer un bref baiser sur mes lèvres.

« Merci, chéri » je lui susurre avec un faux air amoureux en caressant sa joue piquante pleine de poils.

Il est treize heures trente-six. Je roule vers le hangar, mes longs ongles pourpres enfoncés dans le cuir du volant. Je ne pense pas à mettre la clim, pourtant liquéfiée sur mon siège, mes cuisses nues soudées au cuir. Quarante et un degrés mais je n'allume pas la clim. Trop occupée à supplier le ciel que mon employeur se soit trompé. Et que dans cet entrepôt se trouve ce zoo illégal qui remplira mes poches de cent vingt mille dollars.

Je ne me demande pas si Church est derrière cette histoire de bourse. Lui poser la question serait lui révéler une information dont il n'a pas besoin. Peut-être suis-je parano en lui attribuant un pouvoir qu'il n'a pas. Mais s'il sait qu'il n'a plus rien avec quoi me tenir, qui peut prévoir ce qu'il tentera…

Je roule assez vite pour que la ligne blanche qui se déroule sur le béton devant moi s'apparente à une interminable queue de serpent qui fuit. Un serpent dont je ne verrai jamais la tête. Je repense à cet instant, le jour de mon emménagement. Le très bref moment où Church a eu ce rictus de dégout devant cette myriade de terrariums.

C'est à ce moment exact que j'aurais dû m'enfuir.

J'arrive enfin sur la zone des entrepôts et me concentre pour trouver le bon. C'est le septième de la deuxième rangée. La poignée de la porte métallique est peinte en rouge. Facile à repérer. Je fais plusieurs fois le tour du périmètre mais ne la trouve plus, cette poignée ! Un paquet de voitures sont garées sur le parking. Semi-remorques, camions, SUV. Pourtant le coin est aussi calme que l'autre nuit. Pas un bruit. Je mets un nouveau quart d'heure à rouler autour de la zone titanesque. Et puis je me gare finalement là où je pensais trouver le hangar. La peau de mes cuisses collées au siège s'arrache lorsque je descends et la vapeur du cagnard fait immédiatement goutter mon front, nez, menton. L'impression d'être enveloppée dans une couverture de feu.

Arrivée au niveau de la porte, je remarque une très subtile trace rouge sur la poignée. Comme un reste de peinture qu'on aurait récemment effacée. Je prends ma respiration et tire, ne m'attendant pas à ce qu'elle suive le mouvement.

La porte s'ouvre.

Mon cœur accélère ses battements à tel point que ce n'est plus qu'une seule pulsation qui fait vibrer ma poitrine. Mes doigts huileux glissent mais je ne lâche pas. Je tire cette porte, frousse au bide, jusqu'à ce que l'intérieur tout entier apparaisse.

Il n'y a rien.

Plus la moindre bestiole.

J'entre et laisse tomber mon portable à terre, estomaquée. L'odeur d'animaux est toujours bien incrustée dans l'air moite. Il suffirait de fermer les yeux pour se croire dans une réserve au Kenya.

« Merde ! » je crache, faisant retentir ma voix dans l'éléphantesque endroit.

J'avance de quelques pas et lève les yeux au plafond bardé d'ampoules tubes. Et puis je distingue un scintillement, au sol, à quinze mètres. Un objet tranchant. Je m'avance vers lui, mes pieds mouillés glissant dans mes sandales. À chaque pas, le sol résonne sous mes hauts talons pointus. Je m'approche de l'objet abandonné près du mur. C'est un couperet de boucher. Lame arrosée de sang séché. J'expire silencieusement en m'accroupissant pour le ramasser par son manche rouge. Et je contemple cette épaisse lame sale, la faisant tourner devant mes yeux plissés.

« Je me disais bien, que je n'avais pas vu ta voiture en rentrant l'autre soir ! » lance soudain une voix.

Je sursaute dans un cri sourd en me mordant la langue. À l'entrée de l'entrepôt : Church. Il me toise, nuque droite et bras croisés. On jurerait voir Lucifer à la porte des Enfers.

« Tu m'as fait croire que tu avais été malade dans la salle de bains du rez-de-chaussée, mais c'était un mensonge… Tu venais tout juste de rentrer de ta filature lorsque tu es revenue te coucher, ce soir-là… N'est-ce pas ? »

Son ton est dangereusement calme et ses yeux bigoûts hilares. Comme s'il se délectait de me trouver là. Seule. Coincée. À sa merci.

Pourtant c'est bien moi, qui tiens ce couperet serré dans ma main droite…

23

IDAHO

Pourquoi je ne fais que penser à ce baiser ? Celui qu'il ne m'a pas donné.

Sept jours que je rejoue le film dans mon crâne. Vingt-quatre heures fois sept, parce que même la nuit je ressasse. Et dans mon scénario il y a une scène en plus.

Pourtant il est hors de question de capituler devant ce brise-cœur à mèches platine. Ce sublime cliché de film pour ados, plus croquignolet tu crèves. Il fait sans doute gémir les minettes décérébrées dans les couloirs de son lycée, mais ma culotte à moi il ne la baissera pas.

Sans blague, c'est lui qui serait censé déglinguer la serrure renforcée de mon armure anti-mâle ?

Même pas en rêve !

Alors pourquoi je m'envoie la compilation d'Elton John depuis la semaine dernière ?

Sans doute une lubie qui me passera dans quelques jours… Vite, j'espère. Ce récent enivrement pseudo-romantique génère des plaques d'urticaire sur le haut de mes cuisses. J'en ai même vomi dans mon lit ce matin. Jusque-là je ne caressais pas même un chien, si la nature l'avait condamné à porter deux queues. Alors entendre battre mon cœur pour un être à couilles…

Traître !

Si c'est pour me biaiser, cesse de battre tout court !

Il est quatorze heures seize, ça fait une bonne heure et demie que je fais chauffer la batterie de mon iPhone sur YouPorn. Solo de brune avec sex-toy, duo de lesbiennes tatouées, orgie d'étudiantes bourrées. Je clique. Je clique. Je clique. Cul nu sous mon drap, je m'acharne à stimuler mon appareil. Mais il reste aride comme le désert d'Atacama… Pas une larme lubrifiante pour faire glisser mon index. Je m'obstine en serrant les dents jusqu'à brûler mon clitoris.

Allez ! Fonctionne !

Pourquoi ça ne marche pas ?

Je fixe mon écran avec intensité. Concentration. Cet érotisme rebutant où ces corps aux courbes trop familières s'étreignent dans des douches de sueur et de salive me fait me sentir aussi idiote que la conscience le permet. Comme seule dans un coin à une fête où je ne connais personne. Ma fraude ne prend pas.

On peut mentir à sa tête mais le corps n'est jamais dupe, peu importe l'élaboration du mensonge. Son intelligence est dermique, charnelle, pileuse. Il est allergique aux craques. Et de mes poils rebroussés jusqu'à mes plantes de pieds, il me hurle que non… les filles je n'aime pas ça.

Pourtant je m'acharne.

Et puis l'écran devient noir.

C'est mon portable qui sonne. Blythe à l'autre bout.

– Je suis en bas.

– Quoi ?

– Je suis en bas !

– O.K.

– T'as l'air essoufflée, ça va ?

– Je descends.

Blythe et moi nous sommes expliquées l'autre soir, après qu'elle m'a surprise avec Dwayne à Wormsloe. Je suis allée dormir chez elle et l'ai laissée m'enlacer amoureusement tout le reste de la nuit. Je sais qu'elle tient trop à moi pour oser penser me larguer. Même si elle sait que de nous deux, elle est celle qui aime le plus.

Je remonte mon short effilé en jean blanc, enfile mes Converse à fleurs, claque la porte de ma chambre et dévale les escaliers. Arrivée dehors, je traîne des pieds sur le gravier, pas pressée de la retrouver. Je dépasse les deux Quercus virginiana et croise Coy, qui fait comme souvent semblant de ne pas m'apercevoir. Il est au téléphone et marche d'un pas nerveux, le visage crispé. J'entends vaguement des bribes de sa conversation : « Tout le monde est là-bas ? », « Black Bear's Bar » et « Non, je ne viendrai pas ». La porte d'entrée se ferme bruyamment derrière moi au moment où j'arrive devant le portail.

– On dirait qu'il siffle, ce serpent… marmonne Blythe en pointant du doigt le cobra en fer forgé de la grille.

– Quoi ?

– On jurerait qu'il s'agit d'une véritable tête de serpent faisant semblant d'être fausse. Pour pouvoir sournoisement t'attaquer quand tu passes devant…

J'ouvre le portail, interloquée par son allure. Et la scanne intégralement. De ses petits orteils carrés aux ongles vernis bleus ligotés dans des escarpins à lanières, passant par ses jambes pour la toute première fois parfaitement épilées, sa robe au décolleté vas-y-tâte-moi-ça, jusqu'à son visage dissimulé sous une usine de produits cosmétiques. Mais c'est qui, cette gosse aux joues pailletées ?

– Tu t'es cognée à un Sephora ?

– Hein ?

– C'est quoi ce nouveau look ?

Elle sent la fraise acidulée. L'odeur est si écœurante qu'on a l'impression d'avoir avalé un paquet de confiseries.

– Tu n'aimes pas ? elle demande sourcils froncés, ses lèvres incarnates se crispant.

– Hum, si. C'est juste que c'est tout sauf toi…

– Qu'est-ce que tu veux dire ?

– Depuis quand tu enlèves tous les poils ?

– Bah…

Je la sens embarrassée. Sa gêne me fait mal au cœur. Je m'approche pour déposer un baiser sur ses lèvres épaissies par ce rouge à lèvres poisseux.

– T'es canon, je lui murmure d'un ton réconfortant.

Elle détend sa frimousse d'un sourire timide, et va m'ouvrir la portière de sa vieille Ford. Ce genre de galanterie ne lui ressemble pas non plus. En montant à l'intérieur, je réalise que ce cirque absurde est une manière de recapter l'attention qu'elle sait que j'ai perdue pour elle. J'ai le sentiment d'être coincée dans un vieux mariage bancal, que mon épouse s'évertue à sauver.

– Où est-ce que tu veux aller ? elle m'interroge en claquant sa portière.

– Black Bear's Bar ! je lâche aussitôt sans réfléchir.

– Où ça ?

Je sors illico mon smartphone de la poche de mon short pour trouver l'adresse. Ce bar, je ne le connaissais pas il y a cinq minutes.

– C'est à vingt minutes d'ici. Je vais mettre le GPS.

– Depuis quand tu vas là-bas ?

– Oh, j'y vais de temps en temps…

– Ah bon ?

Je tourne la tête vers mon carreau, honteuse. Mais qui suis-je ?

Et puis d'honteuse, je passe rapidement à anxieuse. Rien ne me dit que Dwayne sera là-bas… Après tout, ça pouvait être n'importe qui d'autre, au téléphone avec Coy. Et puis même si c'était lui, il n'y est peut-être pas. Ou pas encore.

Bon sang, mais qui suis-je ?

Blythe roule doucement à travers les rues. Des rues d'une coquetterie grandement étudiée. Carreau baissé, je regarde défiler chênes et palmiers, squares honorés de fontaines aux accents européens, ainsi que résidences aux manteaux de lierre grimpant.

Parfois, j'oublie à quel point ma ville m'écœure. Celle qu'on dit être la plus belle du pays est justement trop belle à mon goût. Des bâtiments comme des bonbons français, peinture pastel de macarons et fenêtres forme calisson. Il n'y a qu'à voir la célèbre « Maison Pain d'Épices » de Bull Street construite dans le style Steamboat Gothic, qui donne des caries rien qu'à la regarder. Tout ce sucre, ici… Tant de couleurs enfantines. De musique. De parfums.

Savannah, la quintessence ultime du leurre féminin. Polie et précieuse. Gentille. Cette ville, elle est tout ce que les hommes ont toujours voulu que nous soyons. Un fantasme figé qui ne flétrit pas.

Elle est le passé.

Le masque de fleurs qu'on a gentiment porté. Pour ne pas déranger.

Mais aujourd'hui, cette beauté muette devient anachronisme. Seule raison pour laquelle je supporte d'être en vie à cette époque pourrie. Pas pour la musique. Pas pour le cinéma. Mais pour les petits pas que font mes aînées afin que demain la beauté de Savannah n'ait plus de genre.

Il est quinze heures cinquante, lorsque Blythe se gare sur le parking du Black Bear's Bar. Le nœud que j'ai avalé me monte à la gorge. Celui du stress monstrueux de sortir de cette voiture.

– On y va ? demande Blythe en remarquant mon air confus.

– On y va.

Je referme ma portière et regarde autour de moi. Le modeste établissement aux murs de pierres et au toit plat est installé sur une route montante isolée. Rien d'autre que du béton sablé et des arbres touffus pour l'entourer. La porte presque aussi haute que le toit est recouverte d'une sorte de chaume verdâtre, et deux grandes tables rectangulaires cramoisies en bois vieilli sont disposées de chaque côté. Pas le genre clinquant. Pas le bar où on imagine les cool kids traîner après les cours. Pourtant l'endroit est assailli par les beaux gosses aux baskets fraîchement déballées et gamines à faux cils qui filment des TikTok. Clientèle pom-pom girls et joueurs de football américain. Pas un binoclard bon en maths pour relever le niveau.

J'imagine que le gérant a le goût du risque, personne ici n'ayant plus de vingt ans et margaritas et bières étant descendues à la chaîne. La musique forte à filer un acouphène est celle d'une rappeuse à la voix électroniquement modifiée que je ne connais évidemment pas. Mélodie sans mélodie, paroles sans paroles. Produit musical typique de cette génération néant.

– Tu peux me dire ce qu'on fiche là ? Tu ne vas pas me faire croire que tu as déjà bu un verre dans ce bar !

Je ne sais quoi lui répondre et me contente de faire zigzaguer mes pupilles à toute allure. En même temps que je *le* cherche, une voix dans ma tête se moque de moi. J'entends distinctement son rire gras.

J'ai tellement honte d'être ici…

– Normalement, ce n'est pas aussi bruyant. C'est la première fois que je tombe sur ce genre d'ambiance.

Blythe fait la grimace, pas convaincue par mon bobard. Nous sommes comme deux petites vieilles, ici. Cette liesse adolescente nous est tout à fait étrangère. Et même si l'atmosphère gaillarde rebrousse mon poil, le temps d'une seconde je m'imagine nager dedans. Moi, vierge de flâneries alcoolisées et de dévergondage.

– Bon, c'est quoi le plan ? Tu veux qu'on aille à l'intérieur ? soupire Blythe en secouant la tête.

– Non, allons-nous-en.

– Tu es sûre ?

– Oui.

Nous tournons les talons et en rejoignant la voiture, je crois reconnaître un type. Un immense roux rasé à l'oreille percée et cou tatoué d'une croix celtique. Il est de profil mais aucun doute, c'est bien le furieux qui est venu menacer Coy à la maison l'autre fois. Son T-shirt vert foncé trempé de sueur colle à son dos ample. Sans le sentir je sais déjà qu'il sent mauvais. Une odeur de légume périmé, je dirais… Malgré la musique, je l'entends se marrer à pleins poumons. Un rire aigu de hyène surexcitée.

– Bon, tu viens ? m'envoie Blythe en me tirant par le bras.

– Huh, huh…

J'avance lentement, à minuscules pas, nuque tordue vers le géant roux. Et en m'éloignant, j'aperçois celui qui le fait rire comme ça.

Mon cœur se morcèle en un million de morceaux.

C'est Dwayne.

APRÈS

24
KEITH

Je ne sais pas comment me tuer.

Pendaison, asphyxie, harakiri.

J'hésite.

Le gros poste de télévision suranné de cette chambre de motel minable repasse l'info en boucle. « Idaho Erwin et son amie Blythe Strickland ont péri sous les flammes » Toutes les chaînes télé du coin se lèchent les babines. Les faits théâtralisés sont rapportés par des journalistes quasiment survoltés.

Ça ne fait que quelques heures que mon monde a implosé. Il est cinq heures du matin. Ou huit. Peut-être que c'est le soir. Je n'en sais rien. La seule chose dont je sois sûre c'est que je ne resterai pas ici longtemps. Là où il est, mon bébé m'attend.

Mes yeux rouges ne produisent plus la moindre goutte. J'ai vidé mes stocks jusqu'à rouiller globes et paupières. Ça grince à chaque clignement. Et mon larynx est ruiné d'avoir tant hurlé.

Avant d'en finir, j'aurais voulu savoir ce qu'il s'est passé. Dans ce maudit château. J'aurais voulu détruire celui qui a tout détruit. Taper, torturer, tuer. Mitrailler la chaîne de protagonistes responsables de mon apocalypse. Mais chaque microseconde de vie sans ma fille n'est que géhenne. Gonfler mes poumons, les sentir se remplir, est un luxe qui m'est devenu intolérable. L'air me fait mal.

Quatre ou cinq heures que je suis là. Dans ce motel de passe où j'entends gémir putes et clients à travers les murs ténus au papier peint déchiré. Chambre sombre malodorante, lit bancal à parure florale crasseuse, moquette décorée de trous de cigarettes. J'avais besoin d'un endroit où cogner ma tête contre les murs. Celui-là, un autre. C'est pareil pour moi.

La police m'a entendue deux heures durant, hier soir. Ils ont rapidement pu confirmer que je n'étais pas dans les parages au moment du cataclysme. Church, lui, ne m'a rejointe devant la cathédrale qu'une poignée de minutes avant que nous découvrions la tête de son fils. À dix-neuf heures précises. Dix-neuf zéro zéro. Où il était avant, ce qu'il a fait, à qui il a parlé, personne ne lui a demandé. Enfin si, mais c'est Blankenship qui s'en est chargé. Donc personne ne lui a demandé.

On frappe à la porte.

Je crois.

Un essaim de guêpes me bourdonne dans le crâne depuis une dizaine d'heures. Et mes oreilles produisent une nuée de sons électriques de différentes fréquences. Mais malgré ce boucan, je crois avoir entendu frapper.

Je me lève, le bas de ma robe noué au-dessus de mes genoux. Mon chagrin infini doublé à la chaleur du mois d'août paralyse mes jambes. J'avance comme un petit vieux sur le point de claquer.

En ouvrant la porte, la lumière de l'extérieur m'aveugle. J'avais oublié qu'il y avait un dehors.

Un quinquagénaire malingre en survêtement, trois cheveux sur son crâne crouté, se tient courbé devant moi. Le petit homme négligé regarde plusieurs fois derrière lui, puis à sa gauche et à sa droite, et me tend un truc sans lever son bras. Mes yeux brûlants ne distinguent pas tout de suite l'objet. « Prends, dépêche ! » il lâche.

J'étais trop sonnée pour percuter instantanément, mais maintenant je le reconnais. C'est un vieil ami du père d'Idaho. Je savais qu'il avait les pattes prises dans divers trafics et l'ai appelé il y a quelques heures pour un service express. Il me tend le semi-automatique que je lui ai demandé.

– Je n'ai pas de cash sur moi, je bredouille en plissant mes yeux.

– J'ai vu les infos. Je suppose que c'est en lien avec ce qui est arrivé à Idaho…

L'entendre dire qu'il est arrivé quelque chose à ma fille fait retentir la foudre sous ma peau. Je sais que le Diable me l'a volée. Je le sais. Mais isolée dans ma petite chambre obscure, une infime parcelle de moi espérait que tout cela n'était pas vrai.

– Oui, je rétorque d'une voix on ne peut plus basse.

– Alors c'est cadeau.

J'attrape la bête en baissant la tête et il tourne les talons.

Je referme la porte de la chambre.

AVANT

25

IDAHO

Je suis assise en tailleur dans l'incroyable pièce multicolore du troisième étage. Celle aux murs tapissés de reproductions en soie des œuvres d'Henri Rousseau. Quatre murs tropicalisés par cette jungle aux arbres fruitiers et fleurs géantes, singes et lions aux têtes d'illustrations de livres pour enfants, ciel bleu paradis. L'art naïf se mêle au surréalisme et à l'abstrait avec des toiles de Miró et Kandinsky, accrochées par-dessus la tapisserie. Je crois aussi reconnaître la patte de Paul Klee, sur un autre mur. Ce volcan de teintes et formes hétéroclites est sublimé par les lumières blanches du lustre en cristal et chaînettes années vingt, vissé juste au-dessus du piano droit ambré, laqué comme un bonbon sucré.

J'ai allumé les quatre longues bougies noires disposées dans des vases flutes aux coins de la pièce. Leur parfum réglisse très prononcé me monte à la tête mais je les laisse fumer jusqu'au plafond émeraude.

Il est vingt-trois heures pile. Maman et Church sont à un dîner de charité, et Coy parti se déchirer à une fête. Je me suis baladée dans presque toutes les pièces de la propriété, toujours pas blasée par ce faste fabuleux. Et puis mon portable s'est remis à sonner en boucle. Trois jours que Dwayne me harcèle de questions, de petits mots, de blagues, de gifs et d'emojis. Je n'ai toujours rien répondu. Mais ce soir, mes doigts me brûlent…

« Comment as-tu eu mon numéro ? » je lui envoie enfin, dans une pulsion.

Il ne tape rien. Mes yeux ne lâchent pas le « *en ligne* » affiché en dessous de son nom. J'attends que WhatsApp me signifie qu'il *est en train d'écrire*. Mais rien. J'imagine qu'après soixante-douze heures de messages intempestifs désespérés froidement ignorés, il reprend son souffle de voir apparaître quelque chose sur son écran. Moi aussi, je reprends le mien. Parce que j'en crevais, de lui parler. Mais les muscles de mes doigts refusaient de pianoter quoi que ce soit. Mon appétit pour ce garçon m'écœure à tel point que j'en ai cauchemardé la nuit dernière. J'étais prisonnière d'une Dionée attrape-mouche à forme phallique dont les dents affilées me fissuraient les côtes. À travers ses barreaux verts, m'observait un Dwayne au visage rubicond, enflé de sang comme un cœur qui bat. Ses yeux s'avoisinaient à ceux d'un animal sauvage infecté par la rage. Une bête que seul un coup de fusil aurait pu empêcher de tuer. Il riait aux éclats, ses dents noyées sous une fontaine de sang coagulé. Un sang si foncé qu'il en devenait presque noir, empestant cette senteur macabre du premier jour des règles.

Dwayne est en train d'écrire.

Mes quatre membres frissonnent, façon virée au pôle Nord.

« Je l'ai demandé à ta mère l'autre fois, quand elle est venue bruncher à la maison. Elle ne te l'a pas dit ? »

« Non. », je m'empresse de taper.

« Je suis content que tu me parles enfin ! »

Mon sourire me déchire les joues. Je me mords les lèvres en me balançant nerveusement sur mes fesses.

« Qu'est-ce que tu fais ? j'ai trop envie de te voir, Idaho ! »

« Je visite la maison de Church pour la millième fois… »

« Tu es où ? »

« Troisième. Salle au piano. »

« On fait quelque chose ? »

« Je ne sais pas trop… »

« Il y a du monde chez toi ? »

« Chez Church. Non, personne. »

« J'espère que je ne t'ai pas attiré trop d'ennuis, la dernière fois. »

« Quand ça ? »

« Wormsloe »

« Oh. Non… »

« Dommage ! »

« ? »

« Je pensais avoir brisé un couple ! Ça m'aurait bien arrangé, je dois l'avouer. »

J'entends soudain un bruit, en bas. Deuxième ou premier étage. Je tends l'oreille pour savoir de qui il s'agit, mais aucune voix ni pas ne se manifeste. Et puis une porte grince et se ferme. Celle de l'entrée, il me semble.

Dwayne me renvoie un message mais je ne regarde plus mon écran. Je tiens mon smartphone serré dans ma main droite comme un revolver chargé. Je ne comprends pas. Maman m'avait prévenue avant de sortir, que leur dîner s'éterniserait sûrement. Et Coy n'est parti d'ici qu'il y a à peine quarante-cinq minutes.

« Qui est là ? » je lance en sortant de la pièce.

Aucune réponse.

Je m'approche de l'escalier. Mes pieds nus se posent tout doucement sur le tapis aux volutes zinzolines et or des marches. Je descends pareillement que si je craignais de réveiller un nouveau-né. « Il y a quelqu'un ? » « Coy ? » « Maman ? »

Arrivée au rez-de-chaussée, je vais jeter un œil dans la cuisine, puis dans les deux salles de bains et reviens sur mes pas. Je range mon portable dans la poche de mon ample chemise blanche sans manches et remonte mon short. Et puis soudain, je sursaute.

Une musique jaillit dans le silence.

Musique créée par des doigts habiles sur un clavier de piano. Celui du troisième étage. Et cette mélodie infiniment douce qui débute m'est tout de suite familière. Rapidement, le son des cordes du piano s'amplifie pour avaler la maison entière de sa magie mélancolique. Pas un seul faux pas dans l'enchaînement des notes.

Je ne pense pas à ouvrir la porte d'entrée pour me sauver. Je choisis de remonter les escaliers.

Parce que ça y est, j'ai reconnu la musique.

« Sacrifice », Elton John.

J'arrive à l'entrée de la pièce multicolore du troisième, jambes tremblantes. Ma gorge serrée paraît rétrécir à la seconde, l'air peine à réapprovisionner mes poumons. J'avale ma salive et mets un pied à l'intérieur.

Dwayne est de dos, assis sur le tabouret en velours saumon du piano. Son jeu de mains impeccable et l'odeur de sa peau mouillée, assez forte pour masquer celle des bougies réglisse, m'électrocutent. Je regarde sa nuque luisante et son dos inondé sous ce T-shirt gris, avec l'impression d'avoir la main dans un grille-pain aspergé d'eau. Par moments, dans l'élan de la mélodie il tourne très légèrement la tête, me laissant apercevoir son profil scintillant de sueur. Un million de paillettes sur son nez et son menton. Et à chaque fois, ma poitrine menace d'exploser.

Je suis riquiqui-quiqui.

Plus qu'une infinitésimale souris dans l'immensité de ce moment.

Je sais qu'il sait que je suis là, juste derrière lui. Et qu'il ressent chacune de mes vibrations dans le fin fond de sa chair tiède.

Le morceau approche de la fin, et je vendrais ma mère pour que jamais ces notes ne cessent de sonner. Mais bientôt, les doigts de Dwayne se décollent du clavier. Il ne se retourne pas tout de suite. Pas encore. On dirait qu'il me donne le temps de reprendre mes esprits. Je sais déjà que ça n'arrivera pas.

Plusieurs secondes…

Il se retourne.

Le visage dégoulinant. Les yeux amoureux. J'essaie de sortir une connerie nonchalante mais ma langue fourche et l'effet est fichu. Je me rattrape en me raclant la gorge.

– Tu sais que rentrer par effraction est un délit puni par la loi ? je murmure, complètement saoule.

– Pour toi, j'irais en prison tous les jours…

– Je suis censée rougir en gloussant, c'est ça ?

Dwayne se lève du tabouret et s'approche de quelques pas. Mon émotion fébricitante m'effraie, je me sens me liquéfier. Il n'est plus qu'à un mètre de moi et je plane haut, jusqu'à avoir l'impression délirante que les plantes d'Henri Rousseau s'agitent. Que la géométrie de Kandinsky avance. Que les couleurs de Miró se diluent. Je sais qu'il est sur le point de m'embrasser et que cet acte détruira irrémédiablement ma planète. Baiser kamikaze. Mes lèvres se préparent à flamber… Et voilà que Dwayne me fait goûter les siennes. Et puis sa langue sucrée au goût de vanille. Sa main trempée s'appuie dans mon dos et je meurs de joie dans sa bouche.

Pas moi.

Une autre moi.

26

Il est trois heures et demie du matin. Les cinq lampadaires en bronze à têtes de rapaces illuminent la colonie d'Oiseaux de Paradis poussant à profusion au nord du jardin.

Au-dessus de la piscine à remous allumée, les nuages s'apparentent à des ballons d'eau mouvants. Et le halo du puissant spot violet au fond du bassin déguise le ciel en une gigantesque améthyste chatoyante.

Je me réveille lentement, joue contre le quartz rose contournant la piscine. Je suis étendue à demi-nue, soutien-gorge et short à braguette ouverte. En apercevant le ciel noir dénué d'étoiles, mon estomac se contracte.

C'est ma culpabilité.

Nous ne sommes pourtant pas allés jusqu'au bout. Mais j'ai laissé Dwayne m'entraîner assez loin pour savoir que j'en paierai le prix demain. Ma morale n'attend que le matin pour me hurler dessus.

J'ignore si maman et Church sont déjà rentrés. Ou depuis combien de temps je roupillais comme ça… Mes deux dernières nuits pleines de cauchemars furent infiniment courtes, et l'émotion a accéléré ma fatigue.

Je me redresse et aperçois Dwayne, debout, à cinq mètres. Il regarde au loin, vers la grotte à cascades du jardin. Dans le creux longiligne de son dos nu, un tatouage. Serpent noir et bleu nuit, dont le bout de la queue débute à la naissance de ses fesses. La gueule du reptile est grande ouverte et sa langue bifide s'allonge jusque sur la nuque blanche de Dwayne. La lumière des lampadaires me permet de distinguer les détails du travail encré. La finesse du tracé des écailles, et ces yeux givrés aux pupilles filiformes absolument terrifiantes. Avec le mouvement des vagues de la piscine reflétées par la lumière violette, le serpent semble onduler sur son dos sculpté.

– Je t'ai réveillée ? il chuchote soudain en se retournant, alors que je m'approchais.

– Non. Pas du tout.

– Je ne sais pas comment je dois le prendre.

– Quoi donc ?

– Le fait que tu te sois si vite endormie. Je ne te fais pas beaucoup d'effet, on dirait.

Je lâche un petit rire. S'il savait *à quel point* il se trompe, il s'enfuirait sûrement.

– Je n'ai pas l'habitude de veiller aussi tard.

– Je comprends.

Il parle sans me regarder, son visage fermé, yeux toujours bloqués devant lui. Devant ce spectacle de flore tropicale, plus riche de fragrances qu'une parfumerie. Et ces ruisseaux artificiels en labyrinthe, chacun éclairé d'ampoules violacées de nuances différentes. Sa mâchoire est serrée. Quelque chose de sombre souffle dans l'air moite autour de nous. J'ignore pourquoi et comment mais *je la sens.* Cette certitude inexplicable, qu'un drame est sur le point de venir tout décimer.

Dwayne remonte son jeans noir encore déboutonné et se frotte le ventre.

– Je regrette que mes parents n'aient pas réussi à cultiver un aussi beau jardin… il murmure d'un ton sérieux, poings fermés.

Sa remarque m'étonne.

– En plus d'aimer la pop nostalgique des années quatre-vingt, tu as la main verte ?

– Non.

– Alors quoi ?

– C'est juste qu'il est immense, ce jardin. Elle est immense, cette maison.

Il plonge la main dans sa poche arrière pour en sortir un joint. Puis il gonfle bruyamment ses poumons, les vide avec autant de bruit, et coince la cigarette roulée entre ses dents droites.

– Tout est grandiose avec Church… il bredouille en l'allumant.

– Ou le contraire.

– Ou le contraire, il acquiesce en tournant la tête vers moi.

Je ne suis pas sûre de comprendre où il veut en venir. Je me contente de regarder moi aussi devant moi, en silence.

Un bruit nous fait soudain sursauter.

Ce sont les volets à arabesques bordeaux de la chambre de maman, qui grincent. Church est sorti sur le balcon, les manches de sa chemise blanche retroussées jusqu'aux coudes. De là où il est, il ne peut pas nous entendre mais il peut peut-être nous voir. Il se penche au-dessus de la rambarde en fer forgé et s'allume un havane. L'épaisse fumée grise ne va nulle part dans l'air figé. Elle forme une sorte de masque statique recouvrant la face de Church.

« Viens ! » me chuchote Dwayne en me tirant par le bras. Je rezippe mon short, reboutonne ma chemise et le suis. Il m'entraîne à travers les grenadiers, les manguiers, les papayers. Je sens des branches et des feuilles se frotter à mon dos, et des ronces de rosiers me piquer les chevilles. Il a l'air de savoir exactement où il va.

Nous nous arrêtons au milieu du jardin. Devant la grotte fouettée par plusieurs jets d'eau, façon cascade. Celle dont l'entrée est fermée par une solide porte moyenâgeuse rouillée. Ses barreaux de fer ne sont pas assez espacés pour apercevoir l'intérieur. Mais assez espacés pour percevoir de la lumière.

– Tu es déjà entrée ici ? demande Dwayne, malicieux.

– Jamais. La porte est toujours fermée à clef.

Il rigole en pointant du doigt la grosse pierre blanche à gauche de ses pieds.

– Elle est là-dessous…

Il se baisse pour la soulever, chope la clef, se tourne vers moi.

– Prête à être éblouie ?

Je hausse les sourcils en même temps que les épaules. Et Dwayne se retourne pour faire pivoter la clef cuivrée dans la serrure. La haute porte grince, il entre en m'attrapant la main.

À peine mon nez à l'intérieur, mon souffle se bloque.

La cavité souterraine au plafond bardé de stalactites est fluorescente. L'important bassin arrondi en plein milieu : une merveille de jeux de lumières. En m'approchant, je comprends qu'il n'est question d'aucune électricité. Ce sont les méduses bioluminescentes, qui se chargent de l'éclairage. Une bonne cinquantaine de ces espèces extraordinaires font pomper leurs chapeaux translucides dans l'eau foncée. Certaines ont les filaments comme des froufrous et chaque ombrelle est allumée d'un bleu, d'un rose, d'un vert, différent. Ces néons magiques allument à eux seuls l'entièreté de la grotte d'une soixantaine de mètres carrés. Je dévore des yeux la beauté de ces bestioles, gracieuses comme des danseuses aquatiques. Leurs tentacules de dentelles colorés ondulant pour nos yeux chanceux.

– Tout est grandiose avec Church… marmonne Dwayne en s'asseyant sur le sol de pierres sable.

Je m'approche tout près du bassin pour continuer d'observer ces tête pommelées, rayées, tachetées. Ces fleurs dansantes illuminées.

– Je n'arrive pas à croire que je n'aie pas vu l'intérieur de cette grotte avant ce soir. Dieu, que c'est beau…

Je m'assois en tailleur près de Dwayne et lève les yeux au plafond. Les stalactites acérées et inégales d'un blanc ivoire un peu sale, donnent l'illusion d'être avalé par un piranha géant. Et cette indéfinissable odeur de terre sèche et d'eau salée me transporte dans les abîmes de mon imaginaire. Dans cette grotte, on pourrait être n'importe où. Dans un trou marin ou dans les sous-sols du monde.

Dwayne me tend son joint en recrachant la fumée. J'hésite une seconde, puis le prends et tire une interminable taffe.

– C'est Church, qui a tout créé ici. À l'époque de son père, les lieux n'étaient pas aussi extravagants. Il n'y a qu'à voir les photos…

– Comment peut-on être une telle brute, et un tel génie en même temps ? je dis en recrachant la fumée à mon tour. Cet endroit… Chaque salon, chaque pièce, chaque parcelle de jardin… C'est insensé.

– Coy et moi passions des heures ici, lorsque nous étions gosses.

Nos voix se cognent aux roches, et l'écho étouffé de chaleur résonne un rien.

– J'imagine que vous avez dû avoir une enfance idéale…

Il baisse la tête et regarde ses pieds, l'air frustré. Et puis il reprend son joint, et aspire, aspire, aspire. Comme pour se calmer dans la fumée.

– Non ?

– Si. Idéale.

Ses mots sonnent faux. Un ton de sarcasme.

– Que faisiez-vous ?
– Quoi ?
– Coy et toi, ici.
Il attend un instant puis se lève, et marche jusqu'au mur du fond, se baissant pour éviter les plus longues stalactites. Certaines descendent assez bas pour érafler les crânes.
– On venait graver nos secrets dans la roche… il me répond en posant sa main à plat sur le mur bosselé.
Je me lève et le rejoins, baissant moi aussi la tête. Sur le mur de pierres brunes, des centaines d'inscriptions gravées. Certaines en toutes petites lettres, d'autres en capitales. Des symboles, aussi. Et plusieurs dessins ratés.
– Dès que quelque chose se passait dans nos vies, on venait l'écrire ici.
J'examine ce mur irrégulier en tentant de déchiffrer leurs codes. Ces initiales encerclées : « VY », « AE », « BH »…
– Ces lettres, c'est quoi ?
– Les initiales des filles dont nous étions amoureux.
– Il y en a quelques-unes ! je m'esclaffe. Vous avez baisé tout ça ?
– Nous étions enfants. Je devais avoir entre huit et dix ans. Nous n'en avons touché aucune.
À gauche d'une phrase incompréhensible, je remarque un trio d'initiales. Celles-là beaucoup plus grosses que les autres, gravées à l'intérieur d'une large couronne à la Basquiat :
« SAM »
– Pourquoi une couronne ?
– Je ne sais pas. C'est Coy, qui a gravé ça.
Mes yeux s'attardent sur ces lettres. En plus d'être enfermées dans une couronne, elles sont soulignées de plusieurs traits, comme si elles étaient plus importantes que les autres.

– Sam ? C’est un nom de garçon, non ? Il n’est pas encore sorti du placard ?

– C’est un prénom de fille.

– Ah ?

– Samantha.

– Elle devait être spéciale, cette Sam.

Il se mord les lèvres, et je vois malgré les mille degrés ambiants, les poils de ses bras se dresser.

– Oui, il marmonne. Je suppose.

– Quelle est son histoire ?

Il hésite à répondre. Comme si ce souvenir refusait de sortir. Il se passe plusieurs secondes sans qu’il ne bouge.

– Je n’en sais rien. Mais Coy avait enfoncé son couteau fort dans la pierre, ce jour-là. Je crois que c’est la toute première fille qui lui avait fait de l’effet comme ça…

– La toute première, hein ?

– La toute première…

Il se tourne vers moi. Ses cheveux clairs plaqués de sueur sur son front. Ses yeux marron tombants me souriant à pleines dents.

– Mais c’est certain, elle n’était pas un tiers aussi spéciale que toi.

Je sais que ces mièvreries feraient gerber une usine de guimauve. Moi-même, elles m’auraient fait vomir jusqu’à la dernière petite goutte acide de bile. Mais ce connard blond a infiltré mes neurotransmetteurs. Et de moi comme un Bon Dieu il fait ce qu’il veut. Alors je le laisse à nouveau pénétrer ma cavité buccale de sa grosse langue musclée. Et l’enlace même amoureusement en réciproquant. Et puis je recule d’un pas. Et reprends ma respiration.

– Au fait… Un grand gars roux est venu menacer Coy ici, il y a quelques semaines.

– Ah oui ?
– J'étais là.
– Ah.
– Tu n'es pas au courant ?
– Hum… Si, je crois que Coy m'en a parlé. Le type avait fait un esclandre à ma fête. Un vrai débile.
– Et tu sais ce qu'il lui voulait, à Coy ?
– Il l'accusait d'avoir voulu violer sa copine.
Je fronce les sourcils.
– Quoi ?
– Je sais, c'est fou.
– Mais c'est vrai ?
– Je n'étais pas dans la chambre au moment des faits. Enfin, des supposés faits… La vérité c'est que je n'en sais rien.
Mes sourcils n'en finissent plus de s'enfoncer dans ma peau.
– Qu'est-ce que tu veux dire, tu n'en sais rien ? C'est ton meilleur ami, non ?
Il me regarde secouer la tête, puis soupire deux ou trois fois en cherchant ses mots.
– Bien sûr que c'est faux ! Coy ne ferait jamais ça…
– Et ce rouquin, c'est qui ?
– Aucune idée.
– Tu ne le connais pas ?
– Pas le moins du monde. Après ce soir-là, je ne l'ai plus revu.
– Ah non ?
– Non.
Soudain, mon cœur se met à me tabasser la poitrine. Il cogne comme des poings de boxeur.
– Je t'ai vu, je lui envoie d'une voix basse, les yeux noirs.
– Tu m'as vu ?
– Avec ce type roux. Je t'ai vu. Au Black Bear's Bar.

Ses yeux s'exorbitent, pupilles dilatées, sourcils allant s'arquer haut sur son front. On n'entend plus que ma respiration accélérée, et le malaise affreusement bruyant de Dwayne.

J'attends des explications. Il ne remue pas une lèvre. Alors je me retourne et commence à m'éloigner. Et puis ce n'est plus qu'une longue marche inconfortable, dos à celui pour qui je me suis ce soir trahie. Et qui déjà me trahit.

– C'est mon père ! il s'exclame alors que je mets le pied dehors.

Je me retourne.

– Quoi ?

– C'est mon père, qui me force à faire tout ça…

J'entre à nouveau dans la grotte. Et reviens rapidement sur mes pas, vers un Dwayne dont le visage est d'un coup enlaidi par le chagrin.

– À faire quoi ? je lui chuchote en posant mes mains sur ses joues huileuses.

Ses lèvres tremblent imperceptiblement et ses yeux se retiennent de se vider.

– Tu as raison, c'est mon meilleur ami. Je m'en veux chaque putain de jour. Mais c'est mon père, qui me force à faire tout ça…

– À faire quoi ? je répète.

27
KEITH

On prendrait quinze mille photos de moi. Il y en aurait quatorze mille neuf cent quatre-vingt-dix-neuf d'éblouissantes, et une de tout à fait hideuse. De ces quatorze mille neuf cent quatre-vingt-dix-neuf, je ne retiendrais rien. De l'autre, j'avalerais tout. Les ombres disgracieuses. Les grosseurs de peau. L'œil fatigué.

Ils me hanteraient.

C'est toujours dans le plus laid de mes clichés que je me reconnais. C'est lui, qui dit de moi ce que je suis.

Une perdante.

L'année dernière, ma confiance en moi était plus bancale qu'une chaise à trois pieds. Malgré mes piqures d'acide hyaluronique trimensuelles, je ne me faisais plus voir nulle part. Fini les rendez-vous à l'aveugle avec des tocards frustrés d'applis de rencontre. J'allais m'enterrer dans des sous-sols sombres où les bonnes femmes paumées de mon genre se racontaient les misères qui les ont rendues si pitoyables. On se donnait la main. On s'écoutait en hochant la tête. On pleurait un peu. Sorte d'Alcooliques Anonymes pour femmes bafouées et balafrées qui ne se font plus beaucoup baiser. « Femmes Maltraitées Soutien » Ça claque, non ? En trois mots, la fête est finie.

C'est la répétition pathologique de mes relations cataclysmiques qui m'a poussée à aller chercher ma carte de membre. Mais il fallait voir les cas à côté de moi ! Pire encore… De vieilles ridées de la vie, bide à triple bourrelet, haleine de tabac froid noyée dans un fond de vodka. Toutes aussi négligées que pleurnicheuses. Certaines engagées sur quinze ans avec cuillères et seringues… Ça éraflait ma fierté, d'aller m'asseoir là-bas. Au milieu de ces victimes autoproclamées survivantes. Tu parles d'une survie !

Comment j'étais descendue si bas ?

Moi tout ce que j'avais toujours voulu, c'était une petite vie sans bruit. Le menu basique qu'on présentait aux pucelles avant leurs premières règles. Madame les mains dans la mousse et Monsieur Cravate qui insère les pièces dans la tirelire. Je faisais partie de la dernière génération de celles qui rêvaient encore de se soumettre à leurs hommes. Mais pour bénéficier du menu de vie basique, il fallait pouvoir payer cash. Et le cash, c'était un minimum de jugeote et d'amour-propre. Histoire de bien pouvoir sniffer les papas potentiels et d'éviter de croquer dans du fruit avarié.

Je n'ai jamais eu de quoi payer…

Il était aux alentours de dix-neuf heures quinze, lorsque je me suis garée sur le parking du large bâtiment rouille style fédéral. Dans le hall d'entrée classieux au plafond beaucoup trop haut pour accueillir de pauvres bonnes femmes comme nous, j'ai trouvé Reann, l'organisatrice du groupe. Cinquante-trois ans, survêtement cousu à ses formes de mangeuse de burgers, blondeur jaunasse de teinture Target, voix de cancéreuse qui fume encore.

« J'ai été contactée il y a quelques jours par le bureau du maire, elle m'a informée. La ville veut créer une nouvelle campagne de sensibilisation sur les violences conjugales et de nouveaux refuges. Ce mois-ci, plusieurs employés vont aller dialoguer avec des survivantes dans des groupes de soutien comme le nôtre… L'anonymat de notre petit cercle ne permet pas d'envoyer d'e-mails groupés. Je ne pouvais prévenir personne avant ce soir. Si tu ne souhaites pas prendre part à la discussion, il y aura une réunion de remplacement demain matin. »

Je n'avais rien de mieux à faire, ce soir-là.

J'ai descendu les escaliers qui menaient à la petite salle mal éclairée, dont on ne devinerait jamais qu'elle fait partie d'un si bel immeuble. Chaque fois que je les prenais, j'avais l'impression d'aller chercher un sachet de poudre dans un squat. Et puis, j'ai entendu la voix d'un type. Un type dont on devine sans l'avoir vu qu'il n'est pas n'importe quel type. Son ton bourgeois ne laissait aucun doute sur son niveau social.

J'ai mis un pied à l'intérieur de la pièce et l'ai aperçu. Costume gris et souliers cirés, debout sur l'estrade.

« Ce n'était pas moi qui étais censé venir échanger avec vous aujourd'hui, mais j'ai tout de même tenu à être présent. Je me suis dit que c'était une meilleure idée que d'envoyer quelqu'un d'autre à ma place. Après tout, c'est la mairie entière qui est mobilisée ce mois-ci sur ce si lourd sujet. J'ignore si tout le monde ici sait qui je suis, alors je vais commencer par me présenter. Je m'appelle Efren Ellsworth, et suis le député maire de votre ville. Je tiens à vous remercier toutes, sincèrement, d'avoir accepté de me rencontrer. Comme vous l'a peut-être expliqué Reann, la ville veut mettre en place une nouvelle campagne de sensibilisation sur les violences conjugales. L'année dernière, dans l'État de Géorgie, le nombre de femmes… »

Je l'ai regardé nous sortir son speech en me demandant ce qu'un type de son envergure faisait là. L'adjoint de Church Slaughter qui se déplace en personne ? Sans blague…

La vingtaine de bonnes femmes présentes était magnétisée par la grâce du playboy grisonnant. Bah oui. Ça les changeait de leurs bourreaux mal douchés. Et dans cette pièce basse de plafond aux murs de briques rouille, ça sentait presque la culotte mouillée.

L'assistant asiatique d'Ellsworth – trentaine d'années, lunettes sur le nez – était assis au fond de la salle à prendre des notes. Je me sentais comme une bête de zoo malade, qu'un groupe de chercheurs était venu étudier.

Il était autour de vingt-deux heures trente, lorsqu'Efren est descendu de l'estrade. Pas une goutte de sueur sur son front. Il nous a remerciées à nouveau, solennellement, et a serré la main d'une « survivante » après l'autre avant de les regarder sortir tout sourire. Moi je suis restée sur ma chaise, pour une fois pas pressée de me tirer de ce trou. Je me faisais sans doute des idées… Oui, sans doute. Mais j'ai eu l'infime impression pendant qu'il écoutait les autres parler, que ses yeux bruns avaient intentionnellement croisé les miens. Au moins trois ou quatre fois. Avec insistance. Mais la possibilité qu'une nullarde de mon rang émoustille un tel bonhomme était tout à fait drolatique. Je m'entendais rigoler intérieurement à pleins poumons. Lui aussi aurait rigolé, s'il avait su.

J'étais l'avant-dernière à sortir. Il ne restait que la grosse Reann, qui faisait semblant de ranger les chaises en violant Efren du regard. Elle aussi, rêvait au-dessus de ses moyens…

J'ai finalement rejoint ma voiture après un bref au revoir. Et au moment même où j'ouvrais ma portière, une voix m'a interpellée.

« Vous n'avez pas beaucoup parlé ! »

Je me suis retournée, pour trouver Monsieur Belle Gueule juste derrière moi. Il se tenait corps étiré comme une espèce d'aristocrate anglais. Il aurait eu un sweat à capuche sur le dos à la place de sa chemise blanche et veste grise, son chic ne se serait pas allégé d'un gramme. C'est dans son sang.

– J'ai toujours un peu de mal à prendre la parole à ces réunions… j'ai bredouillé en me recoiffant.

– Vous me rassurez ! J'avais peur que ce soit à cause de moi.

J'ai jeté un œil autour, sur le parking. Son assistant n'était nulle part, et la Ford rouge de Reann venait juste de démarrer. Plus personne du groupe n'était à proximité.

J'ai alors cherché quelque chose d'intelligent à répondre. Rien ne m'est venu. Une idiote sans bagou ni conversation.

– Lorsque nous avons abordé le sujet du travail, je n'ai pas entendu votre réponse. J'ai conscience qu'il peut être difficile de se reconstruire, après le genre de traumatisme que vous avez sûrement vécu…

J'ai hoché la tête en baragouinant que oui, c'était difficile. Très difficile. Il a aussitôt plongé la main dans sa poche et en a sorti une carte de visite.

– Passez-moi un coup de fil à l'occasion. Je tâcherai de vous donner un coup de main, il m'a lancé avant de me saluer et de s'éloigner.

Je suis restée figée sur le parking, abasourdie d'avoir attiré l'attention de quelqu'un de bien.

28

« J'ai peut-être un poste pour vous », il m'a dit au téléphone.

Nous avons échangé trois cent soixante-neuf messages en soixante-douze heures. Il m'a d'abord donné un autre numéro sur lequel le joindre. Pas celui indiqué sur sa carte de visite. Et puis rapidement, il m'a expliqué que pour des raisons de sécurité il valait mieux communiquer sur une application cryptée qui rend impossible la capture d'écran. « Les messageries instantanées classiques sont des nids à virus et mon poste ne permet pas le moindre faux pas. » Il m'a expliqué très précisément, pourquoi il ne communiquait jamais avec des « étrangers » autre part que sur ce programme. Je n'ai rien pigé à son charabia technologique mais j'ai téléchargé.

C'est surtout lui, qui saturait mon écran de questions. Monsieur le député maire Efren Ellsworth voulait tout savoir de moi.

Moi ?

Sans rire !

Suis-je proche de ma famille, ai-je beaucoup d'amis, ai-je déjà été arrêtée, suis-je détentrice d'une arme à feu, est-ce que je consomme de la drogue, bois-je beaucoup d'alcool, suis-je psychologiquement solide, équilibrée, assez disciplinée, quel serait mon salaire rêvé. À chaque réponse tapée, une nouvelle question envoyée. Dans la seconde. Comme s'il les avait préparées à l'avance et qu'il ne faisait que copier-coller.

« Ce poste n'est pas pour quelqu'un de socialement débordé. Que vous ayez peu de famille et peu d'amis joue certainement en votre faveur. »

Il m'a aussi dit que ce poste très bien payé était ouvert à d'autres candidats et qu'il aurait besoin de me revoir pour en parler de vive voix.

Mais à cet instant, ce poste, j'ignorais tout de lui.

Ellsworth restait vague. Très vague. Je lui ai évidemment demandé pourquoi c'était lui qui était en charge du recrutement à la mairie. Et pourquoi il avait choisi de me faire entrer en course. « Je ne suis absolument pas en charge du recrutement. Je donne un coup de pouce à quelqu'un qui semble en avoir besoin. » Ah bon.

Son explication ne cliquait pas. Mais il n'était pas un escroc de coin de rue forçant la main ridée d'une mamie sur un contrat frauduleux. Que risquais-je à lui faire confiance ? Si ça l'émoustillait de miser sur la médiocrité… Amen.

Dix-neuf jours, j'ai répondu à ses questions. Si je n'ai rien appris sur lui, Efren aurait pu publier une encyclopédie sur moi.

Et puis il a fixé un rendez-vous.

Dans la cave à vin d'un restaurant italien étoilé où je n'aurais jamais osé entrer, même pour aller faire pipi. Le genre qui met sur la paille en une addition.

Nous sommes descendus par l'escalier caché sous une trappe de la cuisine aux mille et un employés. Comme dans un film de mafia italienne. Dans ce sous-sol humide, juste lui et juste moi. Deux verres à vin nous attendaient sur la haute table ronde en bois, en plein milieu de la pièce. Efren a choisi un grand cru parmi l'impressionnante collection de grands crus, et nous l'avons bu. Vingt-deux heures trente, pas de réseau, un rien ivre. J'étais à sa merci.

Mais le décolleté de ma robe rouge ne faisait pas vriller ses paupières d'un millimètre. Il descendait pourtant assez bas pour laisser apercevoir la plus grosse partie de mes bébés siliconés. Efren n'était pas là pour ça. Il me parlait d'une voix basse, son visage ambré par les ampoules des lampes à coques métalliques fixées au plafond, dans ce trente mètres carrés en pierres. L'humidité poussiéreuse démangeait mon palais et je faisais des bruits étranges pour me soulager.

Et puis l'annonce du job est tombée.

J'en ai presque glissé de ma chaise. Tout ça était digne d'un scénario de film…

– Prenez votre temps pour réfléchir, il m'a dit. Parce qu'une fois que vous accepterez, il n'y aura aucune marche arrière. Un évènement organisé pour le don du sang se tiendra dans quelques jours… Allez y faire un tour. Ça ne vous engage à rien. Si une fois sur place vous décidez d'accepter, je vous donnerai la marche à suivre.

– Pourquoi moi ? je lui ai demandé timidement, tandis qu'il ouvrait une deuxième bouteille à cinq mille billets.

Il a rempli son verre en fronçant ses longs sourcils noirs, puis l'a contemplé quelques instants.

– J'ai discuté avec plusieurs autres jeunes femmes. Vous êtes celle qui me paraît avoir le plus gros potentiel. Ce petit côté docile, sans doute. Ne vous offusquez pas, ma chère Keith. C'est absolument charmant. Et c'est exactement ce dont il a besoin. Si vous acceptez, je m'assurerai qu'il vous choisisse.

Un job à cent vingt mille dollars.

Une fortune.

Avec ça, je cesserais de dévorer mes ongles en pensant au futur d'Idaho.

J'aurais enfin quelque chose à lui offrir.

Et puis me rapprocher du type le plus en vue de la ville pour farfouiller dans sa vie et enregistrer quelques situations compromettantes... Ce n'était quand même pas la mine !

Qu'aurait-il bien pu arriver de mal ?

29

COYOTE

Pulaski Square.

Ça s'est passé près de Pulaski Square, dans une ruelle endormie.

Ce soir-là, ma psychose ressemblait à un trip au LSD. Ou à la toile très connue de ce peintre norvégien sur laquelle un type à tête bizarre se bouche les oreilles devant un paysage déformé. Mon cerveau ne m'appartenait plus. Mon corps non plus. La conscience de Coy Slaughter ne se trouvait plus nulle part sur cette planète.

Mais enterrée profond dans les abysses de l'Enfer.

Je revois *son* visage laiteux, dont les yeux bandés semblaient cligner en dessous du foulard en soie noué autour de sa tête. Elle était pourtant déjà assommée, à cet instant. Je me rappelle avoir voulu poser mon doigt entre ses lèvres entrouvertes, brillantes comme si elle venait juste de se les lécher. Mais je ne l'ai pas fait. Le Diable dans ma tête me faisait croire qu'au bout de mes doigts s'étaient greffées de longues lames affilées. Et ce heavy metal branché à fond dans mes oreilles empêchait toute concentration. Je n'avais de cesse de me les boucher. Mais la musique venait de beaucoup trop loin à l'intérieur.

Bon sang, je ne peux pas me rappeler ce soir-là.

Je n'ai pas le droit.

Depuis que mon psychiatre a changé le dosage de mon traitement, les souvenirs creusent des tunnels hors de mon subconscient. Papa m'interdirait de les avaler, s'il savait.

Aujourd'hui encore, j'ignore si *elle* était vraiment évanouie sur ce trottoir, dans sa longue chemise blanche à dentelle brodée de papillons bleus.

Je me remémore ce tissu fin souillé d'une tache en forme de fleur. Son sang foncé avait coulé juste entre ses cuisses. Et je fixais cette forme grenat au liquide luisant en me demandant pourquoi son sang avait pris cette forme-là.

Pourquoi une fleur. Juste à *cet endroit.*

Il est bientôt quatorze heures, mon réveil retentit depuis midi. Je retarde chaque sonnerie de trente minutes et m'efforce de retourner dans mes rêves. Ou mes cauchemars. Peu importe. Là-bas, je sais au moins que les gens que je tue ne sont pas blessés pour de vrai. Et ces saloperies de pilules me font tuer tout un tas de gens. Il paraît que c'est un effet indésirable classique des neuroleptiques, les cauchemars particulièrement gores. Le problème c'est de pouvoir être sûr d'être bien réveillé lorsqu'ils prennent fin. C'est toujours d'une infinie difficulté, pour moi. Savoir si je suis bien réveillé.

Je sors de ma chambre au ralenti, shooté comme un fumeur de crack. Et je regarde mes mains avec cette sensation habituelle de dissociation. Celle qui me donne l'impression que mes membres ne sont pas les miens. Et que c'est quelqu'un d'autre qui les fait bouger à ma place.

Ça aussi, c'est un effet classique.

Je vais me mouiller le visage dans la salle de bains, et retourne m'habiller dans ma chambre sans savoir ce que j'enfile. Puis, incapable de tenir un volant, je m'appelle un Uber. C'est l'heure d'aller ne rien dire à mon psy.

Il est quinze heures vingt. La salle d'attente excessivement décorée se prend pour un bordel d'époque. Miroirs anciens sur chaque mur, bustes en faux bronze, indigestion de dorures à donner la nausée à un lingot. Pourquoi, je ne sais pas.

Sur les cinq chaises à coussins en velours rouge, un seul patient est assis. Une patiente. Blonde d'une vingtaine d'années, jeans et T-shirt à la gloire d'un vieux groupe de rock. Et comme à chaque fois que je croise une femme ou une fille depuis *cette nuit-là*, je me demande si elle aussi je pourrais lui faire du mal. Parce que la vérité c'est que je n'en sais rien. J'ignore si je serais capable de recommencer.

Encore.

Rien ne me terrifie plus.

« Monsieur Slaughter ! » appelle mon psy en faisant grincer sa porte. Je détourne les yeux de la blonde et me lève.

Le cabinet du Docteur Wynn est tout aussi hors sujet que sa salle d'attente. Deux lémuriens empaillés sont accrochés au mur derrière son bureau à feutrine rouge, sur lequel un crâne humain sert de pot à stylos. Il y a aussi une illustration encadrée d'un cerveau de chien disséqué.

Wynn et ses sourcils découpés dans un morceau de moquette m'examinent. Il se balance sur sa chaise sans rien dire, sa petite main poilue sur son petit buste, une de ses rares mèches de cheveux grises voltigeant dans l'air du ventilateur assourdissant. Je sais qu'il attend que j'amorce la conversation. Mais je ne dirai rien. Je n'y crois pas, à ces inepties de psychiatrie. Psychanalyse. Psychothérapie. Psychoconneries. Un bonhomme le cul sur une chaise, qui remue les lèvres en écoutant un autre bonhomme remuer les siennes, lui aussi le cul sur une chaise, qui regarde le bonhomme qui le regarde remuer ses lèvres en se demandant ce qu'il pense de lui. Il fallait bien huit ans d'études pour ça ! Secouer la tête en mordillant un stylo. Et assurer à son patient crédule que pour se calmer il faudra avaler trois mille dollars annuels de cachets, histoire d'alourdir le coffre-fort des instituts pharmaceutiques qui eux-mêmes ignorent ce qu'ils foutent dans ces fichus cachetons. Si ça guérissait, ils seraient bien emmerdés…

– Semaine difficile, Coyote ?

– Pas plus difficile que d'habitude.

– Votre père m'a demandé de vous recevoir deux fois, cette semaine. J'en déduis que ces derniers jours ont été ardus.

Je regarde sa chemise soyeuse à rayures noires et boutons de manchettes en « W » comme Wynn. Et je me demande si un type assez mégalo pour se faire faire des boutons de manchettes à la gloire de son propre nom a assez de place en lui pour se soucier de moi.

Comment ce vieux bidule peut-il oser penser pouvoir me réparer ?

– Quelques épisodes psychotiques. Mais les machins que vous m'avez prescrits me font pas mal dormir.

– Pouvez-vous décrire ces épisodes ?

– Tache.

– Pardon ?

– Je revois la tache. Celle en forme de fleur. La tache de sang sur…

– Non, Coyote. Ça, nous étions d'accord pour ne plus en discuter. Nous l'avons déjà fait maintes et maintes fois. Votre père vous l'a assez répété, non ?

Il plisse ses petits yeux noirs et remue son long nez aux narines encombrées de poils.

– Mais je ne cesse de la revoir dans mes cauchemars, cette fleur. Grossir et grossir. S'étaler devant mes yeux. Et à mon réveil, elle est encore là. Immense et rouge sur mon plafond.

– Pourquoi pensez-vous que ces cauchemars se multiplient, dernièrement ?

– Je ne sais pas.

Ses sourcils moquette se rapprochent.

– Vous êtes sûr ? Vos cauchemars concernant cette nuit-là s'étaient pourtant espacés…

– Ne me forcez pas à vous le dire. Je sais que rien ici n'est vraiment confidentiel. Et mon père ne peut pas apprendre ça.

– Coyote, tout ce que vous me dites est absolument confidentiel. N'en doutez pas une seconde. Je vois bien que vous avez besoin de vous livrer. Il n'y a qu'ainsi que vous vous déchargerez. Ces cauchemars continueront de vous terroriser tant que vous ne m'aurez pas parlé.

Je soupire en appuyant mes mains sur ma face, dos courbé. Je n'avais pas prévu de dire quoi que ce soit. Mais il a raison, ce charlatan du cerveau. J'ai besoin de parler. Pourtant je connais le risque d'une telle confession…

L'amour que j'ai pour mon père est celui que les croyants ont pour Le Tout-Puissant. Il a mon adoration. Ma dévotion. Mes deux mains et mes deux pieds. Je ne serai jamais qu'une version discount de Church Slaughter. Un exemplaire défectueux. Mais malgré mon honteuse médiocrité, je continuerai de sacraliser mon géniteur. Pas hargneux d'avoir été lésé dans la distribution de ses qualités. Pas jaloux de ne pas atteindre sa cheville. Pourtant je sais que s'il apprenait ce que je m'apprête à dire à Wynn, il serait capable d'éliminer l'exemplaire défectueux pour ne pas finir à la casse avec lui.

Parce que ce que mon père a fait *cette nuit-là*, le rend aussi coupable que moi.

– J'ai reçu un appel.

– Un appel ?

– Anonyme. Quelqu'un à la voix déguisée…

– Que disait cette voix ?

– Elle disait qu'elle savait ce que j'avais fait. Ce soir-là. Et l'autre soir aussi.

J'avale ma salive.

– Quel autre soir, Coy ?

– La deuxième fois.

– Je ne comprends pas.

– J'ai déconné plus d'une fois. Et cette voix, elle savait tout.

30

CHURCH

Le vagin incandescent qui met l'enfant au monde, c'est la porte d'entrée de l'enfer. Il propulse l'innocence dans les abîmes de tous les vices et le fait par la porte même de la mère de tous les péchés.

Mais parfois, il en sort des trésors…

Coyote n'était pas l'un d'eux. Chétif par nature, psychologiquement bancal, inapte à se surpasser. Mauvais dans le sport, mauvais dans les études, mauvais dans la vie. Pas même une queue assez dure pour percer de la gonzesse. Sa mère pourtant, le regardait toujours avec un regard subjugué. Qu'il se pisse dessus ou qu'il casse un vase, elle admirait. Sans doute le gène inaltérable de la béatitude maternelle face à sa progéniture. Mais évidemment, à l'époque, Frances ignorait que son rejeton ne serait jamais rien d'autre qu'un homme parmi les hommes. Une énième inutilité humaine ne servant qu'à faire grimper le chiffre démographique des Caucasiens Américains.

Moi, je le savais déjà.

Quand je pense à Coyote, je pense à cette œuvre de Goya. « Saturne dévorant un de ses fils » Peinture lugubre sur laquelle cette imposante créature cauchemardesque tient son enfant décapité entre ses mains, prêt à avaler le reste de son corps. Cronos avec Zeus. Je vois ce titan cannibale, comme moi.

Fantasmant d'engloutir Coy. Comme Cronos, par crainte que la chair de ma chair me détrône. Mais contrairement à Cronos, ce n'est pas la force de mon enfant qui m'ôterait la couronne.

C'est sa faiblesse…

Oui, j'aime mon fils. Mais si on me proposait d'en changer, j'étudierais l'offre avec intérêt.

Dwayne Ellsworth, c'est une autre histoire. Bien construit, dans le muscle et dans le crâne. Une aptitude électrisante pour la lutte, un charme viril de Viking, et cette assurance innée qui l'aidera à faire de lui ce qu'il voudra. Ce gosse-là, personne ne l'échangerait.

C'est le joyau qu'on présente aux dîners en agitant un drapeau pour s'assurer que tout le monde voie bien qu'il est à nous, fabriqué avec la mixture de papa. Ce triomphe blond à mâchoire carrée…

Un type comme moi, ça ne fait pas des Coy. Quelque chose a court-circuité sévère, dans le ventre de sa mère. Ma confiture n'a pas bien pris, ses ovaires ont dévoré le meilleur. Mais je ne me suis jamais demandé si elle m'avait trompé. Je sais que c'est ma pâte à moi, qui a gonflé pendant neuf mois. C'est bien ça qui me broie…

Les premières années, j'ai regretté d'avoir été lésé dans cette paternité, incapable de sentiments sérieux à son égard, dépourvu de cet amour automatique que j'aurais dû avoir. Quelqu'un là-haut m'avait privé de ce lien prodigieux qui m'avait pourtant été promis. Celui octroyé d'emblée à tous les autres papas, qu'ils l'aient mérité ou non. Les idiots, les ploucs, les démocrates. Eux, y avaient droit. Mais Church Slaughter ne pouvait en ressentir un milligramme. Même en serrant le gosse fort dans ses bras. En faisant semblant. En se forçant.

Pas de fête pour moi.

Peu à peu, je me suis fait à l'idée. Je l'aimerais parce qu'il est le mien et que la morale me l'impose. Mais pour rien d'autre que ça.

Avec Dwayne, dès ses premiers pas les câbles se sont branchés. Clic ! Abracadabra !

Avant que Frances se fracasse la boîte crânienne dans un pare-brise, Lee Dale et elle ne passaient pas trois jours sans se voir. Nos gosses ont grandi mélangés chez eux, chez nous, comme si nous portions tous le même nom. Et chaque fois que Dwayne pionçait à la maison, cette force immatérielle qui chatouille la poitrine des papas, *elle était là*.

J'ignorais pourquoi c'était *lui* que je voulais prendre dans mes bras.

Son père pourtant, n'a pas le charisme de son rejeton. Efren est aussi mou et lent que grand et élégant. Un machin maniable sans envergure. Celui que je garde à mes côtés pour m'épauler, certain qu'il ne saurait me doubler. Il n'a jamais été qu'un suiveur bien peigné, pauvre d'idées. Depuis le lycée, il me colle au train. Si j'avais voulu cultiver la terre, il aurait été fermier. Cependant je n'ai jamais rien fait pour qu'il m'adule ainsi. Plutôt le contraire. Adolescent, je raillais sa grande taille et son maniérisme. Je l'ai même cogné une fois ou deux à la récré, pour rigoler. Et lorsque Lee Dale a été transférée dans notre école, j'ai tout fait pour qu'il ne l'ait pas. Pas parce que je la voulais moi. Juste comme ça.

J'ai réussi un temps, à jouer à Dieu avec leurs émotions. Faisant d'Efren une victime émasculée en l'humiliant publiquement, accentuant son côté docile de chien de berger. Faisant de Lee Dale une salope assoiffée, la laissant me courtiser à outrance avant de daigner la baiser pour plus tard la balancer pour qu'elle revienne chialer. Presque un an, ça a duré. Et puis je me suis lassé. Efren en serait sans doute mort, si je n'avais pas eu l'amabilité de lui refiler Lee Dale. Seulement au début, elle n'en voulait pas, de ce grand type sage et propre. C'est moi, qui l'ai persuadée de grimper sur sa queue. Cette bombe blonde a dû aimer ça… Parce qu'ils ne se sont plus lâchés.

J'aurais pensé qu'une fois ensemble ils s'éloigneraient de moi. Mais Efren m'aurait prêté Lee Dale, si je le lui avais demandé. Et d'ailleurs de temps en temps je l'ai empruntée. Sans le lui demander.

J'ai cru un moment qu'il avait fait semblant, de tomber raide de sa blonde. Pour me biaiser. Me convaincre qu'il aimait la chatte et les nichons. Mais qu'en fait, c'était mon cul de mâle poilu qu'il voulait palper. Parce que cette loyauté inaltérable qu'il m'offrait, malgré tout ce que je lui avais fait, ressemblait à la faiblesse qu'ont les femmes lorsqu'elles aiment. Ce côté roule-moi dessus, je t'adorerai encore plus. Je m'interroge toujours…

En ce qui concerne Lee Dale, j'ai cessé de la retourner quand j'ai rencontré Frances. Si ça n'avait pas été le cas, j'aurais sans doute demandé un test de paternité pour récupérer mon Dwayne. Mais aucun doute. Cet enfant parfait n'avait pas été préparé avec mes ingrédients.

Et je crois que lui aussi, aurait voulu que si.

Dès le début de son adolescence, Dwayne a commencé à s'éloigner d'Efren. Je l'ai senti déçu d'être le fils du mauvais père. Comme s'il avait honte que son paternel soit à ma botte. Et que ce soit moi qui porte la couronne. Que je grimpe en politique et que papa suive au pas… Parce que Church avait les bons contacts pour le placer. Et que sans lui, il n'y serait jamais arrivé.

Les gamins ont besoin d'accrocher des posters de leur père dans leur chambre intérieure. Et à l'époque, Efren n'était pas en assez bon état pour s'afficher dans la tête de qui que ce soit. Lee Dale, brillantissime avocate diplômée suffisamment tôt pour entrer dans le livre des records, vivait toujours entre

Washington et Savannah. Efren attendait qu'elle rentre le week-end, comme une bonne petite femme au foyer. Je passais de temps en temps le voir, entre deux dossiers sur lesquels je travaillais pour la Chambre des représentants de Géorgie. Et après un ou deux bourbons, Dwayne et moi faisions une partie de bras de fer. Ou de basketball. Ou d'autre chose. Efren n'avait jamais été assez sportif pour enfiler un gant de baseball. Ses doigts auraient sans doute refusé d'entrer dedans.

À douze ans une fois, Dwayne m'a appelé papa. Ça n'est plus arrivé ensuite, mais nous savions tous les deux à cet instant que ce n'était pas sa langue qui avait fourché. Je me faisais peut-être des idées, mais j'avais la conviction que la nature s'était trompée…

Lorsque je rentrais chez moi après une visite chez les Ellsworth, j'étais toujours un peu amer de retrouver Coy. Lui comme Efren, incapable de me descendre d'une marche sur son piédestal. Pourtant comme pour Efren, je n'ai jamais rien fait pour ça. Il m'a même surpris une fois ou deux, la main serrée autour de la nuque de sa mère. Je lui cracherais à la gueule qu'il avalerait ma salive comme un coulis. Miam, papa ! Pas que ça me déplaise, mais j'aurais aimé qu'il existe malgré moi. Qu'il se soulève sous mon poids. Lorsqu'il n'est pas en crise psychotique ni en exaltation bipolaire, il est aussi flasque qu'Efren. Gentil, certes. Mais flasque.

Efren a mon fils et moi le sien.

Comment est-ce possible ? Il n'y a pas de micmac, pourtant. Pas de berceau échangé. Pas d'adultère dissimulé. Nos femmes étaient si souvent collées l'une à l'autre, que les fœtus ont dû faire un transfert.

J'y crois dur comme fer.

31

COYOTE

Je sens sa sueur.

L'odeur de sueur d'un corps sale ayant beaucoup bougé. Corsée et salée. Comme un bol d'eau de mer sucrée par trois gouttes de cognac.

Pourtant sur le moment, je ne me souviens pas avoir senti quoi que ce soit. Je me suis imaginé l'odeur. À force de ressasser.

L'été dernier, le corps *d'une autre* jeune fille a été retrouvé près de Pulaski Square. Les flics l'ont découverte le matin, et avant midi tout Savannah savait. Enfin, pas la ville entière. Notre petite communauté bourgeoise noyée dans des piscines de billets verts. Parce que cette fille morte s'appelait Blossom Hicks. La nièce d'une héritière texane à grands chapeaux qu'on remarquait d'emblée aux fêtes et aux dîners. Cynthia Hicks. Lorsque Dwayne et moi étions forcés d'assister à ces réceptions mondaines plus soporifiques qu'une avalanche de NyQuil, je jetais toujours un œil à ses chapeaux colorés ridicules. C'était elle qui avait élevé Blossom, et elle la traînait partout comme un sac à main à mèches blondes. La veille de la découverte du corps, l'anniversaire de Cynthia était célébré dans une propriété de Wilmington Island Road. Toutes les filles et fils de avaient été contraints de venir se mêler à leurs semblables. Je buvais des coups en douce au bar, en tentant de faire taire mes idées dingues. Mais comme des soldats ennemis, à chaque seconde elles s'appropriaient un nouveau morceau de mon cerveau. Une crise psychotique était à un ongle de se déclencher malgré la kyrielle de pilules ingurgitées.

Je luttais pour rester moi.

Conscient sur cette terre.

Papa m'avait prévenu, pas de drame. Alors je me concentrais sur le jardin qu'on apercevait depuis la balustrade du balcon, et où jouaient les gosses trop jeunes pour traîner avec les ados. Le vaste salon blanc était englouti par le monde, le bruit des voix et rires en rafales résonnait dans ma tête. Personne ne portait attention aux gamins du jardin. La piscine carrée aurait pourtant pu en noyer la moitié. Et pas une baby-sitter pour sauter les sauver.

Il était aux alentours de dix-huit heures, le soleil encore surexcité tombait sur leurs petites têtes. Une dizaine d'enfants entre sept et onze ans. Tous dans des robes et chemisettes ton pastel. Une moitié chahutait sur la pelouse à pâquerettes, l'autre était installée à une longue table recouverte d'une impressionnante sélection de gâteaux et jus de fruits. Blossom se trouvait en bout de table, ses cheveux or enroulés dans un chignon haut sur le point de s'effondrer. Elle avait onze ans mais en paraissait neuf. Sa tante avait pourtant mis le paquet pour la pomponner. La barbouiller comme ces miniputes de concours faisant le grand écart en jupe à froufrous.

Malgré ce masque obscène de rêve pédophile, l'infinie candeur de Blossom surnageait. Rouge à lèvres fuchsia ou pas. Son faciès virginal rappelait celui des petites filles sur les illustrations de contes pour enfants. Je me souviens l'avoir regardée. Elle, puis les autres. Avant de me retourner pour vider mon gin.

Le sixième.

À six heures du matin, je me réveillais sur un trottoir à quelques rues de Pulaski Square. Je n'avais plus de chaussures aux pieds. Plus de chemise. Mon pantalon de smoking était souillé d'urine et de sang. Mon urine.

Mais pas mon sang.

J'ai d'abord paniqué et sorti mon téléphone de ma poche pour appeler papa. Et puis je me suis ravisé. Cette fois, il me tuerait.

En rangeant mon portable, je me suis rendu compte que j'avais toujours ma carte de crédit sur moi. J'ai attendu que les magasins ouvrent, puis suis entré dans une petite boutique acheter vêtements et chaussures, gardant ma tête baissée pour éviter les caméras. Je ne savais pas encore ce que j'avais fait, mais quelque chose était arrivé.

Et personne ne devait s'en douter.

Dès que sa nièce fut découverte, Cynthia Hicks mit Blankenship sur le coup. Il botta le cul de tous les bleus de la ville pour trouver le bâtard qui avait fauté. Les journaux ont omis les détails abjects du carnage, mais dans notre cercle les gens savaient. Blossom avait été violée. D'un côté et de l'autre. Ses seins naissants furent griffés jusqu'aux côtes. Et son cœur s'est arrêté après que des mains se sont fermées sur son cou gracile.

Non…

Ça ne pouvait pas être moi…

Le Diable qui avait fait ça.

Les premiers jours qui ont suivi, j'ai planté mon bec sous terre. Y penser me faisait vomir.

En temps normal, les gamines ne m'excitaient pas. Enfin, je ne croyais pas. Je me suis convaincu que je m'étais réveillé non loin de Pulaski Square par hasard. Et que ce sang sur mon pantalon, c'était un accident. Je sortais d'une nuit d'ivresse psychotique, j'avais bien pu me battre avec un toxico que j'avais pris pour un dragon. Ou agresser un cycliste que je pensais être un démon volant. C'était déjà arrivé. Et puis qu'est-ce que j'en savais ? Penser autrement m'était impossible.

Des mois sans que les flics n'attrapent quoi que ce soit. Aucune piste. Puis un soir où papa me conduisait chez mon psy, il a fait un stop chez Blankenship. « Juste deux minutes. » Quelque chose à voir avec son trafic d'animaux sauvages qu'il m'interdit d'évoquer. Quelque chose qu'il ne pouvait dire au téléphone. Il s'est garé dans l'allée et j'ai attendu. Jusqu'à ce qu'une envie délirante d'uriner me prenne. Alors je suis allé sonner à la porte et Madame Blankenship m'a ouvert, avant de me diriger vers les toilettes. En sortant, je suis passé devant le bureau vert de Blankenship. Un gigantesque tableau bardé de papiers m'a arrêté. Comme dans les films policiers, il y avait des feuilles aimantées dessus. Tout un tas de papiers gribouillés et une photo au centre. J'ai mis un pied à l'intérieur de la pièce. Elle sentait la cigarette et la chaussette mouillée, tous les volets étaient fermés. Des cascades de cigarettes débordaient des cendriers métalliques. Blankenship devait s'y enfermer des heures…

C'est la photo, qui m'a attiré. Celle au centre du tableau.

Sur le cliché, Blossom était étendue sur le trottoir. Le cadrage serré permettait de distinguer la couleur de sa peau exsangue. Son minois enfantin était éteint, ses lèvres fermées quelque peu tordues. La robe bleu pastel à rayures blanches qu'elle portait à la réception, disparue. Mais ce qui a fissuré mon cœur, c'est son oreille gauche. Le lobe de sa petite oreille gauche. Parce qu'il était coupé. Pas grand-chose, mais assez pour que je m'en rende compte. D'autres ne s'en seraient pas rendu compte. Mais moi je m'en suis rendu compte.

Aussitôt.

Parce que *la première* aussi, avait le lobe gauche coupé.

Dès le lendemain, j'ai commencé à sécher les cours pour rester à trembler sous ma couette. Trente-cinq degrés et je tremblais sous une couette. J'avais des crampes d'héroïnomane en sevrage. Une fièvre à brûler les mains qui m'auraient frôlé. Vomir de la bile, jeûner, pleurer. C'était mon programme journalier. Je prétendais avoir chopé un virus en boîte de nuit.

Anaica passait de temps en temps dans ma chambre m'apporter des assiettes que je ne touchais pas. J'ai perdu cinq kilos en dix jours.

Après deux semaines de déni acharné, j'ai lâché prise. Pour Blossom comme pour *la première*, j'ai revécu la scène. Ce lobe d'oreille ne pouvait être une coïncidence. Plus possible de me convaincre du contraire…

Plus je me concentrais sur cette nuit-là, plus les détails se manifestaient. Certains jaillissaient en pleine nuit, sclérosant mes pieds. D'autres prenaient vie dans mes cauchemars diurnes réalistes à se pisser dessus. Je reniflais distinctement l'hémoglobine de mes victimes juvéniles… Et cette tulipe de sang entre les jambes de *la première*… Elle m'apparaissait en trois dimensions. Chaque pétale d'un rouge si foncé qu'il en devenait noir.

Noir.

Noir.

Noir.

Et bientôt, au puzzle morbide il ne manquait aucune pièce.

Je ne pouvais plus nier que c'était moi.

Le Monstre !

D'un coup, je me suis levé de mon lit. Il était dix-neuf heures, nous étions mardi. Dans ce jogging gris pas quitté depuis six jours et ce T-shirt gris tout aussi crade, je suis sorti. Quelques gouttes tièdes mouillaient l'air statique et brûlant comme une sentence. Je me suis mis à marcher tête baissée sur la route. La conscience de mon corps bien vivant m'était odieuse. J'aurais voulu sprinter pour le dépasser. Parce que je savais que quelque part dans cette combinaison de chair, le pire se planquait. Que même si je ne l'avais jamais vraiment rencontré, lui me connaissait. Et qu'il suffisait d'une crise pour le faire danser.

La route isolée à vingt minutes de la prochaine maison semblait onduler sous mes pieds nus. Cette végétation insoumise et touffue en bordure aussi. Je titubais en suppliant le ciel d'envoyer une voiture folle me faucher.

Puis la petite pluie s'est énervée. J'ai ôté mon T-shirt et ai commencé à courir, talons nus contre le béton. J'avalais l'épaisse infusion de feuilles et de terre mouillées par les cieux. La forêt entière macérait dans l'air. Je la faisais entrer loin dans mes poumons. Dans l'espoir qu'elle me récure. L'eau s'infiltrait sous mon pantalon, dans mon caleçon. Rinçant queue et couilles. Cet instrument machiavélique. Il était si lourd entre mes cuisses... Comme rempli à ras bord de tout mon mal. Il fouettait ma peau à chaque rebond. Le contact imposé de cet ennemi soudé à moi était un viol. Je n'en voulais pas, de *cette chose*, sur mon corps. J'ai un instant pensé à sortir mes clefs pour la trancher. Shlak ! Que ces morceaux de viande sale tombent dans la jambe de mon pantalon et pourrissent dans la pluie derrière moi.

Une heure et demie d'effort, puis je vis apparaître la cathédrale Saint-Jean-Baptiste. C'est là-bas, que j'avais été baptisé par le prêtre Elliot. Première communion, confirmation, communion solennelle. Tu parles d'une perte de temps ! J'y retournais chaque dimanche. Pas tant par crainte du Seigneur, mais parce que maman y tenait. Et que même en pièces dans une caisse, elle continuait d'avoir de l'influence.

À peine entré sous le plafond voûté crème, mes yeux se sont embués. Ce plafond, construit comme une colonne vertébrale de bois sacré, chaque arc vert anis soutenant le corps de l'édifice. Il m'a paru grandiose. Moi si riquiqui sous lui.

Pécheur. Violeur. Tueur.

J'ai redouté qu'il se fissure au-dessus de ma tête. J'avançais le dos cassé en deux tel un bossu. En condamné. Et même si j'avais conscience que le silence était parfait, j'entendais les orgues jouer. Montant crescendo. Comme pour prévenir le Seigneur que le mal avait pénétré dans sa maison.

J'ignore de quoi j'avais l'air à cet instant. Un barje essoufflé, inondé, complètement sonné.

Prêtre Elliot était là, seul, au fond de la cathédrale. Il m'a vu m'approcher et a compris sans que je ne dise mot, qu'il fallait s'installer dans le confessionnal. Ce n'était pourtant jamais arrivé.

Je l'ai suivi, emmailloté dans un linge de honte.

Et j'ai parlé.

Tout avoué.

Deux heures durant, il m'a écouté jusqu'à plus de voix. Me mouchant dans mes mains, bavant sur mon torse nu. Après une vingtaine de minutes sans bruit à rester chacun d'un côté de cette grille qui ne séparait rien, il m'a incité à mettre mon père au courant. À au moins avouer dans une lettre anonyme pour soulager Cynthia Hicks.

Je suis sorti de la cathédrale peu avant minuit, promettant de m'exécuter dans les jours qui suivraient. Mais je n'ai rien fait. Alors un soir où il savait mon père absent, Elliott s'est présenté à la maison pour me rappeler ma promesse. La semaine dernière, j'en ai bredouillé trois mots à mon dealer d'antipsychotiques. Le seul avec papa qui est au courant de ce que j'avais déjà fait *à l'autre*… Celui qui reçoit un joli chèque chaque mois pour garder ses lèvres scellées et continuer de me traiter. Mais en me rendant compte que j'en avais trop dit, je suis revenu sur mes mots, lui assurant que ce coup de fil qui disait « tout savoir » n'était qu'un autre de mes cauchemars. Et que depuis *la première*, je n'avais jamais recommencé. Il a tout gobé. Les psychiatres ne pigent jamais rien.

Lorsque je suis rentré de ma séance, je suis allé examiner la collection de couteaux suspendue au mur orange de la cuisine. Longuement. J'ai fait glisser mon index sur chaque lame. Chaque dent. J'ai finalement choisi un couteau à steak. Puis je suis allé m'enfermer dans ma chambre. Et une couille après l'autre, j'ai griffé. Tailladé. Planté. Pas assez pour finir aux urgences, mais suffisamment pour remplir une tasse à thé de jus rouge. Peut-être deux. Le bout de ma queue infectée se nécrose au fond de ma corbeille depuis cinq jours. Impossible de pisser depuis. Ou alors pas plus de trois gouttes. D'opaques gouttes carmin brûlant mon organe pareil qu'une purée de piments.

Mon pénis,
un Carolina Reaper.

Si je n'avais pas perdu connaissance, j'aurais tout arraché sans laisser le moindre micromorceau. Jusqu'à la racine. Et peut-être un fragment de chair en plus, juste pour être sûr que rien ne repousse. Mais maintenant c'est certain le Diable, entre mes cuisses ne pourra plus s'étirer.

C'est au moins ça.

Hier, prêtre Elliott s'est à nouveau présenté à la maison. Et cette fois il m'a convaincu de parler à mon père. J'étais trop faible et malade pour refuser. Il est l'heure pour moi de cracher le morceau… Celui coincé dans ma gorge, qui me tient en apnée depuis trop longtemps.

Vingt heures seize, je frappe à la porte de papa.

32

IDAHO

Un prêtre est venu sonner chez Church, hier soir. Quinquagénaire brun, nez effondré dans ses joues basses, maigre et long comme un chargeur d'iPhone. Celui de la cathédrale Saint-Jean-Baptiste où Church impose que nous allions montrer nos têtes semi-régulièrement. Les croyants, ses plus grands votants.

Depuis, j'entends Coy gifler le sol de sa chambre dans des va-et-vient incessants. Boum. Boum. Boum. Toute la nuit. Boum. Boum. Boum. En lignes droites, en diagonales, en cercles, en carrés. Il violente mon plafond. De temps à autre, je l'entends grogner comme une bête qu'on viendrait de tirer. J'hésite sérieusement à monter le voir. Parce que depuis cet après-midi où je l'ai surpris en plein délire à hurler nu dans le jardin, j'ai compris qu'il était prisonnier. Un bagne schizophrénique dans sa cabèche.

Je n'arrive plus à le détester.

Je me dis qu'il fut un temps, il y a très longtemps, il n'était qu'un petit garçon sage comme n'importe quel autre petit garçon sage. Un petit garçon amoureux de tout un tas de petites filles. Je l'imagine, gravant ces initiales dans la roche de la grotte aux méduses. Je pense à cette « SAM », dont Dwayne m'a parlé l'autre fois. Et je me demande de quoi elle avait l'air, cette fille dont il était si amoureux… La première qui lui avait fait un tel effet. Je l'imagine blonde et mince avec d'épais cheveux bouclés. Les Samantha sont souvent jolies et douces, un peu coquines… Sans doute pas mais dans mon imaginaire, si. Je me la représente drôle, avec une voix chantante. Et je l'imagine lui, attendre un baiser d'elle, fébrile, priant pour qu'elle aime ça. Cette image d'innocence me serre le cœur.

Même si Dwayne refuse de me dire pourquoi Coy est la cible d'Efren, quelque chose en moi sent qu'après tout, ce gamin malade n'est pas si vilain que ça. Sans doute un micmac politique avec Church, qu'Efren décide de gérer en s'attaquant au fils du roi. Ignominieuse manière de faire…

Ça me rend cinglée, d'être dans le flou ! Pourtant nous n'avons vraiment fait que nous croiser, depuis que je vis ici. Coy ne m'a jamais adressé que des regards qui crachent et des mentons haussés. Faut croire que je ne suis pas si impénétrable que ça. Ce petit poseur vaniteux a fait des trous dans mon pare-balles.

Il est dix-sept heures seize, j'attends assise sur le lit de ma grande chambre parme aux rideaux parme. Cette pièce dans laquelle je n'ai pas osé coller un Scotch. Pas un objet étranger sur la plaque de marbre rose du secrétaire Louis XVI. Comme Coy, je ne donne aucun signe que cette chambre est ma chambre. Mais contrairement à Coy, cette chambre n'est pas ma chambre. J'y dors comme on dort dans une chambre d'ami, sans y prendre ses aises, sans rien salir. Peur de rouiller la porte de l'armoire japonaise laquée aux poignées d'ivoire et de nacre. Je ne l'ouvre qu'une fois par jour pour choisir ma tenue, et la referme le soir après y avoir reposé mes affaires. Je sais qu'ici ne sera jamais chez moi.

Mais pour l'heure, j'attends dans cette chambre parme.

Ras-le-bol de ces questions qui me dévorent le citron… Je n'ai plus vu Dwayne depuis le soir des méduses où son visage ivoirin s'était rougi jusqu'au cou. Pas un indice, il m'a donné. Pas un début de raison. Juste ces quelques mots accusant son père. Ne connaître qu'une parcelle de l'histoire fait de moi un protagoniste inutile et coincé.

Je m'en mords triplement les lèvres, d'avoir laissé les siennes me corrompre. Ses mains mâles malaxer ma féminité. Me voilà viciée. Débordante d'anxiété. Pas tant parce que je me suis exclue pied au cul, de mon propre club anti-queues. Ce sont ses lèvres scellées qui me font regretter. Cette absence d'honnêteté. Le lendemain de cette nuit, premier œil ouvert, je bloquais son numéro. Je n'ai depuis pensé qu'à ça.

Pourquoi ce piège cruel ?

J'ignore si je devrais en parler à ma mère. Ou même à Church. J'ai déjà une cargaison de trucs sur lesquels cogiter. Le service des bourses de Stanford n'a finalement pas retenu ma demande d'aide parce qu'il était persuadé que maman et Church étaient mariés. Et Church Slaughter n'a certainement pas besoin d'une aide financière pour payer quoi que ce soit !

Mais malgré tout ça, pas moyen d'oublier Coy… Je me sens coupable de laisser ce pauvre dingue se faire manipuler ainsi.

Il y a deux heures, après vingt minutes ininterrompues de « Bang ! Bang ! Bang ! » au-dessus de ma tête, j'ai débloqué Dwayne sur WhatsApp.

« Besoin que tu m'expliques. Rien de tout ça ne sent bon. » j'ai pianoté d'une traite sur mon écran. Il m'a répondu aussitôt qu'il passerait me chercher à dix-neuf heures.

J'attends.

Il est presque vingt heures, lorsque je pénètre pour la première fois chez les Ellsworth.

Cette demeure immaculée aux tons neutres impose immédiatement une image calme. Le genre qui dit qu'ici, tout est gentil. Et que personne ne crie. Un minimalisme contrastant outrageusement avec l'abondance de faste multicolore de chez Church.

Dwayne m'entraîne dans les escaliers habillés d'un tapis blanc en peau de mouton, qu'aucun pied n'a l'air d'avoir jamais frôlé.

Passé le couloir de portes du deuxième étage, un vaste salon aux coins de plafond courbés. Élégant mais privé de caractère. Aussi neutre, métallique et parfait que le reste. Un lustre contemporain en verre soufflé éclaire le cuir crème du canapé huit places, ainsi que le minuscule arrosoir argenté posé au centre de la table basse aux pieds d'argent. Dwayne va se jeter dans un gigantesque pouf au coin de la pièce. Son T-shirt blanc pétant sur le pouf blanc pétant donne l'impression que son corps est sectionné en deux. La tête et les jambes sans le torse. Il est à presque dix mètres de moi, restée devant l'entrée.

– Quelqu'un ici, à part nous ?

– Mes parents sont de sortie. On a toute la soirée, il me répond d'un ton monocorde, ses yeux évitant les miens.

Nous nous sommes à peine reniflés ou parlé ou regardés, durant la bonne demi-heure de trajet dans sa voiture. Le rap de sa playlist n'a servi qu'à bâillonner notre silence à coups de « Bitch » « Money » « Bitch ». Et cette distance entre nous se déroule d'un mile par minute. L'intense ivresse de l'autre soir a dessaoulé sévère. Il reste encore la tension, mais elle est tiède. Ramollie.

Je regarde sa face slave, dont la mâchoire broierait un os pour chien d'un seul coup de dents. Il la serre exagérément, comme pour me faire part de sa frustration. Celle d'avoir été rejeté sèchement, d'une prosaïque manipulation téléphonique. Il n'a sans doute pas l'habitude d'être bloqué, le playboy superstar du lycée.

– Tu n'aurais rien dû me dire. Mais maintenant c'est fait, je lâche en m'approchant du canapé. Alors vas-y franco. Déballe tout.

– Je ne savais pas ce que je disais, l'autre soir.

– Quoi ?

– J'avais fumé toute la journée.

– Arrête… Tu sais dans quelle position ça me met ? Je vis avec Coy, je te rappelle.

– Et alors ? Tu ne peux pas le piffrer…

Je fronce les sourcils. Ce grand athlète bien balancé me paraît soudain aussi minus qu'une chialeuse à sa maman. Son ton est plaintif, défensif. Une certaine immaturité dans le regard.

– Pourquoi m'as-tu emmenée ici, si ce n'est pour parler ?

– J'ai essayé de t'appeler toute la semaine ! Et toute la semaine dernière !

– Tu m'as dit l'autre soir que tu ne me dirais rien. Je ne pouvais plus parler ou penser à autre chose, après ça.

– Tu sais ce que mon père risque, si ça se sait ?

– Pourquoi ça se saurait ? Je ne vais pas contacter le *New York Times* ! Je veux juste comprendre.

Il se redresse et se frotte énergiquement le visage comme s'il essayait de l'effacer.

– La vérité c'est que je ne sais pas, il murmure.

– Je ne te crois pas.

– C'est pourtant vrai.

– Ton père te demande de pourrir la vie de ton meilleur ami sans donner aucune raison, et toi tu t'exécutes. Je suis censée gober ça ?

Il ôte ses mains de son visage, l'une après l'autre, et reprend son air suave habituel. Celui qui m'a fait me fourvoyer l'autre soir.

– Il m'a dit que Church avait fauté. Et que cette faute avait mis en péril notre famille. Notre sécurité. Il m'a demandé si je voulais aider à l'attraper. Que pour ça, il allait falloir jouer un mauvais tour à Coy. Rien de terrible, juste un mauvais tour.

– Quelle faute ?

– Il valait mieux que je ne sache pas.

– Je ne te crois pas.

Il se lève d'un bond, son mètre quatre-vingt-dix se déployant en une nanoseconde. Et d'un coup, la tension ramollo entre nous se rigidifie. Je la sens distinctement se reformer de tous ses atomes. Des petits grains de plastique se mettent à rouler à l'intérieur de ma gorge et dans mon menton.

– Crois-moi, Idaho. *I don't lie.* Je te l'ai déjà dit, il me susurre en s'approchant d'un pas de fauve, pareil que si j'étais une biche à croquer.

– Tu avais l'air de bien te fendre la poire avec ce grand roux, l'autre jour.

Il s'arrête à mi-chemin, redresse la tête, avale un kilo d'air en relâchant ses épaules.

– Écoute, j'aime Coy comme un frère. Mais mon père ne m'a pas laissé le choix. Et puis ce n'est pas comme si j'allais aller au bout de cette mascarade ! Je suis conscient que ce n'est qu'un jeu. Rien d'autre qu'un piège bénin.

– C'est une sacrée confiance, que tu accordes à papa ! Avancer à l'aveugle sans même savoir pourquoi tu fais ce que tu fais…

– Tu ne ferais pas confiance à ton père, toi ?

– Je n'ai malheureusement pas à me poser ce genre de questions.

Soudain, une ombre mouvante se manifeste dans mon champ

de vision. Je tourne la tête et mes yeux se font gifler par un minois séraphique. Celui d'une gamine blonde, trop belle pour que les yeux avalent son visage d'un seul coup. Il y a un court temps d'adaptation, puis bribe par bribe son faciès s'affiche. Elle rappelle ces divins modèles mille neuf cents. Le surplus de chair en moins. Celle-là étant aussi fine que ses os, recouverte d'une cape de peau blanche. Maigre mais pas malingre. Élancée comme ces mannequins salade-eau. Ses yeux bleus me toisent, longs cils courbés battant nonchalamment. Et ses petites mains éburnéennes serrent le tissu blanc de sa robe courte à col rond. Elle se tient juste entre l'entrée et le couloir, avec un air de chatte craintive.

– Afton, qu'est-ce que tu fais là ?

– Je m'ennuyais… elle bredouille à son frère en croisant furtivement mon regard.

Je lui souris, et elle avance à petits pas vers le canapé contre lequel je suis calée. Je sais déjà ce qui lui est arrivé, mais m'efforce de ne pas revêtir ce regard éculé de pitié que tant d'autres ont déjà dû lui offrir. Moi on ne me l'a jamais adressé, ce regard. Parce que pour moi, personne n'a jamais su.

– Comment ça va ? je lui envoie dans un clin d'œil.

Elle ne répond pas mais vient s'asseoir à un mètre de moi. Il y a comme un mur entre elle et nous. Elle entend et voit, mais ne voit pas ni n'entend. Une distance consciente avoisinant une forme d'autisme ou d'intense anxiété. Son monde dans notre monde. Carré dans le carré.

– Je m'appelle Idaho…

Elle hoche la tête en y cognant son épaule frêle, regard fixe, droit devant elle. Ses pupilles immobiles ne regardent rien. Elle est calme. Et je devine ce qui se passe à l'intérieur de cette poupée muette. Car ce mirage ataraxique est un leurre qui dissimule le bruit. L'incessant boucan à l'intérieur. Je le sais bien…

– Tu as un visage magnifique, je lui susurre.

Dwayne observe la scène d'apprivoisement en silence, mains dans les poches. Il avale son souffle et moi le mien. Cette ambiance lourde, pleine de sentiments qui se retiennent d'exister, m'assèche la bouche. J'ai soudain la sensation de ne plus avoir bu depuis des siècles.

– Tu aurais de l'eau, s'il te plaît ?

Dwayne acquiesce et sort aussitôt du salon.

Je me mets moi aussi à fixer le mur devant moi, m'appliquant à ne pas penser aux choses auxquelles Afton s'applique elle aussi à ne pas penser. Je pourrais lui filer des cours, ça fait des années que je m'y exerce. Pourtant à cet instant, j'échoue. Je sens de gros doigts froids et étrangers me tourner les tétons en même temps qu'une odeur d'homme sale se propage dans ma bouche. Et mes yeux s'humidifient. D'habitude je ne baigne pas dans ce pathos-là, mais les êtres aux cicatrices similaires se contaminent parfois.

– Toi aussi tu es jolie, me lance Afton de sa voix claire.

Une petite joie m'envahit. Elle est comme un chat qui a senti les ondes négatives de son maître se manifester et a couru se frotter contre lui pour que ça passe vite.

Elle me sourit, une mèche de ses cheveux or tombe sur son nez. J'avance mon bras et la range derrière son oreille. Et puis je remarque une rupture sur son petit lobe. Comme s'il avait été coupé au couteau et s'était refermé. C'est subtil mais en plissant les yeux, on distingue une cicatrice rose, aussi épaisse qu'un brin d'herbe.

Comme une griffure d'animal.

33

CHURCH

« J'ai violé Afton. »

Ce sont les mots que m'a bégayés *mon fils* ce soir-là.

Je dis *mon* fils mais à cet instant, il n'était plus mien. Aucune de ses cellules connectée à mes cellules. Son ADN désenrobé de mon empreinte. Pas un chromosome en commun.

Affirmer le contraire à voix haute m'aurait sectionné la langue.

Je revois encore sa faiblesse déformer les traits si féminins que sa mère lui avait légués. Cette maladie psychique, comme un masque de laideur. Chaque veine sur son front, longue et turgescente. Des veines qui sont nées cette nuit-là et mortes le lendemain. Je sens toujours l'odeur de l'écume aux coins de ses lèvres frémissantes. Une senteur morbide, comme celle que l'on renifle dans les hôpitaux et dont aucune douche ne débarrasse.

Je n'étais pourtant pas le père modèle, mal placé pour dénigrer le mal. Mais avec ces conneries, il dérogeait à ma philosophie.

On ne lave jamais que son emballage.

Sa peau, ses fesses, ses dents, sa bouche. Mais le reste, ce qui mériterait vraiment un récurage, n'est pas épousseté. Toute la vie durant, la salissure laissée par les pensées perverses, les actions immorales et les choix égoïstes, s'amasse. Toute la vie, on traîne cette saleté avec nous sous une peau propre et parfumée. Il n'y a qu'à la mort, qu'enfin elle s'évapore.

Mais moi la crasse, je savais la camoufler.

Mon fils, non.

Il se dédierait à ma destruction par tous les moyens. D'abord dépressif, puis bipolaire, psychotique, borderline schizophrène... Les médecins lui attribueront les deux tiers des maladies mentales listées dans le DSM-5. Et puis non content de m'imposer la paternité d'un aliéné, il se mettra à violer les gamines.

Blossom Hicks aussi, y était passée. J'ai tout de suite su que c'était lui. Tout comme Blankenship, qui faisait semblant de chercher un coupable. Non sans pertinacité. Nous n'en avons jamais parlé mais savions bien que chacun savait.

J'ai d'abord pensé que c'était mon influence. Mais les rares fois où il m'a surpris rudoyer sa mère, j'ai mis fin aux scènes aussitôt. Je lui ai ensuite expliqué à quel point j'avais mal agi et que dans aucun cas il ne fallait m'imiter. Pas une fois, je n'ai glorifié la violence devant Coy.

Alors lorsque je l'ai vu ramper de malheur, estourbi par le geste irréversible qu'il venait de commettre, il m'a fallu un temps pour décuver. Mon mal à ce moment était *pour moi*. Je n'avais jamais appris à avoir mal pour lui, malgré les innombrables occasions. La nature ne m'avait pas fourni en empathie paternelle.

J'ai tout de suite pensé au scandale, et à la fin instantanée de ma carrière. Évidemment, jamais Efren n'aurait pu passer l'éponge. Jamais il n'aurait compris que son acte était le fruit d'une maladie.

Lui à qui la vie avait offert le fils parfait.

Ce soir-là, je suis aussitôt sorti nettoyer la chiasse fumante que Coy avait déféquée sur mon avenir. Le ciel a été assez divinement bon pour faire en sorte que je sois le premier à découvrir le corps. Il était quatre heures pile du matin, lorsque je me suis accroupi aux côtés d'Afton dans cette ruelle. Elle avait l'air morte. Physiquement immobile ou psychologiquement paralysée ? Je l'ignorais. Coyote m'avait assuré l'avoir tuée, mais mon instinct flairait encore la vie. J'ai posé le dos de ma main sur son front, il était chaud. Et moite. Son cœur sautait encore. Durant une minute, j'ai pensé qu'il valait peut-être mieux qu'il cesse de rebondir. Mais le bandeau sur ses yeux était la garantie qu'elle n'avait rien vu. Elle paraissait droguée, incapable de se réveiller malgré mes mains qui la secouaient. J'avais au moins ça pour moi.

J'ai sorti mon portable de ma poche et appelé Blankenship. J'ai fait sonner trois fois pour qu'il se réveille, avant d'enchaîner avec un message. Il m'a répondu dans la minute. Puis il a pris sa bagnole et est venu se garer devant Pulaski Square, dans l'éclat de lumière d'un lampadaire. Nous avons discuté vingt minutes dans son Infinity grise, comme deux mafieux dans un film de gangster. Joseph n'aurait pas pu perdre le pot de miel qui lui graissait la patte. Et il savait que si mon fils plongeait, moi aussi j'aurais été hors jeu. Plus de politique, plus de trafic, plus de patte à graisser.

Il a d'abord suggéré le pire, mais cette option a rapidement été écartée. Et puis il a réfléchi plus longuement, a passé quelques appels, a allumé la radio du secteur pour savoir si ça bougeait dans le coin. Mais avant toute chose, il fallait laver Afton. La débarrasser de tout indice potentiel. Alors nous avons sorti une valise du coffre de Blankenship et sommes allés la chercher. Quarante kilos de gamine à plier dans une valise. Cette même gosse que j'avais tenue, mains sous ses fesses nues, alors qu'elle n'était qu'une affreuse boule de chair plissée sans dents. Celle qui avait il n'y a pas si longtemps, régurgité à profusion ses petits pots dans tous les canapés de mon salon. Celle qui me devait son prénom, Efren ayant déjà merdé avec celui de Dwayne. Quarante kilos, zip, dans cette valise noire. Quarante kilos, c'était le poids du mépris infini que j'avais pour Coy à cet instant. Je le sentais dans les muscles de mes bras en la soulevant. Pas pour avoir sauvagement percé l'hymen d'une enfant, de sa sale queue de malade mental. Pas pour ce presque inceste pédophile, Coy considérant Afton comme sa sœur de sang. Mais parce qu'il me déshonorait *moi*, Church Slaughter. Voilà que le grand maire de Savannah, futur gouverneur, se tenait accroupi dans une ruelle déserte en pleine nuit, à soulever le corps inanimé d'une enfant venant d'être violée. Quelle honteuse dégringolade ! Mon fils à moi, me faisait faire ça ? Non, ça n'était pas mon fils à moi. J'en gerbais, de savoir que ce minable dormait dans les draps de ma demeure. Il ne méritait pas mon vin dans ses veines. J'aurais voulu que ce soit lui, dans cette valise. Qu'on aille la balancer dans un marais infesté d'alligators, et qu'au matin il ne reste rien que quelques bribes d'os dans des déjections fumantes.

Après avoir nettoyé Afton sur la banquette, Joseph s'est tourné vers moi et m'a demandé de lui dire exactement ce que je savais. Coy avait été trop irrationnel pour que ses paroles aient le moindre sens. Il ne savait plus comment il en était venu à ça, où ils étaient avant, et cetera. Tout ce dont il était sûr, absolument sûr, c'est qu'elle n'avait rien vu. « Je n'oublie jamais un regard qui se pose sur moi » il m'a assuré.

Avant que le soleil se lève et qu'elle se réveille, Blankenship et moi avons transporté Afton dans une autre ruelle proche de chez elle. Un appel venait d'être passé par un habitant du quartier, signalant une tentative d'intrusion par deux Afro-Américains dans la maison de propriétaires absents. Il a ensuite été question de trouver un faux témoin pour passer un coup de fil anonyme les accusant, dès le lendemain. Blankenship avait une ribambelle d'indics improbes dans sa poche. Il n'a eu qu'à plonger la main dedans pour en sortir un.

L'enquête a été bouclée en un clin d'œil.

Ces deux Afro-Américains camés, paumés, fauchés, avaient fait le coup. Non seulement l'appel anonyme le certifiait, mais un deuxième témoin s'était manifesté quelques jours plus tard. Un autre tocard sous la houlette de Blankenship.

Les analyses toxicologiques d'Afton prouvaient qu'elle avait été droguée au Triazolam, un hypnotique utilisé comme calmant. Et ces deux-là étaient connus pour leur trafic de pilules pharmaceutiques et consommation éclectique de substances. Coup de bol infini, l'un d'eux avait déjà fait du mitard pour agression sexuelle. C'était comme si Dieu en personne avait soufflé son air magique sur ce carnage. Abracadabra ! Sorti d'affaire, baby !

Je ne me suis pas une seconde apitoyé sur ces deux types. L'inutilité humaine. La crasse chlinguante et venimeuse qui vicie les trottoirs de ma ville. Un air piqué à ceux qui le méritent chaque fois qu'ils inspirent. Et quand ils expirent, c'est pire.

Au fond, j'ai fait une faveur à Savannah, en l'allégeant de ce duo d'immondices. Certes, c'était mon chiard à moi qui avait fait le coup. Mais Coy n'était pas une vermine cradingue qui brisait les fenêtres des maisons des beaux quartiers pour aller piller les friqués. Pas un camé sidaïque qui vendait du crack et du hell dust à des saletés analphabètes encore plus minables que lui. Qui enfantait des putes droguées crachant de leurs chattes un clone de papa, souillant ainsi la ville à la chaîne. Pas un infinitésimal point s'ajoutant aux chiffres de l'équation démographique de la délinquance dans ce pays.

Eux, si.

Coyote est juste un malheur à deux bras deux jambes. Une maladie mentale sur pattes que la nature a été assez sadique pour garder en vie jusqu'ici. Ce n'était pas la taule, qu'il méritait. L'internement, sans doute. Une douce euthanasie en clinique privée. Bye-bye avec injection et bouquet de fleurs sur table de chevet.

Mais moi, j'étais solide et précieux.

C'est moi qu'il fallait sauver.

34

Nous sommes dimanche, je brunche chez les Ellsworth.

Assise en face de moi, autour de la table en quartz de la salle à manger du rez-de-chaussée, Afton me fixe. Je sais qu'elle ne regarde vraiment qu'à travers moi mais son regard concave de traumatisée dépressive m'importune. Lee Dale lui tapote l'épaule toutes les deux minutes, l'incitant à avaler ses cuillères de Mississippi mud pie.

Keith a préféré rester au lit et je n'ai pas insisté. Coy aussi. Pas besoin de me soucier d'une parole foireuse incriminante. Je lui ai de toute façon interdit de se trouver dans la même pièce qu'Afton. Quelle que soit la situation.

Défense absolue.

J'attends qu'il soit quatorze heures pour filer d'ici avec Dwayne. Nous avons prévu d'aller voir le match des Braves, demain, à Atlanta. Et il y a de la route à faire.

Son père ne se serait jamais bougé pour un match de baseball, et Dwayne a insisté pour que je prenne les tickets. Efren ne se serait pas bougé pour aller au bout de la rue. Depuis *ce soir-là*, s'il ne travaille pas, il ne quitte pas Afton plus d'une demi-journée. Tout est encore trop frais. Il sait que la psyché de sa gamine a été passée au mixeur. Vroum. Vroum. Et qu'il n'en reste que des bulles.

Je regarde sa tronche de séducteur ringard, qui avoue la mollesse du bonhomme rien qu'à sa manière de mâcher. Je sais qu'il souffre, mais ce côté toutou triste à qui on tape gentiment dans le flanc est son grand classique. Il n'a pas attendu le drame pour avoir l'air si dolent. Les autres voient généralement un Efren fringant, charmant, attirant. Moi je connais l'Efren du lycée et sais dans quelle pâte molle il a été coupé.

Lorsqu'il est enfin temps de sortir d'ici, Dwayne embrasse son père pour lui dire au revoir. Et j'ai la sensation de voir la scène au ralenti. Son cou s'allongeant, son visage impeccablement tracé s'avançant vers la joue d'Efren, ses yeux bruns dans mes yeux vairons. Pareil qu'une femme embrassant son mari les yeux dans ceux de son amant. « Bon week-end, papa » il dit sans me lâcher du regard ni battre un cil.

Au moment où nous passons le porche, enfin seuls, nos deux profils se rejoignent dans une osmose muette. Comme si nous savions chacun que durant ces deux jours, nous serions père et fils. Cet adultère parental étourdissant me hache le souffle.

Une fois posés dans ma BMW série 7 limousine, je sens mes veines ramollir. On aurait pu voler en première, mais l'avion c'est trop rapide. Je veux que la moiteur de sa peau parfume le cuir de mes sièges. Je veux la sniffer profond jusqu'au cortex.

Dwayne est extatique, ses grandes jambes musclées se cognant l'une à l'autre, sa respiration bruyante. Il n'a de cesse de se tourner vers moi, sourire large et lumineux comme une lune en croissant. C'est étrange comme ce sentiment organique, presque violent, me file des pulsions licencieuses. J'aurais envie de le serrer contre mon torse nu et lui dévorer la bouche. Aspirer l'intérieur de son corps, tout dans mon corps. Mais ce besoin charnel n'est pas sexuel. C'est précisément la chair, dont il est question. Besoin de m'approprier cet enfant physiquement, à défaut de pouvoir le posséder officiellement.

Au fur et à mesure que nous roulons, nos discussions prennent plus d'ampleur. Il me demande conseil, et écoute mes interminables réponses sans aucune objection. Je lui raconte encore mes souvenirs d'adolescence, les anecdotes sur mon père, mes techniques politiques. Et puis il me divertit avec ses blagues de redneck. Me fait m'esclaffer avec ses imitations de sportifs célèbres. Puis d'un coup, en plein sketch, il la boucle. Comme s'il venait tout juste de se rappeler quelque chose.

– Bah, alors ! Tu ne finis pas ton imitation ?

Il se met à rire, ses mains frottant son T-shirt blanc.

– Qu'est-ce qu'il y a ? je demande, moi aussi hilare, en me tournant vers lui.

– C'est juste que… Je ne peux plus attendre une seconde de plus.

– Attendre quoi ?

– J'ai une surprise pour toi, il me lance en élargissant encore plus son sourire.

– Une surprise ?

– Je suis trop excité ! Ça fait un moment déjà, que j'attends de te le montrer…

Il se tape dans les mains plusieurs fois, ses yeux saturés d'espièglerie.

– Qu'est-ce que c'est ?

– Tu pourrais t'arrêter, une seconde ? Je voulais attendre qu'on arrive à Atlanta mais je n'y arriverai pas.

Je freine aussitôt sur la route de campagne isolée. Le soleil aussi exalté que nous, cogne ses faisceaux contre le pare-brise. Dwayne ouvre sa portière et sort. Je l'imite, puis fais le tour pour le rejoindre. Grand et glorieux sous le ciel parfait infusé de rayons argentés, il est mon mirage. J'avance vers lui, con et heureux comme un gamin à un premier rendez-vous amoureux. Avant que j'arrive à son niveau, il recule de quelques pas et ôte son T-shirt. Son torse de lutteur, chaque muscle parfaitement défini, s'allonge sous ses étirements. Et puis il se retourne et me fait voir son dos. Un gigantesque tatouage dessus.

– Je voulais te le montrer avant mais il n'était pas encore terminé, il dit solennellement.

Je m'approche du dessin encré, captivé par ses détails. Un serpent à écailles contrastées est enroulé autour de la lettre « D ». Une grosse lettre gothique dont le tracé se mêle à celui des écailles bleu nuit et noires du serpent. L'étonnant réalisme du reptile rappelle celui du portail de mon entrée. Ses yeux aux pupilles filiformes vous regardent comme en trois dimensions, hors de la peau sur laquelle ils sont figés. On distingue chaque petit morceau de nuances différentes dans leurs iris, comme des miettes dorées collées entre elles. Et la pointe de ses crochets inachevée fait croire qu'il les a plantés dans la chair de Dwayne.

– Un serpent…

– Oui.

– C'est du joli travail !

– Tu ne comprends pas ? il demande avec emphase.

Je plisse les yeux et regarde plus fort.

– Que devrais-je comprendre ?

Il baisse la tête vers ses baskets sans rien répondre. Alors j'observe de toutes mes forces pendant une trentaine de secondes. Et finis par saisir.

Ce serpent enroulé autour de ce « D »…

C'est un « S ».

Celui de Slaughter.

Dwayne Slaughter.

– Oh… je lâche.

Il hoche la tête et bombe un peu plus le torse.

– Seuls toi et moi saurons, il dit dans un sourire enfantin.

Il n'est pas loin de vingt heures, lorsque nous arrivons au St. Regis. Ma notoriété ne s'étendant pas jusqu'à Atlanta, je jouis de pénétrer dans l'hôtel avec Dwayne. Chaque œil étranger ne peut prendre cet éphèbe aux épaules carrées que pour ma chair. Et j'ai la trique d'en avoir parfaitement conscience.

Durant le reste du trajet, il n'a pas cessé de parler. Ses matchs passés, ses matchs à venir, son entraînement. Non-stop, il m'a tout déballé sans avaler une virgule. Mais une fois dans l'ascenseur, Dwayne se tait. Et dans le couloir écru à moquette rouge nous menant à nos chambres, il se tait encore plus. Et après avoir déposé son sac à dos sur son lit et être venu frapper à ma porte, il se tait toujours. Je le fais asseoir à la table vernie du salon de ma suite et lui sers un verre d'eau. Je sais qu'il ne s'agit pas d'une simple fatigue. Sans être le mien, ce gosse est mon gosse. J'ai *pour lui* la fibre maternelle qu'aucun père n'a pour son rejeton. La fibre paternelle étant toujours moins puissante que ce machin féminin.

Il s'éponge le front avec le dos de sa main et vide son verre d'une traite.

– Qu'est-ce qu'il y a ? je demande.

– C'est juste que je cogite pas mal, ces derniers jours…

– À quel sujet ?

– Mon pè… il commence avant de se corriger. Efren a reçu une lettre.

– Je ne comprends pas.

– Une lettre venant de Coastal State Prison… L'année dernière. À l'époque je n'ai rien pensé de spécial, les criminels passent leur temps à s'innocenter. Je n'y avais plus repensé depuis… jusqu'à ce qu'une deuxième lettre arrive cette semaine.

– Quoi ? Qu'est-ce que c'est que cette histoire ?
– Je ne t'en ai pas parlé avant parce que j'étais persuadé que ce n'était rien. Vraiment rien du tout. Mais cette fois…
– Que dit-elle, cette lettre ?
– Le violeur d'Afton s'innocente de plus belle. Il affirme que le coupable était le jeune garçon bizarre qu'il avait vu traîner dans le coin… Un jeune maigrelet qui parlait tout seul. Dans la première lettre il demandait juste à Efren de vérifier les faits, mais cette fois il dit qu'il va faire appel et demander qu'on retrouve les caméras de surveillance de la rue s'il y en avait, et si ces vidéos existent encore. Que ce garçon, il est sûr de l'avoir déjà vu quelque part. Et qu'il pourrait le reconnaître… Il dit qu'il a passé des mois entiers sans dormir, à repenser à ce soir. Et qu'il ne veut plus porter le chapeau.
Mon corps s'est rigidifié.
– C'est un menteur, ce type. Hein ?
Ma main époussète mon ventre à outrance et mes sourcils s'encastrent dans mon front. Je reste silencieux plusieurs minutes, regard figé aux murs beiges.
– Fiston, il faut que tu me rendes un petit service…

35

EFREN

Je suis un faible.

Dès le commencement, la vie m'a paru une étendue d'impossibilités dont les eaux ne feraient que monter. J'avais pourtant été béni par la quintessence des combinaisons mathématiques de l'existence humaine. Éléments idéaux mis à disposition pour résultats optimaux. Aucun handicap, physique sans défaut, place acquise dans milieu bourgeois, intellect généreux, amour suffocant de parents affreusement encourageants. Pourtant, mon moteur de guerre ne se déclencherait pas.

Au mieux, il ronronnerait.

Gamin, c'est d'abord la peur des autres qui m'a fossilisé. Je me sentais cassable. À la moindre brimade, mes os se fissuraient. Le monde m'avait tout offert sauf l'élémentaire : les couilles.

Alors je m'appliquais à tout bien réaliser comme il fallait. À défaut d'être rock'n'roll, je serais un premier de la classe assez brillantissime pour évincer tous les autres premiers de la classe. Solitaire sans mon consentement, je m'amourachais de mes manuels de mathématiques et d'histoire. Cette vie tiède sans spectacle, aux piètres plaisirs platoniques, ne valait au fond pas un rond. Mais il fallait bien la vivre, puisque c'était moi qui étais dedans.

Et puis un jour, un garçon au charisme de dictateur a fait imploser ma sphère de raison.

Il n'en resterait pas une bribe.

Church Slaughter, déjà habitué à être starifié par tous les élèves du lycée, serait mon rock'n'roll. Moi je ne serais toujours que moi, mais son amitié serait comme écouter du métal à fond en fumant des pétards. Une rébellion ne nécessitant aucune rébellion. Seule sa présence à mes côtés me valorisait. Et même en gilets de laine boutonnés, je me sentais gominé, cintré dans un blouson de cuir clouté. Pas uniquement aux yeux des autres, mais surtout aux miens.

Ce type magistralement cool après qui tous les gamins couraient était *mon* copain.

Il m'ébouriffait les cheveux et me bousculait, mais c'est ainsi qu'il faisait pour communiquer. Un fauve incapable de se laisser caresser, qui ne manifeste son affection qu'en filant des coups de griffes. Church m'a dessoudé de mon trou prédécoupé et avec lui, je me suis enfin senti être. Toutes nos sorties étaient à garder au chaud dans un coffre mémoriel. Des souvenirs qui me bâtissaient en tant qu'homme. Parce que mon existence sans ces instants n'était qu'une succession de moments inutiles. Il m'a appris le rire ventral qui déforme les muscles. Je ne connaissais avant lui que le petit éclat de voix frileux venant de la gorge, qui ne résonne pas.

Church savait se frayer un chemin à travers la ville et malgré notre jeune âge, nous étions les bienvenus dans les clubs de cigares et restaurants courus où nous festoyions sans nos parents. Lorsqu'on était avec Church, il n'y avait plus de portes. Juste des entrées.

Dire que je l'admirais serait d'une pudeur inouïe. Il a fait gicler la vie hors de mes pores. Et le péché hors de ma queue. C'est bien parce que c'était *lui*, que mes caleçons rayés gonflaient. Pas parce qu'il était homme. Je n'étais pas un homosexuel à paillettes enfiévré par les attributs masculins. J'aimais la femme, ses formes, son parfum. Mais l'indicible déification que je lui vouais mettait le désordre dans mes hormones. Je voulais tant être lui que mon sexe confus s'en trouvait dressé. Il était le mâle, la bête, le buffle. Toutes les carences de ma masculinité.

Il est vrai que j'aurais aimé me cogner à son corps pour renverser un peu de sa magie sur moi. Mais jamais je n'aurais osé me trahir et avancer cils battants vers la figure sacrée de mon adolescence. S'il avait suspecté quoi que ce soit, je m'en serais sans doute pendu.

Lorsque Lee Dale est apparue dans nos vies, la familière mesquinerie de Church s'est accentuée. Et même si le masochiste discipliné que j'étais encaissait tout bouche fermée, les égratignures de certains de ses mots ont fait leur nid sous ma peau.

Il pensait me tourmenter, en bombant le buste à côté d'elle. En vantant leurs saletés à l'heure du déjeuner. Il était persuadé de mon amour pour elle. Il n'avait rien compris…

Lee Dale bien qu'objectivement irréprochable, n'a jamais été mon idéal. Elle n'a eu de l'intérêt pour moi qu'après en avoir eu pour lui. Une manière de rentrer dans le lit de Church sans y entrer. Prestidigitation de l'imagination.

Puis, pas assez enhardi pour m'inféoder à mes pulsions, j'ai fini par me convaincre d'y croire avec elle. Après tout, elle voulait bien de moi…

Le regard concupiscent de Church en sa présence me confortait dans mon choix. Le fait qu'elle lui fasse encore de l'effet me flattait. Et à chaque péché charnel, je me rappelais que cette femme il l'avait envahie de son être. J'y songeais. Longuement… Et me glissais à l'intérieur avec une satisfaction lunaire. Comme une petite victoire.

Les années m'ont ensuite offert la certitude que Lee Dale

serait la seule femme de ma vie. Après tout, si ce n'était pas Church, tout le monde serait pour moi un « par défaut ». Et puis avec elle, tout allait. Ce n'était pas si mal… puisqu'elle m'a donné Dwayne.

Ce gamin, je le jure, j'ai longtemps douté qu'il était de moi. Solide comme un mur de ciment, racé, athlétique. Une verve magistrale, pouvoir d'attraction phénoménal. Magie au bout du doigt, il n'aurait qu'à pointer pour avoir ce qu'il voudrait.

Un mini Church.

Alors bien sûr, j'ai cherché à savoir. Un cheveu de Dwayne et le test de paternité me l'a confirmé : c'était bien le mien. Mais à la lecture des résultats, je n'ai pas vidé mes deux poumons la larme à l'œil. Aucun soulagement. Au contraire. Un âpre désenchantement. J'aurais voulu qu'il soit *le sien*. Que Lee Dale et lui aient fauté en douce, et que le cadeau me revienne. De toute façon, de lui, Dwayne avait déjà tous les attributs. Toutes les cellules. Et quelque part je savais que c'était par moi qu'ils étaient passés. Je les avais fantasmés de mon corps à celui de Lee Dale. À chaque pénétration. Profond dans ses tréfonds, j'ai tout planté. Et par la force de l'esprit, j'ai enfin réussi à posséder un morceau de Church.

Et ce morceau serait mon fils.

Aujourd'hui pourtant, cet homme pour qui j'aurais rampé nu dans un brasier est le même que je m'échine à piéger. Parce que sa saleté de gamin a atomisé l'existence de ma si précieuse enfant.

Le matin où les flics ont trouvé Afton dévêtue dans une ruelle, je me suis réveillé très tôt. J'ignore s'il s'agissait de mon instinct paternel, mais ma gorge m'avait démangé toute la nuit. Je me suis levé plusieurs fois pour aller boire et tousser. Il y avait comme un épais bouquet de ronces poussant dans mon larynx. J'ai même enfoncé mes doigts derrière mes amygdales pour vérifier qu'aucune épine n'était coincée. J'en sentais une en particulier, me percer profondément la trachée. Je repense souvent à cette sensation.

Au début évidemment, j'ai cru à son scénario. Afton avait été victime de ces deux types aux lourds casiers, arrêtés sur le vif en plein cambriolage. Pourquoi en aurais-je douté ? La police me l'affirmait.

Les deux hommes avaient accepté le deal offert par le procureur – histoire d'éviter un procès qui risquait de les mener à une vie entière en cage – et commencé aussitôt à purger leurs peines de trente et quarante et un ans…

Et puis un jour, une lettre est arrivée. Une seule page froissée dans une enveloppe sale estampillée « Coastal State Prison ». L'un des deux condamnés me l'avait adressée. Dedans, il s'innocentait en précisant que cette nuit-là, il avait croisé un gamin maigre aux yeux clairs dont la description physique et le comportement correspondaient en tous points à Coy. « Il était ivre mort et torse nu, avait du sang sur la chemise déchirée qu'il traînait par terre et bégayait des trucs bizarres en chuchotant. » L'homme me demandait juste de vérifier les faits. Apparemment, la police refusait de l'écouter… Sur le coup, à l'évidence, je n'ai pas pensé à Coy. Sauf qu'un soir, alors que je passais chez Church pour discuter d'un dossier, il a dit quelque chose.

C'était un vendredi, dans le salon du rez-de-chaussée. Church était allé se faire un café, et Coy est descendu me saluer. Je l'avais croisé la veille en pleine forme, dents exhibées, enjoué et stable. Mais ce soir-là était un de ces soirs où Coy n'était plus Coy. On le devinait à son regard hagard raclé de toute humanité. Des yeux que la maladie avait pillés. Il n'y restait pas un éclat. Juste deux ronds noirs dans deux cercles bleus. Immobiles et secs.

Il a demandé lèvres tremblantes, comment allait Afton. Et puis dans un charabia chuchotant, m'a confié avoir rêvé d'elle la nuit précédente. « J'espère que son lobe ne s'est pas infecté » il a glissé entre deux paroles inintelligibles. Sans comprendre, j'ai hoché la tête. Et lui, est remonté dans sa chambre.

Ce n'est que la semaine suivante, lors d'un « bonne nuit papa », que j'ai remarqué la petite cicatrice sur le lobe gauche de ma fille. Coyote était censé ne plus l'avoir vue depuis quelques jours avant l'infamie.

Et cette cicatrice – avant j'en étais sûr – elle n'était pas là.

À cet instant, tout a fait sens. L'acharnement de Blankenship pour boucler ces deux types aussi vite que possible. La présence oppressante de Church à chaque étape de l'enquête. Un Church bien trop inquiet et impliqué pour être sincère. Et la description du gamin étrange dans cette lettre. Au fond, il n'y avait pas tant d'indices que ça. Mais l'intuition suffisait. Afton ne se rappelait plus comment elle était sortie de la maison cette nuit-là. Elle ne se rappelait rien. Et sa thérapeute nous avait déconseillé de la pousser à le faire.

Je n'avais vraiment que mon instinct.

J'ai tenu à rencontrer l'auteur de la lettre, qui après m'avoir honoré d'une nuée d'injures, a nié me l'avoir envoyée. Je me suis alors souvenu que Dwayne était là, lorsque je l'ai reçue. Il avait pu en parler à Church, et Blankenship aurait envoyé des surveillants pour secouer le taulard… Ou des flics pour secouer sa famille. Rien n'était impossible avec Church aux commandes.

Des semaines durant, je me suis demandé quoi faire. Par où passer. Tout ce dont j'étais convaincu c'est que Church ne laisserait jamais Coy payer. Pas possible. Parce que ce serait lui qui trinquerait. Si je le confrontais, il enflammerait le monde pour se sauver. Ma famille avec. J'imaginais même qu'il trouverait un moyen de me placer à la tête de notre trafic d'animaux et de me faire tomber aussi bas que la terre existe. Chaque nuit je cauchemardais sa contre-attaque dans des scénarios dignes des drames de la Bible. Au fond, ça faisait quarante ans qu'il me pétrifiait. Ma peur pour lui était la raison même de mon amour immodéré.

L'emprise, son plus bel artifice.

Mais à la fin de chacune de ces nuits baignées de sueur, à l'heure du petit déjeuner je croisais l'âme paumée d'Afton à la table de la salle à manger. Tête baissée vers son bol plein, cheveux mouillés de lait, lèvres qui ne s'ouvrent pas. Sa souffrance sans voix incrustée dans tous les pigments du bleu de ses yeux me fouettait plus fort encore que la crainte d'un coup de lame de Church dans mon dos. Et pour ma fille, la fureur est cette fois montée en moi. Une quarantaine d'années d'idolâtrie qui se sont achevées sur un réveil soudain…

C'était mon tour de l'écraser.

Certes, Coyote était malade. Mais pas fou. La préparation de son geste avait demandé réflexion. Il l'avait d'abord droguée, pour que presque instantanément elle s'évanouisse. Il avait forcément utilisé une protection, pour qu'aucune trace ne l'accuse. Et puis il avait prétendu que rien n'était arrivé.

L'œuvre d'un fou ?

Non.

Je n'en ai parlé à personne, pas même Lee Dale. J'ai cogité à faire frémir l'eau dans mon crâne. Inutile de penser à une justice classique, les armes n'étaient pas rangées de mon côté. J'avais besoin que Church et son fils passent à la caisse, mais ce ne serait pas celle de l'État. Jamais Blankenship ou ses hommes ne lui auraient tourné le dos. Si je voulais ma monnaie, je devais le faire payer autrement. Sa vie. Je voulais sa vie. Je savais que ce n'était pas lui, qui avait abîmé mon bébé. Mais son geste l'avait rendu aussi coupable que son souffreteux du cerveau.

Plus j'y songeais, plus la haine s'installait dans mon intérieur. Ma haine qui il fut un temps, n'était qu'un jardin sans aucune plante. Par sa faute, je l'ai tant abreuvée qu'elle a fait fleurir des champs entiers. Chaque fois que je croisais les yeux satisfaits de Church, ma végétation intérieure s'agitait. Elle devenait plus luxuriante. Plus flamboyante. Ce revers de main avec lequel il avait balayé cet infâme drame m'était insupportable. S'il m'avait tout avoué dès le début, rien n'aurait été ainsi.

Mais à présent c'était ainsi.

Alors j'ai pensé à détruire sa carrière, sans ruiner la mienne. J'ai fait courir de sales bruits sur lui, dans les couloirs de la mairie. Tout cela était si dérisoire que je me sentais souiller l'honneur d'Afton de ces microvengeances lycéennes.

Je voulais sa chute grandiose.

La faiblesse de Church m'était connue. La violence. Son irrépressible boulimie de violence.

Sa manière d'avaler les gens. De bien mastiquer jusqu'à complète destruction du sujet. Les femmes avaient l'honneur d'être ses proies préférées. J'ai cherché à en accrocher une au bout de mon hameçon. Pour des raisons évidentes, elle se devait d'être docile et isolée. J'étais prêt à sacrifier une inconnue, dix inconnues, cent inconnues. J'aurais tiré dans une foule de femmes, si ça m'avait garanti sa dégringolade. J'étais devenu lui, sublime produit machiavélique d'une trahison impardonnable. Mon maître m'avait formé des années durant à enfouir la morale au fond d'une poche. Aujourd'hui je m'appliquerais aux travaux pratiques.

Lorsque j'ai rencontré Keith, j'ignorais qu'elle avait une fille. Elle me l'avait cachée par peur sans doute d'être écartée du job que je lui promettais. Et une fois la machine en marche, c'était trop tard pour reculer. Je ne pensais qu'aux vidéos qu'elle allait récolter, aux traces de coups qu'elle allait photographier. Moi, immonde immondice. Certaines nuits je me surprenais même à fantasmer une agression que cette fois j'aurais pu prouver. Moi, inqualifiable et fétide ordure, j'attendais que Coyote saute sur Idaho.

Le calque de Church avait noirci en moi. Son empreinte profonde dans mon cuir. L'odeur de son sadisme amalgamée à ma sueur. Il tenait mes couilles, pulvérisées dans sa main. J'étais en guerre contre un homme qui continuait de me posséder à chaque souffle de ma haine…

Mais je garderais mon air sage de bras droit propret pour mieux l'abattre.

36

CHURCH

Le jour où j'ai suspecté que Keith avait découvert le hangar, j'ai dû revoir toute la logistique de mon zoo clandestin. Travail herculéen causé par une petite conne trop curieuse…

Je n'étais pas certain qu'elle savait mais comme je le dis souvent : Church Slaughter ne fornique pas avec le hasard.

J'ai immédiatement appelé Efren pour l'informer de la situation. Il n'a pas eu l'air de tomber de sa chaise. À croire qu'il la sous-estimait moins que moi…

En quelques jours, tout était réglé.

Bouger une telle faune en si peu de temps a été un merdier pas croyable. Mais ce fut un mal pour un bien. Les oiseaux avaient besoin de grand air, certains commençaient à perdre l'appétit.

J'ai déplacé la quasi-totalité des bestioles dans un autre entrepôt au nord de la ville, et fait aménager une volière autre part pour permettre aux piafs de mieux respirer.

Depuis quelques semaines, Dwayne me demande de l'emmener avec moi lorsque j'effectue mes visites de routine. Il veut faire partie de cette opération, avoir un rôle à jouer. Son père n'est pas au courant que je l'initie à ce monde, lui apprends les codes du business clandestin, le forme à tout un tas de magouilles. Mais je le fais parce que ce gamin, il ira loin. Il a ce qu'il faut en lui pour me surpasser. Un talent qu'il serait assassin de ne pas exploiter !

Aujourd'hui, j'ai décidé de lui donner une leçon un peu particulière… Quelque chose qu'il n'apprendra nulle part ailleurs.

Une hyène tachetée vient de mettre bas au fond de l'entrepôt. Dans son enclos en plexiglas tapissé de gazon, elle est effondrée. Sur le dos, mamelles gonflées mordues par ses deux petits démons, elle reprend ses esprits.

La hyène, seule espèce animale où la femelle mérite d'être respectée. Je ne devrais pas les aimer car elles sont la quintessence même du féminisme. Mais justement, c'est cette force rageuse que les bonnes femmes humaines n'auront jamais, cette violence, qui m'emballe. Les hyènes, reines du matriarcat, font marcher les mâles au pas. Ils suivent telles de vulgaires chiennes, castrés, et les femelles à l'organe phallique plus large encore que le leur, dominent. Des femmes avec des bites. Littéralement. Voilà ce qu'elles sont. Le morphing inexplicable de deux forces, qui en fait la plus redoutable des bestioles.

Il est dix-huit heures seize, la plupart des employés sont sortis prendre la deuxième pause de leur journée. Les lumières basses du hangar réglées comme un coucher de soleil s'étalent sur les parois de l'enclos et l'illuminent. Mis à part quelques hennissements de zèbres et un bruit de fond de pattes qui frottent le sol, les lieux sont extraordinairement calmes.

Miracle.

La jeune maman, éreintée par l'effort qu'elle vient de fournir, gueule grande ouverte, langue sortie, nous observe de ses gros yeux noirs, Dwayne et moi. L'instinct va bientôt s'emparer de ses petits, elle le sait. Un seul gagnera. J'attends cet instant depuis qu'ils ont point leurs têtes dans ce monde. Deux femelles vieilles de quelques heures, mais déjà il y en a une de trop. C'est dans leur ADN. Il ne pourra y avoir qu'une seule nouvelle reine. Une seule héritière. Et même si ces hyènes-là sont nées en captivité et qu'elles ne règneront jamais sur aucun territoire, l'instinct prédomine. Comme si elles étaient dans la savane, elles commencent à se jauger. La première a lâché la mamelle de sa mère pour aller cogner son museau contre celui de sa sœur.

– Qu'est-ce que tu voulais me montrer ? m'interroge Dwayne en se grattant le haut du crâne.

– Un spectacle que tu ne verras qu'une fois dans ta vie.

Le duel a commencé. Je pose ma main sur son épaule et le pousse plus près encore de l'enclos, afin qu'il n'en rate pas une miette. Les vitres qui encadrent ces trois vies sont assez briquées pour qu'on ait l'impression de se trouver les pieds dans la terre avec elles.

À peine 1,3 kilo, deux boules de chair aux poils bruns mouillés par la salive de leur mère. Elles tiendraient dans la main. Pas plus impressionnantes que deux gros hamsters. Celle qui a instigué le combat plante ses canines miniatures dans l'épaule de l'autre. Sans doute sans aucune idée de ce que son corps lui fait faire, elle fait.

Parce qu'elle est programmée ainsi.

Parce que la vie est ainsi.

Parce que c'est son chemin.

La deuxième boule mouillée tente de se débattre mais le décalage entre leurs forces crève les yeux. Maman hyène ne remue pas un cil. Elle somnole sous les gémissements suraigus de ces deux êtres luttant pour leur vie. On peut sentir l'odeur de l'instant. Une senteur moite de mort imminente.

– Elle va la tuer ? demande Dwayne.

Je ne réponds rien. Ses yeux se plissent, ses lèvres s'entrouvrent. Il est captivé.

Quelques minutes de heurt et la deuxième boule brune ne

bouge plus. Elle s'est laissée tomber sur le dos, pattes en l'air. Position de l'échec. L'autre retire ses minicrocs en tremblotant, puis court vers le ventre de sa mère. Elle se rue sur ses mamelles et en accroche une au fond de sa gorge pour se gaver.

Tout son lait lui revient, maintenant.

Elle aura la place qu'elle mérite.

J'attends quelques instants, puis ouvre la porte de l'enclos.

– Débarrasse-toi de ce petit corps faible. Tu voulais apprendre, il y a une benne à l'entrée du hangar.

37

IDAHO

J'observe ma mère s'enduire de crème dans l'immense salle de bains au plafond peint d'une fresque Renaissance, style Michel-Ange. À droite de l'évier en marbre or, une ridicule collection de sérums et d'huiles. Elle prend un peu dans chaque pot. Son visage démaquillé est ensoleillé par les ampoules chaudes du miroir Hollywood.

Et j'ai mal pour elle.

Penser que les crèmes antirides fonctionnent c'est penser que les antidépresseurs guérissent. Si on efface le problème, il ne reste plus rien à vendre. Rien ne soigne, rien ne soulage, rien n'arrange, rien ne calme, de manière permanente. Si l'on commercialise des teintures dites permanentes, c'est qu'on sait qu'un buisson de racines repoussera. Rien de ce que l'on nous vend n'est permanent. Il n'y a que le besoin qui reste permanent. Le besoin d'avoir besoin. Besoin de quelque chose pour sentir qu'on n'a plus besoin de rien pour être bien.

Mais maman pense que ses crèmes antirides la sauvent. La libèrent de cette vie de victime qu'elle s'est elle-même imposée. Je la sens déposer cette matière légère et onctueuse sur ses joues de quasi-quadragénaire comme s'il s'agissait de la promesse d'un futur glorieux. La vérité c'est qu'elle est fichue. Et qu'aucune crème n'y fera rien.

– Maman ? je lâche en la faisant sursauter.

Elle se retourne, les deux mains sur sa chemise de nuit en soie saumon. Ça faisait un moment que nous ne nous étions pas parlé, et soudain si près d'elle dans ces lumières, j'aperçois une autre femme. La cacophonie des lignes sur son front m'interpelle. Je ne l'avais jamais vue encombrée d'autant de traits.

– Maman, j'ai besoin de te parler. Church est là ?

– Non, il est parti il y a une heure.

Je regarde ma montre : vingt-trois heures douze.

– Parti où ?

– Je n'en sais rien, chérie. Qu'y a-t-il ?

Je ferme la porte à clef et traverse la pièce pour aller m'asseoir sur le rebord de la baignoire nacrée toute ronde. Le lustre montgolfière à pampilles fait briller le marbre sous mes Converse délacées.

– Que se passe-t-il, chérie ?

Elle s'avance vers moi, sa peau huilée par ses potions magiques. Et j'ignore si c'est son air inquiet – cette façon de m'enrober d'affection avec ses yeux comme si j'étais un poussin blessé – mais j'ai soudain mauvaise conscience de penser ce que je pense d'elle. La semaine dernière, je l'ai surprise à se faire bousculer par Church dans une pièce du troisième étage. Et je n'ai rien fait. Elle m'a vue la voir, puis m'a vue m'en aller mains dans les poches. L'abandonner à sa scène théâtrale. Damoiselle En Détresse consentant à se faire secouer par Vilain Monsieur. J'ai tourné les talons, blasée d'avoir une mère qui se laisse faire.

– C'est au sujet de Coyote.

– Oui ?

– Hum… Je crois qu'il y a un problème.

– C'est-à-dire ?

– Un type est venu le menacer, il y a quelques semaines.

– Quoi ? Quel type ?

– Un type d'une vingtaine d'années. Un grand roux un peu rustre.

Je vois qu'elle ne sait pas trop quoi tirer de cette information. Elle hésite un instant, puis fait zigzaguer ses yeux dans la pièce.

– Bon… Que s'est-il passé, exactement ?

– Il l'a menacé au sujet d'une fille. Je n'ai pas tous les éléments mais je sais que quelque chose cloche.

– Menacé au sujet d'une fille ?

– Le gars a affirmé que Coyote avait mal agi envers elle. Lors d'une fête…

– Pas étonnant, si ?

Elle esquisse un sourire en tapotant ses joues pour stimuler la circulation sanguine.

– Maman, tu n'écoutes pas ce que je te dis ! Je crois que rien de tout cela n'est vrai.

– Je ne comprends rien à ce que tu me racontes.

– Le père de Dwayne essaie de se venger de Church pour je ne sais quelle raison. Et il se sert de Dwayne, pour ça.

– Efren ?

– Oui. Il a forcé Dwayne à orchestrer cette histoire. Avec cette fille, ce grand roux…

Elle fronce ses sourcils arqués un peu trop épilés et soupire longuement, bras ballants.

– Je ne sais pas pourquoi. Dwayne refuse de cracher le morceau.

– Tu fréquentes Dwayne, toi, maintenant ?

– Maman, concentre-toi.

– Bon… Comment sais-tu qu'Efren est derrière tout ça ?

– Dwayne me l'a dit.

Elle hoche la tête en se mordant les lèvres. Comme si ce que je venais de lui dire résonnait avec quelque chose qu'elle savait déjà. Ses yeux se perdent dans les veines or du marbre. Elle a l'air de les suivre du regard, absorbée par ses pensées.

– Maman ?

Elle ne m'entend pas.

– Maman ?

Ses yeux se décollent du sol et elle relève la tête. Lentement. Puis elle avance de quelques pas et vient s'asseoir à mes côtés. Mais je sens qu'elle n'est plus là.

– Efren se sert de Dwayne pour piéger Coy… elle murmure dans sa barbe, sans vraiment s'adresser à moi. Et donc pour piéger Church… il se sert de Coy…

Je fronce à mon tour les sourcils. Cet intérêt pour le sujet me paraît démesuré.

– Qu'est-ce que tu as, maman ? je demande en allongeant mon cou vers elle.

Elle n'a pas terminé de réfléchir et ignore ma question. Chaque pensée semble macérer dans son crâne.

– Maman ?

Une porte claque quelque part dans la maison. Maman sursaute et revient à elle. Et puis elle me regarde, yeux écarquillés, une vilaine ride traîtresse fissurant sa peau pourtant botoxée, juste entre ses sourcils.

– Tu ne dois rien faire, Idaho. Tu m'entends ?

– Quoi ? Pourquoi ?

– Je ne veux pas que tu te mêles de ça.

– Mais…

– Sinon, ça va mal se passer !

– J'ai l'impression que tu sais quelque chose que j'ignore. J'ai tort ?

Une deuxième porte claque, des bruits de pas se rapprochent.

– Allons en bas !

– Hein ?

– Allez…

Elle se lève en m'agrippant le bras et va déverrouiller la porte.

– C'est peut-être Church qui est rentré, elle chuchote nerveusement. Rendez-vous à côté du bassin à la mosaïque, dans le jardin.

– Quoi ?

– Je veux finir cette conversation. En bas. Ne discute pas.

Elle s'échappe de la salle de bains et file vers sa chambre, le bas de sa chemise de nuit se gonflant dans sa course. Je soupire en levant les yeux au ciel et prends l'escalier. Un million de pensées à chaque marche descendue.

Arrivée au rez-de-chaussée scintillant de toutes ses lampes, je sors par la cuisine et tourne à gauche pour traverser le jardin.

La flore exotique qui me frôle sous ces chants de criquets énervés me paraît éteinte. Bien qu'éclairée par de hauts réverbères et autres jeux de lumière, je la vois sombre et inquiétante. Je sens comme l'autre soir, tout autant que je sens les trente-huit degrés ambiants, un désastre se dessiner. Mais plus près que jamais, cette fois. Juste derrière moi…

– Je suis là, lance la voix de maman.

Je me retourne et la regarde avancer, le visage grave. Elle a tiré ses cheveux dans une queue de cheval basse peu flatteuse. Elle ne néglige pas même sa coiffure pour dormir, d'habitude. Cette queue de cheval présage une discussion dramatique.

– Assieds-toi, Idaho.

Je pose mes fesses sur le rebord du bassin en pierre, dans lequel des poissons japonais agitent leurs nageoires. Sa mosaïque colorée illustrant les douze apôtres est mise en lumière par un spot bleuté. Maman s'assoit près de moi, son visage huilé caressé par ce bleu auquel se joint une pointe de doré venant des réverbères.

– Qu'est-ce qui se passe ? Pourquoi tu me fais peur comme ça ?

– Il faut que tu me promettes de ne rien faire, Idaho. J'ai besoin d'avoir la certitude et l'intime conviction que tu ne mettras pas ton nez plus loin dans cette histoire.

– Donc tu sais quelque chose…

– Qu'est-ce que je viens de dire ?

– Pourquoi tout le monde refuse de me parler ! Tu es de mèche avec Dwayne ou quoi ? Merde !

Elle lâche un soupir râleur en plaquant ses mains sur ses tempes. Puis elle tend le cou et tourne la tête d'un côté et de l'autre avec inquiétude, pour vérifier que personne ne nous surveille.

– Parle-moi ! j'insiste. Sinon je crie à nouveau.

– Non.

– Pourquoi ?

Maman retire ses mains de sa tête et m'envoie sa mine désolée.

– Parce que tu n'as pas besoin de savoir, citrouille. J'essaie juste de te protéger. Tu comprends ?

– Non. Je comprends que dalle ! Et tu es la dernière personne sur cette putain de planète, capable de me protéger ! Tu n'as pas été capable de le faire jusqu'ici. Pourquoi ce soir serait différent ?

Je ne sais pas ce qui m'a pris de lui balancer ça comme un plat froid. Tant d'années à fermenter mon aigreur sans jamais la lui faire goûter… Tous ces reproches en rafales, que je déglutis dès qu'ils me viennent… Voilà qu'ils décident de pointer leurs antennes hors de terre.

– Qu'est-ce que tu dis ?

– Rien. Oublie.
Je secoue la tête.
– Juste… S'il te plaît. Dis-moi.
Elle me fixe une dizaine de secondes, l'eau mouvante du bassin se réverbérant sur sa peau luisante. Un Alien en chemise de nuit.
– Très bien, elle dit avant de gonfler sa poitrine.
Je hoche la tête, l'encourageant à continuer. Mais sa langue ne fait que s'apprêter à bouger. Ses lèvres s'ouvrent puis se ferment. S'ouvrent puis se ferment.
– Maman…
– Je suis payée pour faire tomber Church.
Mes yeux sautent hors de leur orbite. Je laisse passer plusieurs secondes avant de totalement réaliser.
– Quoi ?
– Par Efren.
Triple fracture de la bouche bée.
– Quoi ?
– Je suis désolée, mon petit pois. Tout ça est un méli-mélo monstrueux…
– Qu'est-ce que c'est que cette connerie, encore ? Tu te fous de moi ?
Elle secoue la tête en la baissant, lèvres mordues.
– Comment c'est possible ? Je ne comprends pas. Efren ? Mais tu le connais à peine…
Je ne la regarde plus, pas possible, et attends yeux fixés au papayer, d'entendre une quelconque réponse de sa part.
– Explique-moi, bon sang !
– Nous nous sommes rencontrés l'année dernière…
Je me tourne vers elle pour la dévisager.
– L'année dernière ?
– Idaho…

– Non, ne me fais pas ces yeux-là. Ce regard doux pour m'apitoyer et m'empêcher de crier. Tu n'as pas le droit. Ça fait combien de temps qu'on vit dans le mensonge ?

– C'était pour une bonne cause, tout ça.

– Quoi ? Mais tout quoi, d'abord ?

Elle soupire en détachant ses cheveux, puis les ébouriffe. Moi je hausse mes sourcils jusqu'au-dessus de ma tête, cherchant quelle question poser parmi les cascades d'interrogations se déchargeant dans ma cervelle.

– Pourquoi Efren veut-il détruire Church ?

– Je te le jure. Je ne sais pas.

– Je te savais faible. Mais fourbe…

– Comment tu crois qu'on va payer Stanford, hein ? Personne n'accorderait de bourse à la belle-fille de l'homme le plus riche de Savannah !

– Vous n'êtes même pas mariés !

– C'est un détail. Tu ne sais pas de quoi il est capable…

Soudain, une nausée de mal de mer m'étourdit. L'impression de tanguer sur un voilier en plein cyclone. Je ne sais plus chez qui je suis, ce qu'on fait là, ce que tout ça fait de moi.

– Tu n'en as pas marre, de m'imposer tes situations chaotiques ? Tes pervers, tes violents, tes coups bas ? Je n'ai jamais râlé, maman… Jamais je ne t'ai embêtée avec tout ce qu'ils m'ont fait. Tu n'en as rien su. Je t'ai épargné une culpabilité qui t'aurait tuée. Mais cette fois…

Ses yeux se plissent pour faire rouler des perles d'eau sur ses joues. Une de chaque côté. Parfaitement symétriques. Coulant à la même vitesse, s'arrêtant net sur sa lèvre supérieure.

– Je ne veux plus rien savoir de tout ça, je dis d'un ton glacé en me levant.

Je reste debout à l'observer un instant, mon ombre la surplombant. Et puis je lui tourne le dos et m'en vais.

– Idaho !

J'accélère le pas. Puis accélère le pas.

– Idaho !

Son cri blessé résonne dans le jardin maléfique, tandis que je cours à toute allure pour m'en échapper.

38

Je cours à travers l'herbe et les fleurs rampantes au fin fond du jardin. Tout au bout. Vers la plantation de palmiers dattiers et de cactus géants imitant des mains ouvertes. Je sens des feuilles piquantes se coincer dans l'élastique de ma brassière au fur et à mesure que j'avance. Ce jardin est si vaste, que j'ai l'impression d'avoir couru une forêt entière.

Je reprends mon souffle en décélérant ma respiration. Maman ne m'a pas suivie. Pourtant j'entends encore mon prénom résonner dans l'atmosphère. Comme si elle continuait de le hurler sans interruption.

Les ampoules des lampadaires en bronze derrière moi n'éclairent plus grand-chose. Je suis trop loin pour ça. Seul un cordon de lumière se courbe sur les nuques nattées des palmiers. Alors je ne suis pas sûre de bien voir ce que je vois. Un corps pâle allongé sur son flanc, au pied d'un arbuste à grosses fleurs orange.

J'avance vers lui prudemment, le bruit de mes pas mangé par celui des criquets. La silhouette masculine se confirme. Deux jambes maigres pliées en deux et un torse décharné. Je plisse les yeux mais sa tête est tournée de l'autre côté. Impossible de distinguer un profil.

Le désarroi qui tempête en moi m'infuse en adrénaline. Et

m'empêche d'avoir peur d'avancer vers ce squelette contorsionné. Pourtant je suis loin et seule, cernée par des manteaux de feuilles dans un jardin cyclopéen où personne ne m'entendra crier.

Me voilà à trois pas de lui, le cœur comme une sauterelle hyperactive. Mes mains tremblent et font vibrer mes bras jusqu'aux épaules. Je me penche vers l'individu inanimé, baigné dans l'ombre de la lune ambre et rubis. Avant que je puisse m'accroupir, il se tourne vers moi. Un souffle aspiré de stupeur se coince dans ma gorge.

C'est Coy.

Son crâne est à moitié rasé. Mal rasé. Comme un ivrogne qui se serait raté. Des mèches grasses plus ou moins longues couchées sur du deux millimètres. À certains endroits c'est tellement rasé que la peau nue a saigné. Mode punk à chien. Ses bras sans viande sont tailladés, scarifiés façon mutilation adolescente. Et j'ignore d'où vient cette encre noire sur son torse nu… En y regardant avec plus d'insistance, je me rends compte qu'il s'agit d'une tentative de tatouage. Un énorme pentagramme grossièrement réalisé au feutre.

Il a l'air drogué. Ou en tout cas assez à l'ouest pour ne pas me reconnaître. Il cligne des yeux en louchant sur moi.

– Coy, tu vas bien ? je demande d'une minuscule voix.

Il explose de rire, ses dents laquées de sang foncé.

– Coy, tu es blessé ?

Son rire se mute en râle, puis en beuglement. Et finalement il consent à bouger. D'abord une jambe, puis l'autre, avant de s'accroupir tête contre terre. Il est en boule, son dos courbé exhibant une colonne vertébrale semblant s'extraire de sa chair. Je ne l'avais jamais vu aussi maladivement maigre.

Je soupire en me demandant quoi faire et comment. Et puis

je glisse ma main sous son menton, prenant le risque de me faire mordre. Dans son état, on ne sait jamais…

Je le redresse pour l'inciter à se lever.

– Qu'est-ce que tu fais ? il me crache d'une voix rauque en grimaçant.

– Il faut que tu te lèves, Coyote.

Le visage qu'il m'offre est celui d'un toxico de rue, candeur essorée jusqu'à plus de goutte. Il semble revenir d'une vie de combats, de morts, d'horreur. Sa douleur est si évidente qu'elle jaillit dans la lumière morne.

– Allez… je l'encourage en le soulevant autant que je peux.

Il se laisse faire, se mettant à marcher façon chevreuil à peine né. Un pas hésitant après l'autre. Et puis il s'arrête net.

– On va où ?

– Je vais te remonter jusqu'à ta chambre.

– Non !

– Non ?

– Je ne veux pas croiser mon père !

Ses ongles mal coupés se plantent dans ma chair. Assez fort pour que je puisse les sentir contre l'os de mon épaule. Mais moi aussi je vais mal, et cette douleur ne me gêne pas un poil.

– Ne m'emmène pas là-bas !

– Tu ne peux pas rester ici comme ça…

– Je t'en prie, Idaho !

J'ignorais qu'il avait bien conscience que c'était moi, qui le tenais debout comme une mamie.

– Ne m'emmène pas là-bas…

– D'accord.

Nous avançons laborieusement vers la lumière. Sans un mot. Juste le son des feuilles sous nos pieds.

Au bout d'une quinzaine de minutes, nous sommes au niveau de la grotte. Je cale Coy contre un figuier et me baisse pour soulever la pierre sous laquelle la clef est cachée. Il baragouine quelque chose en se laissant glisser le long du tronc, tandis que j'ouvre la porte.

– Viens, je lui chuchote en le tirant à l'intérieur.

Nous pénétrons dans l'antre des méduses magiques et Coy lâche mon bras. Il tâtonne un peu, puis prend de l'élan pour aller se jeter dans leur bassin. Un cri d'effroi se rue hors de ma gorge. Coy coule comme une baguette chinoise. Droit vers le fond. Et puis il remonte et se met à gesticuler à la surface. L'eau fluorescente fait des vagues et des bulles. Les chapeaux multicolores des méduses paraissent exploser dedans. Un chaos de lumière et d'eau. Le corps de Coy hurle son calvaire, giflant l'eau de ses bras, de sa tête. Se secouant comme un automate électrifié. Cinquante millions de couleurs illuminées se rapprochent de lui. L'eau mouvante fait un bruit d'enfer. Un son de soucoupes tombant du ciel, découpant les vagues. On entend comme des lames de boucher les trancher. Shlak ! Shlak ! Shlak ! Et les éclaboussures phosphorescentes du chahut me trempent entièrement.

Bon Dieu, mais quoi faire ? Il est trop loin pour que je puisse lui tendre la main !

Et puis soudain, Coy retourne en apnée et le temps de faire un pas vers lui, il est déjà là. Devant moi. À la surface. Ses mains agrippées au rebord du bassin. Je les attrape et le tire avec toute la force que je n'ai pas, jusqu'à ce qu'il se projette hors de l'eau.

Le voilà étalé en crêpe, dos au sol de pierres, une jambe encore à moitié dans le bassin. Je la retire et le pousse un peu plus loin. Son torse nu est attaqué par des plaques rouges. Rouge vif. Il y en a tant qu'il est difficile de dire si ce sont des plaques rouges sur une peau blanche ou le contraire. Des filaments rose clair se forment dedans. À chaque seconde, il y en a plus. Ils sont comme des araignées de soie gluantes veinant chaque plaque. Et ces marbrures s'étendent jusqu'à ses épaules et ses bras.

Coy a les yeux grands ouverts sur le plafond d'aiguilles, une tache rougeâtre sur le nez. Entre ses lèvres de fille, une bave fluide coule à n'en plus finir. Et puis il rit. D'abord timidement. Puis plus sauvagement. Et vient un fou rire lourd qui avale tout. Pareil que s'il venait d'apercevoir le truc le plus drôle du monde au plafond. Je lève les yeux vers le ciel de stalactites sur lequel se réfléchit la piscine de méduses. Des ronds allumés y tanguent, ainsi que des vagues roses et dorées. Mais je ne vois rien d'amusant là-dedans. Pourtant je cherche comme une idiote. Ébranlée par la violence de ses rires carnassiers.

– Il faut t'emmener à l'hôpital…

La puissance de sa voix résonnant dans l'espace moite écrase ma phrase. Je la répète un peu plus fort.

– Quoi ? il m'envoie sans cesser de se gondoler.

– Il faut t'emmener à l'hôpital…

– Mais tu es folle ?

– Tu es couvert de brûlures ! C'est peut-être très grave…

Il cesse soudain de se marrer, ferme les yeux, puis les rouvre et tape son crâne de punk contre la pierre. Je me précipite de l'autre côté de son corps pour attraper son cou et retenir la force destructrice qui l'habite. Ses mains m'agrippent mais je ne lâche pas.

– Coy, je lui murmure. Calme-toi.

Il serre la mâchoire. Un filet de sang clair s'échappe de sa narine gauche. Un autre plus noir, d'entre ses lèvres. Je sens qu'il se mord joues et langue aussi fort qu'il peut.

– Arrête ! je rugis en le giflant.

Son regard n'est plus dingue. Juste mourant.

– Je suis le pire… il bégaie en se roulant en boule sur mes genoux.

Je ne comprends pas mais le drape de mes bras. Et une pensée sourd dans ma tête à cet instant précis. Je me dis que malgré ses troubles psychiques, lui et moi ne sommes pas si différents. Deux enfants dont le parent principal a échoué. Deux loques qui luttent pour rester entiers. J'éponge à ma manière, lui à la sienne. Mais l'impact de balle est le même.

– Il faut que j'aille appeler les secours…

– Non, il mâchouille dans mon ventre nu comme un bébé. Je t'en prie, ne fais pas ça.

– Tu es couvert de brûlures !

– Elles sont venimeuses mais pas mortelles.

– Mais ça ne te fait pas mal ?

– Ça me brûle comme une putain de salope ! il dit en relevant la tête, ses yeux bleus dans les miens.

Je secoue mes cheveux en me mordant les lèvres.

– J'ai mal rien qu'à te regarder.

– Tu n'imagines pas la douleur, Idaho. L'enfer sous ma peau.

Toute cette souffrance me donne le tournis. Je suis persuadée que même s'il a mal, il n'a pas aussi mal qu'il devrait. Que l'adrénaline lui joue des tours.

– Qu'est-ce qui t'est arrivé ? C'est quoi cette coiffure, et ce pentagramme ?

– Je suis le pire, Idaho, il affirme à nouveau.

Je vois à ses dents grinçantes et ses poings serrés que les brûlures montent en puissance. Ses jambes sont prises de secousses. Mais il ne se plaint pas. Pas un son.

– J'ai bu deux bouteilles de vodka, et puis je suis allé acheter un rasoir électrique et me suis rasé la tête. Dans les toilettes d'une station-service…

Sa bouche continue de saigner mais il parle comme si de rien n'était. J'ai envic de l'essuyer. De faire quelque chose. De le serrer fort dans mes bras. Mais je crains qu'un geste maladroit déclenche une nouvelle crise.

Il se passe la main sur le visage et une trace de sang diagonale se forme de son menton jusqu'au front.

– Je vais te conduire moi-même à l'hôpital. D'accord ?

– Non… Je ne veux pas aller mieux… Je ne mérite pas qu'on me soigne.

– S'il te plaît.

Je déplie mes genoux, commence à me lever, et il m'attrape par un des passants à ceinture de mon short. Si fort qu'il l'arrache d'un coup.

– Attends ! Je dois te dire quelque chose, d'abord…

– Quoi ?

– Ne me demande pas pourquoi. Mais ne me laisse jamais m'approcher de toi.

– Quoi ?

– Je suis dangereux, Idaho…

Je fronce les sourcils. Sa face rayée de sang s'obscurcit. Ses yeux aussi. Et puis ses paupières se mettent à cligner anormalement.

Je me rue hors de la grotte pour aller appeler ma mère.

39

« Plus de peur que de mal. Il est fortement brûlé mais le pronostic vital n'a pas été engagé. C'est la douleur, qui lui a fait perdre connaissance. Avec la piqure de morphine qu'on lui a administrée, il devrait se remettre. Il faudra simplement s'appliquer à l'enduire de crème pendant plusieurs semaines » nous a assuré l'infirmière, après trois heures passées avachies sur les chaises métalliques du couloir des urgences à attendre.

Maintenant, il est trois heures quarante du matin. Nous sortons de l'hôpital tous les trois, Coy entre maman et moi, nos bras serrés autour de sa taille pour l'aider à avancer.

Maman, en robe seconde peau et talons dorés complètement hors sujet, n'a de cesse de me jeter des petits regards plaintifs pour tâter le terrain. Voir si je la pardonne au moins à moitié, de ses monstrueux mensonges et de cette pièce de théâtre dramatique dans laquelle elle m'impose d'avoir un rôle. Évidemment, Church n'a pas daigné se déplacer. « Il fait son intéressant ! » il a blagué, lorsque ma mère a couru le prévenir que Coy avait sauté dans le bassin.

Dehors, le ciel réglisse piqué d'étoiles paraît descendre plus bas que d'habitude. Et l'air lourd est comme une avalanche de sumotoris s'effondrant sur nos épaules.

Nous entrons dans la voiture, Coy sur la banquette, moi sur

le siège passager. Maman démarre sans un mot, la musique de sa radio se mettant instantanément en marche. Une mélodie dénuée de paroles, notes graves et inquiétantes, comme celle arrivant à la fin d'un film difficile qui se finit mal. Et j'ai le sentiment que ce morceau colle exactement à cet instant.

J'abaisse mon carreau et regarde défiler les rues ensommeillées, avec une soif de survivant sur une île déserte. Des heures, que je n'ai pas lapé une goutte. Ma gorge aride tiraille. Sans doute mon anxiété vampirique, qui a aspiré tous mes sucs. Je demande à maman si elle peut s'arrêter quelque part, et nous ralentissons bientôt sur le parking d'une sorte de vieux Walmart, dont la façade défraîchie mériterait un coup de peinture. Elle se gare on ne peut plus loin de l'entrée du magasin, et arrête le contact avant de se décharger d'un souffle au son de bourrasque. Je n'ose insister pour qu'elle aille stationner plus près, et descends de la voiture. Au moment où je claque la portière, celle de Coyote s'ouvre. « J'ai soif aussi… » il dit en descendant. Je regarde sa dégaine dingue, coiffure punk et nez rouge, sans chaussures, pantalon et chemisette d'hôpital bleu pâle en tissu fin comme des feuilles d'essuie-tout. Il referme sa portière et nous nous mettons à marcher. Les ficelles blanches de sa chemisette se délacent, révélant son dos blanc à la colonne vertébrale comme un bracelet de billes. Devant le magasin, quelques ados assis sur le toit d'une voiture grise s'amusent avec une boule lumineuse de fête. Un truc clignotant qui envoie ses ronds multicolores sur le béton, transformant le sol en une piste de danse disco. Leurs rires bruyants au bonheur rageur m'assourdissent. Ils retentissent par-dessus la pop sémillante venant d'une deuxième voiture, sur le toit de laquelle deux filles de mon âge se déhanchent en chantant faux. Ces gosses si pleins de vie, d'une joie impudente qui impressionne par sa violence, me font ralentir le pas. Ils forment un barrage d'allégresse adolescente contrastant avec Coy et moi. Et je suis mal à l'aise, de traverser ce sol clignotant… Parce que notre adolescence à nous n'a rien de multicolore. Et comme un diable pénétrant une église, je crains un court-circuit.

Une fois à l'intérieur du magasin, je me dirige directement vers le rayon des boissons. Il y a peu de monde et les couloirs sans clients sont aussi tristes que nous. « Put Your Head On My Shoulder » de Paul Anka berce le magasin hyper-éclairé de sa voix de jeune premier. Je chope une bouteille d'eau et pars à la recherche de Coy. Il ne m'a pas suivie, et n'a pas de quoi payer. Il doit m'attendre à côté d'une caisse avec une canette et un paquet de gâteaux… Je retourne à l'entrée devant les frigos aux canettes de soda, puis fais un tour dans les allées, puis vers les caisses, et reviens sur mes pas. Et puis je l'aperçois au loin, de dos, devant le stand de crèmes glacées au fond du magasin. Je le rejoins et me poste à ses côtés, d'un coup moi aussi très tentée par une boule de glace.

La grande brune en T-shirt mauve qui se tient derrière la vitrine réfrigérée n'a de cesse de regarder sa montre en soupirant.

– Tu as choisi ? je demande à Coy, tandis que je fais glisser mes yeux sur les différents parfums.

Il est encore bien shooté par les médocs, et ses yeux endormis se ferment à moitié. Il a l'air d'être aussi léger qu'une tige sur laquelle il suffirait de souffler pour qu'elle s'envole. Ou dans son cas, s'effondre.

– Hum… Pas encore.

Je me demande s'il regarde vraiment les parfums pour en choisir un, ou s'il est tellement défoncé qu'il regarde juste des bacs de machins colorés sans en avoir même conscience.

– Moi je vais prendre une boule myrtille barbe à papa, s'il vous plaît.

La trentenaire aux cheveux gras et à la peau grise hoche la tête. Elle attrape la grosse cuillère plongée dans un seau argenté, et soulève la vitre. Pendant qu'elle remplit mon cornet en écrabouillant ma boule violette dedans, je reprends enfin mon souffle. Je n'ai plus la force de penser, vu l'heure. Et le chahut dans ma cabèche semble se dissiper.

« Voilà… » m'envoie la mèche grasse en me tendant mon cornet. Je tends à mon tour le bras pour l'attraper, lorsqu'elle se met à grimacer. Ses yeux s'écarquillent puis ses doigts s'ouvrent. Mon cornet chute pour aller s'écraser sur le carrelage gris. Boule la première, cornet pointe en l'air. Juste entre mes pieds et ceux de Coy, qui ne remarque absolument rien. Je relève la tête vers l'employée et suis son regard. Elle fixe l'entrejambe de Coy. Une tache rouge s'étire dans le tissu bleu ciel de son pantalon comme dans un buvard. Inégalement, avec de fins traits écarlates tout autour, imitant les rayons d'un petit soleil sang. À chaque seconde, la tache grossit un peu plus. Et bientôt c'est une tache taille clémentine, qui rougit son entrejambe. Comme si on venait juste de lui trancher la queue. Coy n'a pas l'air de se rendre compte de quoi que ce soit. Il ne baisse pas même la tête vers son bassin.

Rien.

– Je vais prendre une boule caramel macchiato, il dit en se frottant les mains.

40

Cette chambre aux serpents m'obsède.

À mon étage, tout au bout du couloir, elle me fait de l'œil chaque jour.

Je sais que Church n'a aucune sympathie pour ces bestioles. Je l'ai surpris un matin – après que Anaica a nettoyé la pièce en laissant ouvert derrière elle – fermer la porte avec son pied sans regarder à l'intérieur. Et je me suis rappelé les paroles de Coy le jour de notre emménagement. Tout ici est une effervescence de pouvoir. Church se fiche bien des belles choses. Il les possède pour posséder les autres. Ces serpents sont une énième preuve de sa puissance. Rien de plus.

Mais pour moi, cette pièce est un monde.

Celui qui m'effraie et dont je m'échappe à perdre haleine. Ces queues luisantes qui n'existent que pour ramper sur des parois et siffler leur mépris. Ce venin qu'ils crachent comme des giclées de sperme.

Chaque nuit je pense à leur présence à quelques mètres de mon lit. Je les entends siffler même si c'est impossible. J'imagine leurs yeux sans paupières me fixer. Ces yeux incapables de se fermer.

Je refuse d'en avoir peur.

Il est deux heures et demie du matin, la maison est endormie.

Moi pas. Pieds nus, en short de pyjama et T-shirt, je pousse la haute porte noire de l'étage. La lumière jaillit et m'aveugle de ses rayons blancs. Je sens une angoisse givrée me traverser les plantes de pieds à la vue de ces centaines de vivariums allumés. Toutes ces boîtes en plexiglas rangées les unes au-dessus des autres comme des tours d'immeubles de ghetto. Je m'approche d'elles et pose ma main sur leurs parois tièdes un rien embuées. J'examine les créatures à l'intérieur. C'est étrange comme elles ont l'air inoffensives, comme ça. Sans bras sans jambes. Sans griffes. Juste des corps mous incapables de courir. Il suffirait d'un coup de pied bien placé pour les détruire. Pourquoi cette peur, lorsque cette chose au fond est si vulnérable ? Si incapable ? Elle joue les dures mais n'est jamais que du vent.

Un tuyau m'as-tu-vu.

Je fais le tour de la pièce et m'arrête devant le seul vivarium éteint. Serpent tricolore. Rouge, noir, jaune. Quatre-vingt-dix centimètres minimum. Il est enroulé en réglisse au centre de son enclos tapi de terre humide et d'herbes foncées. Je ne sais pas pourquoi celui-là me parle. Quelque chose en moi veut quelque chose chez lui. Une irrépressible envie de le toucher.

De me prouver que je peux.

Enfin.

J'avance mon bras vers le couvercle noir et le fais coulisser en reprenant mon souffle. L'odeur indescriptible des lieux me provoque une douleur frontale juste entre les yeux. Elle est si forte que j'ai l'impression d'avaler des écailles sales.

Je me mouille les lèvres et approche ma main de l'intérieur du vivarium. J'ignore si cette espèce est venimeuse ou même mortelle, mais je m'interdis de laisser ce reptile dominer mes émotions. Un truc dans mon ventre tape fort. Une pulsion qui me pousse à aller jusqu'au bout. Quitte à risquer la morsure.

J'en ai marre de haïr.

D'avoir peur.

De fuir.

Je fais entrer mes doigts. Je veux sentir la température de sa queue sur ma peau. Malgré les ampoules éteintes de son enclos, les innombrables lumières froides de la pièce suffisent à éclairer son corps lustré comme enduit d'un glaçage. On croirait un gros bonbon de gélatine. Quelque chose qu'on aurait presque envie de mettre dans sa bouche. Soudain, mon angoisse chute. Je pose ma main à plat sur ce corps enroulé immobile. À défaut d'être visqueuse, elle est étonnamment douce cette queue. Soyeuse au toucher. Et je suis calme. Rassurée… Puis, au moment même où je sens le frais de son sang me glacer la paume, un bruit à l'étage du dessus me fait sursauter. Je retire aussitôt ma main et me précipite vers la porte pour voir ce qu'il se passe. Un meuble est tombé par terre. Je crois. J'attends une dizaine de secondes en tendant l'oreille, mais plus rien.

Lorsque je retourne au vivarium pour le refermer, le serpent n'est plus dedans.

41
DWAYNE

Kandy Ferlensson a organisé une petite fête chez ses vieux. Ils se sont réfugiés dans la guest house au fond du jardin. Il n'est que vingt-deux heures quinze, mais déjà la moitié du lycée est là.

Dans ce salon pas énorme aux murs rose foncé et mobilier en bois – de gens de classe moyenne ou même un peu moins que ça – les pom-pom girls secouent leurs nibards sur du bon son. Le tube d'un nouveau rappeur, instru démente et refrain qui donne envie d'attraper tous les culs qui passent.

Je descends mon jeans noir plus bas sur mes fesses et ajuste mon débardeur blanc ample. La quasi-totalité des putes présentes ici ce soir ont eu la chance de me vider les couilles au moins une fois. Je les mate me faire de l'œil, blasé d'avoir déjà souillé leurs corps. Une fois qu'on a tâté le matériel, il perd tout intérêt. Il va pourtant bien falloir faire avec. Rien de bien neuf à croquer et j'ai une dalle d'enfer…

Kandy pianote sur son iPhone, adossée contre le vaisselier, juste devant le canapé dont le cuir déchiré a l'air d'avoir fait la guerre. Son mi-long noir ondulé la fait ressembler à cette actrice porno que j'aime bien : une pro de la levrette qui sait cambrer son dos comme personne. La lumière des deux grosses lampes à abat-jour orange posées sur la cheminée s'étale sur ses seins plutôt généreux. Dans ce petit haut sans bretelles et cette jupe qui cache à peine sa culotte, elle me donnerait presque envie de la posséder à nouveau. Presque.

Je dois de temps à autre me remémorer certaines scènes bien hard de vidéos, pour m'encourager à défoncer ces gamines de bonnes familles qui ne savent pas remuer correctement sur les queues. Elles pensent être douées mais il y a du boulot. Parfois elles feraient mieux de rester immobiles, parce qu'à gigoter n'importe comment on peut faire redescendre de belles érections !

Moi j'aime quand c'est sale, même tordu, et que les filles s'appliquent. Parfois je me paie une pro pour déconner. Pas le top du subversif, mais tant que c'est illégal et va contre la morale, ça stimule mon trio magique ! Emmett aussi, il aime bien ça les trucs dégueu. Mais Coy n'arriverait pas à la lever pour une gonzesse digne de ce nom. Ça lui fait peur, les chattes mûres. Les femmes plus vieilles que celles de notre âge. Et même celles de notre âge sont encore un peu trop femmes à son goût. Parce que ça regarde avec de vrais yeux d'adultes, et ça juge avec de vrais cerveaux complètement formés, et ça parle avec de véritables mots qui veulent vraiment dire quelque chose. Enfin, j'imagine… Je ne vois pas d'autres raisons qui expliqueraient qu'il soit si handicapé avec les filles de notre lycée !

« C'est le fils de Church Slaughter ! » hurle la seule fille que je crois ne pas connaître. Elle a le doigt pointé sur Coyote, qui vient de passer la porte d'entrée. Il se dirige droit vers moi. Et je regarde sa tête rasée qui avec son teint cireux et sa fulgurante émaciation le fait s'apparenter à une espèce de néonazi.

– Ça va, mon frère ? il m'envoie en tendant son poing pour un check.

– Bien.

Je passe ma main sur son crâne chauve et lui tapote l'omoplate.

– Tu nous as manqué, ces derniers jours. T'étais passé où ?

– Je suis resté à la maison. J'étais un peu malade…

– Content de te voir, en tout cas.

– Moi aussi, frérot. Mais je ne sais pas si je vais rester longtemps. J'ai avalé quelques pilules et elles commencent juste à faire leur effet. Je suis passé pour traîner un peu avec toi et Emmett, histoire de ne pas louper une nouvelle soirée dont vous n'allez faire que parler sur les réseaux. Il est là ?

– Pas encore arrivé.

– Dommage…

Je ricane. Je sais bien que Coy déteste Emmett. Qu'il n'est venu ici que parce que ça fait un bail qu'il ne s'était plus montré, et qu'il ne veut pas me laisser davantage seul avec Emmett. La jalousie du frère qui craint d'être remplacé crève les yeux. Parce que c'est ce qu'il est, mon frère. Personne ne pourrait affirmer le contraire. Et il tient à moi presque comme à une gonzesse. C'est mignon tout plein.

Après une vingtaine de minutes à descendre des shots en gelée, une gamine de huit ou neuf ans en robe à fleurs fait son entrée dans le salon. Au milieu de tous ces ados ivres et drogués qui se déhanchent, elle ne sait plus par où passer. Elle reste plantée quelques secondes au milieu de la piste avant de se mettre à courir vers la porte d'entrée. Hope déboule les escaliers et lui court après. Hope est une de mes innombrables conquêtes, qui continue d'espérer un second round de coups de queue sans parvenir à me convaincre. Brune pas trop mal gaulée, gueule bof-bof.

Curieux, Coyote et moi traversons à notre tour le salon pour aller voir ce qu'il se passe dehors, sous le porche. Cinq ou six personnes fument joints et clopes en discutant. Apparemment, la gamine est la petite sœur de Hope, qui a passé l'après-midi là et s'est endormie dans la chambre de Kandy avant que la fête commence. Sa mère a appris qu'il y avait une soirée ici, et a demandé à Hope de ramener sa sœur fissa à la maison. Mais Hope est trop bourrée pour conduire et jure qu'elle se plantera dans un tronc si on la force à prendre le volant.

– J'allais rentrer, de toute façon… Je peux la ramener si tu veux, lâche Coy en se grattant la nuque.

– Ce serait trop cool…

Je l'attrape par le biceps d'un geste franc et le tourne vers moi.

– Je ne crois pas, je dis d'une voix basse avec hargne.

– Quoi ?

– Tu penses vraiment être qualifié pour ramener une gamine de cet âge chez elle ?

Il écarquille les yeux en avalant sa salive. Sa pomme d'Adam s'enfonce dans sa gorge.

– Qu'est-ce que tu veux dire ?

– À ton avis ?

Tout le monde autour s'est arrêté de parler. Et chaque œil curieux scrute la scène avec intérêt. Le visage de puceau mignonnet de Coy a perdu ses couleurs. Encore plus blafard qu'il y a une seconde. Il est translucide.

Je me demande s'il se demande *exactement* ce que je veux dire par là…

J'ai envie qu'il se demande *exactement* ce que je veux dire par là.

Il serre les dents et tente de se donner de la contenance en allongeant sa nuque.

– Bah, je ne sais pas, il bégaie. Hum… Je ne comprends pas, frère.

– Non ?

– Mais tu as raison. Je ne devrais peut-être pas…

– Et pourquoi ça, Coy ?

– Heu… Je ne sais pas…

J'attends qu'il sorte quelque chose, mais rien n'a l'air d'être en chemin. Pas un mot sur le départ.

– Tu as gobé trop de pilules. Pas une bonne idée de conduire dans cet état, je lâche finalement en rigolant aux éclats.

Il hoche la tête en laissant échapper un souffle de soulagement.

– Qu'est-ce que tu croyais que j'allais dire ?

– Heu, bah… non, rien…

– Allez, je vais la ramener, je dis en lui envoyant un clin d'œil avant de prendre la petite par la main.

42

KEITH

Un bruit vient d'interrompre mon début de nuit.

J'ouvre un œil sur les murs sans fin de notre chambre.

La fresque sauvage exécutée à la peinture à l'huile – feuille d'or entre les nervures de chaque feuille verte – donne l'impression d'être immergée dans une jungle. Du plafond jusqu'au bas des murs, plantes émeraude à reflets irisés et fleurs tropicales paraissent bouger dans l'espace. Peut-être sont-ce les ampoules fumées du lustre orné de billes en quartz rose qui les font se mouvoir.

Mais à cet instant, c'est autre chose qui attire mon regard. Quelque chose qui crée une ombre sur le cabinet japonais ère Meiji aux pieds de dragon.

Church n'est pas étendu à mes côtés. Et la lumière basse du lustre ne me permet pas d'identifier cette masse, posée sur la couverture noire de notre lit. Je plisse les yeux en étirant le cou. Et en me concentrant dessus, deux yeux s'extirpent de l'obscurité. Deux boules noires, brillantes comme enduites d'huile. À mesure que mes pupilles se réhabituent aux ampoules, le corps se dessine. Un museau sablé plus ou moins cylindrique. Truffe noire et mouillée. Deux oreilles rondes pleines de fourrure claire. Je pense un instant qu'il s'agit d'Astaroth, le Maine coon de la maison, et me laisse retomber sur le dos. Et puis un rire démoniaque saccadé vient frigorifier mes vertèbres. Trois cents millions de décibels. Il est si aigu, si puissant, que ma tête se met à sonner. Je tends la main vers mon portable posé sur le guéridon et active la lampe torche. À cette seconde précise, ma vessie se vide intégralement sur les draps.

Une hyène.

C'est une hyène.

Une hyène tachetée. Canines jaunes apparentes, grosse langue pâteuse sortie. Sa crête de poils cuivrés est dressée sur son dos courbé. Et son abominable odeur de toilettes turques dont je n'avais pas conscience il y a encore une minute prend possession de mes narines.

Jambes nues arrosées d'urine chaude, je recule jusqu'à la tête de lit. Doucement. Sans gestes brusques. La hyène immobile continue de me toiser. Ses yeux sont si infiniment noirs qu'il est impossible d'y dénicher un indice sur ses intentions. Et voilà qu'elle se remet à rire, secouant mes cinquante-deux kilos tout entiers.

Je ne pense pas à appeler à l'aide. Un cri pourrait m'être fatal. Doigts tressaillants sur l'écran de mon portable, je compose le numéro d'Idaho. À peine arrivée au troisième chiffre, un rire humain vient se mêler au rire animal.

– Elle n'est pas là, dit la voix. Coy non plus.

Je lève la tête et aperçois Church, adossé à la porte ouverte de la chambre, dans le bain de lumière des lustres du couloir. Chemise blanche et jeans brut, il semble revenir d'un rendez-vous nocturne. L'air sadique cousu sur sa face ajoute à mon angoisse. Il se frotte le bas du ventre en hochant imperceptiblement la tête.

– Il n'y a que nous, il murmure en cessant de rire.

– Qu'est-ce que…

– Elle n'est pas magnifique, ma chérie ?

– Quoi ?

– Cette beauté-là, c'est ma préférée ! Regarde-moi cette mâchoire, il dit en s'approchant du lit. Elle te croquerait sans épargner un os. C'est la raison pour laquelle ses déjections sont blanches. La hyène avale tout.

L'animal termine son fou rire, puis retrousse sa truffe morveuse. Assez pour me faire voir l'intégralité de sa dentition tartrée.

– Qu'est-ce que tu fais, Church ?

– C'est amusant comme les téléphones racontent des histoires.

– Quoi ?

– Je t'ai sous-estimée, Keith. Faut dire que tu as joué ton rôle à merveille. Lee Strasberg ?

– Pardon ? je demande, une larme dégringolant de mon œil droit.

– Où as-tu appris à jouer la comédie comme ça ?

Les yeux vairons de Church me prennent à la gorge. J'ai l'impression de ne plus respirer.

Il vient s'asseoir au bout du matelas sans me quitter du regard et pose sa main sur le crâne de la créature puante. Puis il commence à la caresser. Lentement. Elle a l'air d'aimer ça.

– Lorsque je t'ai vue dans le hangar, j'ai tout de suite compris.

– Compris quoi ?

– Que c'était Efren, qui était derrière tout ça.

– Non…

– Parce qu'au début, j'ai naïvement pensé que tu en avais après mon pognon ! J'ai fait bobo à bébé, alors bébé veut un dédommagement. Quelques billets pour panser la peine qu'a causée le vilain Church. Une vengeance à plusieurs zéros… Mais je m'étais trompé de vengeance !

– Je ne comprends pas ce que tu dis…
– Tu comprends très bien.
– Non, je te le jure…
– Après le hangar, j'ai fait mettre ton téléphone sur écoute.
– Tu as fait ça ?

Ma voix sonne soudain comme celle d'une petite fille. Une toute petite fille épouvantée, égarée au milieu d'une immense forêt sombre.

– Mais rien. Pas un appel suspect. Alors je te l'ai emprunté lorsque tu prenais une douche et l'ai fait déverrouiller par un ami doué pour ces trucs-là. Il attendait sagement derrière la porte d'entrée. Tu utilises des messageries cryptées, toi ?
– Church…
– Qu'est-ce que ça bavardait sur cette application, dis donc !
– Church…
– J'aurais dû me douter du coup plus tôt ! La manière dont il m'a incité à me prendre une gonzesse, pour soi-disant attirer la sympathie des votants… Comme si j'en avais besoin !

La hyène commence à grogner. D'abord doucement, puis plus fort. Plus fort. On croirait qu'elle n'attend que la permission de Church pour venir me croquer. Convaincue qu'il s'apprête à la lâcher sur moi, je tente de mettre une jambe hors du lit. Puis la deuxième, posant talons et orteils sur le marbre noir avec une extrême délicatesse. Et puis à tâtons, guettant le moindre mouvement du charognard, je contourne le gigantesque lit en ébène.

– Tu sais que tu me fais rire, Keith ?

La bête se secoue bruyamment, ses babines dégoulinant d'une matière blanche poisseuse giflant ses joues, sa longue nuque sable et noir craquant. Et elle se repositionne face à moi.

J'arrive bientôt à la porte. Church me regarde avancer sans lever un sourcil, pareil qu'un fauve laissant avancer sa gazelle.

– Ce qui m'a surtout intéressé dans tous ces messages, ce sont tes questions, Keith. Toutes ces questions restées sans réponse. Jusqu'à encore hier soir, tu lui demandais pourquoi. Encore et toujours pourquoi, il faisait ça. N'est-ce pas ? Et pourtant malgré ces supplications d'informations, le bon vieil Efren ne lâchait pas un mot. Quel pas gentil ! Je me demande bien pourquoi il ne crache rien. Pas toi ?

– Je ne me demande rien.

– Eh bien moi je vais te le dire.

Mon pied droit est déjà dans le couloir. Je devrais courir à m'en briser la nuque dans l'escalier mais l'autre pied refuse tout mouvement. Trop longtemps, que je brûle de connaître la raison de cet abominable bourbier.

– Dis-moi, je lui envoie en me retournant.

Il ricane en balançant sa tête en arrière, façon gangster. Et puis il se mouille les lèvres et tapote affectueusement le flanc de la hyène.

– Mon fils a violé sa fille.

– Quoi ?

– Il ne faut pas lui en vouloir, à ce pauvre vieux… Il veut laver l'honneur de sa gosse. Après tout, j'aurais fait pareil !

– Co… Coyote ? A fait quoi ? je bégaie.

– Oh oui, il l'a fait. Et j'ai tout manigancé pour que jamais, au grand jamais baby, ça ne retombe sur moi. *Capisce ?*

– Où est ma fille ? je demande avec un empressement vital.

– Elle est partie tout à l'heure.

– Où ça ?

– Je ne sais pas. Peut-être se balader avec Coy ?

– Que vas-tu faire, Church ?

– Ma petite beauté a faim… Je vais la nourrir ! il s'esclaffe.

Dans une pulsion de survie, je me rue dans le couloir tamisé jusqu'à l'escalier. J'entends les pattes du charognard atterrir sur le sol malgré le bruit de mes pas. Alors je change de direction et sprinte dans ma nuisette jusqu'à la salle de bains. Je trébuche et m'éclate le front contre le lavabo en nacre.

J'ouvre les yeux sur la fresque religieuse du plafond, angelots illuminés d'ampoules rondes encastrées. Ses couleurs tourbillonnent au-dessus de moi. Les chérubins se décollent comme sous hallucinogène. C'est ma tête qui fait ça. Elle tape fort. Pareil qu'après un choc. Pourtant je ne sais plus ce que je fais allongée sur le marbre de la salle de bains. Ni ce qui m'y a menée.

Et puis si. Lentement, tout me revient.

Je me redresse dans un effort inouï, m'accrochant au lavabo. Et je m'aperçois dans le miroir. Dans cette œuvre Art nouveau moulée dans du bronze sur laquelle s'étirent symétriquement deux belles nymphes : La Laideur.

Du haut de mon front jusqu'à mon menton, deux ruisseaux de sang ont séché. De chaque côté de mon nez tel un guépard. Mon front bleu est bossu. Mes lèvres égratignées semblent soufflées au gonfleur électrique. Pourtant je ne peux retenir mes éclats de rire. J'ignore si quelque chose est cassé, irrémédiablement cassé, mais je suis dans un état second. Mes endorphines dansent la techno et je ne ressens rien d'autre qu'une fiévreuse euphorie.

– Ça faisait un bail, que tu roupillais par terre !

Church se tient derrière moi, bras croisés. Il serre sa mâchoire aussi fort que ses yeux rient. Et même si je ne devrais pas, je le trouve beau. Imposant et sculptural comme un taureau enragé. Toute cette hargne enfermée dans ce corps nerveux, serré dans cette chemise blanche. Tout mon malheur en lui. Mon enfer dans son ventre et sa poitrine. Je jouis presque.

C'est l'adrénaline, qui fait jaillir ces pensées insensées. Je secoue la tête pour les chasser et lui offre mon plus grand sourire.

– Je n'ai pas peur, Church.

– Non ?

– Regarde-moi. Tu m'as déjà rouée de mille coups. Et je ne parle pas de l'extérieur. Que pourrais-tu bien me faire de plus ?

– Oh mais je ne voudrais pas te frôler trop fort, mon bébé. Tu sais que je ne veux que ton bien…

Je le fixe, instable sur mes jambes.

– Qu'est-ce que tu comptes faire ? Me tirer dessus ? Et puis Efren ?

– Combien il te paie, pour ton cinéma ? Si tu avais été plus intelligente, tu m'aurais mis au parfum dès le début. Tu devrais savoir que je paie toujours plus gros que les autres.

– Je ne suis pas restée pour le fric.

– Et pourquoi donc, alors ? Pour ma belle gueule ?

– Tu sais exactement pourquoi.

– Ce que je sais pour sûr, c'est qu'Idaho a été acceptée à Stanford. Tu croyais que je l'ignorais ? Félicitation, baby ! La fille se démerdera mieux que la mère.

– C'est tout ce que je lui souhaite.

– Tu aurais pu partir aussitôt après cette nouvelle, Keith… Mais tu as choisi de rester auprès de moi, terrible monstre des ténèbres ! il rit. Non ?

À la fin de sa phrase, mon euphorie retombe à plat. Parce que je prends conscience que c'est vrai. J'aurais pu partir. Presto. Bagages. Porte qui claque. Ciao ! Et pourtant je me suis convaincue que j'étais bloquée et contrainte. Je suis restée au chaud dans ce cocon d'abus douillet comme une toxico reste avec ses piquouzes de poison. Pique. Pique. Pique. Oh oui. Pique-moi encore. C'est sans doute ce que mon subconscient a pensé. Cette violence merveilleusement familière où j'avais tous mes repères. J'y étais confortable, dans mon malheur adoré.

– Je m'en vais, je lâche solennellement.

– Tu crois ça ?

– Oui.

Je traverse le couloir. Lentement. En reniflant. Le parfum de Church s'est accroché à ma peau. Il m'habille de haut en bas comme une combinaison d'odeur. J'empeste son arrogance et son dédain. Sa senteur musquée si féminine. Ce parfum incohérent qui raconte des craques. Parce que s'il disait vrai, le parfum de Church serait celui des toilettes d'une boîte de nuit un dimanche matin. Il ne sentirait pas le musc. Il sentirait la merde.

Ma peau m'est soudain insupportable à porter et je voudrais la dézipper pour m'en extraire. M'enfuir de cette violence olfactive qui me rappelle à pleines narines ce que je suis.

Ce que je ne veux plus être.

Je ralentis sous les contractions de mon estomac et vomis quelques flaques de bile sur un tapis persan. Ça faisait des mois, que je retenais cette acidité dans le fond de ma gorge.

Et puis je me redresse, essuie mes lèvres, souffle un coup. Je retourne dans la chambre sans me demander si la hyène y est encore.

Church ne me suit pas.

J'en ressors en jeans T-shirt avec mon sac à main et dévale les escaliers.

Il ne me suit toujours pas.

Je sors, claque la porte, traverse le jardin avant et passe la grille.

Il ne m'a pas suivie.

Au moment où j'entre dans ma voiture, je me sens si idiote que j'en tomberais dans les vapes.

La porte était grande ouverte. Je n'avais qu'à la franchir pour me sauver.

43

Il est trois heures cinquante-deux du matin. Deux heures maintenant, que j'ai quitté le château de Church. Deux heures que je harcèle Idaho pour savoir où elle est. Quinze messages, je lui ai déjà laissés. Répondeur. À chaque fois.

Je continue de tourner autour d'East Hall Street, mes ongles cassés dans le cuir de mon volant. Comme une inarrêtable forcenée, je tourne.

Après le choc et le flottement, j'ai retrouvé mes esprits. Jusqu'à la dernière petite particule de conscience. Je rembobine la scène dans ma tête… Et réentendre Church m'avouer que son fils a violé Afton me gonfle d'une opaque bouffée de colère. Une bouffée à me faire éclater.

Efren savait ce que Church me ferait et était confiant que je courberais le dos en baissant la tête. Forcément, il m'avait trouvée au bon endroit. Les femmes comme moi savent se laisser faire, les bonnes chiennes. Mais ce n'est pas ce qui accélère le flux de mon sang. Ce qui me ruine, c'est qu'il ait laissé ma fille cohabiter avec un prédateur sexuel en bonne conscience. Qu'il m'ait assuré que tout cela n'était qu'une affaire de business, ses jolis yeux dans les miens. Et surtout… que je l'aie cru.

Ce salopard.

Presque une heure et demie que je tourne autour de son

quartier. Plus moyen de refréner mes pulsions. Je me gare en double file devant chez lui et bondis hors de ma voiture.

Pas un passant dans l'avenue. Pas un moteur qui tourne. Juste moi et mon poing. Je me tiens tête haute, rigide, sous son porche à colonnes blanches.

Je frappe.

Mon portable surchauffé dans ma main gauche, je continue d'appuyer sur le téléphone vert.

Appel Efren. Appel Efren. Appel Efren.

J'entends des pas pressés sur le marbre du vestibule. Et la haute porte en bois s'ouvre d'un coup, sur un Efren à peine réveillé, en robe de chambre et chaussons.

– Mais qu'est-ce que vous fichez là ? il me jette, les longs poils de ses sourcils noirs en pagaille.

– Oh, je suis navrée. Je vous ai réveillé ?

Il louche sur la bosse qui déforme mon front.

– Qu'est-ce qui est arrivé à votre visage ?

– Je suis tombée dans les escaliers. Ce n'est pas ça, la phrase lambda ?

– Quoi ?

– Si vous croyez que vous pouvez impunément mettre ma fille en péril… Vous vous trompez ! j'éructe à pleins poumons.

Il me regarde comme un caniche nain qui exhiberait ses canines. Surpris que la gentille dinde aux robes moulantes se rebelle enfin. Elle aboie, celle-là ? Il baisse les yeux sur mes tennis roses – celles d'Idaho – et un rictus d'étonnement lui tord les lèvres. Et puis il fronce à nouveau les sourcils, jette un œil derrière lui, bégaie quelques consonnes. Son haleine d'oreiller chaud parfum épinard grillé me ferait presque grimacer.

– Alors, quoi ? Vous ne dites rien ?

– Ça ne va pas bien, de débarquer chez moi à cette heure-ci ? Qu'est-ce que vous voulez ?

– Ce que je veux…

Je me retiens de libérer ma fureur, pétrifiée de ce qu'elle me ferait faire. Que Dieu me retienne de la laisser s'échapper…

– Vous avez gravement fauté, Efren. Envoyer une pauvre bonne femme chez un sadique, c'est une chose. Laisser sa fille chez un prédateur sexuel pour satisfaire sa vengeance…

Son visage est soudain l'illustration même de l'angoisse.

– Keith…

– Quoi ? je crie.

– Comment avez-vous appris ça ?

Je reste muette, mes dents serrées, regard en canon de fusil.

– C'est Church ? Il sait ?

– Pauvre minable…

– Est-ce que Church est au courant, pour nous ? il insiste en faisant sourdre deux veines enflées de son front.

– Qu'est-ce que ça change ? Vous êtes une saloperie de merde.

– Il fallait que je le fasse.

Ses paroles me giflent comme une main froide. Il soupire à nouveau en me montrant son meilleur faciès de vilain. Pareil que l'acteur d'un thriller qui se révèle tueur. Yeux plissés de haine, moitié de sourire mesquin. Lui, le good boy inoffensif, antithèse absolue de Church.

Mes mains tremblent dans le vide.

– Pardon ?

– Quelqu'un devait l'arrêter, Keith. Vous comprenez ?

– Pardon ?

– Mais vous avez raison, je n'aurais jamais dû. Pourtant le père que je suis ferait tout. Tout pour que cette ignominie ne reste pas impunie.

– Tout, c'est mettre ma fille en danger ?

– Oui… il murmure. Tout.

– Vous êtes fou !

Ma phrase sortie comme un hurlement l'a fait sursauter.

– Baissez d'un ton ! il gronde en se retournant aussitôt, pour jeter un autre coup d'œil derrière lui.

– Je ne suis pas vraiment d'humeur à chuchoter. Je hurlerais jusqu'à la lune, si je pouvais.

– Partez, maintenant.

– Vous voulez que je parte ? je pouffe, glotte à l'air.

– Partez, Keith.

– Je me demande bien ce que Lee Dale penserait de tout ça. Je sais qu'elle ne sait rien... Il faudrait sans doute l'en informer, vous ne croyez pas ?

Il s'avance vers moi, ses yeux noirs tel un cauchemar.

– N'essayez même pas.

« Papa ? » jette une voix adolescente venant de l'intérieur.

Dwayne arrive derrière son père, cheveux ébouriffés, large T-shirt échancré sur le dos. Ses yeux ensommeillés sont bouffis et il se frotte énergiquement le visage avec le dos de la main, aplatissant son nez comme une pâte à modeler.

– Keith ? il demande d'une voix ronfleuse. Qu'est-ce que vous faites là ?

La tronche d'Efren est nuance blanc panique. Blanc à disparaître dans un bol de lait. Il se tourne vers son fils.

– Dwayne, retourne te coucher s'il te plaît...

Dwayne regarde son père, me regarde, et reste là à ne rien dire.

– Dwayne !

– Quoi, vous ne voulez pas que votre fils sache quel genre de père il a ? Un père d'exception pareil, ce serait dommage de ne pas s'en vanter...

– Bouclez-la.

Le rejeton hausse ses sourcils en reculant d'un pas. L'impétuosité de son gentil papounet le prend de court.

– Papa ? Qu'est-ce qui se passe ?

– Oui, papa. Qu'est-ce qu'il se passe ?

Efren est acculé. Il hoche nerveusement la tête comme un petit vieux, soufflant son haleine douteuse dans l'air chaud.

– Ton père est un dangereux psychopathe.

– Je vous ai dit de la boucler.

Il tente de fermer sa porte mais je la pousse de toutes mes forces pour qu'elle reste ouverte. Dwayne toujours prostré, ne cligne pas un œil. Je crois qu'il ignore de quel côté se ranger.

– S'il est arrivé quoi que ce soit à ma fille, j'aurai votre peau ! je rugis à m'en égruger la gorge.

Il s'interpose soudain entre nous et bloque la porte avec son pied.

– Quoi ? Qu'est-ce qui se passe avec Idaho ?

J'ignore sa question et serre les poings, prête à me jeter sur son père. Et au moment où je m'avance pour le gifler de tout mon fiel, je me sens partir en arrière. Une main m'agrippe par mon T-shirt. Je suis contrainte de reculer, dos à un corps étranger. Je tente de me retourner mais la personne qui me tire est collée à mes fesses. Impossible d'apercevoir un visage. Elle me fait descendre les cinq marches du porche, sa main appuyée dans mon estomac. Et lorsque je me laisse tomber au sol, elle continue de me traîner dos à terre. Jusqu'à une voiture garée devant la propriété. Une voiture marquée « Police ». Je me débats avec virulence, ma respiration emmêlée de nœuds, de hoquets, d'insultes. Et clac ! La portière se referme. Moi derrière une grille sur la banquette. Avant que je puisse avaler ma salive, la voiture démarre et file vers le sud.

44

Une bonne demi-heure que ce flic en chemise blanche me conduit je ne sais où sans dire un mot. J'ai beau secouer la grille de mes deux mains, il ne se retourne pas. Je ne vois que ses cheveux blond foncé parfaitement peignés et laqués façon fifties. Il n'a pas l'air vieux, peut-être trente ans. Impassible malgré mes invectives, il ne daigne m'offrir une syllabe. Il est muet. Parfaitement muet.

Mon portable déchargé ne me sert à rien. Je briserais bien le carreau avec pour m'échapper. Au lieu de ça, je continue de secouer la grille en meuglant comme une taularde en cavale qu'on viendrait de capturer. Et puis dans un moment de lucidité, je regarde à la fenêtre. Dix minutes que je n'avais pas regardé à la fenêtre.

À peine mon premier œil tape le carreau, je reconnais la route. Ses rangées d'arbres gigantesques plantés dans une verdure touffue. Son large bras d'asphalte pailleté de taches blanches. Cette route, c'est celle qui mène chez Church. Et tout de suite, je pige le piège. Moi qui pensais avoir été arrêtée pour tapage par un bleu qui passait par là… Je n'en finis plus d'être stupide. À mon niveau, je rafle tous les prix.

La voiture tourne bientôt à droite et freine devant le portail à tête de cobra. Phares allumés, le flic se retourne pour me faire voir sa face. Entre les « X » de la grille, je découvre un minet dont l'air de crapule sans scrupule me calme d'un coup. Il me dévisage avec une sournoiserie à peine camouflée.

« Larbin ! » je lui jette en m'enfonçant dans mon siège. Il ne répond rien. Il fixe.

À ce stade, inutile de continuer à se rebeller. Je le sais, ce serait superflu. L'impression de courir sur un tapis roulant sans fin. Je me fatigue mais je ne vais nulle part. Ma main malade aggravée par le stress semble enfermer un cœur qui bat. Je la sens particulièrement contrariée, empêchant tout mouvement de doigts.

Je ferme les yeux.

J'attends.

Une main cogne le toit de la voiture et je les rouvre aussitôt. Ma portière grince, un bras se faufile à l'intérieur, une main se tend. Plus la force de rien, je l'attrape et la laisse me tirer hors du véhicule. Sans que quiconque ne gâche une voyelle, sans le moindre murmure, la voiture repart et le portail se referme derrière nous. J'avance à petits pas, suivant bien docilement Church jusqu'au jardin avant. Je suis une petite fille droguée, main dans la main de son ravisseur chéri.

Tout va bien.

Nous entrons, Church claque la porte d'entrée, me guide jusqu'au salon où il m'assoit sur le canapé Chesterfield vert. Je suis sa gentille poupée. Je me laisse manipuler. Et puis il s'accroupit à mes pieds, me retire mon jeans ainsi que mes baskets. Il se met à me masser. Des orteils aux chevilles. Des chevilles aux mollets. Des mollets aux cuisses. Il masse excellemment bien, avec un jeu de doigts professionnel. Sans huile ni crème, il réussit à détendre l'intégralité des muscles de mes jambes. Chaque nerf. Chaque tendon. Je les sens bientôt comme des jambes sans poids. Zéro kilogramme. Remplies d'air et de coton. Et je bascule la tête en arrière en même temps que des rafales de larmes dévalent mes joues.

« Idaho est dans sa chambre » il me murmure de sa voix la plus doucereuse. « Coy dans la sienne. » « Tout baigne, baby. »

Je hoche la tête en avalant ma salive, plus rien de solide en moi. « J'ai encore besoin de toi » il continue en faisant glisser ses grandes mains incandescentes vers mon entrejambe. Je hoche à nouveau la tête.

Je me hais de n'avoir plus l'énergie de haïr. Mais cette odeur florale sur sa peau, bien que faisant remonter mes pulsions nauséeuses, me réconforte. Cette même odeur trop dosée que j'ai dégurgitée à peine quelques heures plus tôt sur le tapis du premier étage.

Je suis brindezingue.

Noir, blanc.

Blanc, noir.

Impossible de cerner si mon corps se serre de dégoût ou de passion. Si je tremble de crever cet homme d'un coup de lame dans la jugulaire ou de l'épouser. C'est cette attention exagérée, qu'il me porte. C'est ça qui brouille mes canaux. Les sévices comme des couronnes de fleurs dont il m'orne la tête. Ses menaces comme des poèmes. Et la sensation d'avoir le meilleur morceau de sa hargne. Un morceau goûteux et juteux. Ô combien savoureux… Je suis sa victime mais quelle victime je suis !

Bon sang, je perds la boule.

– Maintenant que tu es au courant de tout, on va discuter de la marche à suivre, il me susurre, sa langue mouillée dans mon oreille.

– Non.

– Oh, si.

Mon manque de sommeil fait tourbillonner la matière dans

ma cervelle. Je suis molle du ciboulot. Syndrome de Stockholm incurable.

– Je ne sais plus.

– Tu ne sais plus quoi ?

– Qui je suis. Avec toi. Je ne sais plus.

– Tu n'es rien.

Il me grimpe dessus froc baissé et me pénètre à sec d'un seul coup vif.

– Et tu as appris à aimer ça, il dit entre deux va-et-vient.

En tournant la tête vers la porte vitrée donnant sur l'escalier, j'aperçois Idaho. Elle se tient sur la première marche, main sur la rampe, nous observant en silence. Je tente immédiatement de repousser Church, mais plus de muscles ni de voix. Comme une handicapée dans un corps légume, je me débats à l'intérieur sans qu'un seul de mes cils ne batte.

Je voudrais qu'elle disparaisse de cette marche. Elle n'en fait rien. Elle observe figée, comme au spectacle. J'arrive grâce aux lumières du lustre de l'entrée à distinguer son regard écœuré. Sur sa bouille candide, je lis l'infâme regret.

Celui d'être ma fille.

45

IDAHO

Je me tiens sur la première marche de l'escalier, figée devant ce spectacle immonde. Keith dans le rôle d'une larve taille humaine. Étalée, écartelée dans sa faiblesse comme une pieuvre, ses quatre membres ballants ouverts pour accueillir le corps de Church.

C'est loin d'être la première fois que je la surprends dans une pareille position, mais ce soir ce spectacle m'est particulièrement odieux.

Je serre les dents et remonte les escaliers.

Depuis ce matin, j'ai une migraine d'enfer. Tous les évènements de ces derniers jours ont contribué à me faire doublement regretter d'avoir franchi mes limites avec Dwayne. Le pauvre n'y est pour rien, mais je ne me sens plus moi. Je n'ai de cesse de repenser au visage zombifié d'Afton. À la manière dont il m'a fait me sentir. Moi aussi comme elle, zombifiée.

J'arrive au deuxième étage et file jusqu'à ma chambre avec le verre d'eau que m'a demandé Blythe. J'ouvre la porte et la trouve allongée sur le lit aux draps parme, oreillers tombés sur le tapis. Je pose le verre sur la petite table Art déco au plateau guilloché et vais m'asseoir sur le rebord du matelas. Et je regarde cette adolescente assoupie, cheveux cuivre bouclés comme des fils de combinés téléphoniques. Son minois serein, qui même dans le sommeil fait voir son ingénuité. Blythe est sans doute la personne la plus normale que je connaisse. Enfance basique, parents classiques à qui elle ne saurait reprocher un écart de conduite. Une manière de penser et d'analyser les choses, simple. Une vie feu vert, rien à signaler. Je jalouse la facilité avec laquelle elle trouve le sommeil, à peine son front frôle une taie d'oreiller. Sa cabèche, remplie de rien d'autre que des choses nécessaires. Pour elle, il y a passé, présent, futur. Juste à se soucier de ce qu'il adviendra. Et encore. De mon côté, ces temps diablement emmêlés forment une massive boule à trois têtes. Un monstre silencieux qui décide de tout à ma place. Ce que je suis et ce que je serai, toujours se rapportera à *ce que l'on m'a fait*. Je refuse pourtant le larmoiement. Pas moyen de devenir une de ces victimes dégueulasses qui ressassent. Je les hais, ces faiblardes qui viennent pleurnicher dans les talk-shows. Ces bécasses qui témoignent à visage découvert. Non mais t'as pas honte d'exhiber ta souillure ? Moi je vaux mieux que ça. Je suis digne ! Pourtant depuis peu, la pointe aiguisée de ma haine se réveille de son coma.

– Ça va ? demande Blythe d'une voix ensommeillée en ouvrant un œil.

Mon dos est courbé, ma tête entre mes cuisses.

– Idaho ?

– Ton verre d'eau est sur la table.

– Qu'est-ce que tu as ?

Je me passe les mains dans les cheveux et me lève, pour aller ouvrir la grande fenêtre donnant sur le jardin avant. Le ciel retardataire n'est pas encore sorti de ses draps sombres. Il est six heures douze du matin mais la lune blanche en croissant s'accroche. Je n'ai pas réussi à dormir une minute. Blythe et moi sommes allées manger des burgers en ville hier soir, et à notre retour elle s'est tout de suite écroulée. Je l'ai réveillée il y a une demi-heure, en remuant de tous mes membres sur le matelas.

Je sors la tête à l'extérieur et aspire l'odeur fraîche et fruitée de la pelouse, que le jardinier a hier saupoudrée d'engrais. Et puis je jette un œil aux deux Quercus virginiana. Jumeaux géants aux branches schizophrènes. Dingues et increvables. Solides malgré le temps, le cagnard, les tempêtes. Toujours debout comme Elton John. Et je me dis que je voudrais posséder leur force. Moi aussi avoir cette écorce que rien ne craquèle. Je laisse mes yeux se fondre dans le halo des boules aux ampoules blanches illuminant leurs têtes vertes. Ils ont l'air d'étranges anges coiffés en pétard. Des anges qui se sont trompés d'endroit. Ici, transformés en gardiens des Enfers.

– Ma mère est payée pour détruire Church, je dis soudain en me retournant vers Blythe.

Elle ne réagit d'abord pas. Puis elle se redresse sur le lit, fronçant fort ses sourcils.

– Qu'est-ce que tu as dit ?

– Ma mère… Elle se fait payer par le père de Dwayne pour faire tomber Church.

Blythe me fixe quelques instants sans cligner des yeux, une joue plus haute que l'autre, comme si elle avait mal entendu. Je devrais sans doute la boucler, lui dire que ma langue a fourché. Mais je ne dormirai pas tant que ça stagnera dans mon crâne. J'ai besoin que quelqu'un d'autre sache. Garder tout ça pour moi me donne trop d'importance.

– Qu'est-ce que tu as dit ? elle répète.

– Rien de tout cela n'est vrai. Leur couple, notre emménagement ici. Toute cette mascarade était préprogrammée.

– Tu plaisantes ?

– Keith est une sorte d'agent double. Double mythomane.

Sa bouille bouffie par le sommeil grimace. Puis Blythe

s'esclaffe volume maximum. Toutes dents à découvert. Elle rit si fort qu'on l'entendrait depuis le centre-ville. Je fronce à mon tour les sourcils en lui faisant signe de baisser d'un ton. Chut !

– Excuse-moi, elle bredouille entre deux éclats de voix.

– Je ne trouve pas la drôlerie là-dedans !

– Ta mère payée par Efren Ellsworth pour nuire au maire de la ville ? On est en plein polar !

– En plein cauchemar, tu veux dire…

Elle se calme puis se frotte le visage avec sa main tout entière, comme font les gamins. Je crois qu'elle pense toujours un peu à une plaisanterie, mais mon air grave la persuade rapidement que non. Je ne blague pas.

– Comment c'est possible ?

– La raison précise, je ne l'ai pas. Je sais juste qu'Efren est sérieusement remonté contre Church. Il a même mis Dwayne sur le coup.

– Comment tu sais tout ça ?

– Ma mère me l'a avoué l'autre jour.

– Efren connaissait ta mère avant qu'elle rencontre Church, alors ?

– Faut croire que oui.

– Bon sang… Quelle histoire… elle murmure en se levant.

Je traverse la pièce pour aller ouvrir le premier tiroir du cabinet Louis XIV en marqueterie, et en sortir un briquet ainsi qu'une fin de pétard que Dwayne m'avait donné. Je retourne devant la fenêtre ouverte et me l'allume, dos à Blythe.

– Qu'est-ce que tu fiches ?

– Ça ne se voit pas ? je dis d'un ton monocorde en recrachant la fumée.

– Tu fumes de l'herbe, maintenant…

Je ne réponds rien et continue de fixer ces deux arbres, attendant que mon joint fasse ralentir les battements de mon cœur.

Et puis mon portable se met à vibrer sur la table Art déco. Blythe va le chercher et regarde l'écran en soupirant.

– C'est encore Dwayne… Il est au courant que tu ne veux plus le voir ?

– Éteins mon téléphone.

– Quoi ?

– Éteins-le ! Je n'en peux plus de l'entendre sonner ! je m'emporte en tapant du pied sur le sol.

– Éteins-le toi-même, Idaho.

Elle enfonce ses mains dans les poches de son short pyjama et tourne la tête de l'autre côté de la chambre, pour bien me faire voir qu'elle boude.

– Je suis désolée. Mais j'ai l'impression que tu ne te rends pas compte de ce que je viens de te dire. C'est grave, tout ça…

– L'élection est dans quelques jours. J'imagine que c'est pour le faire perdre ?

– Non. C'est plus que ça. Je le sens…

J'écrase mon joint sur le rebord de la fenêtre et rejoins Blythe devant la porte de la chambre.

– J'ai besoin de savoir, tu comprends ?

– Pourquoi tu ne demandes pas à Dwayne ?

– Il ne sait rien. Ou s'il sait, il ne me dira rien.

– C'est peut-être mieux ainsi.

– Qu'est-ce qui est mieux ?

– Que tu ne saches rien. Tu n'as pas envie d'être mêlée à tout ça.

– Tu crois que je n'y suis pas déjà mêlée ?

– À mon avis, tu devrais te tirer d'ici avec ta mère avant que ça vous éclate à la figure.

Je soupire en faisant grincer mes dents et serre les poings.

– Je n'en peux plus de subir. De me taire. D'accepter. Tous

ces hommes… Eux qui décident, qui ordonnent, qui exigent ! Et ma mère qui acquiesce et avale. Moi qui paie derrière !

– De quoi tu parles ?

– Sans arrêt me voir imposer une nouvelle vie…

– Tu seras bientôt à Stanford et tout ça sera loin derrière.

– Tu ne comprends rien, toi ! Loin derrière ? je m'esclaffe. Rien ne sera jamais loin derrière moi.

Elle s'humidifie les lèvres et s'approche, son bras tendu vers ma joue. Je repousse sa main et colle mon front contre le sien. Si violemment que nos crânes se cognent.

– Tu ne sais pas ce que c'est, toi, de vivre ma vie.

Elle recule, dos à la porte, et je vois son regard se transformer. Elle me regarde comme elle ne m'a jamais regardée. Comme elle n'a sans doute jamais regardé personne, elle, la petite Blythe à l'enfance arc-en-ciel et papillons. Parce que la hargne qui enfume mon cerveau est en train de déborder. Et une fois libérée, elle ne rentrera plus nulle part.

– Je n'en peux plus de jouer à bisou-bisou avec toi comme si de rien n'était. La vérité c'est que je ne t'aime pas. Ou pas comme ça. Pas comme toi tu voudrais. La vérité c'est que je hais tous les autres. Tu comprends ?

Ses yeux se mouillent et soudain je m'en veux de la bousculer ainsi. Elle qui a toujours tenu à me supporter et m'épauler. Que j'ai aimée sans amour mais aimée pour mon bien. Qui a pansé mon cœur encrassé de sa naïveté. Elle avec qui même si je ne suis pas vraiment moi, je suis quand même mieux. Je cache mon visage entre mes mains en soupirant. Et puis ma colère me rattrape et je tape à nouveau mon talon contre le sol.

– Ne m'en veux pas, Blythe. Je ne suis d'humeur à rien, ces derniers temps. Tout ce que j'ai rangé en moi prend trop de place. Il fallait bien que ça fasse sauter le couvercle un jour… Et ce jour-là, c'est aujourd'hui. Pardonne-moi.

Elle secoue la tête en essuyant la larme molle qui met un temps fou à descendre sa grosse joue.

– Pourquoi tu ne me dis jamais rien ? elle sanglote. Je suis aussi là pour ça… Même si tu ne m'aimes pas, moi si. Et je voudrais comprendre.

– Ces choses-là ne se racontent pas. Au fond, tu ne sais rien de moi. Et c'est mieux ainsi.

Elle reste plantée devant la porte à pleurnicher, tirant sur son T-shirt à rayures. Mais je n'ai plus la place d'être triste pour quelqu'un d'autre.

– Tout ce qui m'intéresse, c'est de comprendre ce qu'il se passe. Je voudrais savoir ce qu'Efren a contre Church. Parce que si je le pouvais, je m'appliquerais de bon cœur à le faire dégringoler. Qu'il paie pour lui et pour tous les autres aussi ! j'envoie de toute ma voix.

– Les autres ? Quels autres ?

Je gonfle mes narines et la pousse sur le côté avant de tirer la porte vers moi. Je la tire avec une telle puissance, que la lourde poignée dorée forme vague se dévisse et tombe par terre dans un son assourdissant. La porte s'ouvre d'un coup sur le mètre quatre-vingts de Church. Là, devant moi. Torse bombé. Tête haute. Cou fort tiré jusqu'au menton. Comme une définition visuelle de l'outrecuidance masculine. Un fauve debout sur ses pattes, rempli à ras bord de toute-puissance.

Et d'un coup, je ne vois pas juste Church. Je vois Hoyt. Flinn. Mon père. La quintessence de tous les minables de ma vie. Tous les coupables. Et je voudrais ôter mon chausson pour l'écraser comme un moustique. Qu'il ne reste de lui qu'un infinitésimal morceau sanglant écrabouillé sous ma semelle.

Ses yeux vairons me sourient. Ses lèvres s'élargissent.

– Comment ça va, Idaho ?

Mon cœur tape assez fort pour qu'il l'entende. Mais je ne me démonte pas. Je lui rends son regard mauvais avec aplomb.

– Je vais très bien.

– Blythe ?

– Oui… elle dit d'une minuscule voix en approchant d'un pas.

– Il n'est pas bon d'être trop bavard par les temps qui courent.

– Pardon, Monsieur Slaughter ?

– Passez une bonne journée, il dit en me regardant intensément, sa main droite époussetant sa chemise.

46
COYOTE

Une pluie de papillons saphir jaillissent des nuages tous en même temps. Leurs ailes aux reflets holographiques scintillent. Un milliard d'étoiles endiamantées dansant autour de nous. Le bruit de ces ailes hyperactives, comme les applaudissements d'une foule déchaînée.

Idaho en robe blanche dos décolleté, étire sa nuque vers le ciel. Et de ses yeux germe une paix religieuse. Ils sont vidés de toute cette méfiance qu'ils portent d'habitude. Cette sévérité de femme plus âgée qui ombrage leur couleur claire. Je m'approche d'elle dans mon trois-pièces en velours et m'allume un cubain. La fumée va s'étaler dans l'horizon tiède. Un brouillard odorant et épais camouflant les arbres fruitiers du jardin. Idaho se retourne, son visage miroitant de mille expressions différentes.

– Je peux ? elle demande en tendant la main vers mon cigare.

– Tiens.

Elle le met en bouche, et je regarde le cylindre brun se faire prendre au piège entre ses lèvres. Il brille de sa salive à l'odeur caramélisée. Elle le fait rouler lentement, laissant à chaque tour des particules de papier marron sur sa lèvre supérieure. Puis sur l'inférieure. Il y en a bientôt tant que ça lui crée un rouge à lèvres brun. Mat. Et puis le cigare grossit et s'allonge. Elle le suce avec appétit, sa langue sortie s'allongeant elle aussi. Moi juste derrière elle… ébranlé par cette scène. Mon corps tremblant se remplit de frissons et mes mains se gorgent d'eau. Et j'en pose une à plat sur son dos froid. La sensation de sa peau sur la mienne paraît amplifiée. Je la sens granuleuse, en trois dimensions, chaque atome avivant mon toucher.

Et je me sens moi.

Libre.

Pas effrayé de m'autoriser un rapprochement avec le sexe opposé.

Confiant que le danger est loin.

Idaho lâche soudain le cigare et tombe à genoux à mes pieds, ses mèches d'or s'emmêlant symétriquement dans deux nattes. Par magie aussi, ma braguette se dézippe d'elle-même. Ma queue sort de sa cachette en coton et se déroule de plusieurs mètres sur le gazon fraîchement tondu. Idaho contemple cet organe interminable et soulève la jupe plissée de sa robe. Aucune culotte dessous. Elle écarte les cuisses et fait entrer le serpent en elle. À peine mon extrémité dans son intimité, une vague d'adrénaline me secoue. Plus que la pénétration encore, c'est son visage qui décuple mon plaisir. J'ose enfin me laisser aller à des sentiments qui m'avaient jusque-là été interdits. Papa n'est pas là pour voir si je les ressens alors je les ressens.

Aussi fort que je peux.

Je savais bien que je n'étais pas un pervers sexuel indigeste. Que ces horreurs n'étaient qu'un cauchemar. Et qu'au fond, ma tendresse n'avait besoin que d'un coup de main habile pour oser se réveiller.

Je la regarde m'honorer en m'émerveillant de cet instant…

Et puis d'un coup, Idaho se met à convulser.

Ma gigantesque queue gonfle à toute vitesse dans sa gorge, descendant comme une vipère le long de son œsophage. Ses yeux exorbités se rougissent d'un millier de vaisseaux éclatés. Je vois la peau de mon engin durcir et se muter en corps d'écailles luisantes. Le reptile n'en finit plus de descendre dans son corps. Il s'enfonce en ondulant comme un « S ». Et la respiration entravée d'Idaho siffle à m'en fissurer les tympans.

Je me réveille en sursaut.

En nage.

Je reprends mes esprits, encore à moitié terrorisé, yeux grands ouverts sur le plafond de ma chambre éteinte. Mes doigts agités font du piano sur mon matelas humide.

Et rapidement, je réalise qu'avant de dégénérer, ce rêve fut le plus délicieux qu'il m'ait jamais été donné de rêver.

Idaho.

Oh, Idaho…

Je crois que je suis amoureux.

47

DWAYNE

Keith vient de se faire embarquer par un flic de la manière la plus étrange qui soit. Il est quatre heures trente du matin. Et je regarde mon père biologique prostré devant la porte d'entrée. Teint blême. C'est ce qu'on appelle une tronche de trouillard.

Affirmer que je déteste cet homme ne serait pas exact. La nature m'a infusé de cet amour automatique qu'ont les gosses pour leurs géniteurs. Cet amour involontaire, machinal, qui s'impose presque informatiquement comme un algorithme. Je suis contraint de l'aimer, mes cellules ne me laissant pas le choix. Mais de l'aimer tout court. Juste ce qu'il faut. Pas plus. De l'aimer sagement, sans déborder. De l'apprécier, plus qu'autre chose…

Car au fond, je regrette que ce soit *lui* qui m'ait été attribué.

Dès mes premiers pas, j'ai sniffé qu'il ne serait pas au niveau. Il était doux et affectueux, mais comme un louveteau sait reconnaître sa mère dans une meute, j'ai reconnu mon père ailleurs. Efren avait la nonchalance d'un portier de palace dont le dos s'écroule devant les clients. Cette servitude polie. Cette manière de disparaître par obligeance, pour ne pas faire trop de bruit.

Moi j'étais fabriqué dans le quartz, rage animale dans l'os. J'avais l'énergie de la planète entière sous mon capot. Il n'y avait aucun doute, je faisais partie de ce noyau rare. Celui des monstres à canines saillantes de ce monde. Une mégalomanie assumée mais qui porte mal son nom. Parce que ce n'était pas de la surestime de moi, plutôt l'intelligence d'embrasser ma nature. Avec un physique en titane et un moral inoxydable, je serais de ceux qui mènent la danse. Au lycée déjà, je m'entraîne à manier les fils de ces pantins moutonniers. J'ai réussi à faire de mon établissement une monarchie où celui qui porte la couronne, c'est moi. Il n'y a qu'à voir les avalanches de suceuses qui m'adulent et me branlent à la chaîne. Les sportifs toutes catégories qui viennent prendre des notes devant mes entraînements acharnés. Qui applaudissent ma technique et la flopée de trophées à mon nom dans la vitrine du couloir.

À peine ma préadolescence atteinte, j'ai su que je voulais être champion. Pas juste un champion de lutte. Un champion tout court. Je visais une réussite de vie architecturale.

Et pour ça, j'avais le modèle parfait.

Church.

En lui, j'admirais l'indécence. Son rock'n'roll. Sa magie. Sa créativité. Sa manière de tout posséder. Je voulais son énergie électrifiante, capable de domestiquer une foule d'inconnus. Son aptitude à dominer les êtres d'un claquement de doigts comme un gourou indien. J'ai senti très tôt, que nous étions semblables. Que les ténèbres lumineuses qui l'enrageaient habitaient en moi aussi. Cette noirceur inexplicable, il me l'avait léguée. Pourquoi, comment, je ne savais pas. Ça aurait dû être Efren. Mais les miaulements de chaton dans les yeux de mon géniteur ne faisaient rien chauffer en moi. Ça a toujours été dans ceux de Church, que je me retrouvais…

Coyote comme Efren pour moi, n'était pas au niveau de son paternel. Je lui en voulais, d'être le seul héritier de *ce nom*. Slaughter sonnait quand même mieux avec Dwayne devant.

Durant toutes ces années, ça me faisait triper que Coy ne sache rien de la relation extraparentale que je partageais avec son père. C'était presque encore meilleur comme ça. En cachette. Mais ça ne m'empêchait pas d'avoir l'aigreur facile. Coyote et moi étions amis depuis toujours. Littéralement. Dans cette vie, nous étions arrivés ensemble ou presque. À un mois d'intervalle. Alors notre amitié avait été une évidence. Pas vraiment un choix. Pas comme si je l'avais croisé dans les couloirs du lycée, l'avais trouvé infiniment cool, et m'étais intéressé à lui. Pas comme si nous avions eu un million de trucs en commun et qu'il aurait été inconcevable que l'on ne se fréquente pas. Non, pas comme ça. Nous étions inséparables par défaut. Par obligation. Parce que nos parents en avaient consciemment ou pas, décidé ainsi. Nous avions sucé les mêmes tétines, mangé dans les mêmes bols, sa mère et la mienne nous bordant parfois dans les mêmes lits. Au fond nous étions ce que deux frères de sang sont. Deux individus contraints d'être liés, indépendamment de leur volonté. Mais bien sûr, qu'on s'amusait bien… On passait des soirées entières à faire les zouaves, compétitions de conneries et compagnie. Pourtant en parallèle de tout ça, je restais amer. Un goût âcre en permanence sur ma langue. Parce que même si je traînais avec lui de bon cœur, en réalité je le détestais.

Sans moi, il n'aurait rien été de plus qu'un maigrelet gentillet longeant les couloirs du lycée. Un ado comme les autres, dont personne n'aurait jamais connu le prénom. Son nom on le connaissait déjà tous, mais il n'avait rien fait pour ça.

Il n'était rien.

Pourtant à mes côtés, il devenait quelque chose. Quelqu'un. Un mec important. Pote de Dwayne Ellsworth, ce n'est pas négligeable ! Si moi je lui concédais mon amitié, tous les autres suivraient. Et ils l'ont fait. J'étais son coup de tampon sacré !

J'avais tant de raisons de le mépriser… Mais ce n'était pas sa manière de me coller au cul en ronronnant qui m'exaspérait. Pas sa façon d'être le parfait petit larbin du roi. Ni son manque d'ambition. Ni la faiblesse de ses muscles en sport. Ni ses lacunes abyssales en matière féminine. Pauvre larve pusillanime !

Ce que j'abhorrais, c'était bien plus que ça.

Quelque chose qui ne se corrige pas.

Quelque chose qui ne s'améliorerait pas.

Jamais.

Je lui en voulais d'exister.

À chaque Noël, chaque Thanksgiving, chaque Nouvel An, lorsque la fête aurait dû être parfaite, moi je serrais les dents de ne pouvoir la savourer tout entière. Parce que je devais dire « Bonne fête » au mauvais père. Et que plus le temps allait, plus ce que l'on partageait avec Church n'était plus assez. Je voulais le titre complet. Les escapades secrètes où nous pouvions être ensemble, juste ensemble, commençaient à me barber ou presque. Au début c'est vrai qu'elles m'excitaient… mais j'en avais fini d'être *le deuxième.* Celui qui passe après. Celui qu'on cache.

Church était mon père et je voulais que tout le monde le sache !

Pauvre petit Coyote… Il n'est vraiment responsable de rien. Haï sans avoir mérité d'être haï. Au fond ce n'est pas lui, qui m'a volé le costume princier.

C'est la vie.

Alors à cet instant, voir Efren se chiffonner d'angoisse devant cette porte ne me fait aucun effet. Pourtant je suis curieux de savoir de quoi il s'agit. Peut-être Idaho a-t-elle craché le morceau à sa mère, sa mère à Church, puis à Efren. Le morceau qui dit que mon père biologique me force à malmener Coy pour avoir quelque chose contre Church. Mais il leur manque un morceau de l'histoire… La vérité c'est que Church sait depuis un moment, que mon biologique a des doutes sur lui. Des doutes, c'est peu dire… Les lettres venant de Coastal State qu'il a reçues y sont pour beaucoup. Ces lettres qui accusent un gamin d'être potentiellement à l'origine de ce qui est arrivé à ma sœur. Ces lettres, Church m'a demandé de les lui montrer. Et j'ai obtempéré. Photos d'iPhone, envoi immédiat. Depuis, je sais qu'il se concocte quelque chose de sérieux dans notre dos à tous, d'un côté comme de l'autre. Chacun pense préparer sa petite guérilla dans son coin, mais le seul qui relie tout le monde, qui a les pions, qui domine le jeu : c'est moi.

Parce que je suis le seul qui sait tout.

Le jour où j'ai envoyé ces photos à Church, il a mis cartes sur table. Faut dire qu'il m'avait demandé de les lui envoyer sans qu'Efren ne s'en rende compte. Sans même me dire pourquoi. J'étais loyal et dévoué mais pas demeuré ! À l'instant où j'ai fait partir ces photos sur Telegram, je suis monté dans ma caisse et ai filé chez lui pour qu'il m'explique. Il me devait au moins ça.

« Assieds-toi » il m'a lancé, à peine mon pied a tapé le sol de l'entrée. Il n'y avait que nous dans la maison. C'était un après-midi de semaine, Coy était chez son psy. Je me suis installé dans le Chesterfield vert du salon, et mon père organique s'est avancé vers moi pour me lâcher la bombe du siècle. « C'est Coyote, qui a violé Afton. » « Et c'est moi qui me suis chargé de tout nettoyer. » À l'entente de ces mots, je n'ai pas retenu mes muscles. Comme une bête féroce, d'un coup je me suis levé pour retourner la table basse en bronze d'un mouvement de bras. Dans un rugissement à faire péter toutes les ampoules du salon. Sans me voir, je savais que ma face était plus rubiconde qu'un milkshake de planète Mars. Que mes narines étaient assez gonflées pour y faire entrer des boules de billard. Il a fallu que Church m'attrape par la nuque comme il l'aurait fait à un cheval fou, et m'empêche de briser les os de mes poings dans les murs du salon. Il m'a secoué plusieurs fois puis m'a traîné jusqu'au canapé où il m'a fait rasseoir. De force. Et puis il a soupiré assez longuement pour qu'une minute entière passe. Puis deux. Puis trois. Et il s'est tourné vers moi. « Tu sais que ce garçon ne sera jamais toi. Tu sais que jamais je ne le considérerai comme toi. Mais aujourd'hui, j'ai besoin que ce soit toi qui fasses un effort. » J'ai serré mes dents jusqu'à en briser une tout au fond, et me suis mis à cracher du rouge. Et puis après une vingtaine de minutes, ma fureur est retombée. Church m'a fait comprendre que cette histoire risquait de faire de sa carrière un cadavre. De son empire un caveau. Et que maintenant que le mal était fait, il n'y avait plus rien d'autre à faire qu'à limiter les frais.

J'ai regardé *l'homme de ma vie* comme une figure biblique. Sa parole était la sainte parole. Ses ordres, ma marche à suivre. Jamais, je ne serais allé contre sa volonté. Je voulais la peau de Coyote. Avec la chair. Avec l'os… Mais pas si celle de Church devait être arrachée en même temps. Sans lui à mes côtés, c'est tout mon univers qui ne voudrait plus rien dire. Et puis il avait besoin de moi. Que je reste à guetter les manœuvres de mon paternel officiel.

J'ai avalé ma salive comme une soupe de cailloux. Et j'ai acquiescé.

Mais j'ai omis de lui dire que mon biologique m'avait déjà pris en otage afin que son plan à lui fonctionne. J'étais écartelé. Pas entre deux hommes, mais entre moi. Protéger mon Maître ou céder à l'irrépressible besoin d'anéantir son fils. Le but d'Efren était de faire avouer Coy sur papier. Que grâce à ce guet-apens dans la chambre de mes parents lors de cette fête avec cette pétasse en nuisette, il soit forcé de se trahir. Qu'il affirme de sa main qu'il est un maniaque sexuel en puissance. J'avoue que moi aussi je voulais qu'il avoue. Je me disais que Church l'enverrait loin. Dans un centre pour barjos où personne ne saurait qui il est. Peut-être en Antarctique.

Efren n'a pas précisé pourquoi il voulait que je fasse ça. La véritable raison, je veux dire. Il m'a sorti quelques bobards bien ficelés pour me faire avaler sa farce. Il disait que Church essayait de le ruiner, que nous nous retrouverions à la rue, que ma mère ne s'en remettrait pas… Il disait que piéger mon meilleur pote était la seule solution pour que l'on s'en sorte. Qu'il lui fallait une carte à jouer. Et que ça devait être celle-ci. Il s'est appliqué à affabuler en insistant ardemment.

Jusqu'à ce que je cède.

Mais ce soir, je me rends compte qu'il y a peut-être un nouvel épisode. Keith était beaucoup trop familière, avec mon biologique. Comme si elle aussi, était dans le coup. Mais quel coup ?

Je m'avance vers Efren et pose ma main sur son épaule, pardessus sa robe de chambre. Il sursaute en se retournant, comme s'il avait oublié que j'étais là.

– Papa, que se passe-t-il avec Idaho ?

– Rien, retourne te coucher, il dit à voix basse.

– Pourquoi Keith débarque ici en plein milieu de la nuit en te traitant de psychopathe ?

Il se fige devant moi, son faciès encore plus vitreux qu'il y a cinq minutes. Ses longs sourcils rapprochant leurs têtes. Et une larme vient gonfler de lumière son œil droit. Une larme épaisse comme un masque d'eau qui refuse de couler.

– Church sait, il murmure en mordant sa lèvre inférieure. Les Enfers sont sur le point de s'ouvrir sous nos pieds.

48

IDAHO

Il est presque dix-huit heures, lorsque j'arrive sur le terrain sauvage à proximité de Skidaway Island. C'est ici que Dwayne m'a demandé de le rejoindre il y a une heure. « Je t'en supplie, viens » s'est affiché en capitales sur mon écran après une cinquantaine d'appels manqués et d'autres messages tout aussi insistants. Je me suis dit qu'il était assez désespéré pour que je puisse lui faire cracher le morceau. Et que j'étais moi aussi assez désespérée pour y aller.

Parce qu'après des heures d'intense réflexion, j'en suis absolument persuadée. C'est indéniable.

Il sait.

Je suis le chemin qu'il m'a indiqué par WhatsApp et arrive devant la grille d'une propriété égarée au milieu de nulle part. Ses barreaux finis en pics larderaient la chair de ceux qui se braveraient à l'escalader. Je sonne à l'interphone, et un petit gars hispanique en T-shirt et jeans sales vient immédiatement m'ouvrir. Sans un mot, comme s'il avait été prévenu de ma venue. « C'est par là… » il me signale, tendant son index devant nous. J'acquiesce et le dépasse en me demandant ce que je fais ici. Pourquoi ici.

Le décor isolé est envahi par les longues herbes couleur blé grillées par le soleil. Des allumettes géantes ondulant imperceptiblement sous la brise tiède. Elles sont si hautes, qu'un enfant de six ans pourrait courir dedans sans qu'on voie dépasser sa tête. À chaque pas on s'y enfonce un peu plus, donnant la sensation d'avoir déjà un parcours éreintant derrière soi. La lumière rose pâle du soleil en fin de service s'affale sur les arbres aux branches dégarnies. Et après une dizaine de minutes, j'aperçois enfin le filet titanesque dont Dwayne m'avait parlé. Une volière XXL. Hauteur d'une quinzaine de mètres. Où plusieurs centaines d'ailes de diverses tailles, formes, couleurs, s'agitent. Il m'attend devant l'entrée, de dos et torse nu. Le serpent tatoué au niveau de sa colonne vertébrale, illuminé par un rayon de soleil faisant jaillir tous les détails de ses écailles.

L'invertébré semble gonflé d'os à travers cette peau.

Comme une espèce mutante.

Il se meut et respire en même temps que Dwayne, s'étirant à chaque entrée d'air, donnant l'impression absolument réaliste d'être en vie.

– Tu es venue, il dit en se retournant.

– Je suis là.

Ses yeux sombres se plissent en même temps que ses lèvres se tendent. Et dans cette lumière rose givrée, il a soudain la beauté d'un ange méphistophélique. Ses cheveux blond perlé sont peignés en arrière, offrant un front complètement dégagé. Malgré le parfum salé des environs, je parviens à humer la sueur qui enduit son torse de nacre.

– Qu'est-ce que c'est que cet endroit ?

– La plus grande volière du coin. La plus éclectique, aussi. Tu viens ?

Il me tend la main en hochant la tête pour me convaincre d'obtempérer. J'avale ma salive et l'attrape, oubliant presque la raison de ma présence ici. Et nous pénétrons à l'intérieur. Je lève les yeux sur le ciel de cordage. Mon souffle se scinde.

Mes pupilles n'ont pas assez de pupille pour tout enregistrer. À gauche, à droite, en haut, en bas. Des ailes bicolores, tricolores, quadricolores, s'allongeant comme des mains gargantuesques. Des crêtes bleues, des becs fluorescents, des pattes aussi grandes que des jambes. Un éventail d'espèces à rendre ridicules les zoos les mieux fournis en piafs. Je reconnais des condors, des autruches, des flamants roses, des calaos et des toucans. Mais aussi des vautours et des aigles royaux. Une myriade de pélicans et de perroquets. Et surtout ce sont ceux dont je ne connais pas le nom, qui me retournent par leur beauté. Des oiseaux dont j'ignorais jusque-là l'existence. Aux interminables becs courbés orange et noir, aux queues longues comme des traînes de mariées, aux nuques bariolées de couleurs en dégradés, rayées, mais aussi tachées de pigments différents comme des peintures contemporaines. Certaines espèces sont séparées des autres, volière dans la volière, pour éviter sans doute qu'elles se dévorent entre elles. Et leur brouhaha de chants et de cris qui s'étirent dans l'espace me secoue le cerveau. À chaque seconde je courbe la nuque pour ne pas me faire griffer le visage par une patte qui passe au-dessus de moi.

Un tourbillon de vie explosif enfermé dans une cage.

Nous dedans.

– Bon Dieu… C'est extraordinaire…

– N'est-ce pas ?

Un bassin désaltère quelques oiseaux aux plumes irisées bleu lagon et turquoise. Ainsi que trois drôles de créatures toutes roses aux joues gonflées. Plus loin, un autre coin d'eau sert de piscine à trois cygnes noirs aux becs rouges qui s'éclaboussent pour se rincer.

– Mais où sommes-nous ? je demande assez fort pour qu'il m'entende malgré le bruit.

– Chez un ami de la famille.

– Quoi ? Mais qui ?

– Quelqu'un qui s'occupe de ramener ces espèces dans leurs pays d'origine. Toutes ont été rachetées à des zoos différents...

Je ne comprends pas mais hoche la tête, absolument ébranlée par ce qui s'anime devant moi.

– Pourquoi m'as-tu demandé de venir ici ?

– Pour t'impressionner, bien sûr. Quelle autre raison...

Je hausse les sourcils, aussi impuissante que je l'ai été le soir où il m'a fait le coup du piano. Encore une fois, il m'a eue. Avec son extravagante manière de m'éblouir. Lui, comme jamais personne avant lui. Et je comprends exactement ce que je fais là. À cet endroit. Dans cette volière avec lui. Ce qu'il n'a pas réussi à avoir avant, il l'aura forcément aujourd'hui.

J'avale à nouveau ma salive et le laisse me pousser contre l'un des larges poteaux métalliques soutenant le filet. Je lève les bras en l'air, consentante. Et il m'ôte ma robe blanche aux bretelles fines.

– Je gagne toujours, il souffle dans ma bouche, une seconde avant d'y faire entrer sa langue.

Je l'embrasse moi aussi, avec une fougue égale à toute la haine qui crépite en moi. Il fait descendre son jeans jusqu'à ses chevilles, ses yeux vicieux dans les miens. Et dans cette cacophonie de cris d'oiseaux, cette violence sauvage assourdissante, je laisse l'ennemi s'introduire dans mes profondeurs. À ce moment précis, je ne pense à rien d'autre qu'à ce qui se déroule. Ce plaisir sadique que je m'octroie sans remords.

Dwayne me rend plus molle à chaque nouveau coup. Mon crâne tape le poteau sous ses mouvements brusques et mes ongles vont se planter dans ses omoplates. Je joue moi aussi à balancer mon corps en avant et en arrière pour attraper mon plaisir. Pour que ça ne soit que le mien. Que je lui vole l'entièreté de cet instant. Mais ma gymnastique l'enrage de joie. Je le vois à sa face grimaçante, dégoulinante. Il me prend par les hanches sans délicatesse, ses mains pinçant ma peau, et me pose, presque me jette, dos contre terre à droite d'un groupe de perroquets verts et noirs qui s'envolent aussitôt. Le voilà de tout son poids sur moi, ses solides mains retenant les miennes au sol, bras croisés au-dessus de ma tête. Je respire bruyamment, mes baskets à lacets appuyées dans ses fesses, le prenant en otage. Je sens qu'il est à un doigt de jouir. En même temps que moi. Et mes doigts trempés glissant sur sa peau, je pousse son torse hors de mon corps.

– Dis-moi, je lui susurre.

– Quoi ?

– Dis-moi pourquoi.

Ses lèvres tremblotent, ses yeux s'écarquillent. Il tente de dire quelque chose mais rien ne sort. Je le repousse de plus belle.

– Dis-moi.

Narines dilatées, bavant, suintant, il murmure finalement un truc inintelligible. Je continue de le repousser pour l'empêcher de jouir, et d'un coup il crache :

– C'est Coy, qui a violé ma sœur !

Pas le temps de réaliser, que mes bras lâchent prise et qu'il retombe de toute sa masse sur mes seins. Dwayne s'acharne. Trois derniers coups brutaux. Avant de me faire déborder de sa marmelade poisseuse en gémissant à pleins poumons.

Moi je ne mouille plus. J'ai les yeux grands ouverts sur le toit en filet, un brasier me parcourant l'abdomen comme une mèche d'explosif. Un vautour vient survoler nos corps et je croise son regard d'ébène patibulaire. Un regard on ne peut plus noir et dangereux qui je le sais à cette seconde, est exactement le même que le mien.

49

KEITH

Il est six heures du matin.

Je traverse l'interminable couloir du premier étage dans mon négligé en soie. Cinq Xanax et demi dans l'estomac. Les lumières des lustres et appliques se déroulent sur le plafond, rendant ma marche théâtrale.

Ma nuit fut sans sommeil. Une longue introspection yeux au plafond.

Au fond, j'ai toujours su que j'avais besoin d'être tenue en laisse. D'avoir la gueule prise dans une muselière bien serrée m'empêchant d'aboyer. La parfaite petite victime aux mains liées. Personne n'a jamais autant d'importance pour un bourreau que la personne qu'il s'échine à bousiller. Elle devient soleil. Oxygène. Muscle. L'entièreté de son attention.

Ça me fait exister, tout ce fiel qu'on m'offre sans compter.

Mais rien n'empêche de haïr l'homme qu'on vénère. De le vouloir mort, pieds ballants, nuque brisée par une corde attachée à la branche d'un arbre. Un Quercus virginiana par exemple… Les sentiments n'existent pas pour faire sens. Ils sont l'exact inverse.

L'illogisme dans sa forme la plus pure.

« Coyote ne touchera jamais ta fille » m'a assuré Church en

se levant il y a une heure. « Je te le jure. » J'ai hoché la tête et gobé mes calmants.

Ce danger permanent creuse des rides par-dessus mon Botox. Pourtant je traverse cet interminable couloir illuminé sans aucune intention de le quitter. Tout est si beau, ici. Il faudrait être fou pour dire bye-bye à ce faste. Et ce statut. Et cet homme. Non mais qu'est-ce que j'avais cru ? Bécasse, tu aimes ça, te convaincre que tu veux t'enfuir…

Tu mérites l'Oscar de l'héroïne d'un film tragique.

Le meilleur rôle de ma vie !

Il reste trois jours avant l'élection. J'ignore si Church me gardera encore longtemps à ses côtés, mais pour l'heure je suis ici. Je sais que ma fille, elle, n'a rien à faire là. Pourtant des fils invisibles me retiennent au plafond de cette demeure hantée.

Idaho n'est pas rentrée à la maison, hier soir. J'ignore où elle est. Mais tant qu'elle ne s'approche pas de Coy, tout ira bien.

Tout va bien.

Tout ira bien.

« Dring ! Dring ! » C'est la sonnerie du portail de l'entrée. Il est onze heures moins vingt, je termine juste de me maquiller pour aller rejoindre Church à un brunch en ville. Un brunch qui précédera une prise de parole devant un parterre d'électeurs à peaux plissées tenant à peine sur leurs pattes. Une maison de retraite. C'est la dernière ligne droite et aucun détenteur de dentier n'est à négliger. Après tout, comme dit Church : « Personne n'est si facilement manipulable, qu'un type qui n'a plus rien à perdre. »

Je sors de la salle de bains et dévale les escaliers dans ma robe en satin argentée. « Dring ! Dring ! » Mais qui sonne comme ça ?

En arrivant au rez-de-chaussée, j'aperçois Anaica devant la porte, doigt sur le buzzer de l'interphone. Elle se tourne vers moi dans sa robe fleurie, ses sourcils haussés au-dessus de ses yeux caramel.

– C'est Blythe, elle me dit comme une question.

– Blythe ?

Elle hoche la tête.

– Ouvrez-lui.

« Qu'est-ce qu'elle fiche là, celle-là ? » Anaica s'éloigne en chantonnant quelque chose en créole, et je tire la lourde porte en fer forgé haute de presque trois mètres. Je fais un pas dehors.

Blythe sort de sa voiture, passe le portail et avance à pas pressés, essuyant nerveusement ses mains sur ses hanches. Son haut foncé à grosses bretelles ainsi que son short à poches jouent de vilains tours à sa silhouette. On croirait voir avancer un corps rectangle sans courbes sans hanches. Un machin blanc et pâteux pas sympa pour les yeux. Mais malgré que cette gosse à bouclettes rousses n'arrive pas à la cheville de ma beauté blonde, je suis ravie qu'elles partagent ensemble quelque chose de sain. Mes gènes masochistes ne lui ont pas été transférés…

– Idaho est là ? m'envoie Blythe en arrivant à mon niveau, son faciès disgracieux brillant de sueur.

– Bonjour, Blythe. Non, elle n'est pas là.

– Quoi ?

Elle m'agresse presque, avec sa voix qui crie. Ses bras raides semblent aussi rigides que deux planches de bois.

– Elle m'a dit qu'il se passait quelque chose de grave, elle bafouille en gesticulant. Qu'elle avait appris que… enfin… Et puis maintenant elle ne répond plus.

– Je n'ai rien compris. Peux-tu être plus précise ?

– Hum… Monsieur Slaughter est là ?

– Non, il n'est pas là.

Elle soupire en se mouillant les lèvres et pointe son index vers l'intérieur de la maison.

– Je peux entrer une minute ?

J'acquiesce et referme derrière nous.

– Qu'est-ce que c'est que cette histoire ? je demande en regardant ma montre, qui m'indique que je suis déjà en retard. Que t'a dit Idaho, exactement ?

– Je ne sais pas trop. Je ne l'ai eue que quelques secondes au téléphone. Elle avait l'air remontée. Je crois que c'est à propos de Monsieur Slaughter…

– C'est-à-dire ?

– Je crois qu'elle cherchait quelque chose et qu'elle a trouvé.

Trop de molécules sédatives dans le corps. Je ne percute pas. Mais Church et moi avons longuement parlé, cette nuit. Qui sait, qui ne sait pas. Ce qu'il ferait, ce qu'il ne ferait pas. Idaho sera protégée, c'était la condition sine qua non pour que je reste. Je suis sûre que tout va bien. Plus l'énergie pour m'affoler. Pas ce matin.

– Je pense que ma fille a eu besoin de prendre l'air, hier soir. Et qu'elle reviendra sagement tout à l'heure. J'ignore ce qu'elle t'a dit mais tout va bien, ici.

Je vois que ma réponse ne lui convient pas. Elle grimace et se mord les lèvres en jetant des coups d'œil inquiets à travers le hall.

– Je peux l'attendre là ?

Je regarde à nouveau ma montre et hoche la tête avant de filer.

50
EFREN

Dwayne est rentré ce matin vers six heures, son T-shirt blanc couvert de terre et de fientes. J'étais déjà debout, faisant les cent pas dans le vestibule.

Je visualisais mon fusil dans la vitrine du grenier en pensant à Church, un trillion de scénarios en tête.

Et puis j'ai vu mon fils passer la porte d'entrée. Je lui ai demandé où il était.

« À la volière... »

Une colère de feu m'a instantanément brûlé la gorge. « Quoi ? » j'ai hurlé en m'approchant de lui. Il m'a regardé avec un mépris de magnat du pétrole devant une petite femme de ménage. Plus rien de bon dans ses yeux tombants.

Il s'est à son tour approché de moi pareil qu'un tigre de sa proie. Et j'avoue avoir été pour la première fois, pétrifié par la chair de ma chair. Comme je l'avais tant de fois été par Church, durant notre adolescence.

Là, en bas des escaliers de cette demeure dans laquelle j'avais élevé ce jeune homme qui avait été ma plus grande fierté, je me suis senti vaciller.

Nous nous sommes échauffés, les murs vibrant sous des mots qui n'avaient jamais encore résonné ici. Et Dwayne m'a sorti une tirade d'une demi-heure sans reprendre son souffle. Il travaillerait à la volière, dans l'entrepôt, dans le bureau de Church. Il apprendrait tout de lui et je n'y pourrais rien. Moi, pauvre père de contrefaçon…

« Je n'avais jamais été à la hauteur » « Jamais le sien » « Jamais son sang »

Church, si.

Rien que je puisse faire y changerait quoi que ce soit. C'était ainsi.

Lorsque je pense à Church et Dwayne, je pense à cette toile de Rubens. « Saturne dévorant un de ses fils » Cette bête titanesque à la barbe argent tenant d'un seul bras son enfant. Ses canines enfoncées dans la chair de sa chair, profond dans sa poitrine. Parce que contrairement à l'œuvre homonyme de Goya qui raconte une tout autre histoire, sur celle de Pierre Paul Rubens ce que je vois… c'est l'amour.

Un amour carnivore.

Cannibale.

Cronos aspirant le cœur de son enfant. Lui arrachant pour l'avaler. Qu'il lui appartienne à jamais.

C'est ce que Church fait avec Dwayne.

Et moi de ces deux êtres, il ne me reste rien.

Ils gagnent tous les deux et je perds tout.

51

CHURCH

Le caviar iranien du « Golden Fountain » a un goût de saumon avarié. Mais tous les autres autour de cette table ronde semblent s'en délecter. Six membres de l'assemblée municipale, deux de ma campagne de réélection, et le maire d'Augusta de passage en ville, plongent leurs vilains doigts dans ces petites coupelles en verre, minitoast chaud entre le pouce et l'index. Chacun regarde son voisin de table avec un hochement de tête satisfait, conquis par cette usurpation d'œufs de poisson. C'est plus chic de se forcer à aimer ça. Pourtant s'ils avaient l'habitude de ce genre de mets, ils sauraient que cette sélection est à gerber. Il n'y a sûrement bien qu'à mes déjeuners, qu'ils peuvent s'en foutre plein la panse pour pas un rond. Regardez-moi ces idiots en costards marine et beiges, aussi élégants que des contrôleurs de trains. La plupart trop prudents et tempérés pour réussir quelque chose de grand. Ça empeste la médiocrité…

Moi je suis déjà dans le futur, à quatre ans d'ici. Je visualise mon avenir de gouverneur, après mon prochain mandat de maire. Je me répète, mais c'est dans la répétition qu'on se construit des certitudes. Et pour rencontrer le succès, il est élémentaire d'être certain d'y arriver. Toujours voir au-delà de ce qui est déjà prévu, déjà gagné. La politique c'est exactement ça.

Se projeter. Incessamment.

– Efren ne se joint pas à nous, ce matin ? demande un de mes chargés de campagne en vidant sa coupe.

– Il ne devrait pas tarder, je mens en me resservant un peu d'eau.

Je vois Keith entrer dans le restaurant dans sa longue robe en satin argenté. Tout le fric de la planète pour s'habiller, et toujours à côté de la plaque. Elle traverse la pièce aux murs blancs et carrelage noir, remplie de toute la bourgeoisie de Savannah. Les lumières des appliques murales affadissent son teint et éclaircissent ses cheveux détachés. Il n'y a vraiment aucune raison qu'elle fasse partie de ce déjeuner, mais c'est toujours bon de l'avoir à mes côtés en public. Au moins jusqu'à l'élection. Je pense que les Savannahiens ont pigé, maintenant. Mais mon chef de campagne dit que ça ne peut pas faire de mal de rabâcher. De forcer cette image de veuf reconstruit, dans la tête des votants. De leur en faire bouffer, de ce mirage immaculé ! Après tout, c'était le plan de départ…

– Il y avait quelques embouteillages, lâche Keith en s'asseyant sur la chaise qui l'attendait à ma gauche.

Elle salue la tablée d'un sourire poli, et déplie sa serviette en tissu pour la poser sur ses genoux.

– Après le brunch, j'ai un autre rendez-vous. On se rejoindra devant la cathédrale à dix-neuf heures comme d'habitude, je lui chuchote, penché vers son oreille.

– Très bien. Au fait, je crois qu'Efren t'attend devant le restaurant.

– Quoi ?

– Il me semble avoir aperçu sa Mercedes grise, garée en face.

Je ricane comme si elle venait de me sortir une blague, et tapote sa main en hochant la tête.

– Souris, je reviens tout de suite, je lui souffle en faisant crisser les pieds de ma chaise.

Je me lève et traverse le restaurant où je récolte quelques applaudissements, une tape dans le dos, et des dizaines de sourires encourageants. Les gros portefeuilles de la ville, je les ai déjà tous dans la poche…

Je passe le portier en costume et traverse la rue. Le soleil terne a la gueule comprimée entre deux nuages. Le temps est gris pour la première fois depuis longtemps. Mais la chaleur, toujours aussi vile. J'imagine que j'exhibe une grosse tache foncée dans le dos. C'est mon côté proche du peuple. Même le grand Church Slaughter transpire !

La Mercedes anthracite d'Efren est effectivement garée en face du restaurant. Je sais d'emblée que ça ne présage rien de bon. Je gonfle ma poitrine et fais le tour de sa caisse en passant par-devant pour qu'il me voie arriver. Et puis je tire la poignée et m'installe sur le siège passager. Efren a le regard d'un type à qui on viendrait d'annoncer qu'il est atteint d'une maladie incurable. Son teint est cireux, ses sourcils bas sur son front. Ses lèvres archi-sèches permettent de distinguer chaque nervure qui les compose.

– Bon, eh bien ? je dis.

Il n'ose pas se tourner vers moi.

– Quand tu veux…

Je sors de la poche de ma chemise un cubain et me l'allume avec un briquet à essence. La fumée opaque gonfle et crée un impressionnant brouillard dans la voiture. Efren toussote, ouvre son carreau, et se tourne enfin vers moi.

– Je pourrais te pourrir jusqu'à la moelle, Church.

– Pardon ?

– Tu sais que j'ai assez d'éléments en main pour le faire.

– Ah oui ?

– Oui.

Je le regarde, amusé par son cran. C'est le petit garçon timide de Windsor Forest High, qui ose enfin faire voir ses canines ! Celui qui baissait la tête dans les couloirs et déjeunait seul à la table des minables du réfectoire. Celui que j'ai sauvé de sa monotonie en passant mon bras par-dessus son épaule. Cette petite brebis-là…

– Tu as mis le temps !

– Mais aujourd'hui je suis là. Et je ne tremble pas.

– Alors quel est ton plan, dis-moi ?

– Ce que je voulais, c'était que Coyote paie pour ce qu'il a fait. Que toi aussi tu passes à la caisse. Pour avoir manipulé. Menti. À ma fille et à moi. À ma famille tout entière. Pour avoir ôté à mon enfant la justice qu'elle méritait.

– Je comprends.

– Tu as pensé à ces deux types que tu as envoyés en taule ?

– On est là pour parler d'eux ?

– Tu te fiches bien d'écraser la ville entière, tant que ta chemise reste blanche.

– Qu'aurais-tu fait si je t'avais appelé ce matin-là, hein ? Qu'aurais-tu fait à ma place si ça avait été Dwayne dans le rôle du vilain ?

– Je l'ignore. Mais rien n'aurait été ainsi.

– Alors quel est ton plan, Monsieur Ellsworth ? Tu dis que tu as assez pour m'écraser mais j'en doute. Je pense que tu n'as rien. Rien du tout.

– Je vais te demander une chose, Church, il dit avec emphase.

– Demande, mon biquet.

La fumée de mon cigare se dissipe et les yeux d'Efren m'apparaissent plus clairement. Leur expression a changé. Se distingue en eux une infinie tristesse. Plus une goutte de fiel dans la pupille. On croirait qu'il s'apprête à nous verser une larmichette.

– Je sais que tu as demandé à Dwayne de s'occuper de la volière. Il était hors de question de mêler mon fils à notre trafic.

– Il voulait aider. Jeter des graines à quelques vautours ne nuira pas à son futur.

Il gonfle ses narines.

– Pas lui.

– Quoi ?

– Ma fille a déjà assez souffert de tes erreurs. Pas lui. Lui, tu ne le pourriras pas !

– Tu ne sais pas ce que tu dis, mon pauvre Efren.

– Lorsque je l'ai confronté au sujet de la volière, il m'a poussé contre une armoire pour me dire qu'il ferait ce que bon lui semblerait. Et que…

– Et que ?

Il remplit ses poumons jusqu'à plus d'air et recrache un souffle interminable. Un soupir venant du bide. Du plus profond de son estomac.

Sa mâchoire se serre, ses sourcils s'énervent.

– Et que je n'étais pas son père.

J'ai un mal fou à refréner le sourire qui vient me titiller les lèvres.

– Que son père, son véritable père… C'était toi.

– Il t'a dit ça ?

– Je sais que ça ne t'étonne pas, ne fais pas semblant. Et je ne vais pas débattre ici de cette question. De la relation tout à fait déplacée, voire obscène, que tu entretiens avec mon fils. De ta manière de te l'approprier. Non. À la place, je vais te proposer un marché.

– Un marché ?

– Je suis prêt à faire tout mon possible pour te nuire. Que ça m'envoie en taule aussi, peu importe. Je donnerai tout. Notre trafic, toutes tes magouilles, ton fils ignominieux. La manière dont tu as tordu la loi, dont tu as manigancé ces deux arrestations, toi avec le chef de la police de cette ville. Que les flics ne soient pas avec moi ne m'arrêtera pas. Je ferai sonner les téléphones de tous les journalistes du pays. Je posterai la vérité en ligne. Bref, je te ferai cuire à feu vif, Church.

– Drôle de marché.

– Ou…

– Ou quoi ?

– Tu coupes les ponts avec mon fils. Entièrement. Et à jamais.

J'avale douloureusement ma salive et jette mon cigare par la fenêtre. Et puis je ricane en époussetant ma chemise au niveau du ventre.

– Ta carrière ou Dwayne ? C'est toi qui vois.

– Je ne pensais pas que tu avais ça en toi…

– Si tu me forces à partir en guerre, je le ferai. Mais ma famille en souffrira autant que toi. Je suis prêt à reculer, Church. Mais c'est la seule et unique condition.

– Comment peux-tu penser une seule seconde que je pourrais nuire à Dwayne… C'est la chose la plus ridicule que je n'ai jamais entendue ! Je crois que tu te sens lésé. Et ça je peux l'entendre, Efren.

– Oui. Je suis lésé. De A à Z. À tous les degrés. Il est temps que ça cesse. Alors sors ton portable !

– Pardon ?

– Ton portable, Church.

Il a le bras tendu vers moi. Un bras tremblant de petit vieux gâteux. Sa faiblesse entière se trahit dans ce long bras blanc aux poils noirs. Je sors mon smartphone de la poche de mon jeans et le pose sur mes genoux.

– Tu sais que moi aussi, je n'ai qu'un coup de fil à passer pour t'envoyer en enfer ?

– Je sais. Mais tu ne risqueras pas ta magnifique carrière. Un tweet de ma part serait assez pour faire imploser ta planète.

– Très bien, je ne le verrai plus, je dis placidement.

– Non, pas comme ça.

Je fronce les sourcils.

– Pas comme quoi ?

– Il ne suffit pas de le dire. Je ne te crois pas. Je veux que tu me le prouves, et tout de suite. Que tu sois assez convaincant pour qu'il ne pense pas une seule seconde qu'il puisse te convaincre de changer d'avis.

– De quoi tu parles ?

– Tu vas appeler Dwayne. Maintenant. Devant moi. Et tu vas lui dire. Lui dire que Coy est à présent ta priorité. Qu'il a besoin de toi à deux cents pour cent. Qu'il est jaloux de l'attention exagérée que tu lui portes, à lui. Que tu n'as plus le temps. Plus pour lui. Que les choses ont changé. Que votre petite amourette père-fils est terminée. Tout ce que tu veux, mais mets le paquet. Tu comprends ce que je te dis ?

Je ricane à nouveau main sur le ventre, et hésite un instant à briser mon poing sur sa tronche de premier de la classe. Il a beau hausser le ton, son impuissance surnage. Mais rien n'est plus dangereux qu'un type qui n'a plus rien à perdre.

– Maintenant, dans cette voiture, devant moi.

Je tourne la tête vers mon carreau en me disant qu'il ne suffit que d'un coup de fil pour calmer ce pauvre Efren. Dwayne et moi ne cesserons évidemment pas de nous voir. Mais tant que son idiot de père le croit… Il faut simplement que je sois assez convaincant pour qu'il y croie.

– Très bien, je dis en déverrouillant mon smartphone.

52
COYOTE

Il est midi cinquante-neuf. J'inspecte ma dégaine dans le miroir de ma penderie. Pour ce que je m'apprête à faire, le look est essentiel. Et c'est pas gagné… Mon crâne entièrement rasé me donne un air d'adolescent des rues. Un de ces gosses en guenilles qui mendient jambes nues au chaud sous le flanc de leurs rottweilers. Sur Dwayne ça aurait fait gros dur.

Mais sur moi ça fait ça…

J'ai été obligé de tout enlever après mon délire de l'autre fois. De toute façon, il ne restait déjà que quelques mèches. J'ai eu envie de m'enlaidir, de m'atomiser, après que papa m'a affirmé la pire chose qu'il aurait pu m'affirmer le jour où je lui ai tout avoué.

J'ignorais qu'il savait déjà…

Il m'a regardé comme il aurait regardé un parfait inconnu, plus rien de paternel dans ses yeux yin yang. Il n'a pas élevé la voix. Ni serré les poings. Rien. Il m'a dévisagé sans un soupçon de familiarité pour me lancer d'une voix parfaitement calme :

« Tu n'es plus le mien. »

Depuis, ma maison m'est devenue étrangère. Chaque couloir est un couloir où je me sens intrus. Ma chambre, une pièce que je ne mérite plus. Je voudrais en finir, mais l'étincelle qui tangue dans mon cœur me retient encore un peu ici.

Celle qu'Idaho a allumée.

Je n'ai pas réussi à dormir, la nuit dernière. Ou alors juste une minute. Une minute toutes les heures. À peine mes paupières se fermaient que l'enfer m'ouvrait ses portes.

Toutes les nuits ou presque, je m'assoupis en sachant que Blossom et Afton me rejoindront. Dans mes cauchemars, elles hurlent jusqu'à me faire mouiller mes draps. Je sens leur souffle, leur sueur, leur voix.

Pourtant, depuis plusieurs nuits, mes cauchemars se sont quelque peu dissipés pour laisser entrer un nouveau type de rêve dans mon subconscient. Des rêves presque dignes de ce nom. Agréables à quatre-vingt-dix pour cent. Enfin, je souris. J'aime. Je jouis. Grâce à elle…

Idaho.

Certes, ces songes mirifiques s'achèvent toujours dans l'horreur, mais les quelques minutes de nirvana précédant la chute brutale valent carrément le coup. C'est bien ça, l'ennui. Rejoindre ces rêves m'est insupportable parce que je sais qu'ils ne sont que ça : des rêves. Et le supplice de me réveiller en sachant que rien n'est vrai. Que je suis moi. Que tout part en vrille… Je ne peux plus l'encaisser.

J'ai envie de lui dire. Ou au moins d'essayer de lui dire, que je l'aime. Elle a été particulièrement douce avec moi ces dernières semaines. Ça faisait un bail, que personne n'avait été aussi doux avec moi.

Je veux guérir pour Idaho, et pour la première fois j'ai la conviction que j'y arriverai. Elle serait mon amour neuroleptique, plus efficace qu'un million de cachets. Comme un remède cabalistique. Un miracle romantique ! Le seul capable de me nettoyer. Je serais un Coy tout neuf, propre, normal, sensé. Dieu que je voudrais être ce Coy-là. Oh oui… Rien que pour pouvoir la frôler de mes doigts.

Je sais qu'il y a peu de chances qu'elle soit réceptive aux avances d'un maniaque déglingo, mais il ne me reste plus rien à perdre.

Je sors mon T-shirt blanc de mon jeans, fais glisser la queue de ma ceinture dans la boucle argentée, et passe ma main sur mon crâne en soufflant. Les cernes qui creusent des fosses sous mes yeux sont gris. D'un gris foncé laissant penser que j'ai crayonné ma peau. Et mon régime pilules-eau fait des trous dans mes joues. Tu parles d'un playboy ! Qui voudrait de ça ? Je secoue la tête pour ne pas me décourager et prends une grande inspiration.

Je sais qu'elle est là. Je l'ai entendue rentrer il y a une demi-heure. Sa copine Blythe l'attend dans la cuisine mais Idaho n'est pas au courant. Elle a claqué la porte et fusé dans les escaliers jusqu'à sa chambre. Le ramdam des casseroles et la musique créole qu'a mise Anaica à fond pour cuisiner le dîner de ce soir ont empêché Blythe d'entendre la porte d'entrée s'ouvrir et se fermer. Pour l'instant, Idaho n'est qu'à moi… Ce n'est sans doute pas le meilleur moment pour une déclaration mais je sais que demain je n'aurai plus le cran. Dans dix minutes, je n'aurai plus le cran.

Je sors de ma chambre, le cœur lourd comme un semi-remorque.

Un seul étage à descendre et pourtant l'escalier me paraît être une continuité infinie de marches. À chaque pas je retiens mes pulsions de fuite. Bon sang c'est sûr, elle va me rire au nez ! De toute façon les mecs elle n'aime pas ça. Quel con, mais quel con !

Je souffle.

J'arrive à son étage et m'arrête au niveau de la porte noire derrière laquelle logent ces centaines de serpents. L'autre jour j'ai cru en apercevoir un, près de la grotte aux méduses. Noir, rouge, jaune. Il filait entre les arbres fruitiers, son corps filiforme luisant dans la semi-obscurité du jardin. Ses couleurs agressives peintes en dégradé comme une menace. Je l'ai regardé onduler au loin, pareil que s'il s'enfuyait de moi. Ma maladie dans son corps écaillé. Et une pensée m'a envahi à cette seconde. Je ne savais plus si c'était l'appareil ou l'homme qui était un danger. Lequel des deux était à blâmer.

Ou si finalement nous n'étions jamais qu'un seul.

Démunis face à l'arme soudée à l'être.

Et puis je n'ai plus pu réfléchir à ces choses complexes qui me dépassaient. Au fond, je n'y comprenais rien. J'étais trop bête.

Le reptile tricolore n'était sans doute pas là. C'était sans doute ma tête. Mais en me le remémorant, l'espace d'un instant j'hésite à tirer la poignée de cette porte noire pour plonger mon bras dans le vivarium des crotales. Je me dis qu'ainsi, je n'aurais plus à subir mes sentiments. En une morsure je serais sauvé. Quelle incroyable torture que de vivre avec des sentiments… Parfois je me dis que les robots ont la belle vie. Les objets aussi. Épargnés de conscience et d'émotions. Tout ce bouillon de sensations aux commandes de notre corps dont on ne sera jamais maître et qui n'existent que pour nous faire vaciller…

Vivre : le job le plus pénible de la terre, qui emploie sans aucune qualification !

Il y a longtemps que j'aurais dû être viré.

Me voilà arrivé devant sa porte. Elle est entrouverte et je peux apercevoir Idaho dans l'entrebâillement. Elle est de dos. Minishort en jean blanc et brassière grise. Ses cheveux sont décoiffés. Une jungle de blond dont les pointes humides collent à sa peau. Je regarde son cul démentiel gigoter pendant qu'elle plie des vêtements sur son lit. Et puis je me rends compte qu'elle les range dans une valise. Valise déjà presque pleine. Et une frayeur à moins cent-dix degrés me traverse. Où va-t-elle ?

Je pousse la porte et mets un pied à l'intérieur. Elle ne me voit pas entrer, tant elle est concentrée sur cette valise. Ses membres sont tendus, son minois crispé.

– Idaho ? je dis en m'avançant plus près.

Elle se retourne. La lumière miel du soleil traversant la fenêtre enduit son visage de petits sequins dorés. Et j'ai dix ans à nouveau. Mon cœur cogne assez fort pour me filer des hématomes.

Je lui souris, sans doute d'un sourire idiot, en avançant d'un autre pas.

– Où est-ce que tu vas ?

Elle ne répond rien mais me fixe, sévère. Même plus que ça… Une expression étrange que je ne sais déchiffrer.

– Qu'est-ce que tu fais dans ma chambre ? elle m'envoie comme un reproche.

– Je…

Je baisse les yeux vers sa poitrine comprimée dans cette brassière à bordures noires. Sa transpiration la rend brillante comme aspergée de monoï. Ces deux jolies pommes molles écrasées dans ce tissu mouillé… Bon sang, à cet instant j'aurais voulu être un eunuque. Parce que ma queue colérique dressée comme un poing de révolte refuse de se soumettre à la prohibition d'excitation. Malgré mes efforts pour la calmer – malgré les plaies et les cicatrices – elle insiste. Pour Idaho, elle déforme mon caleçon.

– Recule, elle ordonne.

– Idaho, je voulais juste…

– J'ai dit recule.

Ses yeux agrandis sont baissés vers mon entrejambe, une grimace lui élargit les lèvres. Elle fixe ma bosse, regard parfum dégoût et hargne. Je laisse tomber mon bras au niveau de mon ventre, main pendue dans le vide pour cacher le spectacle.

– Je suis désolé… je bredouille, humilié.

– Je pensais avoir du flair, mais faut croire que je suis sacrément enrhumée…

– Quoi ?

– Du flair, pour sniffer les tocards comme toi…

– Tocard ?

– Les minables, les vauriens, les vautours.

Ses paroles me parviennent sous forme de coups de poing ventraux. Je ne comprends pas sa réaction si excessive face à une petite érection. Je me dis qu'elle me fait marcher, et secoue la tête en avançant davantage. Elle recule à chacun de mes pas, se retrouvant bientôt acculée contre le cabinet en marqueterie Louis XIV au fond de la pièce. En arrivant à sa hauteur, je réalise que ses yeux sont sérieux. Ils me descendraient d'une balle entre les sourcils.

– Idaho, qu'est-ce qui se passe ? Je croyais qu'on était amis…

– Moi aussi.

J'ignore d'où vient cette soudaine hostilité, notre relation s'étant assouplie ces dernières semaines. Mais tout ce dont j'ai envie à cette seconde, ce n'est pas de comprendre. Ni d'analyser. Ce qui me démange à ne plus pouvoir rester en place ni respirer à un rythme normal… c'est de l'embrasser. Et quand je dis « démange », je pèse chaque lettre. Ça me démange comme le serait un type aux mains liées sur lequel on verserait un seau de fourmis rouges.

Je suis assoiffé de ses lèvres corail.

Et d'un coup, les yeux d'Idaho se calment. Elle me sourit. Comme aucune fille n'a jamais souri à aucun garçon. D'un sourire triomphal chimérique. Lèvres infusées d'eau pailletée.

Joues hautes saupoudrées de rouge vif. Son visage comme une porte grande ouverte qui dit :

« Vas-y », « Fais-le », « J'attends ».

Je n'en suis pas vraiment sûr. Ça pourrait être un leurre. Les prémices d'un nouveau délire… Peut-être qu'elle ne me sourit pas. Qu'elle grimace à s'en ruiner le visage ! Mais je veux y croire parce que bon sang, cette fois je suis bien réveillé.

Ou en tout cas, j'espère l'être…

53

IDAHO

Il ne bouge plus.

Coyote est étendu droit comme un pieu sur le tapis à arabesques magenta et dorées. Son crâne rasé enduit d'un coulis rouge. Rouge noir, teinte jus de sureau. Le sang fuit de la plaie comme l'eau d'un tuyau crevé. Je regarde cette laque foncée lui enrober l'oreille jusqu'à faire des bulles dans le trou du conduit auditif. Elle luit à tel point qu'on jurerait voir une oreille en Bakélite. Et la flaque sous sa nuque est assez large pour qu'on puisse y tremper ses deux pieds.

Je me tiens au-dessus de lui, la statuette nymphe Art nouveau serrée entre mes doigts. Mon corps n'est plus qu'un vaisseau d'électricité parcouru de courants plus ou moins violents. Je me contracte sous leurs coups de jus.

Bon sang, mon Dieu…

Lorsque Coy s'est jeté sur moi, ses yeux crasseux riant dans les miens, sa queue durcie, j'ai eu un geste automatique. Ma main a attrapé la statuette en bronze posée au centre du cabinet Louis XIV. Et j'ai cogné.

Un seul coup. Bam. Sur le haut de son crâne.

Il s'est aussitôt effondré.

Il fallait voir son regard, aussi laid et pestilentiel qu'un ragoût de pieds de porc avariés.

Peut-être était-ce parce que je savais *ce qu'il était.*

Moi qui m'étais prise d'affection pour lui… sentir l'huile corporelle de ce traître s'infiltrer dans mes narines… ses lèvres vicieuses se poser sur les miennes…

C'était trop.

Je n'ai rien décidé, ma main s'en est chargée pour moi. Le geste a été trop rapide pour faire passer l'info à mon cerveau.

Et d'un coup, en accéléré, mon avenir gâché défile devant mes yeux. Stanford et mes espoirs de réussite se brouillent dans des nuages de fumées.

Putain.

C'est mon avenir, que je viens de décimer ! Bon sang, mais qu'ai-je fait ?

J'ignore s'il est vraiment mort, là, comme ça, sur le tapis bariolé de cette chambre rose. Mais si je ne redescends pas de mon stress inhumain, je tomberai bientôt moi aussi dessus.

Je fais des allers et retours nerveux dans la chambre. Et soudain, je me croise dans le miroir victorien. Ma face est aspergée de rouge. D'épaisses bandes parfaitement droites comme peintes à la main. En diagonales, du front au menton. Un maquillage glam rock années quatre-vingt… Le frisson de givre qui dévale ma colonne vertébrale durcit ma figure. L'impression d'avoir la tête plongée dans un seau de glaçons.

Il faudrait que je pose ma main sur sa poitrine, lui ouvre les yeux, vérifie son pouls. Mais approcher ce corps m'est impossible. Alors je me remets à zigzaguer dans la chambre à grands pas.

Je plane.

La sonnerie du portail retentit.

Je me rue dans le couloir où la musique créole du rez-de-chaussée continue de hurler. Si fort que j'ignore comment j'ai pu entendre la sonnerie. Quoi faire ? Je suis catapultée dans une réalité parallèle.

Je dévale les escaliers et me jette sur l'interphone.

– Allo ?

– Salut !

– Qui est-ce ?

– Dwayne.

Je lui ouvre dans la précipitation. Encore une fois, sans n'avoir rien décidé. Le plafond descend vers moi et l'air a d'un coup du mal à entrer dans mes poumons. Je cherche ma respiration sans pouvoir l'attraper. Ça bloque.

Et puis Dwayne frappe à la porte. Je lui ouvre, yeux écarquillés.

Son faciès se fige sur le mien. Je ne dis rien. Ma tête se secoue et mes yeux se mouillent. Mais ma bouche ne dit rien.

Il me fixe avec insistance, puis tend la nuque pour regarder à l'intérieur. Je crois que la musique tapageuse l'interpelle autant que mon visage rayé. Sans que je lâche le moindre mot, il saisit qu'une chose atroce vient de se produire.

– Dans ma chambre… je bégaie avant de me décaler pour le laisser entrer.

Il pénètre dans la maison et se propulse dans les escaliers. J'attends devant la porte en avalant des litres de salive mousseuse, continuant de respirer telle une asthmatique en crise.

Une minute, peut-être deux, Dwayne redescend.

– Va dans la bagnole, il me jette en sortant son jeu de clefs de sa poche.

– Quoi ?

– Maintenant !

Je chope le trousseau, ouvre la porte, m'élance comme une dingue à travers le jardin avant jusqu'à la grille au cobra.

Quinze minutes que j'attends sur le siège passager de la Range Rover de Dwayne. Peut-être plus. Mes yeux sont aussi brûlants que glacés. L'impression d'avoir des débris de lames de rasoir dedans à chaque clignement. Je supplie le ciel pour qu'aucune voiture ne ralentisse devant le portail avant que Dwayne revienne. J'ignore ce qu'il fiche à l'intérieur ou ce que je fiche dans sa voiture. Mais je ne peux plus bouger un muscle.

Et puis je le vois.

Il court vers moi, un corps inerte plié en deux sur ses épaules. Les jambes maigres de Coy lui tapent le torse à chaque rebond. Et ses bras ballants sont semblables à ceux d'un pantin géant, mous comme remplis de rien. Je ne vois pas sa tête, rebondissant sûrement de l'autre côté.

Dwayne arrive à la voiture, ouvre la portière, balance le corps sur la banquette. Un pantalon beige est noué autour de la tête de Coy, une grosse tache rouge imbibe le tissu. Je me tourne vers le château de Church et avant que Dwayne ouvre sa portière, une flamme de lumière m'attrape le regard. Je plisse les yeux et en aperçois d'autres. Elles jaillissent à travers la fenêtre du premier étage.

– Qu'est-ce que tu as fait ? je balbutie.

– Je t'ai sauvé la mise !

– Quoi ?

– Tu n'as jamais entendu parler de la police scientifique ? En moins de deux, tout le monde aurait su que c'était toi.

Brusquement, je me souviens qu'Anaica est à l'intérieur.

– Non ! je crie. Anaica !

Je tente d'ouvrir ma portière verrouillée, de taper mon poing contre le carreau, mais la voiture roule déjà à toute allure.

54

DWAYNE

J'ai déposé Idaho dans l'appartement d'un immeuble de Downtown qui sert de bureau à Church. Le bureau top secret dans lequel il s'occupe des détails de son trafic, reçoit des types peu recommandables, effectue ses transactions. Là où sont rangés ses papiers plus ou moins incriminants. J'ai les clefs parce que de temps en temps, il me laissait y aller pour récupérer un dossier à lui apporter. Il m'apprenait les rouages du business. Il me formait à être un mini-lui et je ne demandais qu'à apprendre. Je me prenais pour le fils d'un parrain sicilien dans un film à gros budget. Et au fond, je n'étais pas si loin du compte.

Je ne crains pas qu'Idaho mette son nez dans les tiroirs, ni que Church m'en veuille de l'avoir emmenée là-bas. À cette seconde, Church je l'emmerde.

Je ne pense à rien d'autre qu'à ce que je suis en train de faire.

Ce que j'ai devant les yeux…

Dix-sept heures et quelques. J'ai conduit jusqu'à trouver un coin tranquille rempli d'arbres. Et puis je me suis garé et ai sorti Coy de la bagnole pour le traîner au milieu du terrain désert. Quelques oiseaux chantent au-dessus de nos têtes et l'infinie multitude de chênes et de pins gigantesques plantés tout autour me dépaysent. On ne voit ni le début ni la fin de cette forêt luxuriante qui me semble à cet instant être aussi vaste que le monde.

Coy est allongé jambes tendues et jointes, bras ouverts de chaque côté de son corps. Un Christ. La plaie a arrêté de saigner et la tache rouge sur le pantalon noué autour de sa tête est presque sèche. Les rayons du soleil blanc sont effilés comme des aiguilles de lumière. Ils découpent son visage cadavérique de mille lignes.

Des griffures illuminées.

Ma salive aussi épaisse qu'un sirop pour la toux reste coincée dans ma gorge. Je me tiens accroupi, immobile devant mon frère inanimé. Incapable de penser. Est-il mort ou vivant, je ne sais pas.

Je rembobine les évènements qui viennent tout juste de s'enchaîner. Le flacon d'essence que je gardais dans ma poche pour me rappeler de recharger mes briquets en rentrant à la maison. Moi le vidant dans le château de Church. Pas pour préserver Idaho d'une inculpation. Mais parce que ce château…

Il ne serait jamais le mien.

Je continue d'observer Coyote en respirant très fort. Mon cœur se pince de le voir inanimé. Je me remémore sa gueule de bambin. Je repense à nos fous rires. Aux myriades de conneries qu'on faisait. À la contiguïté de nos existences entremêlées et à ce lien. Celui qui nous rattache, malgré nous, planté dans la chair de chacun. À ce qu'on aurait peut-être pu être si nos ADN avaient été intervertis. Nous, frères factices. Fictifs. Fils géminés. Bavure génétique.

Une nausée vient faire chavirer tout ce qu'il y a dans mon estomac.

Et puis Coy froisse ses paupières de quelques clignements.

Il ouvre un œil.

Lorsque je vois cet œil clair, le gauche, s'agrandir pour me regarder de toute sa pupille, quelque chose court-circuite en moi. La très brève trouille que j'ai eue se métamorphose en haine. Parce que les mots de Church résonnent tout à coup dans ma tête comme les ricochets d'un tir de LMG 25. Et que j'étais venu chez lui pour les lui faire regretter. Ou retirer. En regardant Coy, groggy et abîmé sur cette terre à l'herbe jaunie, ce sont *ces mots* que j'entends. « Je ne suis pas ton père, Dwayne. » « Tu as un vrai père et ce n'est pas moi. » « J'ai un vrai fils et ce n'est pas toi. » « Je ne peux plus te voir. Cette relation entre nous est un ulcère pour nos familles. Elle m'empêche d'être présent, réellement présent, pour la chair de ma chair. » « N'insiste pas. Je ne changerai pas d'avis. »

Une demi-heure, il a passé à m'expliquer par A + B que notre amourette père-fils était un leurre. Qu'il n'avait jamais réellement pensé tout ce qu'il m'avait dit. Que nos moments passionnels n'avaient jamais existé que dans ma tête. Et d'autres abominations du même genre. D'un coup, comme ça, sans putain de raison ! Une demi-heure, j'ai chialé, supplié, hurlé. Je veux que Church regrette de m'avoir largué comme une pute qu'on en a marre de baiser. Comment a-t-il osé me foutre aux ordures comme un chien ? Un sale clébard malade bon à piquer ! Son coup de fil assassin m'a découpé le cœur en mille petites lamelles de chair sanguinolentes. J'ai honte et mal dans tout mon être. Et cette colère qui m'habite gronde trop fort pour que je puisse la faire taire.

Je regarde Coyote en me disant que lui, n'a pas ce problème-là. Que lui, a le privilège du sang. Lui qui m'a volé toute ma vie durant. Qui m'a arraché à la joie de posséder – d'avoir en entier tout en entier à moi rien qu'à moi – ce père qui aurait dû être mien.

Et qui me méritait *moi*.

Pas lui et sa faiblesse.

Moi, bordel !

Ce faux frère qui m'a fait défaut est là. À terre. À un doigt de m'offrir le trône. Celui qui devrait être en taule pour le viol de ma sœur. Celui qui est resté impuni, intouchable, impeccable, est enfin sali.

Et soudain je me souviens de la hache à manche bleu que j'avais mise dans mon coffre un peu plus tôt, quand j'avais décidé d'aller foutre à sac la baraque de ce paternel qui ne veut plus de moi. Au cas où il ne serait pas revenu sur ses promesses d'adieu. Elle apparaît d'un coup dans ma tête comme le flacon d'essence y est apparu tout à l'heure.

– Dwayne ? bredouille Coy en plissant les yeux.

Je l'observe en expirant intensément.

– J'ai mal, il geint sans bouger d'un poil.

Il tente de regarder autour de lui, mais la douleur l'empêche de bouger. Il tire sur son cou avec peine sans que rien ne se passe. Puis il lève les yeux au ciel et ses sourcils se froncent.

– Où suis-je ?

Je serre les dents en le regardant et sors mon portable de la poche arrière de mon jeans.

J'appelle Church.

Ça sonne. Une fois. Deux fois. Trois fois. Quatre fois. Cinq fois. Six fois. Répondeur. Mon oreille surchauffe mais je rappelle. Je rappelle. Je rappelle.

Et puis il décroche.

– Dwayne, je t'ai dit de ne plus…

– Papa ! je hurle. Il s'est passé quelque chose. J'ai besoin de toi !

– Ne me contacte plus, Dwayne. Je ne décrocherai plus.

– Quelque chose est arrivé et Coy est gravement blessé. Il

est avec moi au milieu de nulle part sans le moindre témoin. Tu entends ce que je te dis ?

Aucune réponse.

– Si tu raccroches… je le finis ! Tu m'entends ? Je le fume !

Sa respiration tape le micro du téléphone, comme s'il réfléchissait. J'attends qu'il dise un truc. Mais il ne fait que respirer.

– Je te jure que je le fais, j'ajoute d'un ton on ne peut plus convaincant.

Il continue de souffler dans mon oreille. Lentement. Une bonne minute. Peut-être deux.

Et il raccroche.

Je me mords les lèvres jusqu'à sentir mes dents du haut contre celles du bas. Et puis je laisse échapper un hurlement tonitruant qui secouerait la forêt tout entière. Coyote crispe ses yeux, ses narines s'élargissent.

– Où suis-je ? il répète, complètement hébété.

D'un coup, allongé sur ce sol terreux, je ne vois plus Coy.

Je ne vois qu'elle.

Ma Colère.

APRÈS

55

KEITH

« Je veux savoir exactement ce qui est arrivé ! » j'envoie dans un million de postillons, main droite tenant le flingue, main gauche serrée en poing.

Je suis dans la salle à manger des Ellsworth, il est aux alentours de dix-sept heures. Lee Dale dans sa robe classieuse en dentelle blanche et ses talons carrés crème se tient immobile devant moi, les poils blonds de ses avant-bras dressés en l'air. Sa bouche est entrouverte mais elle se permet à peine d'expirer. Efren est prostré à ses côtés, chemise à moitié boutonnée. L'écran plat au coin de la pièce est allumé sur la chaîne d'ABC savannahienne « WJCL », et les informations bruyantes masquent le silence du couple.

– Je vous ai posé une question !

– Keith, baissez cette arme, lâche Efren d'une voix qui se veut persuasive.

– Dites à votre femme pourquoi je suis ici. Elle doit se demander pourquoi je suis là, avec une arme pointée sur vous. Je veux qu'elle sache que je ne suis pas folle. Alors dites-lui.

Lee Dale dévisage son mari. Sa beauté est dénaturée par ce regard excessivement appuyé.

– De quoi parle-t-elle ? elle demande en s'approchant d'Efren, les yeux en mitraillettes.

– De rien.

– Votre mari et moi nous connaissons mieux que vous pensez. Il m'a engagée l'année dernière pour séduire Church. Pour m'infiltrer à ses côtés afin de lui nuire.

Elle secoue la tête comme pour s'assurer d'avoir bien entendu, faisant chavirer son chignon sur le côté de son crâne.

– Dis-moi que ce n'est pas vrai, Efren…

– Mais ce n'est pas le pire ! Le pire, c'est la raison pour laquelle il a fait cela…

Efren se laisse tomber le long du mur céruse, épaules descendues d'un étage, bras et jambes comme désossés.

– Ce qui est arrivé à votre fille n'était pas l'œuvre de deux cambrioleurs afro-américains. Le coupable de toute votre peine, celle de votre famille… C'est Coyote Slaughter.

– Quoi ? Qu'est-ce que vous dites ?

– Church avait tout manigancé pour que son fils soit protégé. Mais aujourd'hui, c'est ma gosse à moi qui a payé pour vos conneries ! je rugis en brandissant mon semi-automatique vers Efren.

Mon bras tremble. Et ma main. Mon épaule aussi. Et tous les autres morceaux de mon corps sale exhalant la sueur. Dans cette robe en soie chiffonnée sur mon dos depuis hier, je n'en finis plus de tressaillir. Mes dents font des castagnettes. Le bruit de l'émail contre l'émail me monte au cerveau.

Le couple ne se regarde plus. Il n'ose pas. Je crois que Lee Dale est encore en train d'encaisser mes paroles.

– Ce n'est pas vrai… Dites-moi que ce n'est pas vrai…

– Ma fille a payé pour tout ça ! je hurle. Pour vos histoires de famille tordues à vous ! Avec lesquelles nous, on n'a jamais rien eu à voir !

– Mon Dieu… elle se lamente en ne cessant de secouer sa tête, tremblant presque autant que moi.

– Je suis ici car je veux savoir exactement ce qui est arrivé. Ce que ma fille a dit, ce qu'elle a fait ou tenté de faire. Je veux tout savoir ! Vous le savez, vous, Efren ? Vous le savez ?

– Je ne sais rien…

– Non ?

– Je ne sais rien…

Il enfouit sa tête entre ses cuisses comme un mioche. Puis il la relève et me regarde sans un son. Lui et Lee Dale ont l'air tellement désemparés que mon arme ne les effraie plus.

– J'ai besoin de savoir !

Efren ne remue pas une lèvre.

– Très bien, alors je vais tirer.

Je reprends mon souffle, loin dans le fin fond de mes poumons, et arme le chien.

« Papa ? » sort une voix de petite fille derrière moi.

Je me retourne et aperçois Afton, dans une robe jaune plissée à col Claudine. Elle est plantée dans le couloir, juste devant la porte ouverte de la salle à manger, à droite d'un gigantesque vase blanc. Ses cheveux aux mille reflets or sont arrangés dans une tresse indienne, et sa peau est d'un rose si exquis qu'on voudrait la toucher pour vérifier qu'elle est vraie. Je regarde ses pieds nus, sur cette moquette neige immaculée. Et je m'émeus. Ces petits petons blancs me rappellent ceux d'Idaho enfant. Mon cœur se comprime comme un muscle sous la pression d'un tensiomètre.

– Remonte dans ta chambre ! s'exclame Lee Dale, se relevant en une nanoseconde.

Elle se précipite vers sa fille, talons tapant le sol de toute sa masse, mais je fais barrage entre elles, pile au niveau de la porte. Je m'avance vers Lee Dale, bras armé le long du corps, pour cogner mon crâne contre le sien, nuque en avant tel un mouflon durant un duel. Je sens ses larmes mouiller mes joues et la chaleur intense sur sa peau fine.

– Je veux savoir, je lui chuchote dans un mélange de désespoir et de colère, le canon de mon arme profond dans son ventre. Je n'ai plus rien à perdre, à présent. Alors demandez à votre mari de parler.

Elle hoche la tête en respirant fort, son front toujours contre le mien. Et mon portable coincé dans mon soutien-gorge se met à sonner. Une mélodie guillerette réglée volume maximum contrastant avec ce moment tragique.

J'attends que la sonnerie cesse et redemande à Lee Dale de faire parler son mari. Mais la musique vient à nouveau m'agresser de ses notes gaies. Et puis encore une autre fois. Et une autre fois. Je sors mon téléphone de mon soutien-gorge et regarde le numéro. Inconnu. Alors je m'accroupis pour le poser à terre et réitère ma demande en élevant la voix. Lee Dale se tourne vers Efren.

– Dis-lui ce qu'elle veut savoir, elle exige, entrecoupée par un sévère hoquet.

Il ouvre à peine la bouche que mon téléphone retentit une énième fois. Je me baisse pour l'attraper et décroche en vociférant : « Putain, mais qu'est-ce que vous voulez ? » Une voix à accent étranger se fait entendre. Celle d'une dame vraisemblablement inquiète, me demandant si je sais où est sa sœur : Anaica. Elle prétend qu'elle n'est pas rentrée chez elle la nuit dernière et qu'elle reste injoignable. Qu'après avoir vu les nouvelles, elle a peur qu'il lui soit à elle aussi, arrivé quelque chose. « Non » je réponds, « Je ne sais pas où est votre sœur. » Je raccroche et redirige mon attention vers Efren.

– Vous avez voulu vous débarrasser de Coyote, et ma fille et son amie vous barraient la route. C'est ça ? C'est ce qu'il s'est passé ?

Je tire un coup dans le plafond et fais sursauter tout le monde, moi y compris. Un gros morceau de plâtre s'en décroche et chute en plein milieu de la table en quartz. Au même moment, la porte d'entrée s'ouvre dans un grincement et gifle le mur. Dwayne apparaît devant nous, une expression atterrée sur sa face. Il se jette sur Afton, bras en bouclier autour de son petit buste, et la fait reculer de plusieurs pas.

– Keith ? Qu'est-ce que vous faites ? il me lance, yeux aussi gros que deux balles de tennis.

– Toi aussi tu étais de mèche, hein ? Ton père nous a tous manipulés comme des petits pions !

– Tu as fait quoi ? s'enrage Lee Dale en se tournant vers ce mari qui n'est maintenant pour elle plus rien qu'un inconnu.

– Ton père a assassiné ma fille, Dwayne ! Tu entends ? Toi aussi, tu étais au courant ?

Je dirige mon arme vers lui, sous les cris aigus de sa mère qui me conjure de ne pas tirer. Je vise son crâne, oubliant presque qu'il sert d'armure à Afton et qu'une balle perdue les tuerait tous les deux.

– Idaho est sauve ! il s'écrie avec aplomb.

Immédiatement, un acouphène m'étourdit. Aussi fort qu'un coup de sifflet.

– Tais-toi ! je lui envoie en me tordant en deux, tête en bas.

– Je vous le jure…

Putain de portable qui se remet à chanter ! Tous ces sons résonnent dans ma cervelle et font trembler la pièce. Sol et murs. Pareil que si un géant secouait la maison. J'entends Dwayne me parler mais je ne sais plus ce qu'il dit. Ses paroles semblent déformées. Et en écho. Je les entends comme la tête sous l'eau. « C'est Anaica… » je crois ouïr entre deux autres mots. Déséquilibrée, je me tourne avec peine vers la télévision. Et je regarde l'écran. La bande qui défile dessus m'est illisible…

Et puis mes oreilles se débouchent au moment exact où Dwayne l'ouvre à nouveau :

– Ils se sont trompés. C'est Anaica, le deuxième corps…

D'un coup, la sonnerie de mon téléphone qui continue de chanter fait sens. Et la bande informative de WJCL se défloute : « Le deuxième corps n'est pas celui d'Idaho Erwin. Des tests sont en cours. »

Je me tourne vers Dwayne, le souffle douloureusement bloqué dans ma poitrine.

– Où est-elle ? je lance d'une voix sourde.

9 JOURS APRÈS

56

CHURCH

Il l'a achevé d'un coup de hache.

Dwayne me l'a tout de suite avoué lorsque je lui ai demandé. Et puis sa tête dans un sac à dos, il est parti faire sa mise en scène théâtrale dans la cathédrale Saint-Jean-Baptiste.

Coy n'a pas souffert. Une seconde a suffi.

Si n'importe quel autre père voudrait la peau de celui qui lui a volé la chair de sa chair de la manière la plus brutale qui soit, moi je reste calme. Parce que j'ai d'un coup été déchargé du trente-cinq tonnes qui s'écrasait sur mes épaules depuis un long moment.

Les larmes qui ont coulé sur mes joues lors de la découverte de sa tête étaient vraies. Mais le choc passé, je me suis senti revivre.

En une seconde, Dwayne avait réglé la myriade d'emmerdes que *son frère* avait causée. Et dans ce drame, tout le monde trouve sa consolation.

Et sa justice.

Efren n'a plus rien contre moi. Mais moi je le tiens, serré dans ma main. Maintenant c'est « son sang » qui a fauté.

Il me restera un morceau de verre incrusté dans le cœur chaque fois que je penserai à *lui*. À chaque anniversaire. Je ne suis pas fait de glace… Mais je sais qu'avec sa tête malade, il est bien mieux où il est. Enfin en paix. Mon fiston abîmé !

Je devrais sans doute me lamenter plus entièrement. Plus solidement. Pourtant je crois qu'il n'y a rien d'autre à dire ni à penser.

Ce qui est fait est fait.

Nous nous sommes tous mis d'accord : aucun d'entre nous n'était impliqué. Parce que chacun l'était à sa manière, nous foutrions tout ça sous terre. Blankenship trouvera bien un nouveau scénario à nous faire jouer. D'ailleurs, le script est déjà en train de s'écrire… Il est question d'un déséquilibré obsédé par notre famille, qui nous traquait depuis des mois. Lettres à l'appui. Ou quelque chose comme ça. Pour le moment, les médias se chuchotent les détails de ce que Savannah PD leur jette. Les bribes de la grande histoire qui continuera d'abreuver les journaux télé jusqu'à plus soif. Ils adorent ça, le scandale et le sang, les petites gens… Ils vont en avoir pour leur argent !

Je ne digère pas encore la destruction de mon château. Même si je comprends la haine de Dwayne, lorsque je l'ai rejeté tel un vaurien périmé ! J'imagine l'inimaginable détresse qui a dû frémir sous sa peau à l'entente de ces mots cruels dictés par Efren… Alors certes, je garde une amertume sévère face à son geste, mais il n'est vraiment question que de pierres et de dorures. Rien qui ne puisse être racheté ou remplacé. À l'heure où je parle, une armée d'ouvriers s'affaire à rebâtir ma demeure.

Plus grandiose encore, elle sera.

Il est quatorze heures, nous sommes mardi. Dans une petite heure, j'apparaîtrai devant les caméras avec Efren pour remercier mes électeurs.

Me voilà maire de la ville pour quatre nouvelles années !

Les résultats sont tombés la semaine dernière, mais la décence voulait que je reste caché encore quelques jours. Histoire de ne pas choquer le croyant. Après tout, perdre son fils mérite au moins six jours de silence…

Malgré le cataclysme, la ville a jugé que je pouvais faire face. Ces braves gens n'allaient pas achever un homme à terre ! On aurait pu se dire qu'ils auraient voulu me laisser faire mon deuil loin d'eux. Mais je crois qu'ils me connaissent mieux que je le pensais. Sans doute une manière de me soutenir dans le drame. Chaque petite main glissant un « Nous sommes avec vous » dans l'urne.

Keith est assise à mes côtés, sur la banquette de la berline noire nous conduisant à la conférence de presse. Nous sommes suivis de près par une autre berline transportant Efren, Lee Dale et Dwayne. Comme un couple présidentiel accompagné par son vice-président. Et c'est un peu ce que nous sommes, ici, aujourd'hui…

Lee Dale toujours pas remise de l'acte de son fils s'est envoyé la moitié d'un gobelet de comprimés avant que nous partions. Je sais qu'elle somnole, les yeux vides collés sur sa vitre. Efren pensera à lui filer une petite claque avant de descendre, je l'espère.

Je suis toujours éreinté de voir les autres mettre un tel temps à accepter les choses. À croire que les circuits dans leurs cervelles sont bien plus longs et sinueux que les miens. Enfin, dans quelques semaines, elle sera rétablie. Soulagée de savoir que son bébé meurtrier ne verra jamais l'intérieur d'une cellule pour ce qu'il a fait. Tout comme Keith l'est aujourd'hui pour Idaho. Je crois que malgré le choc, ces deux mères rationalisent le geste de leur enfant. Au fond, l'un n'a fait que se défendre. L'autre a vengé son sang.

Lorsque la bagnole freine devant le portail à tête de cobra, je me tourne vers Keith. Elle est sage, dans sa robe verte à froufrous. Plus docile que jamais. Elle n'a plus aucune intention de me fuir, cette dinde malléable. Je parie qu'elle n'a jamais autant apprécié ma compagnie qu'aujourd'hui. Moi, Dieu surpuissant, capable de tout faire disparaître ! Ça l'excite, ce contrôle qu'on exerce sur elle. Cette infinie servitude qu'elle offre à son possesseur.

Elle s'est enfin rendu compte qu'elle ne pouvait exister qu'à travers l'autre.

Et l'autre, c'est moi.

J'ignore combien de temps je vais encore me la trimballer. La moitié de mon mandat devrait suffire… Ou bien jusqu'à ce que mes mains se lassent de la salir. Ce sera sans doute moins que ça.

La portière s'ouvre et nous sortons sous les flashs. Efren me rejoint. Nous marchons tous les deux au-devant des autres vers mon château en travaux. Le toit est assailli de corps en mouvement suspendus à des cordes. Et plusieurs tonnes de briques rouges s'élèvent au-dessus du sol à la végétation brûlée. On entend les ouvriers se lancer des ordres en espagnol et les câbles métalliques des poulies coulisser. Les deux Quercus virginiana du jardin avant qui avaient été transformés en torches mutantes sont encore là. Indestructibles. Leurs troncs partiellement carbonisés. Leurs cheveux rasés leur donnant une dégaine de monstres d'Halloween. Mais ils subsistent. Ils continuent de veiller sur Church, bardés de leurs cicatrices de guerre.

À chaque pas que nous faisons vers l'entrée de cette maison éventrée, mon cœur se serre un peu plus. Parce que ces murs aux trous béants me confortent dans l'idée que je suis invincible.

Qu'aucun coup ni aucun feu ne peut m'achever.

C'est une image forte de reconstruction. Elle fera non seulement la une des journaux locaux, mais aussi celle des papiers nationaux. Peut-être même internationaux. Car nous voilà tous les cinq, devant le porche de cette bâtisse victorienne renaissant littéralement de ses cendres. Au centre d'une cohorte d'ouvriers surexcités. Nous donnant la main. Les yeux imbibés d'émotion.

A great American story !

Les journalistes se pressent dans le jardin pour immortaliser l'image cinématographique. Il y en a bien une cinquantaine. Venus de tout le pays ! Micros tendus, poussant leurs cameramen devant eux, question hurleuse au bout de la langue. Chacun veut son morceau de l'histoire. On croirait que la planète entière regarde.

Keith à ma gauche, moi, Efren, Dwayne, Lee Dale. Nous cinq, ici. Je l'ai choisi. Pas parce que ce couple d'esprits médiocres et cette chienne soumise méritaient de briller dans ma lumière. J'aurais bien entendu préféré apparaître seul devant ma demeure, façon empereur souverain. Mais je me devais d'inclure les autres dans cette illustration pour une simple raison. J'ai réfléchi au déroulé de cet instant toute la nuit. La vérité c'est que je fantasmais d'avoir Dwayne à mes côtés. La raison ne l'explique pas mais c'est ainsi. Un besoin paternel aussi profond que les tréfonds de la terre. Dans cette renaissance sans Coy, j'avais besoin d'annoncer au monde, même sans le son, sans que quiconque le comprenne, juste pour moi, que je suis encore bel et bien papa. Mais d'un autre garçon. Et le seul moyen de l'avoir à mes côtés ici à cet instant précis était d'ajouter ces trois idiots dans le lot.

Dwayne, que je n'avais plus revu depuis ses aveux il y a cinq jours, cherche mon regard. Je le sens fébrile, lui, ce grand gaillard musclé, sa psyché pourtant avant tout cela aussi puissante qu'une cargaison de taureaux. Il ignore encore que je l'ai presque entièrement pardonné, et revêt un faciès de crainte. Je me penche en arrière pour que personne ne soit témoin de ce que nos yeux se disent, et lui envoie un regard de papa amoureux. Illico, il comprend ce que mes yeux lui racontent. Et nous nous sourions derrière le dos des autres. Le temps d'un instant. Sous le bruit des flashs et des questions hurlées par les journalistes frénétiques.

Je suis fier qu'il soit sous ce porche avec moi aujourd'hui.

Cet enfant rêvé qui malgré ce qu'il a fait, reste tout aussi immaculé dans mon cœur.

Peut-être même, plus qu'avant.

57

IDAHO

Après être rentrés à la maison avec nos cornets de glace le soir où Coy a plongé dans le bassin aux méduses, je l'ai raccompagné dans sa chambre.

Nous nous sommes assis sur son lit, et je lui ai demandé ce qui était arrivé à son entrejambe. Pourquoi il saignait comme ça à cet endroit-là... Ça ne coulait plus mais la tache vivide sur son pantalon d'hôpital était aussi grosse qu'un pamplemousse.

Il a appuyé ses mains dessus, l'une par-dessus l'autre, et a baragouiné quelques paroles inintelligibles, encore sous l'effet de ses médicaments. Puis il s'est allongé. Ses yeux grands ouverts sur le plafond semblaient contenir la fatigue de tout un peuple. Mais il se forçait à ne pas les fermer. Je le sentais. Il se refusait catégoriquement à s'endormir. Comme s'il avait peur de ce qu'il allait trouver dans ses rêves. D'ailleurs il a fini par me le murmurer : « Ne me laisse pas m'endormir, Idaho. Je t'en prie, parle-moi... »

Je devinais les bourreaux dans son crâne. Tous ces maux qui le rouaient de coups intérieurs. J'étais moi-même éreintée mais je suis restée sur ce lit. À lui parler. À le calmer. « Tu étais un sacré tombeur, gamin ! » j'ai lancé malicieusement pour faire la conversation, avant de préciser : « Les initiales de ces filles, sur le mur de la grotte aux méduses... » « Samantha... » Il a froncé ses sourcils en secouant la tête comme s'il n'avait absolument aucune idée de ce que je racontais.

« SAM » j'ai insisté.

« Sam ? Qu'est-ce que c'est, Sam ? » il a lâché dans un souffle avant de tomber tête la première sur mes genoux. Et de s'endormir.

Je suis restée une demi-heure immobile avant de me lever aussi délicatement que possible et de regagner ma chambre, pour moi aussi me forcer à rester éveillée.

Je repense souvent à cette nuit, depuis ce qu'il s'est passé. Ce moment précis. L'expression d'incompréhension totale sur son visage. Ces trois lettres qui ne paraissaient rien évoquer en lui. Parce que cette Sam était devenue pour moi le symbole de ce qu'il avait jadis été. Un enfant amoureux. Pur. Innocent. Qu'elle faisait partie de l'histoire que je m'étais racontée.

Je ne sais pas pourquoi ça m'a autant marquée.

Mais j'en rêve encore.

Et encore…

Ces dernières semaines, il était devenu si doux avec moi. Plus aucune grimace à mon égard. Plus aucun dédain. Juste un gamin meurtri inoffensif qu'il aurait suffi de bousculer pour qu'il s'émiette comme un gâteau sec.

Il est six heures six du matin. Je suis allongée dans ce lit neuf aux draps neufs. Dans cette chambre aux murs blancs. Celle de cet immense manoir moderne où Church nous a installés le temps que son Versailles soit reconstruit. Ça fait une semaine que nous sommes ici.

Mais moi je ne suis nulle part. À part en Enfer.

Après que maman est venue me retrouver dans cet appartement de Downtown, j'ai été interrogée par les flics trois heures d'affilée. Pas en tant que suspecte. En tant que témoin. Ils voulaient savoir tout ce que je savais. Mais moi, je ne savais rien

Monsieur l'Inspecteur… Et puis je n'ai plus parlé. À personne. Pas même à Dwayne. Il n'y a bien qu'à Blythe que j'aurais voulu parler. Mais Blythe, elle n'était plus là. Et en grande partie à cause de moi.

Il y aura à présent un indestructible mur entre moi et les autres.

Il y avait déjà des paravents de béton, mais aujourd'hui je ne peux plus les contourner.

Je n'ai pas porté le coup fatal mais j'ai tué.

J'ai contribué à la mort d'un Coy pour lequel mon cœur avait commencé à ramollir. Une tête malade que je pensais fragile. Un gosse paumé dont l'influence parentale était assez pestilentielle pour excuser quelques-uns de ses plus grossiers comportements. Mais mon flair m'avait fait défaut. Il était bien plus qu'un dérangé de la cabèche.

Il était *l'un d'eux…*

Lorsque Dwayne est venu me rejoindre après avoir déposé la tête de Coyote dans la cathédrale, nous nous sommes échauffés. Je n'ai pas compris l'utilité de son geste morbide. Cette mise en scène abominable relayée sur toutes les chaînes de télé. J'en ai vomi jusqu'à comprimer mon estomac. Et puis je me suis évanouie quelques minutes. Il m'a réveillée en me donnant plusieurs gifles et m'a tout raconté. Coyote n'avait pas seulement violé sa sœur, il avait aussi tué. Une autre petite fille. Elle s'appelait Blossom Hicks… Church le lui avait avoué en lui demandant de garder le secret. Il disait qu'il y en avait sûrement d'autres. D'autres jeunes victimes dont il n'avait pas connaissance. Parce que l'empreinte et la nature de ces crimes sexuels étaient l'œuvre d'un sadique en puissance. Un maniaque. Qui n'attendait que de recommencer.

Coyote ?

Lui ? Il était ça ?

Je ne pense plus qu'à ça.

Rien ne fait sens.

Je me rappelle cette nuit dans la grotte, lorsqu'il s'était donné à ces méduses féroces… « Ne me laisse jamais m'approcher de toi » il m'avait envoyé avec toute la force qu'il lui restait. Et je me demande comment un violeur, un prédateur pédophile, un sadique qui abîme des gamines à la chaîne, pouvait avoir de tels états d'âme. J'ignore pourquoi je me pose ces questions, au fond. Il était un danger qui ne se serait pas arrêté.

Malgré tout, pour lui comme pour Blythe et Anaica, je dois vivre avec des immeubles de remords dans la poitrine. Je ne sais pas si j'y arriverai.

Je pars pour San Francisco dans quelques semaines, mais la joie de rencontrer Stanford en chair et en briques ne m'émoustille plus. Rien ne m'émoustillera jamais plus.

Je soupire en me redressant. Le genre de soupir par lequel on expire des kilos entiers de malheur.

Aujourd'hui auront lieu les funérailles de Coy. Et je suis tenue d'y assister. Pas moyen de me défiler comme hier au triomphe grotesque de Church, devant son château détruit. Il dit que nous devons tous être présents pour ne pas éveiller les soupçons.

Tous, c'est-à-dire moi y compris.

La police a retrouvé le reste du corps il y a deux jours et l'enterrement a aussitôt été programmé. J'en suis malade d'avance.

Il est quatorze heures passées. Une bonne centaine de personnes sont réunies dans une propriété coloniale de l'est de la ville, louée pour l'occasion. Dans le salon aux murs ivoire monstrueusement grand, plusieurs tables en marbre noir – assorties au sol – sont alourdies par des plateaux rutilants débordant de plats copieux dont l'odeur épicée embaume les lieux. Une véritable cantine géante. Parce que la mort, ça creuse…

Je regarde ces gens aisés de la haute société savannahienne se remplir l'estomac en feignant des airs affligés. Ils sont tristes, mais pas assez pour jeûner. Le bruit ambiant de paroles entremêlées masque presque la musique classique sortant des enceintes branchées à l'ordinateur portable posé sur la cheminée.

Church, en maître de cérémonie, n'a de cesse de hocher la tête en s'époussetant le ventre devant les invités qui viennent lui présenter leurs énièmes condoléances… Ma mère se tient accrochée à son bras en hochant la tête elle aussi, telle une bonne petite bécasse docile qui fait exactement ce qu'on lui dit. Cette mascarade puante me donne des crampes. Je ne sais pas comment ils font, tous, pour jouer aussi facilement leurs rôles de victimes éplorées. Efren non plus, n'a aucun mal à entrer dans le personnage du bras droit imbibé de compassion. C'est comme si Coyote n'avait jamais réellement marqué la vie de personne, ici. Malgré ses actes, j'aurais supposé qu'une certaine douleur décomposerait les visages. Mais niet. Il faisait pourtant partie de leur vie depuis bien plus longtemps que de la mienne. Et je ne peux m'empêcher d'imaginer ce qu'il aurait pensé en voyant les siens se payer sa tête. Sa tête décapitée… Voir son propre père aussi serein. En plein contrôle. Rien qui change. Pas une minilarmichette au menu. Et je me demande si c'est lui qui avait fait de Coy ce qu'il était.

Si avec un autre père il aurait été un autre Coy.

Dwayne, dans son costard cintré, m'envoie des regards insistants depuis un bon quart d'heure. Je ne réponds plus à ses messages. Lui parler serait un rappel trop réel de ce que j'ai fait. De l'exact instant où j'ai cogné.

Je souffle et vais m'asseoir sur une chaise haute au dossier rembourré, à l'angle de la pièce.

– Tu vas bien ?

Je tourne la tête et aperçois Lee Dale. Son fond de teint mal étalé fait penser qu'elle l'a appliqué à la va-vite sans se regarder. Et ses yeux d'habitude si brillants sont aussi ternes que le ciel ardoisé qu'on voit bouder à travers la véranda.

Je hoche la tête.

– Je peux m'asseoir à côté de toi ?

J'acquiesce et elle passe ses mains aux ongles manucurés sur sa longue jupe grise, avant de s'exécuter.

– Comment vas-tu ? elle demande.

– Super bien. Pourquoi ça n'irait pas ?

– Dans quelques semaines, tu te trouveras à plusieurs États d'ici… Dis-toi que ce cauchemar ne sera bientôt qu'un affreux souvenir.

– C'est totalement faux. Vous le savez bien.

Elle reprend sa respiration et regarde devant elle en tentant de se donner une certaine prestance.

– Dwayne dit que tu lui manques…

– Je ne suis en état de voir personne.

– Je comprends.

Une bonne femme rousse d'une quarantaine d'années, en tailleur noir à col pointu très rétro, s'approche de nous avec un sourire crispé. Elle s'arrête à mon niveau, se baisse un peu, et pose sa main veineuse sur la mienne en plissant les yeux. Et puis elle se redresse et s'éloigne en marchant doucement.

– Qui est-ce ? je demande à Lee Dale.

– Une vieille amie de Church. Genilla McEnight. Une femme charmante.

– Ah…

– Elle aussi, a perdu un enfant. Une adorable petite fille de neuf ans. Il y a cinq ans.

– Maladie ?

– Non. Elle a disparu de la surface du globe. Un autre pervers, sans doute. Personne n'a jamais su.

– Oh…

– Shiloh Anne Mackenzie, elle s'appelait.

Mes sourcils se froncent. Comme pour résoudre une équation mathématique, mes pensées s'entremêlent à grande vitesse. D'un coup, mon crâne surchauffe.

– Comment, vous avez dit ?

– Shiloh Anne Mackenzie. Oui, c'était une combinaison de prénoms peu commune.

Je bondis aussitôt de mon siège en me mordant la langue.

– Quoi ? Qu'as-tu, Idaho ?

– Je ne me sens pas très bien, je dis en sentant mon cœur exploser.

58

DWAYNE

Je suis l'œil noir de Church.

Tout ce qu'il y a de plus opaque en lui.

Moi, adolescent surpuissant à qui tout réussit, gonflé d'orgueil et de passion, je fais croire aux autres que j'habite dans la lumière. Mais c'est un leurre.

Dès mes premiers pas, j'ai eu cette soif inextinguible de m'accaparer les êtres. La domination la plus totale et en tout point, c'était mon art de vivre. Mais rapidement, les petits copains et les petites copines n'étaient plus assez.

Parce que mes pulsions sexuelles se sont déclenchées de manière précoce, j'ai accepté très tôt qu'elles feraient partie de moi. Je serais l'homme dans ce qu'il a de plus fauve. Un prédateur qui ne se soumettrait pas à la dictature morale. Qui aurait cru qu'une belle gueule élevée dans les billets verts et la bienveillance, adulée par tout un lycée, était si sale à l'intérieur ? Aux journaux télé, lorsqu'un bourgeois bien peigné va shooter une salle de ciné, on le ramène toujours à sa situation. « Si bien élevé et pourtant, il a tiré dans la foule ! »

Aucune explication logique ou cohérente ne serait adéquate. Car tout cela n'a rien de logique ou de cohérent. Le fantasme est un gouffre nébuleux duquel on ne réchappe pas. Le véritable fantasme pulsionnel. Pas l'envie de se taper quinze gonzesses enduites d'huile ou de se faire mater par des inconnus dans un bordel bondage sadomaso. Pas ces conneries-là. Je parle du fantasme qui vous avale dans son ventre incandescent. Celui qui brûlera vos os jusqu'à ce que vous abdiquiez. Celui qui tel du chiendent va envahir votre intérieur de ses herbes piquantes n'en finissant plus de pousser.

Ce fantasme-là.

Irrépressible.

Il ne s'explique pas.

Je suis ainsi, c'est la seule chose à savoir.

Mais Church ne peut pas le savoir.

Personne ne peut le savoir.

Parce que bien que ces ivresses amorales contribuent à mon minimum bien-être, elles ne me définissent pas. Je suis ça et mille autres choses aussi. Et surtout, je suis destiné à être quelqu'un. Et quelqu'un c'est d'abord aux yeux des autres quelqu'un de bien. Alors chaque matin j'enfile ma combinaison de jeune athlète sexy bien sous tous rapports. Je zippe la fermeture jusqu'en haut. Zzzz ! Et hop, je joue le jeu.

Coy était l'œil clair de Church.

Ce qu'il y a de plus fragile en lui.

Il aurait été absolument incapable de baisser la culotte d'une gamine. Incapable même, de baisser celle d'une fille plus âgée sans y être formellement invité. Il ne consommait pas, ne volait pas, ne trichait pas. Juste quelques cuites lors de ses délires les plus ingérables : ses crises psychotiques, la seule chose que je pouvais utiliser contre lui.

Parce que même s'il était mon frère, il restait l'ennemi. Je voulais qu'il souffre comme je souffrais de ne pas avoir sa place. Je le voulais bouteille de Javel aux lèvres. Et grâce à mes pulsions, j'allais faire de ce faux frère un véritable monstre.

Un monstre assez humain pour se détruire lui-même.

Je venais tout juste de voler à ma sœur le morceau le plus précieux qu'elle possédait. Cette fine membrane sacrée qui voile la pudeur des jeunes filles. Drapeau de chair irremplaçable qui atteste du territoire qu'on a envahi. On pourrait penser que rien n'est plus infâme qu'un frère qui ôte ce joyau à sa petite sœur mais pour moi, il n'a jamais été question d'inceste. Pour moi, j'étais le fils de quelqu'un d'autre, élevé dans la mauvaise famille. Et tous les membres de cette dite famille n'étaient donc pas les miens. Et moi je n'étais donc pas des leurs. Avec Afton, je n'ai jamais ressenti ce qu'un frère ressent pour sa sœur. Mais par souci d'équilibre « familial », je me suis retenu de l'étouffer comme celle avant elle. Et pour les mêmes raisons, j'ai dû l'endormir avant de débuter mon rituel.

Je la tenais évanouie dans mes bras sur la banquette de ma caisse garée dans le garage de la maison. J'avais terminé et me délectais de ce corps qui faisait à présent partie de ma collection. Après avoir apporté ma signature à son lobe d'oreille – une petite coupure à la lame de rasoir – je m'apprêtais à aller la déposer à quelques rues d'ici, confiant qu'elle ne saurait jamais ce qui lui était arrivé dans cette Range Rover. Qu'elle remarquerait dès son réveil que quelque chose est différent *en bas*, mais que les médicaments ingérés malgré elle dans un verre de jus d'orange rendraient tout flou. Elle avait été à un anniversaire dans un parc plus tôt dans la journée, et n'importe quel pervers aurait pu jeter son dévolu sur elle et revenir la chercher ici. Surtout que j'avais déverrouillé la porte d'entrée…

Je n'avais pas réfléchi tant que ça au scénario. À quoi bon.

Personne ne me suspecterait.

Il était aux alentours d'une heure vingt du matin. Et à la seconde où j'ai posé ma main sur mon volant pour faire sortir la bagnole du garage, mon portable a sonné.

Coy.

Un appel incohérent, signe d'une nouvelle crise psychotique qui s'était déclenchée. Il disait être vers Pulaski Square et demandait que je vienne le chercher. « Des types en costars et lunettes noires me suivent... Je crois qu'ils sont du KGB, envoyés par le gouvernement russe pour récupérer de jeunes Américains afin de les retourner contre les leurs. Ils ont des machettes clignotantes dans les mains ! J'ai peur, Dwayne... »

J'ignore comment fonctionnent les circuits dans nos cervelles, mais je sais que mes bidules cérébraux se sont instantanément branchés au son de ses mots. Le plan n'a pas été limpide d'emblée mais j'avais l'idée globale. Celle de lui faire porter le chapeau pour ce que je venais de faire. Afin de le rendre encore plus dingue qu'il ne l'était. Que le remords le ruine. Qu'il ne soit plus qu'un machin dévoré par sa schizophrénie.

Par sadisme.

Pur.

Pour la même raison que j'ai baisé son Idaho.

Je ne sais pas si l'univers vicieux avait envie d'assister au spectacle, si c'était sa manière de m'inciter à aller au bout de mon plan, mais j'ai trouvé Pulaski Square complètement vide. Pas un seul piéton. Pas une caisse en warning.

Coy titubait et pleurait, n'arrivait pas à me reconnaître. Il avait descendu une bouteille de rhum en m'attendant et il a été simplissime de le manipuler comme un chiard fatigué à l'heure de la sieste. Je l'ai pris par le bras et l'ai traîné jusqu'au bout d'une ruelle. Déserte, elle aussi. Je lui parlais d'une voix plus grave que la mienne avec un accent anglais. Il m'appelait Monsieur et n'osait pas me regarder. Arrivé à une intersection, je lui ai fait une prise et l'ai retourné d'un coup. Dos contre terre. Après avoir vérifié qu'il était bien évanoui, je suis retourné à ma voiture. J'ai pris Afton dans mes bras et ai traversé la rue pour aller la disposer juste à côté de Coyote. J'ai ensuite arrangé son corps d'une certaine façon.

Et puis je suis parti.

Sur le chemin qui me ramenait à mon lit, j'ai pensé qu'il se réveillerait sans doute avant qu'un passant appelle les flics.

Pour moi, c'était juste un jeu.

Évidemment, je n'avais pas imaginé que Church se rendrait sur la scène pour tout nettoyer.

Je l'avoue, c'était tordant de voir le monde de Coy se brésiller. De savoir que même en dehors de ses crises, sa vie n'était qu'un cauchemar barbare sans fin.

Alors j'ai recommencé avec Blossom. Pourtant je n'avais rien planifié, ce jour-là. Le pied sur l'accélérateur de ma Rover, sur le point de me tirer de cette fête d'anniversaire chiante à se tirer une balle, j'ai vu Blossom sortir pour suivre un chaton qui s'enfuyait du jardin avant. Quartier résidentiel mort, pas un témoin. Coy dans un état adéquat…

Les cieux m'offraient une nouvelle opportunité. Je n'ai pas résisté.

Cette fois, j'espérais qu'il se fasse coffrer. Enfin, je me suis dit, j'en serais débarrassé.

Mais encore, rien n'est arrivé.

Les semaines ont passé, et puis les mois. Et un jour, j'ai eu envie qu'il se passe réellement quelque chose. Alors j'ai écrit une lettre. Une lettre signée du nom de l'un des deux types qui avaient été arrêtés pour le viol de « ma sœur ». Efren découvrirait ainsi le (faux) pot aux roses. Il se chargerait lui-même d'envoyer Coy en prison. Rien ne me retomberait jamais dessus.

J'ai opéré par étapes.

Petit à petit.

Tout le monde enroulé autour de mes dix doigts.

Mais je l'avoue, Idaho a été mon arme la plus efficace. À présent, il n'y a plus qu'un seul prince à Savannah.

C'est moi.

59

IDAHO

J'ai chopé les clefs de maman et me suis propulsée dans sa voiture.

Dès que Lee Dale a prononcé le nom de Shiloh Anne Mackenzie, un frisson de frayeur m'a parcourue.

Je roule vitesse maximum, le cœur à une phalange de lâcher.

Bon sang.

Enfin j'arrive devant le portail au cobra. Il est resté ouvert pour fluidifier le passage des ouvriers. J'arrête le moteur et me rue à l'intérieur de la propriété de Church. Je contourne la maison et m'enfonce dans le jardin cyclopéen. J'avance avec une telle hargne que les muscles de mes cuisses sont déjà courbaturés. Je tourne à gauche et encore à gauche, puis me mets à sprinter en ligne droite. Les plantes et arbustes qui ont échappé aux flammes me fouettent à chaque pas mais je ne sens que mes yeux. Mes yeux brûlants s'humidifier. Parce qu'au fur et à mesure que j'avance, la myriade de pièces de ce puzzle méphitique se mettent dans l'ordre. Et je comprends que je n'avais rien compris. Une boule acide grossit dans le fond de ma gorge.

J'arrive devant la grotte aux méduses.

J'entre.

Le bassin est intact. Ici non plus, pas une bestiole gélatineuse n'a été inquiétée par le feu. Et avant d'arriver au bout de cet antre suintant, mes larmes éclaboussent déjà mes joues. Je n'ai pas besoin de regarder le mur. Car mon instinct me le jure. Je ne me trompe pas, cette fois. Mais je regarde quand même. Toutes ces initiales gravées. Et la confirmation est instantanée.

« SAM », « BH », « AE » : les initiales de Shiloh Anne Mackenzie, Blossom Hicks, Afton Ellsworth. Et d'autres…

Le visage de Coy apparaît soudain dans mon crâne, ses yeux plissés, sourcils froncés, lorsque je lui ai demandé avec un air amusé qui était cette « Sam ». Bon sang, il n'avait réellement aucune idée de ce dont je parlais.

Parce qu'il n'avait jamais gravé aucune de ces lettres.

Mes mains à plat sur la pierre, je me laisse tomber par terre. Je jette un œil au plafond de stalactites avec l'impression qu'elles me rentrent toutes dans la poitrine en même temps. Et puis j'éclate en sanglots. L'écho de mes pleurs fait trembler l'atmosphère. Et comme les pleurs ne sont plus assez, je me mets à crier. À vociférer pareil que si quelqu'un m'arrachait bras et jambes.

Coy n'avait rien fait.

Rien du tout.

Et il est parti en pensant qu'il était le pire.

J'ignore comment Dwayne l'en avait convaincu. Mais maintenant je comprends son air hilare au Black Bear's Bar, lorsqu'il s'adressait à ce géant roux. Son air suffisant et méprisant, chaque fois qu'il posait ses yeux sur Coy. Sa manière de regarder Afton avec une froideur chirurgicale. Et cette aisance incompréhensible qu'il a eue à décapiter son meilleur ami pour disposer sa tête dans la cathédrale.

Mon Dieu…

Qu'ai-je fait ?

Ma douleur perce des trous dans ma cage thoracique. Chaque

souffle me cisèle la gorge et les reins. L'impuissance. C'est l'impuissance, surtout. Impuissante de pouvoir le ramener. Lui hurler que je me suis trompée. Que je suis désolée. Qu'on va tout réparer.

« C'est vrai que tu as de la matière grise dans cette jolie cervelle ! » lance une voix derrière moi.

Je me redresse dans une sueur givrée. Dwayne est à cinq mètres. Il hoche la tête en avançant doucement, avec une nonchalance de fauve, la sueur scintillante faisant disparaître ses sourcils platine sur sa peau. Ses yeux sont aussi malsains que ceux de Church. Comme s'il les lui avait empruntés avant de venir ici.

– Quand je t'ai vue partir comme ça, j'ai demandé à ma mère ce qu'elle t'avait dit pour te mettre dans un tel état.

– Toi… je susurre en tremblant.

– Ça travaille vite dans ta tête, hein ?

– C'est toi…

– Dommage, parce que je t'aimais bien, Idaho.

Je m'essuie le nez et me relève d'un coup, jambes tressaillantes.

– Pourquoi ? je lui lance d'une voix brisée, dos au mur de pierres.

– Ne pose pas des questions dont les réponses risqueraient de te brûler les oreilles.

La grotte entière semble flotter dans le vide. Et le bruit des méduses faisant des vagues dans le bassin s'amplifie. Comme si l'eau avait envahi mon cerveau.

– En me donnant les clefs de sa voiture, maman m'a dit : « Attention à ne pas te faire arrêter, j'ai une arme à feu dans la boîte à gants. »

– Quoi ?

– Je pensais bien que c'était ta voiture, derrière moi.

– Qu'est-ce que tu racontes…

Une haine grandiose s'excave du plus profond de mes catacombes intérieures. Je plonge ma main à l'arrière de mon pantalon pour en sortir un semi-automatique que je pointe sur lui. Il sursaute aussitôt en reculant d'un pas, envoyant sa tête en arrière.

– Wow ! Qu'est-ce que c'est que ça ?

Je ne réponds rien, incapable de rendre justice oralement à tout ce qui s'agite en moi.

– Tu ne ferais pas ça… Avec Stanford qui t'attend bras ouverts ! Tu troquerais ton avenir glorieux contre une vie en prison ? Si tu as l'intention d'appeler les flics, rappelle-toi que tu es aussi mouillée que moi.

J'avance jusqu'à lui, bras tendu, et vais lui coller le bout du canon dans le front. Puis j'avale ma salive en stationnant mes yeux dans les siens.

– Je veux ta peau.

– Il faudra vendre la tienne avec.

– Tu crois que ça m'effraie ?

– Ne sois pas si émotive, Idaho. Tout ça ne te concerne pas, il dit en respirant à un rythme tout à fait normal.

Son sourire serein me donne la sensation d'avoir des mains qui m'étranglent. Parce que je repense au visage de Coy. À côté de ce bassin où il s'était jeté. Ce visage enfantin rubicond qui était celui de l'innocence dans sa forme la plus intacte.

Le visage de l'exact opposé de tout ce que j'avais toujours exécré.

Un homme bon.

Mon poing gauche se ferme et je lutte pour ne pas armer le chien. Dwayne n'a pas l'air de craindre une balle et continue de m'offrir son sourire Hollywood qui le rend aussi sublime que répugnant. Et je ne trouve aucune résolution à cette situation.

Je baisse mon bras pour tomber à genoux sur le sol de granit. Je me sens descendre de dix étages, même si la chute n'a pris qu'une seconde. Les contractions de mon ventre s'amplifient et je courbe le dos pour écraser mon nez contre le sol.

Et puis je sens un corps chaud et mouillé m'envahir. Des mains moites me caresser les hanches. « Ne pleure pas, baby… » on me susurre en même temps qu'on me tourne sur le dos. Je me laisse faire, spoliée de toute force. Vide de substance. Et Dwayne vient coller ses grosses lèvres spongieuses contre les miennes. « Tout va bien aller… » il continue de chuchoter dans ma bouche en me filant des coups de langue appuyés. « Bientôt tu feras tes valises, tu monteras dans un avion, tu atterriras en Californie. Et puis tu poseras tes affaires dans ta chambre d'étudiante, rencontreras ta colocataire, visiteras les coins et recoins de tous les bâtiments. Tu feras des études brillantes, sortiras diplômée. Tu postuleras un job tout aussi brillant qui te sera immédiatement offert. Gagneras un paquet de billets verts. Vivras dans un gigantesque appart sur Times Square. Tu grimperas de trois échelons chaque année, deviendras le boss de ton boss, puis le boss du boss du boss de ton boss. Et tout sera fantastique. Tout sera tout ce que tu as toujours voulu que ça soit. Et cette histoire sera à plusieurs siècles de toi… »

Il me serre dans ses bras en faisant glisser sa langue épaisse dans le conduit auditif de mon oreille. Il la fait entrer loin. Comme un lombric gluant. Puis il vient lécher ma nuque froide aux poils dressés et déboutonne son pantalon noir. Je garde mes yeux au plafond luminescent sans pouvoir freiner mes pleurs qui promettent de vider mon corps tout entier.

Non.

Ça ne sera jamais ça.

Plus maintenant.

Je reprends de la force dans mon poignet et arme le chien.

Les yeux de Dwayne s'écarquillent illico. Je souffle un souffle saccadé et tire dans son ventre.

Clic.

Aucune balle ne sort.

Dwayne attrape l'arme et la jette derrière lui. Et puis il continue de me toucher, me pincer, me lécher. Je vois la scène comme si je me regardais d'en haut. Et c'est ma mère que je vois. Moi comme elle. Un héritage de victimisation féminine. Une rien du tout que l'homme a viciée.

Et subitement, j'ai la sensation d'un long tuyau glacé se faufilant entre nos deux corps. Un machin mouvant qui me chatouille le ventre. Je frissonne sous son enveloppe lisse et soyeuse n'en finissant pas de s'allonger. Puis j'aperçois sa tête luisante écaillée.

Un serpent tricolore.

Rouge, jaune, noir.

Identique à celui que j'avais laissé s'échapper de son vivarium. Je m'étais renseignée en ligne, il s'agissait d'un serpent corail. L'un des plus venimeux au monde. Ma respiration décélère immédiatement et je m'applique à ne plus bouger un muscle. La créature molle glisse entre mes seins et le bout de sa queue frôle mon menton. Il remonte ensuite l'épaule de Dwayne en ondulant et s'enfuit dans son dos avant d'aller y enfoncer ses crocs. Mon souffle se scinde sous ses hurlements. Des cris d'une puissance phénoménale dont la violence féroce me ferait perdre connaissance.

Dwayne a beau se débattre, secouer ses bras et frapper, le serpent met un temps fou à infuser son poison. La gueule anguleuse refuse de se déplanter de sa chair. Je vois ses yeux vils fixer les miens en même temps qu'il injecte, pareil que s'il me parlait…

Et puis le reptile lâche.

Dwayne retombe par-dessus mon corps dans un cri sourd. Il gigote comme un ver, tordant son cou de tous les côtés. Il n'est plus rien qu'un visage de douleur changeant de couleur.

Après une dizaine de secondes, il ne bouge plus.

Le serpent retombe par terre et s'enfuit, rampant en ligne droite aussi vite qu'une étoile filante.

Je ne réagis d'abord pas.

Puis je me dégage doucement du poids de Dwayne. Avec difficulté.

Au-dehors, le jardin brille comme illuminé d'un milliard de joyaux. Il a l'air si accueillant, tout d'un coup. Dégagé de ses ondes étouffantes qui brouillardaient sa flore multicolore. Comme si soudain s'étaient éteints tous les monstres qui s'y cachaient depuis des siècles.

DU MÊME AUTEUR

TACHES ROUSSES, Albin Michel, 2020 ; Le Livre de poche, 2021.

Composition : IGS-CP
Impression : CPI Firmin-Didot en février 2022
Éditions Albin Michel
22, rue Huyghens, 75014 Paris
www.albin-michel.fr

ISBN : 978-2-226-46993-9
N° d'édition : 24756/01 – N° d'impression : 167760
Dépôt légal : mars 2022
Imprimé en France